Malgré nous

LILAH
PACE

NUITS BLANCHES 1

Malgré nous

*Traduit de l'anglais (États-Unis)
par Emilie Terrao*

J'AI LU

Titre original
ASKING FOR IT

Éditeur original
Berkley-Penguin Random House LLC

Avertissement (risque de spoiler)

Ce livre comporte des scènes explicites de viol, chaque rencontre entre l'héroïne et le héros restant néanmoins totalement consentie. Un flash-back décrit une agression survenue plusieurs années avant le récit, ainsi qu'une discussion portant sur des rapports sexuels non consentis s'étant produits dans le passé. Le héros n'est l'auteur d'aucun rapport sexuel forcé. Les lecteurs potentiels sont avertis de l'intensité desdites scènes. Il est déconseillé aux personnes qui pourraient juger ces descriptions choquantes ou traumatisantes de poursuivre la lecture de ce roman.

Prologue

Mes fantasmes commencent toujours… normalement. Au sens accepté du terme.

Une scène sexy dans un film ou une émission : un homme et une femme enlacés, leurs lèvres se touchant presque. La voix de Dinah Washington s'élevant lentement, puissante et sensuelle. Hugh Jackman torse nu sur la couverture d'un magazine. Des classiques, je crois…

Alors, lorsque je suis dans le lit de mon petit ami (quand j'en ai un), seule entre mes draps ou sous la douche (quand je suis célibataire), je ferme les yeux. J'essaie de faire abstraction de tout à l'exception de la pulsation entre mes cuisses, de la pression et du rythme accéléré de mon pouls. Les images dans mon esprit se mêlent, sans raison ni émotion, tel un kaléidoscope pornographique de langues et de lèvres, de sexes moites et de verges dures, dans la chaleur d'un peau à peau. Généralement, je me mets à gémir – je ne suis pas du genre silencieux. Jusque-là, rien de choquant.

Mais si cru et érotique le kaléidoscope devient-il, si talentueux l'homme est-il avec sa langue, si forte la pression de ma main se fait-elle, je n'arrive jamais, jamais à jouir.

Un seul fantasme parvient à me faire décoller.

Je m'efforce de ne pas y penser. Je me répète que c'est sale, que c'est mal. Souvent, quand je suis au lit avec un homme, je n'atteins pas l'orgasme. Je suis tellement douée pour simuler que ça en devient gênant.

Si je suis en solitaire ou avec un partenaire, et que j'ai envie de jouir au point que c'en est insupportable, je dois m'aventurer sur ce terrain.

Dans mon esprit, des cordes sont enroulées autour de mes poignets, de mes chevilles. Ou bien je suis à plat ventre, les mains attachées dans le dos. Parfois, j'ai les yeux bandés. Parfois, il m'oblige à le regarder. Lorsque je suce un mec, je lui demande de me tirer les cheveux et je me convaincs qu'il me force à le faire. Qu'il m'y contraint. En réalité, il dit : « Bébé, tu es magnifique », mais j'entends : « Suce, salope ».

Je ne prends mon pied qu'en imaginant qu'on me force.

Des fois, c'est plus *soft* – un type qui me plaque contre le mur en soirée ou qui profite de mon état d'ivresse. D'autres fois, c'est brutal. Je suis ligotée les jambes écartées. Ou à quatre pattes à même le sol.

Au moins, je ne rêve pas que l'on me menace avec un couteau sur la gorge ou une arme pointée sur ma tête. Pas encore, en tout cas.

Je déteste ce côté de ma personnalité. *Je le déteste*. J'ai essayé de changer tant de fois. J'ai toujours échoué. J'aimerais pouvoir dire que j'ignore d'où me vient ce penchant… mais c'est faux.

Peut-être que ça n'a pas d'importance. Beaucoup de gens ont des fantasmes qu'ils ne réalisent jamais, qu'ils soient violents ou pervers, fous ou carrément impossibles biologiquement. Si ce n'est que dans ma tête et que ça me fait jouir, où est le mal ?

(Et quand je dis jouir, c'est un euphémisme.)

Le problème, c'est quand les lignes de la réalité et du fantasme se confondent.

Comme c'est arrivé hier soir.

1

La Highway 71 s'étirait devant ma voiture, l'asphalte défilait sous mes roues. Après sept heures de trajet pour rentrer à Austin, j'étais en train de me demander pourquoi je n'avais pas pris l'avion.

De temps en temps, j'aime faire de longs *road trips* en solitaire – j'écoute ma musique en savourant la liberté de n'avoir aucune possibilité de travailler sur ma thèse pendant quelques jours. J'avais apprécié la plus grande partie de ce voyage depuis La Nouvelle-Orléans, mais à présent, le soleil s'était couché et je me sentais nerveuse.

Si tu n'avais pas oublié ton chargeur chez toi, où il ne te sert strictement à rien, ai-je grommelé en pensant à mon téléphone dans mon sac à main, éteint depuis maintenant plus d'une heure. Au lieu de ma playlist « motivation » favorite, j'étais condamnée à écouter la radio jusqu'à la fin de mon périple. Et il me restait une heure de route ! J'ai tourné le bouton de mon poste, mais chaque station semblait vouée à me faire dormir.

En même temps, il était tard. Après vingt-deux heures, la plupart des gens décompressent avec de la musique douce, peut-être blottis dans les bras de l'être aimé.

Une chanson latine a empli l'habitacle, le rythme sensuel de la guitare et des basses me rappelant que j'étais seule depuis un moment.

Ma dernière rupture était survenue quatre mois plus tôt. Parfois, Geordie me manquait, même si j'étais sûre d'avoir fait le bon choix en le quittant. À trente ans, il était encore dans sa période fêtard tandis que, depuis l'âge de vingt-cinq ans, je me sentais plus mature qu'il ne le serait certainement jamais. Nous avions toujours été des amis plus que des amants passionnés de toute façon. Notre vie sexuelle… Eh bien, je ne pouvais pas blâmer Geordie de ce côté-là. La plupart des femmes auraient probablement été plus que satisfaites de ce qu'il avait à offrir. C'était moi qui désirais quelque chose que Geordie ne pouvait m'apporter.

Au moins, tu lui as dit ce que tu voulais vraiment. Tu as enfin trouvé quelqu'un en qui tu avais suffisamment confiance pour l'admettre et c'est déjà une victoire, non ? Simplement, il ne pouvait pas passer le cap avec toi.

J'avais eu tellement honte. Je m'étais mise à nu. J'avais avoué mes fantasmes secrets à Geordie, espérant qu'il me suivrait, mais il avait paniqué. Oh, bien sûr, il avait essayé de compatir : « pourquoi crois-tu éprouver cela ? ». Mais je payais déjà un thérapeute pour ça. Ce que j'attendais de lui était bien plus obscène. Plus effrayant aussi. Et le gentil Geordie ne pouvait pas me l'offrir.

Peut-être était-ce moi qui étais rigide. Je ne devrais pas condamner un mec parce qu'il n'est pas excité à l'idée de forcer une femme. Geordie avait des limites lui aussi, me suis-je rappelé.

À cet instant, la voiture a fait une brusque embardée. J'ai réussi à éviter de faire un tête-à-queue de justesse. Ma Civic a zigzagué violemment tandis que je tentais de la diriger vers la bande d'arrêt d'urgence. Bientôt, le crissement de la gomme sur le bitume a cédé la place au son des graviers projetés sur ma carrosserie. Une fois garée, j'ai coupé le moteur et je suis restée assise un moment, une main sur mon cœur qui battait frénétiquement dans ma poitrine.

Merde. J'ai éclaté un pneu.

Je suis sortie de la voiture, mes sandales s'enfonçant dans la poussière du bas-côté tandis que j'inspectais les dommages. Comme je l'avais présagé, le pneu avant droit avait explosé. Des bandes de caoutchouc noircies s'étaient arrachées et la roue était complètement à plat.

Je me suis mordu la lèvre inférieure avant d'observer les alentours. Je n'étais même pas encore arrivée à Giddings, qui était ce qui s'approchait le plus d'une vraie ville dans cette partie du Texas. Les premiers signes de civilisation devaient être à au moins une demi-heure de marche d'ici… dans le noir, sans même une lampe torche pour me guider. Pourquoi avais-je oublié ce satané chargeur ? J'aurais donné cher pour avoir mon téléphone avec moi et appeler à l'aide. J'aurais pu acheter un câble dans l'une des nombreuses stations-service sur le trajet, ce n'était pas comme s'ils coûtaient une fortune. Mais je ne l'avais pas fait. J'étais donc complètement seule, dans l'obscurité.

Évidemment, en femme moderne et indépendante, j'avais appris à changer une roue. Je m'étais même entraînée pour être en mesure de le faire en cas de crise. Simplement, la dernière fois, c'était huit ans plus tôt, quand j'étais encore au lycée.

J'ai redressé les épaules. *OK, Vivienne, tu peux le faire. Tu vas y arriver.*

Alors que je sortais le cric du coffre, j'ai décidé de retirer le petit cardigan que je portais sur ma robe d'été rouge. Au Texas au mois d'août, il fait trop chaud pour travailler sous plusieurs couches de vêtements, même à cette heure de la nuit. Et puis, je voulais au moins sauver une pièce de ma tenue des taches de cambouis.

Les phares d'un camion sont apparus à l'horizon. Ils venaient vers moi. J'étais partagée. Faire un signe pour obtenir de l'aide ou me dissimuler derrière ma voiture pour que le chauffeur ne s'aperçoive pas que j'étais seule ?

Mes fantasmes étaient une chose, la réalité en était une autre. J'avais vraiment besoin d'un coup de main, mais j'ai préféré me cacher.

Non pas que cela ait servi à quelque chose – le poids lourd roulait à une vitesse telle que ma petite citadine a oscillé sur son passage. Le souffle m'a décoiffée et a soulevé ma jupe. Une fois le camion au loin, j'ai retiré ma veste et je l'ai déposée sur le siège passager avant de me remettre au travail.

OK. La première étape consistait à mettre le cric. Je me suis agenouillée près du pneu à plat quand le son d'une autre voiture qui approchait m'est parvenu.

Je me suis baissée.

Et je suis restée figée.

J'étais baignée par la lueur des phares. J'ai levé une main, incapable de discerner quoi que ce soit sous cette lumière aveuglante. Un frisson de peur m'a parcourue. J'ai attrapé la clé à écrous fermement, puis je me suis redressée tout en continuant à me protéger de l'éclat des feux.

— Bonsoir, ai-je lancé en m'efforçant de garder une voix calme.

— On dirait que vous avez des ennuis.

Le conducteur s'est approché, les phares découpant sa silhouette masculine dans la pénombre. Alors que mes yeux s'adaptaient à la clarté, j'ai finalement distingué son visage.

Oh, mon Dieu.

L'adrénaline qui pulsait dans mes veines a pris une autre signification. La peur était toujours présente, intensifiée par la vue de ses larges épaules et de ses bras musclés, mais elle se mêlait maintenant à une excitation aussi violente que primitive. Cet homme…

Il était grand, un peu plus d'un mètre quatre-vingt. Son jean tombait juste sous sa taille incroyablement fine, ce qui ne faisait qu'amplifier la musculature de ses cuisses. Son tee-shirt noir était très moulant. Une légère barbe couvrait sa mâchoire anguleuse et ses cheveux bruns étaient coupés court, presque à la militaire, soulignant les traits de son visage. Ses yeux gris m'ont étudiée attentivement tandis que je me souvenais de la raison pour laquelle j'avais décidé de mettre mon cardigan à l'origine. Ma robe était courte et son regard indiquait clairement qu'il l'avait remarqué.

Mes doigts se sont resserrés sur le manche en laiton.

— Que s'est-il passé ?

Il a fait un pas de plus.

— Ce n'est qu'un pneu crevé. J'en ai un de secours.

Je paraissais essoufflée. Effrayée. Ce détail l'encouragerait-il à m'aider ou trahissait-il simplement le pouvoir qu'il exerçait sur moi en cet instant ?

Il a haussé les sourcils. Visiblement, il avait relevé que j'étais nerveuse. Et il semblait s'en amuser.

— Vous savez changer une roue ?

— Bien sûr.

Ce n'était pas complètement vrai, mais j'imaginais pouvoir y parvenir s'il le fallait.

— Vous avez appelé quelqu'un ? Une dépanneuse ?

Son regard gris a croisé le mien de nouveau, mais j'avais du mal à déchiffrer son expression avec les phares dans les yeux.

— Un petit ami ?

Essaie-t-il de savoir si je suis célibataire ou si quelqu'un risque de donner l'alerte dans le cas où il m'arriverait quelque chose ?

Personne ne le ferait.

J'ai tenté de sourire, sans réussir.

— Oui, une dépanneuse. Ils ont promis qu'ils seraient là dans… encore une quinzaine de minutes.

Mon ton était tranchant, à la limite de la grossièreté, mais j'avais d'autres soucis en tête. *Pourquoi ai-je dit ça ? Quinze minutes, ce n'est pas si long. Quinze minutes, c'est largement suffisant pour qu'il…*

J'ai aperçu son sourire dans la pénombre, aussi coupant qu'une lame de rasoir.

— Il m'en faut cinq pour changer cette roue. À condition… que votre fierté vous autorise à accepter mon aide.

— Ma fierté ?

Ce type s'était garé derrière moi au beau milieu de la nuit avant de se mettre à m'interroger et maintenant, il voulait me faire la morale au sujet de mon attitude ? Au diable la peur, j'étais furieuse.

— Écoutez, si vous trouvez *amusant* que je me méfie d'un étranger dans cette situation, je crains que vous n'ayez oublié quelques règles certes tristes, mais élémentaires dans la vie.

Il a reculé en plissant les yeux, un peu comme si je venais de le gifler. Avait-il interprété ma peur comme une insulte ? Peut-être en était-ce une. J'aurais tout aussi bien pu lui balancer que je ne le croyais pas digne de confiance. Cependant, lorsqu'il a repris la parole, sa voix grave était plus douce. Il cherchait à me rassurer.

— Excusez-moi, je n'ai pas réfléchi. Allez, laissez-moi m'en occuper et vous remettre sur la route.

Il a tendu la main pour récupérer la clé. Forcément, il en avait besoin pour changer la roue, mais c'était aussi la seule arme potentielle dont je disposais.

Avais-je confiance en ce type ?

J'ai fait un pas vers lui en le regardant en coin. Son corps bloquait un peu la lumière des phares à présent et j'ai pu étudier son visage plus attentivement. Des sourcils épais. Un nez droit, des traits harmonieux. Des lèvres étonnamment pulpeuses. Il était doté d'une virilité troublante, presque agressive. Un homme qui prenait ce qu'il désirait. Et pourtant, son regard ne s'est pas détourné une seule fois du mien, comme s'il n'avait rien à cacher…

J'avais beau désirer me fier à ces yeux, je ne pouvais pas. Il était un parfait inconnu. La situation se résumait ainsi. Soi c'était un type bien et je pouvais accepter son aide. Soit c'était un sale type et il n'aurait probablement aucun mal à m'arracher la clé des mains de toute façon.

J'ai encore hésité, puis je lui ai tendu mon arme improvisée.

Au cours des dix minutes suivantes, tandis qu'il travaillait en silence, je suis restée concentrée sur le tintement métallique des outils, debout devant sa berline noire. Je me sentais mal à l'aise. Je continuais à trouver difficile de me détendre en sa présence. Et s'il jouait avec moi ? S'il essayait de me faire baisser la garde ?

Je t'en prie, me suis-je sermonnée, *comme si un violeur se donnerait le mal de changer une roue avant d'agir.*

Mais ces inquiétudes n'étaient pas la seule raison de ma nervosité. En fait, je trouvais mon sauveur diaboliquement sexy. Et c'était déjà le cas lorsqu'il était sorti de sa voiture et que j'étais terrifiée.

Que pensais-tu qu'il allait te faire ?

Qu'est-ce que tu aurais voulu qu'il te fasse ?

Tandis que je l'observais – ses bras contractés alors qu'il retirait la roue, la lueur des phares éclairant son dos large et son profil sévère –, mon esprit a été envahi par des images auxquelles je résistais de toutes mes forces. Des images de lui me plaquant sur le capot de la voiture, remontant ma jupe sur mes cuisses. Des visions de lui me poussant sur la banquette arrière, plaçant son sexe dans ma main et murmurant : « il est temps de me remercier ».

Ses doigts crispés dans mes cheveux pendant qu'il me forçait à me mettre à genoux...

Stop.

J'ai secoué la tête, écartant de longues mèches de mon visage. Mes joues étaient enflammées. Mon cœur battait à tout rompre dans ma poitrine et le sang pulsait entre mes cuisses. J'étais excitée, confuse et furieuse contre moi-même. Je voulais qu'il termine de changer ma roue pour que je puisse reprendre la route et prétendre que mon trajet n'avait pas été perturbé par autre chose qu'une musique merdique à la radio.

Je pourrais également me convaincre que je n'avais pas été si émoustillée par cette scène. Si gênée.

— Voilà, a-t-il déclaré.

Il a desserré le cric et ma voiture a retrouvé contact avec le sol. Lorsqu'il s'est relevé, il avait une trace de cambouis sur l'une de ses pommettes.

— Vous devriez pouvoir rentrer, mais ce n'est qu'une roue de secours. Il faudra acheter un pneu neuf dès que possible.

— Je le sais, ai-je rétorqué, vexée.

— Désolé.

Son sourire était ironique, presque méprisant.

— J'oubliais que je parlais à une spécialiste.

OK, c'est un connard arrogant, mais il vient de te sauver la mise.

J'ai ravalé mon irritation.

— Écoutez... merci. Sérieusement. J'ignore ce que j'aurais fait sans vous. Je vous dois une fière chandelle.

Son expression s'est faite grave.

— Dans ce cas, faites-moi une faveur. Ne jouez pas à Superwoman la prochaine fois. Appelez l'assistance et restez dans votre voiture, les portières verrouillées, en sécurité.

Il m'a rendu la clé.

— Vous devriez vous méfier davantage des inconnus.

Son regard a sondé le mien et j'ai prié pour que mon visage soit dans l'ombre et qu'il ne voie pas mes joues écarlates. Puis, il a pivoté et s'est dirigé vers sa berline.

Alors qu'il claquait sa portière, je me suis précipitée du côté conducteur de ma Civic, les jambes vacillantes. Je me suis glissée sur le siège et j'ai pressé le bouton de verrouillage automatique des portes. Sa voiture s'est engagée sur l'autoroute et a dépassé la mienne tandis que je restais immobile, observant ses phares arrière s'éloigner dans la nuit et disparaître.

Je devais me remettre en route mais, l'espace de quelques instants, je n'ai pas bougé, une main sur la bouche tandis que je m'efforçais d'arrêter de trembler.

Ce n'est pas ce que j'ai désiré. Pas du tout.

Si seulement je pouvais y croire.

2

Le lundi matin est synonyme de rendez-vous avec le Dr Ward ou, comme elle insiste pour que je l'appelle, Doreen.

J'ai déjà été suivie par des thérapeutes auparavant, mais Doreen est la première qui me donne vraiment l'impression que nos sessions pourraient aboutir à quelque chose. Tout chez elle et dans son cabinet me rassure. Au lieu d'un visage parfaitement neutre et d'un tailleur sévère, elle arbore toujours une expression gentille et des pulls en laine amples et bariolés. Au lieu d'une pièce froide et clinique, elle accueille ses patients dans sa maison lumineuse et ensoleillée, pleine de plantes en pots et de sculptures africaines qu'elle collectionne. Plus important, au lieu de sermonner, elle écoute.

— Je n'étais pas certaine d'être en sécurité.

Je suis installée sur le canapé couleur crème, mes pieds nus ramenés sous mes fesses. Doreen nous demande de laisser nos chaussures à la porte, prétendument pour préserver ses tapis, mais je pense surtout que c'est un moyen de nous faire baisser la garde.

— J'aurais pu courir un grave danger. Je ne pouvais pas affirmer qu'il ne me ferait rien. Et pourtant, je continuais à fantasmer sur lui en imaginant qu'il… me forçait.

— Il ne vous a pas fait de mal, souligne Doreen calmement. Il vous a aidée, puis il a poursuivi son chemin.

Et il l'a fait avec classe, mais ce n'est pas le sujet.

— Nous étions seuls dans l'obscurité. Le danger était *réel* et j'avais quand même envie de lui. C'est comme... comme si je voulais qu'il me fasse du mal.

Doreen hausse les sourcils.

— Avez-vous envisagé la possibilité que vous l'ayez désiré uniquement parce qu'il était sexy ?

Je ris malgré moi.

— Laissez-moi vous dire ce que j'entends, ajoute-t-elle en se penchant en avant. Vous aviez des ennuis. Vous étiez effrayée. Un homme très séduisant vous a aidée. Pendant qu'il le faisait, vous vous êtes autorisée à fantasmer à son sujet. Cela n'a rien d'anormal. En fait, c'est même la chose la plus naturelle du monde.

— Mes fantasmes n'ont rien de normal.

— Le viol fait partie des fantasmes sexuels les plus répandus chez les femmes, affirme Doreen pour la énième fois.

Comme toujours, la honte s'empare de moi en l'entendant prononcer *le* mot. *Viol.*

— Certains hommes sont excités à l'idée d'être forcés aussi. Ce n'est pas la même chose qu'avoir envie d'être forcée pour de vrai. Nous ne désirons pas que tous nos fantasmes deviennent réalité.

— Je suis bien placée pour le savoir.

C'est une tentative d'humour, mais Doreen n'a pas le moindre sourire. Elle ne se laisse pas distraire aussi facilement.

— Parmi les raisons qui vous ont poussée à venir me voir, vous vouliez que je vous aide à vous débarrasser de cette obsession. Je comprends votre désir, mais je ne crois pas que le fantasme en lui-même soit le problème le plus important. Je crois que votre plus grand souci est la sévérité avec laquelle vous vous condamnez à ce sujet.

Doreen soupire.

— Ça, et l'événement qui vous a conduite à faire une fixation sur ce fantasme à l'origine.

Je ne peux pas en parler – pas encore, pas maintenant. Mon mystérieux sauveur est trop présent dans mon esprit. Son ombre plane sur tout ce que je dis ou fais aujourd'hui.

— Si j'ai eu ce fantasme alors que le danger aurait pu être réel… Si j'ai été attirée par un homme qui aurait vraiment pu…

— Nous en avons déjà parlé. Souvent, vous vous tracassez au sujet de ce qui aurait pu arriver au lieu de vous en tenir aux faits. Concentrons-nous sur les faits de la nuit dernière quelques minutes.

Le ton de Doreen est calme, mais ferme.

— Cet homme a changé votre roue avant de reprendre la route. C'est tout.

Ai-je suranalysé la scène ? Peut-être. Avec un soupir, je lâche prise… ou plutôt je m'efforce de lâcher prise.

*
* *

Lorsque mon heure avec Doreen est terminée, je reprends ma Civic pour me rendre au garage, j'achète un nouveau pneu et je roule vers le nord de la ville, jusqu'à une petite maison devant laquelle sont stockés des tas de cartons vides.

— Il y a quelqu'un ?

Je remonte l'allée qui mène au porche.

— J'ai une folle envie de défaire des cartons aujourd'hui.

Carmen apparaît derrière la moustiquaire, un bandana rouge noué autour de ses cheveux noirs et un large sourire sur les lèvres. Elle porte une robe tee-shirt et des gants en caoutchouc. Visiblement, je ne suis pas la seule volontaire.

— Est-ce que tu es maso ?

— Pas plus que toi. Et puis, j'ajoute en désignant mon short en jean et mon haut gris chiné, je suis habillée pour travailler.

— Alors, entre et bosse, ma belle.

En passant la porte, j'aperçois le jeune frère de Carmen, Arturo, un marteau à la main.

— Vivienne ! Je n'arrive pas à croire qu'on ne t'ait pas fait fuir pour de bon le jour du déménagement.

Je le serre dans mes bras.

— Pas encore.

Carmen et moi nous étions retrouvées colocataires forcées lors de notre première année d'études, moi parce que aucun de mes camarades du lycée n'allait à l'université d'Austin, elle parce que sa meilleure amie avait opté pour un autre établissement à la dernière minute. Au début, nous étions méfiantes l'une envers l'autre. Il faut dire qu'il aurait été difficile de trouver deux personnes plus différentes. Je viens de La Nouvelle-Orléans, issue de ce que ma mère appelle la « bourgeoisie », même s'il ne reste plus grand-chose de cet héritage à présent. Carmen est originaire d'une petite ville proche de San Antonio, fille d'immigrants qui se sont extraits de la pauvreté par le travail. Je suis légèrement plus grande que la moyenne, mince et, comme Carmen me l'a répété tant de fois, plus pâle que la fille la plus blanche sur terre. Elle est petite, pulpeuse et fière de son héritage mexicain. Mes cheveux sont bruns avec des reflets miel, ondulés juste ce qu'il faut pour ruiner toute tentative de coiffure de ma part et la couleur de mes yeux oscille dans les nuances noisette, comme s'ils ne pouvaient se décider entre le marron, le vert et le doré. Carmen a des cheveux parfaitement raides d'un noir bleuté profond et brillant que je lui envie presque autant que ses yeux marron foncé. J'adore la littérature et l'histoire, et j'inondais notre chambre de livres de poche. Elle aime les mathématiques – avec elle, plus c'est abstrait, mieux c'est – et elle déteste le désordre. Au cours des premières semaines, nous nous sommes à peine adressé la parole, mais à l'approche des vacances de Noël, nous étions devenues les meilleures amies du monde.

Lorsque son frère cadet, Arturo, l'a rejointe à l'université d'Austin deux ans plus tard, je l'ai adopté également. Nous l'emmenions en soirée et nous veillions à ce qu'il étudie pour ses partiels. Nous lui avions même procuré une fausse carte d'identité. À présent, il est un peu comme le petit frère que je n'ai jamais eu.

Je n'ai donc eu aucun mal à comprendre le comportement protecteur de Carmen lorsqu'il a connu sa première relation sérieuse. Je ne peux simplement pas partager son désarroi devant la tournure qu'ont prise les choses.

— Eh, Vivienne !

Shay descend l'escalier en se dandinant, les mains posées au creux de ses reins. Avec son accent australien, elle prononce mon nom Viv-yin.

— Tu veux un Coca ?

— Dans une minute, quand j'aurai chaud et que je transpirerai. Je préfère faire durer l'attente.

Shay rit.

— Cachez-les ! Je vous promets que les canettes m'appellent.

Le médecin de Shay lui a déconseillé la caféine pendant sa grossesse.

Oui, Arturo et Shay sont jeunes pour devenir parents – seulement vingt-deux ans et toujours pas diplômés –, mais c'est comme si leurs yeux scintillaient chaque fois qu'ils se regardent. Je ne crois pas qu'ils se soient fiancés parce qu'elle était enceinte. J'ai compris qu'un mariage était inévitable entre ces deux-là dès que je les ai aperçus ensemble. Parfois, on le sait, c'est tout. Lorsque je vois Arturo et Shay, je ne peux pas m'empêcher de sourire.

Carmen, en revanche, prend toujours le même air renfrogné.

Alors que nous sommes dans la cuisine depuis un moment, occupées à déballer la vaisselle, je lance un regard en coin à Carmen. Elle observe la petite cour étroite par la fenêtre au-dessus de l'évier, à l'endroit où Shay et Arturo sont en train d'installer le barbecue en riant.

— Si tu ne fais pas gaffe, ton visage risque de rester bloqué comme ça.

Elle lève les yeux au ciel en entendant ma blague idiote.

— Je suis simplement inquiète. C'est tout. Un bébé… Je veux dire… À l'époque, Arturo oubliait tout le temps de nourrir notre chien.

Je m'esclaffe.

— Ce n'est plus un petit garçon ! Et il a Shay pour l'aider.

— Vivienne, sois réaliste. Ils sont jeunes. Ils n'ont pas une thune. Même avec leurs jobs à temps partiel, ils ont à peine de quoi se payer un endroit assez grand pour accueillir une chambre d'enfant.

Carmen a désigné la pièce de ses bras.

La maison est modeste et je sais que Shay et Arturo doivent déjà se priver. Cela ne s'arrangera pas avec l'arrivée du bébé dans trois mois, mais…

— Écoute, si l'argent résolvait tout, ma famille serait la plus heureuse du monde.

— Je ne suis pas matérialiste, mais réaliste. Le fait qu'il se marie si jeune, avant même d'obtenir son diplôme, ça me fait peur.

— Beaucoup de mecs auraient pris la fuite sous une telle pression, admets-je, mais Arturo n'est pas comme les autres. Il ne laissera rien l'empêcher de prendre soin de Shay et du bébé.

Carmen pince les lèvres.

— J'aime Shay… J'essaie de l'aimer comme une sœur… mais je lui en veux d'avoir bouleversé la vie d'Arturo ainsi.

— Elle n'a pas fait ce bébé toute seule, tu sais. Souviens-toi, il faut être deux pour danser le tango.

— Beurk ! Tu n'insinues tout de même pas que mon petit frère a déjà fait l'amour ?

Carmen sourit à présent, ce que je prends comme un signe positif.

— Elle est tombée enceinte par… osmose.

— Forcément, ça ne peut pas être autre chose.

Le rire de Shay attire notre attention. Arturo est en train de la faire tournoyer dans le jardin. Arturo est la version masculine de Carmen. Trapu, ténébreux, séduisant tant par son charisme que par son apparence. Quant à Shay, ses pieds nus disparaissent presque dans l'herbe haute alors qu'elle pivote sur elle-même. La teinture de ses cheveux roux tire sur un rouge presque marron. Il n'est pas facile de l'imaginer dans le rôle de la tentatrice machiavélique. Au contraire, depuis ses lunettes à écailles jusqu'à la rose tatouée sur l'une de ses chevilles, elle a plus le style d'une hipster rebelle.

— Je fais des efforts avec Shay ces derniers jours, ajoute Carmen.

— Ouais, ça se voit.

Ce commentaire me vaut un regard noir.

— C'est vrai. Je lui ai même proposé d'inviter quelques amis à ma soirée de vendredi. D'ailleurs, tu viens toujours, hein ?

— T'es folle ou quoi ? Bien sûr que je serai là pour la fiesta de ma meilleure amie.

— Bien.

Carmen arbore une expression coupable.

— Il faut que je te dise… J'ai proposé à Geordie aussi.

Je prends une profonde inspiration.

— Pas de souci.

Elle m'observe à la dérobée.

— Je t'assure !

Geordie et moi nous sommes promis de rester amis. Après un long été passé loin l'un de l'autre, nous devrions être capables de nous fréquenter de nouveau. La soirée risque d'être terriblement gênante, surtout s'il boit un peu trop, mais je peux le gérer.

— Tu as accepté plus vite que je ne le pensais.

Carmen s'empare du cutter pour ouvrir un autre carton.

— Il t'a manqué ? Tu envisages de te remettre avec lui ?

— Non.

Ce n'est pas totalement vrai. Geordie me manque, pas en tant qu'amant, mais en tant qu'ami. Et puis, le sexe me manque. Le sexe me manque vraiment. Geordie n'était peut-être pas le meilleur coup au monde, mais au moins, il se passait quelque chose. Depuis le début de l'été, je n'ai même pas eu droit à ça.

L'absence d'alchimie entre nous n'est pas la raison pour laquelle nous avons rompu, mais ça n'aidait pas. Même si le sexe était passable, il ne me donnait pas ce dont j'avais vraiment envie. Ce dont j'avais besoin.

Encore une fois, mon sauveur apparaît dans mon esprit – l'homme inquiétant, imposant et ténébreux qui m'avait eu à sa merci et qui s'était détourné…

Je frissonne.

Heureusement, Carmen ne remarque rien et nous nous mettons à discuter de l'université, de la météo, de choses et d'autres, tandis que je m'efforce de chasser ces dangereuses pensées comme je balaie la poussière sur le sol.

*

* *

Le reste de la semaine s'écoule comme pour n'importe quel autre doctorant du département des arts de l'université d'Austin. Mardi, rencontrer mon conseiller et me rendre au cours d'histoire de l'art de premier cycle où je suis assistante pédagogique – traduction : celle qui se tape toutes les copies à corriger et à noter. Mercredi et jeudi, de longues heures à la bibliothèque du centre-ville où je fais des recherches sur la préservation des œuvres. Vendredi, je passe un moment à l'atelier avec mes tirages – et j'arrive à en obtenir deux de très bonne qualité à partir de l'une de mes gravures favorites que j'ai réalisées cette année, celle d'une main d'homme tenant une colombe.

Pourquoi cette image me parle-t-elle tant ? Je n'en suis pas tout à fait certaine et, quelque part, je préfère ne pas le savoir. L'art est mystérieux, parfois. L'inspiration inconsciente est souvent la plus puissante. Je n'ai besoin de rien de plus que l'image en elle-même : une main d'homme, forte et large – rêche, comme usée par des années de dur labeur ou de combat – enroulée autour du corps d'une colombe dont les yeux brillent de peur et de vie. L'interprétation peut venir après, ou pas.

Une fois que j'ai terminé, je rentre chez moi, un minuscule deux-pièces, encore plus petit que les modestes maisons délabrées avoisinantes, au bout de First Street. Carmen affirme que cet endroit la rend claustrophobe, et Geordie l'appelle « la maison de poupées », mais j'aime mon nid douillet. Des étagères encastrées recouvrent les murs de la chambre et une cheminée en brique sépare la cuisine du salon. Mon appartement rêvé, en gros.

Celui qui y pénètre peut en apprendre beaucoup sur moi en un seul coup d'œil. Un, je suis une bibliophile – je collectionne tous les auteurs, de Jane Austen à John Le Carré. Deux, je suis une sensualiste. Seule une personne amoureuse des textures et des couleurs achèterait un canapé en velours avec un budget d'étudiante et tapisserait ses autres meubles de tissus aussi fins.

Trois, j'adore une petite fille du nom de Libby dont les dessins joyeux décorent mon réfrigérateur, l'un d'entre eux étant même encadré et accroché au mur. Sur chaque coin de feuille apparaît une dédicace gribouillée : *Pour Tatie Vivi.*

Personne ne pourrait deviner en observant cette pièce que je ne vois pas Libby souvent, et encore moins pourquoi. Cela reste du domaine de l'inconnu, et c'est exactement ce que je souhaite.

Quoi porter ce soir ? Je ne tiens pas à être trop sexy, au cas où Geordie croirait que j'essaie de le reconquérir, mais je ne veux pas non plus avoir l'air négligé. Finalement, je décide que rien n'importe plus que la chaleur. Au Texas, à cette période de l'année, les températures sont insupportables, même la nuit, et la peau nue est votre meilleure amie. Je me glisse dans une minijupe en jean et un chemisier noir, comptant sur mes sandales argentées et une paire de boucles d'oreilles pour donner une touche plus habillée à ma tenue. Puis, je m'arrête à l'épicerie acheter un pack de bières et je prends la direction de chez Carmen.

Son petit pavillon en brique est situé à proximité de plusieurs grands restaurants, discothèques et bars de Congress Street. Je dois me garer à plus d'un pâté de maisons tellement elle a invité de monde. Cette soirée est l'une de ses rares folies. Alors que je marche vers chez elle, je discerne un groupe d'une dizaine de convives en train de rire et de discuter sur sa terrasse. Un pichet de sangria doit déjà circuler, sans l'ombre d'un doute.

Arturo m'accueille, une bière à la main, et me serre contre lui d'un bras. Deux ou trois douzaines de personnes ont envahi la maison de mon amie. Un véritable brouhaha règne dans le salon, accentué par les basses de la musique qui s'échappe de la chaîne. Les lumières sont éteintes et quelques bougies brûlent sur les enceintes et la table basse. À travers la porte vitrée qui donne sur la terrasse à l'arrière, j'aperçois des torches solaires qui baignent le jardin d'une douce lueur.

— Il était temps ! crie Arturo pour se faire entendre. Il va falloir que tu nous rattrapes. Tu connais tout le monde ?

— Je crois que je ne connais personne.

C'est un peu exagéré – je reconnais quelques têtes – mais Carmen et Arturo ont tendance à attirer de nouveaux amis avec un magnétisme incroyable. Moi… Il me faut bien plus longtemps pour me fier aux gens. Pour les laisser pénétrer mon intimité. J'ai mes raisons et je ne pense pas que ce mode de vie soit négatif, même s'il est un peu solitaire parfois.

Et cela n'aide pas à se sentir à l'aise en soirée.

Shay apparaît dans mon dos à cet instant et me serre contre elle. La bosse de son ventre est pressée contre mes reins.

— C'est l'heure des présentations ! Voici Nicole Mills…

— Salut.

— Elle travaille avec Arturo. Je suis sûre que tu connais Anna Dunham qui étudie avec Carmen ? Et Jonny est l'un de ses voisins.

J'essaie de faire un signe de la main à chacun, mais Shay m'entraîne déjà vers la cuisine. En temps normal, la pièce est à peine assez grande pour une personne. Au beau milieu d'une fête, alors que tout le monde s'efforce d'accéder au frigo ou aux gobelets en plastique, elle est carrément impraticable. En riant, je tente de me faufiler entre deux corps dans l'obscurité et je me retrouve plaquée contre un type… Soudain, je suis incapable de bouger.

Shay continue, inconsciente de mon malaise.

— Et voici Jonah Marks. Il est professeur en sciences de la Terre. Tu sais, c'est là que je fais mon stage ce semestre.

La dernière fois que j'ai vu cet homme, il était tard et la lumière de ses phares découpait sa silhouette dans la nuit, tel un halo, mais j'aurais pu le rencontrer n'importe où. Il était le seul capable de m'enfiévrer instantanément tout en arborant un sourire calme et appréciateur en le faisant.

Celui qu'il affiche en cet instant.

Le personnage ténébreux et dangereux créé par mon imagination s'appelle Jonah. Il est ici avec mes amis, ici dans ma vie. Et tous mes fantasmes sur l'étranger de l'autoroute m'apparaissent encore plus terrifiants maintenant qu'il n'est plus un inconnu.

3

Nos corps sont pressés l'un contre l'autre tant la pièce est bondée. Je sais qu'il doit sentir mes tétons à travers mon chemisier fin et le coton de son tee-shirt. Il penche légèrement la tête et je comprends qu'il m'a reconnue lui aussi, mais il ne dit rien.

Shay continue avec insouciance.

— Jonah, je te présente Vivienne Charles. C'est une bonne amie à nous, l'ex-colocataire de Carmen.

Je me contente d'acquiescer. Aucun son ne sort de ma bouche. Une nouvelle fois, un mélange de peur et de désir pulse dans mes veines, le genre de sensation que doit provoquer une injection d'héroïne – une agonie si douce que vous seriez prêt à tout pour l'éprouver encore.

— Nous nous sommes déjà rencontrés, déclare Jonah sans me lâcher du regard.

— Ah, oui ? C'est typique de la fac d'Austin, plaisante Shay, toujours inconsciente de la tension entre Jonah et moi. C'est presque la plus grande université du pays, mais on finit tous par se croiser un jour.

— Nous nous sommes rencontrés l'autre soir, finis-je par préciser, quand je revenais de La Nouvelle-Orléans. J'avais un pneu crevé et Jonah l'a changé pour moi. Merci, au fait.

Il incline la tête imperceptiblement.

— Eh, eh ! Quel héros ! s'exclame Shay. Tu ne m'en as pas parlé, Jonah.

— Ce n'était pas grand-chose.

Sur ces mots, Jonah rompt le contact visuel et s'éloigne. Je pousse un soupir que je retenais sans m'en rendre compte.

Si Shay remarque ma réaction, elle l'interprète mal.

— Ne te laisse pas intimider par Jonah. Il peut paraître grossier parfois, mais c'est juste sa façon d'être. C'est sympa de travailler pour lui, il ne me traite pas comme son esclave, contrairement à la plupart des autres profs. Je crois que je ne l'ai jamais entendu rire.

Shay prend une expression songeuse.

— Hum... je ne suis même pas sûre qu'il en soit capable.

— Pourquoi l'as-tu invité ce soir s'il est si... froid ?

— J'ai proposé à pas mal de gens de notre département de venir. Je ne pouvais pas le laisser de côté.

Shay est comme ça. Elle préfère inviter quelqu'un qu'elle apprécie moyennement plutôt que risquer de le blesser.

Une fois Jonah hors de vue et – pour Shay en tout cas – hors de pensée, elle me pousse un peu plus dans la cuisine.

— Allez, il est temps de te trouver un verre de sangria !

Ce n'est pas mon genre de rester silencieuse ainsi. J'ai passé la majeure partie de ma vie d'adulte à m'exhorter à être plus sûre de moi et... disons que je commence à y arriver. Mais le fait d'avoir rencontré Mister Sombre et Ténébreux – et découvert qu'il s'appelle Jonah – m'a déstabilisée. Embarrassée.

Correction, me dis-je, *il ne t'a pas embarrassé. C'est de ton fantasme que tu as honte. Ce n'est pas la même chose.*

Un peu plus tard, je retrouverai Jonah parmi les autres invités. Je dirai quelque chose de simple et de léger. Le type de conversation que l'on a en soirée.

Super chanson, hein ? Ce genre de truc. Puis, je le remercierai encore et il n'y aura plus rien de bizarre entre nous. Après cela, je pourrai oublier cet homme pour de bon.

En cet instant, cependant, je retiens mon souffle.

Shay me sert de la sangria et attrape un Canada Dry pour elle avant de m'expliquer qu'elle veut peindre la chambre du bébé en vert, mais qu'Arturo préfère le jaune. Je suis excitée par cette naissance, bien sûr, mais ces histoires de déco me passent complètement au-dessus. Je me perds donc dans mes pensées, lâchant quelques « ouais » et « bien sûr » chaque fois qu'elle marque une pause dans son monologue.

Presque contre ma volonté, mon regard se porte sur la pièce principale en quête de Jonah Marks.

Il est encore plus attirant que dans mon souvenir. Il n'est pas beau ou canon – quel que soit l'adjectif qui pourrait s'appliquer à un mannequin de chez Ralph Lauren ou à un chanteur de boys band. Les traits de Jonah sont trop ciselés pour cela. Trop abrupts. Il ressemble à l'œuvre d'un sculpteur qui n'aurait pas cru en la nécessité d'arrondir les angles, qui aurait voulu que l'on voie exactement les marques du burin. En quelque sorte, il est agressivement viril. Le pull Henley rouge foncé qu'il porte est assez moulant pour révéler ses biceps puissants, mais d'un autre côté, Jonah semble étrangement vulnérable. Sa taille est fine et son cou est plus long que la plupart des hommes. Son corps tout entier donne l'impression que son créateur s'est inspiré de l'idéal masculin pour le porter à son point de rupture. Fort et pourtant fragile, sous la surface.

Voilà un homme qui peut être brisé, je pense, *mais il s'assurera de te briser avant que ça n'arrive.*

Jonah s'enfonce un peu plus dans la foule, jusqu'à ce que je ne puisse plus le voir. Sur le coup, j'essaie de trouver un moyen de m'arracher aux préoccupations déco de Shay pour le rejoindre. Puis, je me demande pourquoi je ressens le besoin de le faire dans la seconde.

Peut-être ne devrais-je pas essayer de retrouver Jonah s'il me met dans cet état. Et puis, qu'est-ce que je lui dirais ? *C'était très gentil de votre part de m'aider la dernière fois. Vous vous souvenez que je vous ai traité comme si vous étiez un serial killer ?* Oui, les mecs adorent ça.

À ce moment, une distraction apparaît sous les traits de Geordie Hilton, alias mon ex-petit ami.

— Vivienne !

Le sourire de Geordie est sincère. Dans ses yeux, je discerne une petite lueur de doute. Il est ravi de me voir, mais il n'est pas sûr que ce soit réciproque.

À ma grande surprise, ça l'est.

— Eh, toi ! Viens par ici.

Je le serre dans mes bras, le genre d'étreinte à un bras qui établit clairement : *nous ne couchons plus ensemble.*

J'ai bien conscience que Shay nous épie et d'autres autour de nous également. Les premières retrouvailles de deux ex attirent toujours l'attention. En cet instant, ils sont partagés entre le soulagement (pas de scandale) et la déception (pas de scandale ?). Shay s'esquive, nous laissant autant d'intimité que cette soirée bondée le permet.

— Tu as passé un bel été ? demande-t-il. Tu ne mets jamais rien sur Facebook, alors…

Geordie est du type hyperextraverti. Pour lui, éviter les réseaux sociaux est presque un acte criminel.

— J'ai passé un été assez calme, exactement ce dont j'avais besoin. Et toi ?

— *Mortel.*

Geordie a vécu à Inverness jusqu'à ses seize ans et de temps en temps, son accent et son parler le trahissent.

— Mon stage a été génial. Sérieusement, bien au-delà de mes attentes. On a obtenu l'amnistie pour quatre immigrants menacés d'être renvoyés dans leurs pays d'origine, où ils auraient été tués pour leurs idées politiques ou pour leur orientation sexuelle. Quatre en trois mois ! La roue de la justice tourne rarement aussi vite.

La plupart des jeunes avocats qui retournent à l'école pour obtenir un doctorat en droit le font pour gagner plus d'argent. Geordie, lui, veut obtenir son diplôme pour aider les autres. Je ne regrette pas d'avoir rompu avec lui, mais il est bon de me rappeler ce qui m'a plu chez lui à l'origine.

La plupart de ceux qui nous observent sont des femmes. Plus d'une espère obtenir la confirmation que je suis hors-jeu avec lui pour tenter d'entrer dans le match. Il est séduisant – adorable même – avec ses cheveux bruns mi-longs, ses yeux doux et son sourire qui peut être chaleureux ou timide, ou les deux en même temps. Avec sa chemise en coton blanche boutonnée jusqu'au cou, ses manches roulées sur ses avant-bras et sa silhouette élancée, il a le look du héros dans une comédie romantique.

Mais ma vie n'est pas un film et ne le sera jamais. J'ai renoncé à cet idéal bien avant de connaître Geordie.

Et puis, le fait qu'il se tienne juste devant moi m'empêche de sonder la pièce pour trouver Jonah Marks.

Je lance un regard dans la direction où je l'ai vu pour la dernière fois, mais il n'est pas là. Est-il déjà parti ?

Si oui, je devrais me sentir soulagée, mais ce n'est pas le cas.

Il est temps de me concentrer sur Geordie de nouveau.

— Tant mieux pour toi, dis-je sincèrement.

Nous bavardons un moment de son séjour à Miami, puis nous nous séparons pour poursuivre la soirée chacun de notre côté. Je repère l'ancien colocataire d'Arturo, Mack, qui passe son temps à me mater les seins. C'est l'un de ces sportifs avec un gros cou et une tête carrée. Il ressemble à une boîte de conserve dans un tee-shirt Longhorns. Je passe quelques minutes à discuter avec Kip, le secrétaire de ma section au sein du département des arts, mais il reçoit un texto urgent et s'enferme dans sa bulle cellulaire. Au final, même si je devrais me mélanger et rencontrer de nouvelles personnes, je reste avec Carmen. C'est ma meilleure amie et puis elle a un nouveau béguin qu'elle me décrit en détail.

Quant à mon béguin à moi – si l'on peut utiliser un terme aussi innocent pour définir l'effet qu'a Jonah Marks sur moi –, je m'interdis de le chercher. Il ne me cherche pas non plus. Soit il est sur la terrasse, soit il s'est éclipsé tôt, parce que je ne l'ai pas revu depuis le début de la soirée.

Ce que je vois, en revanche, c'est Geordie qui se sert un troisième verre de sangria.

Et un quatrième.

Et un cinquième. À condition que je n'aie raté aucun ravitaillement, ce qui est loin d'être une certitude.

C'est au cinquième verre qu'il heurte la table basse. Quelques boissons se renversent sur le tapis, ce qui fait jurer Carmen dans sa barbe. L'une des bougies vacille, mais on évite l'incendie de justesse.

Les gens rient. C'est un rire gêné. Geordie est plus saoul que n'importe qui ici, de loin.

— Eh, lui dis-je aussi gentiment que j'en suis capable, allons prendre l'air.

Même si elle est en train de tamponner le tapis avec de l'essuie-tout, Carmen prend sa défense :

— Tout va bien ! Le tapis est sombre. On ne le verra même pas.

— Non, Viv a raison. Elle a raison.

Geordie doit vraiment être bourré pour prendre le risque de m'appeler Viv.

— On devrait tous écouter... Viv... un peu plus souvent.

Je me lève et je passe son bras gauche autour de mes épaules. Si lui ou n'importe qui d'autre interprète mal ce geste, tant pis pour eux.

— Pourquoi est-ce que je ne t'écoute pas plus ?

Geordie titube contre moi, mais je parviens à le maintenir droit.

— Tu es si intelligente.

— Eh oui, un véritable génie. Allez, viens.

De ma main libre, je fais glisser la baie vitrée et je le guide sur la terrasse. Quelques personnes s'attardent ici et je ne fais attention à aucune d'elles. Je guide Geordie jusqu'au seau à glaçons où, parmi les bières, je trouve une bouteille d'eau pour lui.

— Bois ça, d'accord ? Ne bois plus que de l'eau jusqu'à la fin de la soirée. Et tu devrais manger quelque chose aussi.

Geordie s'empare de la bouteille, mais ne prend pas une gorgée. À la place, il m'adresse un sourire triste.

— J'aurais dû faire plus d'efforts avec toi. J'aurais dû faire en sorte que ça fonctionne.

Va-t-il pleurer ? Bon sang, Geordie a l'alcool sentimental.

Il continue à parler.

— Je suis désolé de n'avoir pas pu être le partenaire que tu voulais que je sois.

— Ce n'est rien. Vraiment. Allez, bois un peu d'eau.

Je le pousse contre la table pour qu'il prenne appui dessus. Autour de nous, certains se moquent de lui. Je suis encore assez loyale envers lui pour être furieuse à sa place.

— C'est mieux comme ça, je le sais, mais c'est douloureux parfois, non ?

Geordie marmonne à présent.

— On aurait dû s'éclater plus quand on le pouvait.

— Moins d'éclate, plus d'eau.

Finalement, il prend une gorgée, mais cela ne le fait pas taire très longtemps.

— Je ne pouvais pas faire ça pour toi. Rien de tout ça. Et… oh, mon Dieu… Je me sens si mal par rapport à cette histoire de viol…

Non, il n'a pas dit ça. Il n'a pas parlé de ça en public, à une soirée, avec des étrangers autour de nous qui nous écoutent.

Si, il l'a fait.

Mon visage se fige sous le choc, puis s'enflamme sous l'effet de la honte alors que Geordie poursuit.

— Un peu de fantaisie, OK. Qui n'aime pas la fantaisie ? Et tu as le droit d'avoir ton truc. Mais ce n'est pas le mien. Pas du tout. Jouer à ça me fait flipper grave. Mais je n'aurais pas dû réagir comme un con quand tu m'en as parlé.

— Je ne veux pas en discuter ici, parviens-je à articuler. Arrête s'il te plaît.

À ce moment, Geordie prend conscience d'où il est et de ce qu'il vient de faire. L'impact pénètre son esprit enivré. Il prend une inspiration.

— Oh, merde.

Je ne veux pas observer les visages de ceux qui nous entourent et qui viennent d'entendre tout ça, mais je ne peux pas m'en empêcher. Quelques-uns ont l'air choqués. D'autres, amusés. Mack le pervers me reluque d'une façon qui me donne la chair de poule.

Le pire de tous est celui qui reste impassible – Jonah Marks, à peine à un mètre de moi, qui a forcément entendu chaque mot de cette conversation.

4

Une fois, quand j'avais treize ans, le fil ensanglanté de mon tampon s'est échappé de mon maillot de bain. Jackson Overstreet – que je trouvais mignon, avec ses cheveux blonds et ses yeux bleus, le garçon qui, je l'espérais, serait le premier à m'embrasser – a vu la ficelle et l'a montrée aux autres à la soirée piscine de ma copine Liz en riant plus fort que tout le monde. Étant donné le nombre de personnes qui s'esclaffaient, la compétition était rude. Jackson l'a remportée haut la main. Depuis, j'ai toujours considéré que ce moment était et resterait la plus grande humiliation publique de ma vie.

Il s'avère que je me trompais.

Je suis dans un coin de la terrasse de Carmen, près du brise-vue en bois, aussi loin que possible du bruit et de la lumière de la soirée. C'est-à-dire pas assez loin. Je n'ai qu'une envie, partir, mais pour cela, il faudrait que je traverse la foule et je ne suis pas encore prête.

Des bruits de pas sur la pelouse me crispent. Quand Arturo apparaît à côté de moi, cependant, son sourire est rassurant.

— Ça va ?

C'est Arturo. Je ne peux pas lui mentir.

— Si mortellement humiliée implique que ça va.

— Arrête, tout le monde a sa petite folie au pieu, tu sais. Je pourrais te raconter quelques anecdotes, mais Shay risquerait de me tuer.

J'essaie de lui sourire. Tous ceux qui ont entendu les mots de Geordie doivent penser la même chose que lui : il parlait d'un jeu de rôle d'une nuit, d'un truc ponctuel. Ils n'ont aucune idée de ce que cela implique pour moi. Pour eux, ce n'est qu'une secousse, pas un tremblement de terre.

— Geordie est un con, ajoute Arturo. Carmen n'aurait pas dû l'inviter.

— Il était bourré, c'est tout.

J'écarte ma frange de mon front. La nuit est étouffante – chaude et humide.

— Je réglerai cette histoire avec lui plus tard. Reste en dehors de ça.

Arturo lève les mains en signe d'innocence, mais je devine qu'il n'est pas prêt à laisser Geordie s'en sortir comme ça. Mon frère adoptif est plus protecteur que n'importe quel frère aîné ne le serait. Il est lent à la colère, mais quand il s'emporte vraiment… gare à celui qui l'a provoqué.

Heureusement, quelqu'un a raccompagné Geordie chez lui.

— Tu es sûre que ça va ? insiste-t-il.

Je hoche la tête.

— Laisse-moi juste quelques minutes de plus, d'accord ? Demain, j'arriverai peut-être à en rire.

Dans mes rêves !

— Bien sûr.

Arturo pose une main sur mon épaule et la tapote gentiment avant de retourner à l'intérieur.

Personne d'autre ne connaît la vérité. Si j'avais été capable de rire des paroles de Geordie, la plupart des gens n'y auraient certainement plus pensé. En restant à l'écart, j'en fais toute une affaire. Il faut que je passe à autre chose. Le sourire obséquieux de Mack le pervers était probablement la pire conséquence de cette scène. Le plus dur est derrière moi.

Geordie, gros abruti. J'empêcherai peut-être Arturo de lui faire sa fête, mais ça ne veut pas dire que je ne m'en chargerai pas. *Tu n'aurais pas pu boire du Canada Dry pour une fois ?*

Des pas sur la pelouse de nouveau, mais je ne me retourne pas.

— J'arrive, vraiment...

Ma voix s'éteint quand je découvre qui est à côté de moi.

Jonah Marks ne m'observe pas directement. Il a le regard tourné dans la même direction que moi, par-delà la clôture, mais je ne peux ignorer son intensité. Il est sensible à ma présence autant que je le suis à la sienne en cet instant.

— Désolé que votre ex vous ait mise mal à l'aise, déclare-t-il.

— Il... il a trop bu, tout simplement.

Je croise les bras.

— Ça nous est tous arrivé.

— Je n'ai jamais humilié l'une de mes maîtresses lors d'une soirée, vous si ?

Merci de considérer ça comme une humiliation.

— Je voulais simplement dire que je ne suis pas fâchée contre Geordie. Vous n'avez pas à l'être non plus.

Jonah n'a pas l'air de partager mon avis sur la question.

— Il n'aurait jamais dû révéler quelque chose d'aussi intime.

C'est une secousse, pas un tremblement de terre.

— C'est juste un truc dont Geordie et moi avons parlé une fois. N'y voyez pas davantage.

Mon meilleur bluff. Je réussis même à sourire. La plupart des gens se seraient laissé berner. Mais pas Jonah.

— Si ce n'était pas si important, vous ne seriez pas ici, observe-t-il. J'ai su la vérité dès que j'ai vu votre visage. Ce fantasme vous obsède. Vous le désirez plus que toute autre chose.

Il plante son regard dans le mien pour la première fois depuis le début de cette conversation.

— Vous détestez ça, n'est-ce pas ? Ce fantasme. Moi aussi. Mais ça ne change rien.

Je me sens nue devant lui. Exposée et vulnérable. Je ne peux pas penser à ce qu'il est en train de dire, tout ce que je veux, c'est m'enfuir. Mais la présence de Jonah, sa chaleur, me retient immobile, prise au piège.

— Vous... Je ne veux pas en parler avec vous.

— Je crois que si.

L'arrogance du type.

— Je vous demande pardon ?

Il prend une gorgée de vin, très tranquillement, complètement et désespérément calme. Puis, il ajoute :

— Je veux vous dire ceci maintenant, ce soir, alors que vous êtes en sécurité, avec vos amis, et que vous savez que je ne vous menace pas. Ce qu'a dit votre ex, si c'est votre fantasme, je peux vous l'offrir.

A-t-il vraiment prononcé ces paroles ?

Le vacarme de la fête semble avoir disparu. J'ai l'impression que mon cerveau ne traite plus les sons. Le choc est physique.

— Vous n'insinuez pas que...

— Vous aimeriez jouer un rôle. J'aimerais jouer l'autre.

Le ton de Jonah demeure réservé, mais son regard me raconte une tout autre histoire. Il m'observe si intensément que je ne peux m'empêcher de l'imaginer dans la peau du personnage qu'il veut incarner.

— Selon vos conditions et vos limites, je pense que nous pourrions... nous combler l'un l'autre.

Je n'arrive même pas à lui répondre.

Apparemment, j'ai l'air aussi choquée que je le suis, parce qu'il précise :

— Vous êtes en sécurité, avec vos amis. Même si vous étiez seule, vous ne risqueriez rien avec moi.

Je pourrais faire un millier d'objections à cette proposition, depuis la diatribe outragée jusqu'à la gifle qu'il mérite. Pourtant, j'opte pour :

— Je ne vous connais même pas.

— Ça n'en sera que meilleur pour vous, affirme Jonah. Avec un petit ami, vous pouvez faire semblant… mais ce n'est que de la comédie. Un jeu. Ce n'est pas le fantasme dont vous rêvez vraiment. Avec moi ? Je suis pratiquement un étranger. Je peux faire plus que vous baiser. Je peux vous effrayer un peu. Juste un peu. Assez pour satisfaire vos désirs les plus secrets.

Il faut que je mette un terme à tout ça.

— C'est complètement dingue. Vous le savez, n'est-ce pas ? Et ça n'arrivera jamais.

— C'est votre fantasme et le mien. Des opportunités pareilles ne se présentent pas souvent… deux personnes avec exactement le même penchant tordu.

Jonah sourit. C'est une expression féroce plutôt qu'amicale.

— Si nous n'en faisons rien, je crois que vous le regretterez. Je sais que je le regretterai.

Je veux lui dire qu'il se trompe. Je veux l'envoyer se faire voir. Je veux établir clairement que je ne suis pas la perverse qu'il dépeint, mais je ne peux pas. Cet homme a lu en moi.

— Je n'arrive pas à croire que nous ayons cette conversation.

— Nous pourrions avoir bien plus. Pensez-y.

Je ne peux m'empêcher de l'imaginer. Tous les fantasmes enfiévrés et violents que j'ai eus au sujet de Jonah ce soir-là, sur le bord de la route, me reviennent, plus vifs que la plupart de mes véritables souvenirs. Je voulais qu'il me prenne. Qu'il me contrôle. Qu'il m'empoigne et qu'il me force.

Tout ce temps, il a fantasmé sur la même chose. Peut-être au-delà de ce que j'ose concevoir. Dans l'obscurité, alors que j'étais à sa merci, c'était exactement ce qu'il avait en tête.

Je devrais probablement me sentir insultée ou effrayée. À la place, je suis incroyablement et presque douloureusement excitée.

Mais excitée ne veut pas dire suicidaire.

— Il n'est pas question que je vous donne l'autorisation de me..., dis-je.

— Ce n'est pas ce que j'ai demandé. J'ai proposé de jouer un rôle dans votre fantasme, tout comme je vous demande de jouer un rôle dans le mien. Je ne ferai rien que vous ne désirez pas.

Ses yeux gris sont insondables.

— Nous pouvons régler quelques détails à l'avance, pour votre bien-être.

— Est-ce quelque chose que vous faites souvent avec les femmes ?

Je fais référence au fantasme, mais je prends conscience que Jonah pourrait avoir commis cet acte pour de vrai. Je suis peut-être en train de parler à un prédateur. Si ça se trouve, il me voit comme une proie potentielle offerte à lui tel un fruit bien mûr dans une branche.

— Quelques-unes de mes ex-petites amies ont essayé de me faire plaisir, mais ça n'allait jamais. Elles ne voulaient pas la jouer brutale.

Son sourire est aussi aiguisé qu'un rasoir.

— Je pense que vous, si.

Ses paroles ont de quoi me faire peur, mais il a raison. Je veux la jouer brutale. Je recherche le sexe le plus brutal et le plus obscène qui soit. Et je le veux vraiment. Je l'ai désiré si longtemps. Nous n'avons pas échangé plus de quelques mots, mais je sais déjà que Jonah est exactement le genre d'homme qui me donnera ce dont j'ai besoin sans la moindre hésitation. Sans merci.

Je ne veux pas désirer ça. Je m'efforce d'échapper à mon fantasme, de ne pas me laisser aspirer par lui. Si j'essaie et que je déteste, ce sera horrible. Cette expérience pourrait être aussi traumatisante qu'un viol et je me serais jetée dans la gueule du loup volontairement.

Ce n'est pas ce qui m'effraie, cependant. Ce qui me fait peur, c'est d'adorer ça. Je suis peut-être complètement perturbée.

Je préfère ne pas savoir.

— Écoutez, j'ai conscience que ceci est une... proposition, pas une menace, mais cette conversation est particulièrement troublante et je préférerais qu'elle s'arrête.

Son expression change subtilement. Je me souviens de ce que j'ai pensé de lui plus tôt dans la soirée. Cet homme peut être brisé. Une part de cette vulnérabilité est visible en cet instant, en regardant bien.

— Je ne forcerai jamais une femme contre sa volonté. Jamais, même si quelqu'un posait un flingue sur ma tempe. Je lui dirais de m'abattre. Je ne franchirai jamais cette ligne.

— Mais votre fantasme est de forcer les femmes.

Il hausse les sourcils.

— Vous fantasmez à l'idée d'être forcée. Vous connaissez la limite entre le rêve et la réalité. Moi aussi.

Comment ne parvient-il pas à voir la différence ? Mon fantasme vient d'un endroit très sombre, mais très réel. Pour Jonah, ce n'est probablement qu'une façon de prendre son pied.

Je devrais partir. Je devrais ravaler ma fierté, retourner à l'intérieur, attraper mon sac, mes clés et rentrer chez moi le plus vite possible. Demain, il faudra que j'appelle Shay pour lui dire de ne plus jamais inviter le professeur Marks à aucune de ses soirées.

À la place, je reste ici, le souffle court. Les yeux de Jonah se plissent, un sourire trop diabolique pour être exposé. Il sait parfaitement à quel point je suis excitée. La honte que j'éprouve ne fait qu'alimenter mon désir.

— Et vous, vous avez déjà fait ça avant ? s'enquit-il. J'en doute.

Pas de la façon à laquelle il pense.

— Non.

Il penche la tête et m'étudie intensément.

— Nous pourrions commencer en douceur. Petit à petit. Jusqu'à définir ce dont vous avez vraiment besoin.

Jonah sait de quoi j'ai besoin. Et je ne supporte pas qu'il le sache si bien.

— C'est dingue.

Je glisse quelques mèches de mes cheveux derrière mes oreilles et je tire sur mon chemisier, m'efforçant de me redonner une contenance. Mais je ne peux m'empêcher de remarquer que mes tétons sont durs sous le fin tissu noir. Même si je n'ai pas surpris Jonah en train de regarder mes seins, je sais qu'il l'a vu aussi.

— Comme vous l'avez dit, ce n'est qu'un fantasme. Je crois que nous devrions en rester là.

— Dommage. Ç'aurait été une expérience intense.

Il faut beaucoup d'audace pour être aussi sûr de soi au sujet de quelque chose d'aussi déplacé. Au diable l'intimidation, au diable la politesse !

— Qu'est-ce qui vous excite dans le fait de me demander quelque chose d'aussi tordu alors que je vous connais à peine ? Nous sommes censés planifier nos ébats avant même de nous être touchés ?

Jonah ne répond pas tout de suite. Puis il prend mon visage dans sa main en un geste brutal et possessif et pose sa bouche sur la mienne.

Son baiser est dur. Insistant. Sa langue force le passage entre mes lèvres. Je ne veux pas lui répondre, mais je le fais. Je laisse aller ma tête en arrière alors qu'il se rapproche et enveloppe ma taille de son bras. Je m'abandonne à son toucher. Il éveille chacune de mes terminaisons nerveuses – comme si j'avais vécu en somnambule pendant tout ce temps. Le désir envahit mon esprit, mes seins, mon sexe.

Juste quand j'ai l'impression que mes jambes vont céder sous mon poids, Jonah s'écarte brusquement. Il me déstabilise et je titube presque. Il doit le voir, il doit voir que mes joues sont roses et mon souffle court. Cet homme sait déjà quel pouvoir il exerce sur moi et il en veut plus.

— La balle est dans votre camp, déclare-t-il.

Sur ces mots, il retourne à l'intérieur, comme si cette scène n'avait pas d'importance. Je ne peux que rester là et l'observer partir.

5

Je n'arrive pas à dormir.

La fête de Carmen s'est terminée deux heures plus tôt. J'ai compensé ma petite crise en restant jusqu'à la fin, pour aider Carmen à ramasser les cadavres de bière et les sachets de chips vides. Si quelqu'un faisait une plaisanterie, je riais même si je ne trouvais pas ça drôle. Encore un peu de sangria ? Bien sûr. Le boute-en-train de la soirée, c'était moi. Je me suis efforcée de prétendre que Geordie n'avait pas révélé mon plus grand secret. De toute façon, la plupart des gens n'étaient pas au courant ou s'en fichaient. Le seul qui m'a mise mal à l'aise, c'est Mack. Il n'a pas arrêté de me fixer. Mais après tout, Mack passe son temps à me reluquer.

Jonah a dû partir juste après m'avoir embrassée. Je l'imagine rentrer dans la maison, puis passer la porte sans même dire au revoir. Visiblement, personne n'a vu notre étreinte dans la cour. C'est un soulagement. Je n'aurais pas supporté d'entendre Carmen me dire qu'elle le trouvait mignon.

Mignon. Jonah est… beau. Attirant. Fascinant. Diablement sexy.

Pas « mignon ».

Je le cherche sur le site de l'université. Département des sciences de la Terre, a dit Shay. Un professeur. C'est le dernier métier que je l'aurais imaginé exercer. Je le voyais plutôt... membre du SWAT. Officier de la marine. Tueur à gages. Pas enseignant.

Lorsque je clique sur sa page, l'image qui apparaît n'a rien du cliché ordinaire et rassurant auquel je m'attendais, mettant en scène un Jonah à lunettes en cardigan, le genre de tenue qu'un professeur d'université porte sur les photos officielles. Il est en extérieur – au milieu d'un paysage escarpé sur fond de ciel bleu. Il porte un pantalon kaki, une chemise blanche aux manches roulées sur ses avant-bras et son expression est renfrognée, comme s'il voulait frapper le photographe. Cet air sombre ne le rend pas moins attirant. Il ne ressemble à aucun professeur que j'ai rencontré, à moins de prendre en compte Indiana Jones.

Professeur en séismologie et volcanologie, dit la légende. Ceci explique cela. À présent que j'étudie la photo avec attention, les roches sous ses pieds ressemblent à des pierres volcaniques – si mes souvenirs de ce cours de géologie que j'ai suivi il y a quatre ans sont exacts. Je l'imagine parfaitement flirtant avec le danger, à peine équipé pour se protéger de la nature environnante, marchant vers la lave en fusion ou un volcan en éruption sans la moindre hésitation.

Avec un frisson, je prends conscience que Jonah est totalement indifférent au danger.

Stop. Si je veux trouver le sommeil ce soir, il faut que j'arrête ça. J'éteins ma tablette et j'essaie de me détendre. Je range ma jupe dans mon armoire et je lance mon chemisier dans la panière à linge sale. Un débardeur blanc et une culotte, c'est tout ce que je peux supporter par cette chaleur. Le coton est fin et je peux donc prétendre que c'est une seconde peau. Parfois, je dors nue, mais ce soir, je ressens le besoin de me couvrir. Je me sens vulnérable.

Mon quartier est sûr, mais je vérifie par deux fois que j'ai bien verrouillé la porte, puis j'examine chaque fenêtre pour m'assurer qu'elle est fermée. Au lieu d'éteindre toutes les lumières, j'en laisse une allumée – celle près de la fenêtre qui donne sur la rue. Si quelqu'un passe devant chez moi, il croira que je suis toujours éveillée.

Et quand je dis quelqu'un, je veux parler de Jonah.

Il n'est pas du genre à me harceler, je pense. J'en suis même convaincue. Jonah a juré qu'il ne forcerait jamais une femme contre sa volonté. Lorsqu'il a prononcé ces mots, sa voix a pris une intonation particulière – dure, déterminée. J'ai suffisamment confiance en mon instinct pour affirmer qu'il ne mentait pas.

Et s'il pensait ne pas me forcer ? Il a dit qu'il voulait m'offrir mon fantasme. Pourrait-il s'introduire chez moi en imaginant que je l'attends ? Nous avons parlé de mise en scène. Entrer chez moi par effraction pourrait en être une. J'aimerais penser qu'il n'irait pas aussi loin, mais la frontière entre le fantasme et la réalité se brouille si facilement. Si je protestais, si je me débattais, Jonah croirait que cela fait partie du jeu.

Il a dit que la balle était dans mon camp. Cela signifie forcément que la prochaine initiative doit venir de moi.

Pourquoi est-ce que je pense à ça ? Je me retourne dans mon lit, incapable de trouver le repos sous les draps fins. Cette idée est dingue. Je l'ai fait remarquer à Jonah. Quand j'ai refusé, j'étais sincère, point final.

Mais j'ignore si Jonah acceptera que cela n'aille pas plus loin. Un type qui fantasme est-il capable de comprendre le mot « non » ? Puis-je lui faire confiance ? Cet homme m'a demandé de m'abandonner complètement à lui, de me placer sous son emprise.

Et il a prouvé qu'il n'abuserait pas de mon impuissance.

J'ai déjà été vulnérable et sans défense – dimanche dernier, lorsqu'il s'est arrêté sur le bord de la route pour m'aider à changer ma roue. Nous étions au beau milieu de nulle part. Quand je lui ai indiqué que j'avais appelé la dépanneuse, il savait forcément que je mentais. Il est imposant et fort. S'il avait voulu me prendre contre ma volonté, il aurait pu le faire. Je ne suis même pas sûre que la clé à écrous m'aurait sauvée.

À présent, je sais qu'il pensait à la même chose que moi. Il m'a vue. Il m'a désirée. Il a imaginé me pousser à l'arrière de sa voiture et me bloquer sous son poids…

Mais il ne l'a pas fait. Jonah m'avait à sa merci et il s'est contenté de m'aider.

Cela signifie-t-il que je peux lui faire confiance ?

Je n'en sais rien. Je ne le saurai pas avant d'avoir essayé.

C'est fou. Malsain. Et même potentiellement dangereux. Pourtant, je suis excitée comme jamais.

Je lève les yeux vers la fenêtre près de mon lit. Je n'ai pas à m'inquiéter de celle-ci. Depuis huit ans, elle n'a jamais été ouverte et fait pratiquement partie du mur. Personne ne peut passer par là, à moins de prendre le risque de se déchiqueter la peau en traversant la vitre.

C'est ce qui me permet d'imaginer Jonah dehors en toute sécurité.

Dans mon esprit, la fenêtre s'ouvre facilement sur son passage. Je suis étendue là, dans mon débardeur transparent, le souffle court, paralysée par la peur. Jonah s'introduit dans l'appartement avec l'aisance d'un cambrioleur, le son de ses pas à peine perceptible. Puis, il se dresse devant moi et m'observe. Il ne prononce pas un mot. Il n'a pas besoin de le faire. Dans ce fantasme, je sais que je dois obéir à ses ordres. Ce qu'il veut me faire, je dois l'accepter.

Arrête, murmure la partie rationnelle de mon cerveau, celle qui sait que je ne dois pas m'aventurer sur ce terrain, même en pensée. Rêver que je me fais prendre par des étrangers sans visage, c'est une chose. Penser à Jonah, l'homme qui veut m'attacher et me prendre pour de vrai, c'est un tout autre degré de perversité.

Mais on dirait que j'ai fini par atteindre ce niveau.

Je me tortille pour retirer ma culotte et ma main glisse entre mes cuisses. Alors que mes doigts entament de petits cercles, je ferme les yeux pour mieux voir Jonah au-dessus de moi.

Il a une ceinture, une corde, quelque chose qu'il enroule autour de mes poignets. Il attache l'autre extrémité à l'un des piliers du lit, puis il tire sur mes chevilles pour que mes bras soient tendus au-dessus de ma tête. Je gémis de peur. Cela le fait sourire. Il retire mes dessous et écarte mes jambes, si largement que c'en est presque douloureux. J'entends le son de sa braguette. Il fait trop noir pour que je voie son sexe, mais je sens son gland épais pressé contre moi… en moi…

Dans mon esprit, je rejoue cette scène en boucle, le moment où il s'enfonce en moi, le premier choc de la pénétration, son grognement satisfait, mon cri désespéré. Encore et encore, jusqu'à ce que je jouisse si violemment que j'en ai le vertige. Ma vision se floute et un bourdonnement résonne dans mon crâne. Je n'ai conscience de rien si ce n'est du sang qui pulse au creux de mes cuisses chaque fois que mon sexe se contracte, enfiévrée de désir pour un homme qui n'est même pas là.

Dès que je retrouve mon souffle, je soupire.

— Oh, non…

Si le simple fait d'imaginer Jonah Marks dans ce rôle me fait jouir ainsi, qu'est-ce que cela donnerait dans la vraie vie ? Je n'ai pas envie de le découvrir.

Ou peut-être que si.

Quoi qu'il en soit, je ne suis pas près d'arrêter de penser à Jonah Marks. Ni de dormir.

*

* *

Mon week-end tout entier peut se résumer ainsi :

Se lever, avaler un petit déjeuner, faire du sport. Prendre la résolution de ne pas trop penser à Jonah aujourd'hui.

Travailler un peu à l'atelier.

Faire une pause à midi. Rentrer chez moi pour manger un sandwich. Penser à Jonah.

Me masturber en fantasmant sur lui, au beau milieu de la journée, haletante et gémissante dans mon lit.

Me rhabiller. Faire des courses ou voir une copine. Choisir une carte rigolote pour Libby à la librairie, pour qu'elle n'oublie pas complètement sa « tatie Vivi ». Avoir du mal à me rappeler ce que je suis censée acheter au supermarché ou quoi dire lors d'une conversation, parce que mon esprit reste enchaîné à l'ombre de Jonah Marks.

Rentrer chez moi. Me masturber encore une fois. Jeter ma culotte trempée dans la panière à linge et en mettre une propre.

Essayer de trouver un truc marrant à faire en soirée. Jouer à des jeux vidéo avec des amis. Écouter de la musique en discothèque. Passer tout mon temps à imaginer les mains de Jonah sur ma peau.

Me mettre au lit. Me répéter qu'il est impossible d'avoir encore besoin d'un orgasme.

Penser à Jonah. M'offrir un autre orgasme. M'endormir.

Au moins, je ne me souviens d'aucun rêve que j'ai fait ce week-end. Le sommeil est le seul moyen d'oublier Jonah.

Le lundi matin, j'émerge au son de mon iPhone qui me rappelle mes rendez-vous du jour en jouant la chanson de mon réveil. En clignant des yeux, je parcours mon planning en mode automatique, jusqu'à ce que je tombe sur ma séance de thérapie. *Rappel : Doreen est en Floride.*

Ma thérapeute m'a indiqué le mois dernier qu'elle serait absente deux semaines pour rendre visite à son fils à Tampa. Je l'ai enregistré dans mon téléphone, puis j'ai oublié ce détail. Il y avait longtemps que je n'avais pas été fragile au point qu'une pause de deux semaines dans mes séances m'apparaisse comme une crise. En cet instant, je suis totalement abattue. Doreen m'aurait aidé à me raisonner. Elle m'aurait rappelé que j'essaie de dépasser ce fantasme et que je ne dois pas le laisser m'obséder au point de dominer toute ma vie. Je serais ressortie de son bureau, revigorée, apaisée et prête à revenir à la normale.

Mais Doreen est à l'autre bout du pays et Jonah, lui, est très, très proche.

J'enfile un pantacourt et un haut blanc tout simple avant de glisser dans mes sandales. Je tire mes cheveux en queue de cheval et je pars pour l'université. Comme toujours, se faufiler au milieu de la circulation du campus est une galère. Chaque matin, nous avons droit à des bouchons dignes de Los Angeles. L'université d'Austin est l'un des plus grands campus du pays – plus de cinquante mille étudiants, près de vingt-cinq facultés et leur personnel répartis dans cent cinquante bâtiments éparpillés sur plus de quatre cents hectares. Les autres conducteurs autour de moi sont des étudiants qui se rendent en cours. Même les quelques chanceux qui ont réussi à se loger sur le campus sont parfois si loin de leur lieu d'études qu'ils ne peuvent s'y rendre à pied.

En plus, chaque faculté réunit quelques centaines de sections plus petites. Chaque bâtiment, chaque département possèdent sa propre personnalité et sa propre population. J'ai pour règle générale de ne jamais m'aventurer très loin de l'École des Arts.

Je suis donc étonnée de découvrir Geordie assis sur l'un des bancs en fer devant mon bâtiment après avoir enfin réussi à me garer. Il tient une feuille de papier qu'il froisse entre ses doigts crispés. Lorsqu'il m'aperçoit, il écarquille les yeux. Bien qu'il soit visiblement en train de m'attendre, il redoute ce que je vais dire.

Et il fait bien.

Alors que j'approche, il se lève.

— Vivienne, je suis tellement, tellement désolé pour vendredi soir.

— Tu peux.

Je croise les bras.

— Tu te souviens de ce qui s'est passé, au moins ? Ou est-ce que c'est Carmen qui te l'a raconté le lendemain ?

Il se gratte la tête de sa main libre.

— Je ne vais pas te mentir, c'est un peu flou, mais je m'en souviens.

— C'était entre toi et moi, Geordie. Tu n'aurais rien pu dire de plus intime. Tu étais bourré, OK, mais tu n'aurais jamais, jamais dû laisser ces mots sortir de ta bouche.

— Je le sais. Je le sais bien.

Il semble si sincère. Presque abattu, comme si ses paroles l'avaient blessé plus que moi. Geordie tient toujours à agir de la bonne manière. Simplement, il n'y parvient pas tout le temps.

Cette fois, cependant, je ne compte pas le laisser s'en sortir aussi facilement.

— Je ne parle jamais de notre vie sexuelle, même pas avec mes meilleurs amis et encore moins avec des inconnus lors d'une soirée. Si tu veux que nous restions amis, tu dois faire un effort. C'est compris ?

Il hoche la tête lentement. Nous nous tenons l'un en face de l'autre en silence pendant quelques minutes avant qu'il ne me tende le bout de papier.

— Je me suis senti si mal que je t'ai écrit un poème.

— ... un poème ?

— Oui.

Il est pratiquement au garde-à-vous, comme un politicien sur le point de prononcer un discours.

— Le titre est : « *Je suis un gros con* ».

Geordie entame sa lecture : *Je suis un gros con/ parfois j'agis comme un vrai couillon / quand je fais la commère/mes relations dégénèrent / je t'en prie, pardonne ce modeste crétin alcoolisé/ou je serais triste, je n'ai pas eu le temps de trouver la dernière rime.*

Je n'y tiens plus. Je me mets à glousser et un sourire soulagé se dessine sur le visage inquiet de Geordie. Je n'ai jamais pu rester furieuse contre lui très longtemps.

— S'il te plaît, dis-moi qu'il n'y a pas d'autre verset.

— Je crois avoir atteint la perfection poétique en six vers. Le plus est l'ennemi du mieux, tu ne crois pas ?

— Carrément. Par exemple, moins de détails intimes sur notre relation, plus de soirées agréables.

Il pose une main sur mon bras – pas en un geste romantique, mais rassurant.

— Je ne révélerai plus jamais aucun détail personnel à notre sujet. Jamais. Il n'y a pas assez de gin dans le monde pour me faire rompre cette promesse.

Je soupire.

— OK, mais tu es en probation.

— Cette sentence me semble juste et équitable, Votre Honneur.

Il presse mon bras et recule.

— Bon, je dois aller en cours.

La fac de droit n'est pas tout à côté.

— Il va falloir que tu coures ?

— Probablement... Tout est réglé entre nous ?

— Bien sûr.

Avec un sourire, Geordie bondit sur la pelouse. Il est plus vieux que la plupart des autres étudiants, mais sa façon de bouger, de courir avec ses longs cheveux bruns bondissant à chaque mouvement lui donne l'air d'un gamin. Je secoue la tête en l'observant s'éloigner.

Les assistants pédagogiques partagent un espace au quatrième étage. Les ascenseurs s'arrêtent au troisième. Je préfère prendre l'escalier dès le début, c'est moins agaçant. Notre salle est aussi grande que l'on s'y attendrait : une longue pièce étroite probablement destinée à servir de placard à l'origine, équipée du mobilier le plus vieux et le plus défoncé qui n'a pas encore été jeté aux ordures.

Je ne m'en soucie pas vraiment. La plupart du temps, je travaille à la maison ou à l'atelier. Et puis, si basse soit ma position au sein de la pyramide hiérarchique, je dépends quand même du secrétaire du département.

— Bonjour, dit Kip quand je pénètre dans le bureau principal. Tu n'es pas aussi sexy que vendredi soir.

— Oh, non ! J'ai oublié de mettre ma lingerie pour impressionner ma classe de quatorze heures.

Je me tape le front du plat de la main.

— Tu n'aurais pas des cache-tétons sur toi ou un string ?

— Tu aimerais le savoir, hein ?

Kip me lance un regard en coin, sans interrompre la course de ses doigts sur le clavier.

— Je pensais que tu voudrais te faire belle pour Geordie. Ne crois pas que je ne l'ai pas vu dehors, alors épargne-moi tes sarcasmes.

— Geordie et moi sommes amis maintenant, tu te souviens ?

— Hum, hum, lâche Kip, insinuant clairement qu'il ne me croit pas une seule seconde.

Lorsque Kip Rucker a rejoint notre département l'an passé, je ne savais pas trop quoi penser de lui. Notre précédente secrétaire était une vieille dame qui portait des pulls à appliques assortis à chaque journée nationale, y compris celle dédiée aux arbres. Kip, au contraire, porte des jeans slims, des tee-shirts haute couture *oversize* et du vernis à ongles. Il faut du courage pour assumer sa sexualité comme il le fait, ici, à Austin. Nous avons beau être dans la ville la plus tolérante de l'État, nous restons au Texas. J'admire donc son audace depuis le début, même si j'avais du mal à imaginer qu'il s'intégrerait. Il a une grande gueule, une attitude arrogante et se fiche complètement de ce que les autres pensent de lui. Généralement, ces qualités ne font pas bon ménage avec le poste de secrétaire.

Pourtant, en trois semaines, Kip avait réorganisé notre bureau. Soudain, nous étions beaucoup plus efficaces. Il nous facilitait le travail d'une façon que nous n'aurions jamais pu rêver. Même la vieille machine à café avait disparu, remplacée par un modèle plus récent qui faisait du vrai café plutôt que de la boue brunâtre.

Quand nous lui avions demandé comment il avait réussi à l'obtenir, il nous avait répondu qu'il connaissait des gens au service restauration. Nous avons vite découvert que Kip connaît du monde dans chaque département de l'université. Étrangement, toutes ces personnes semblent lui devoir un service. Je crois que Kip pourrait devenir doyen de l'université s'il le décidait. Probablement un doyen dictateur. Je suis simplement ravie qu'il soit de notre côté.

Ce matin, ses ongles sont peints d'un vernis rouge cerise. Je prends sa main une seconde.

— Jolie couleur.

— Merci. Tu peux me l'emprunter si tu veux.

— Pas aujourd'hui. Peut-être une autre fois.

Je me dirige vers la porte qui donne sur mon minuscule bureau. Aucun des autres assistants n'est arrivé pour le moment. Marvin a cours et Keiko ne pointe jamais le bout de son nez avant midi. Ce qui signifie que j'ai un peu de temps pour moi.

L'ordinateur vrombit lorsque je l'allume. Notre page d'accueil est le site de l'université, il ne me faut donc que quelques clics pour entrer dans l'annuaire et trouver la page de Jonah Marks.

Encore une fois, j'étudie la photo. J'ai passé tout le week-end à imaginer son visage près du mien – me donnant des ordres, m'insultant – mais cette image n'a pas perdu son pouvoir sur moi. Au contraire, elle me subjugue encore plus.

Peut-être parce qu'il est plus près que jamais.

Avant de changer d'avis, je clique sur le lien vers sa boîte mail. Un nouveau message s'ouvre, avec l'adresse de Jonah dans la case destinataire. Je n'ai plus qu'à écrire. Je ne me fatigue pas à remplir le corps de l'e-mail, ce que j'ai à lui dire tient dans la ligne « objet ».

Parlons-en.

Puis, j'appuie sur « envoyer ».

6

Ici, à Austin, la plupart des bars sont des endroits bruyants, à cause des concerts qu'ils accueillent ou des étudiants munis de fausses cartes d'identité qui s'y agglutinent, ou les deux. Le bar de cet hôtel, en revanche, est sophistiqué, sobre. Au lieu du traditionnel rock alternatif tonitruant, un morceau de R&B s'échappe des enceintes dissimulées dans la pièce. Des divans en cuir et des chaises sont installés dans plusieurs alcôves pour encourager la conversation et créer un sentiment d'intimité. Les autres clients sont pratiquement tous adultes, et ils sont aussi nombreux à boire du café que du vin.

J'hésite avant de commander ma propre boisson. Il me semble important de garder l'esprit clair, mais je suis déjà nerveuse. La caféine ne ferait qu'empirer la situation. J'opte donc pour le pinot noir.

Le sofa situé dans le recoin le plus isolé et intime du bar est disponible. Je m'y installe. Je suis venue en avance volontairement, afin de disposer de quelques minutes pour me composer une attitude avant l'arrivée de Jonah. À présent, je regrette de l'avoir fait. Assise ici, je n'ai rien d'autre à faire que paniquer.

Il n'est pas trop tard pour partir. Envoie un courriel à Jonah, dis-lui que tu as eu un empêchement, retourne dans ta voiture et fiche le camp d'ici tant qu'il est encore temps.

Je reste immobile.

J'ai fini par m'habituer à ces crises de doute. Elles arrivent fréquemment depuis que j'ai envoyé cet e-mail à Jonah il y a deux jours. Sa réponse se limitait à l'adresse d'un bar, avec la date et l'heure de notre rendez-vous. Il se concluait ainsi : « Uniquement pour parler ». Au début, il m'a exaspérée. Il aurait quand même pu exprimer de la surprise, de l'enthousiasme, des doutes, n'importe quoi. Pas une question, pas un seul indice sur ce qu'il en pensait. Puis, j'ai compris que cette conversation devait avoir lieu de vive voix. Nous devions nous montrer parfaitement clairs sur le sujet, sur chaque détail. Sinon, cette histoire pourrait prendre une terrible tournure.

Est-il seulement possible qu'une expérience aussi perverse se passe bien ? J'en doute. Je regretterai peut-être cette initiative. Les risques sont bien réels et j'ai chacun d'eux en tête. Ce fantasme qui me domine est malsain, tordu, mais il ne me laisse aucun répit. Lutter contre lui ne m'a rien apporté de bon. Alors, j'abandonne. Je me rends.

Je prends une longue gorgée de vin, ferme les yeux et inspire profondément, m'exhortant au calme. Cette technique fonctionne jusqu'à ce je rouvre les paupières et découvre Jonah.

Il marche droit sur moi comme s'il savait où j'étais installée avant même d'avoir passé la porte. Comme moi, il a choisi une tenue adaptée à ce lieu chic – un pantalon gris anthracite coupé à la perfection qui accentue sa taille fine et une chemise en lin noire qui moule son torse musclé. Je porte la main au décolleté de ma robe portefeuille couleur prune. Il n'est pas si tapageur, mais je me sens exposée sous l'intensité de son regard.

— Je n'étais pas sûr que vous viendriez, dit Jonah.

Bonjour. S'il veut aller droit au but, je peux le faire aussi.

— J'ai failli m'enfuir une ou deux fois, mais je suis là.

Cette remarque me vaut un sourire diabolique.

Jonah s'assied à côté de moi, à distance raisonnable, comme si j'étais une collègue plutôt que la femme qu'il veut baiser. Mais après tout, ce sont les préliminaires. Il ne se passera rien ce soir. Si nous devons aller plus loin, il nous faut des limites. Des règles. Je suis peut-être assez folle pour me lancer dans cette aventure, mais je ne suis pas cinglée au point de ne fixer aucun cadre.

— Vous avez passé une bonne journée ?

Il me dévisage. Comme il l'a dit à la soirée de Carmen, moins nous en saurons l'un sur l'autre, mieux ce sera. Ce n'est pas un premier rencard.

— Désolée.

Je bois un peu de vin avant de reposer mon verre. Si j'avale une gorgée chaque fois que je me sens nerveuse, je vais finir dans un sale état.

— Aucun détail. Pas de bavardage. Il ne faut pas s'aventurer sur ce terrain, reprends-je.

— Ce n'est rien. Je sais que c'est difficile.

Il marque une pause avant d'ajouter :

— Vous avez peur ?

Profonde inspiration. Réponse sincère.

— Oui et non. Je vous crois quand vous dites que vous ne ferez rien sans ma permission, mais j'ai un peu l'impression d'être sur le point de sauter d'une falaise. J'ai ce fantasme depuis… depuis toujours, mais je n'aurais jamais imaginé le vivre avec un inconnu…

À cet instant, un serveur apparaît à notre table. Pourquoi les serveurs se montrent-ils toujours au moment le plus inopportun ? Avec désinvolture, Jonah commande :

— Je prendrai la même chose que la dame.

Je ne suis même pas sûre qu'il ait vu ce que je buvais. Et si j'avais choisi un cocktail tropical ridicule servi dans un ananas avec une paille rose et un parapluie ? L'image d'un homme aussi grave que

Jonah en train de siroter l'une de ces boissons me fait sourire. Finalement, j'arrive à me détendre un peu… mais pas trop.

Dès que le serveur s'éloigne, Jonah se tourne vers moi.

— Que vous faut-il pour vous sentir en sécurité ?

J'apprécie qu'il pose la question, mais comment lui répondre ?

Droit au but, je me rappelle. Je dois adopter la même honnêteté que lui.

— Je veux que vous portiez un préservatif. À moins que vous ne souhaitiez me montrer votre dossier médical.

Jonah hoche la tête.

— Je peux vous l'obtenir. Vous feriez de même ?

Je n'ai même pas pensé que Jonah pourrait être inquiet à ce sujet.

— Euh… oui, bien sûr.

— Ce n'est pas pressé, indique-t-il, je peux me protéger au début. Ça durera plus longtemps.

Mes joues s'enflamment tandis que j'imagine Jonah en moi, me pilonnant, me pénétrant encore et encore, sans merci…

Il doit deviner à quoi je pense, car il penche la tête comme s'il savourait l'effet qu'il a sur moi.

— Quoi d'autre ?

Une autre gorgée de vin m'aide à retrouver une certaine constance avant de répondre.

— Je ne veux pas que vous m'attachiez. Pas la première fois, en tout cas.

Il sourit.

— J'aime que vous envisagiez l'avenir. J'aurai ainsi de multiples opportunités de vous offrir ce que vous désirez.

Le fait que Jonah ait pu considérer cette histoire comme un coup d'un soir ne m'a jamais traversé l'esprit. Maintenant que j'y pense, ce serait pourtant plus logique que l'hypothèse selon laquelle nous continuerons à jouer notre petit scénario sur le long terme. J'ai désiré cela trop longtemps, trop intensément pour concevoir qu'une nuit suffira à me débarrasser de ce fantasme. Si Jonah est le bon partenaire, c'est une occasion que je n'ai pas l'intention de laisser passer.

Déjà, je pressens que je ne me satisferais pas d'une seule fois avec Jonah Marks.

Je croise son regard.

— À condition que cela nous plaise, je précise.

— Je crois que ce sera le cas.

Seigneur, son sourire en cet instant… il est affamé, animal et je sais qu'il s'imagine en train de me posséder, tout de suite, maintenant. Cette certitude m'ébranle complètement.

Le serveur revient avec la boisson de Jonah. Nous restons tous deux silencieux le temps qu'il récupère son verre et tende un billet de vingt dollars au jeune homme.

— Gardez la monnaie.

Le verre de vin ne coûte que dix dollars. Le visage du serveur s'illumine. De mon côté, je suis contente d'avoir payé ma boisson. Je ne veux rien devoir à Jonah Marks. Pour le moment.

Dès que nous sommes seuls de nouveau, Jonah déclare :

— Nous devrions discuter de ce que vous ne voulez pas la première fois et de ce que vous ne voudrez jamais. Si nous établissons des règles fondamentales dès le début, ça n'en sera que meilleur pour nous deux.

C'est logique. J'y réfléchis depuis qu'il a formulé son audacieuse proposition, et maintenant, je crois savoir quoi dire. Cela ne rend pas plus facile le fait de prononcer les mots à haute voix.

— Eh bien, voyons voir. Je vous ai déjà précisé que je ne voulais pas que vous m'attachiez la première fois et je pense que nous avons résolu la question de la protection…

Jonah hoche la tête, visiblement impatient. Bien que je ne l'aie pas vu bouger, il semble s'être approché de moi. Nos genoux se frôlent presque à présent et son regard est planté dans le mien. Mon incertitude l'excite, comprends-je. Comment pourrait-il en être autrement ?

Savoir qu'il se nourrit de ma peur me rend encore plus nerveuse. Il me faut quelques secondes avant de poursuivre.

— Il y a d'autres choses que je ne veux pas que vous fassiez… jamais. La première, pas d'armes. Si vous avez un couteau ou un flingue, ça ne m'excitera pas. Au contraire, ça me ferait peur.

Jonah semble perplexe. Il n'avait même pas dû y penser.

— Pas d'armes, bien sûr.

Je compte les points suivants sur mes doigts.

— Deuxièmement, j'ai conscience que je risque de prendre quelques coups durant tout ça, mais s'il vous plaît, n'essayez pas de me blesser ou de me faire vraiment mal. Je ne suis pas masochiste. Ce n'est pas du tout mon truc.

— Je ne suis pas sadique non plus.

Il n'est peut-être pas sadique au sens physique du terme, mais émotionnellement ? Il l'est forcément. Comment pourrait-il fantasmer à l'idée de forcer une femme et ne pas prendre du plaisir en faisant du mal aux autres, mentalement si ce n'est physiquement ? Mais s'il ne comprend pas les dommages que peut causer un viol et les séquelles qu'il laisse, il n'a pas conscience de la douleur profonde et durable que subit la victime.

L'espace d'un instant, la colère enfle en moi. J'ai envie de dire à Jonah tout ce qu'il ignore, de lui expliquer à quel point cette expérience peut être terrible.

Mais j'ai besoin qu'il se comporte comme un salaud, n'est-ce pas ? Le seul partenaire possible pour ce jeu est quelqu'un d'aussi tordu que moi.

— Très bien. Troisièmement, vous ne nous filmerez pas. Vous ne nous enregistrerez pas et vous ne prendrez pas de photos.

Il semble déçu. C'est donc quelque chose qu'il voulait faire.

— Je ne mettrais jamais ce genre d'images en ligne et je ne les montrerais à personne.

— Je vous crois, mais elles pourraient tomber entre de mauvaises mains. Vous vous souvenez du scandale qui a impliqué plusieurs acteurs l'an passé ? Certains sites pornos piratent les ordinateurs et les téléphones des gens. Ils volent les images lorsqu'ils le peuvent.

En prononçant ces mots, je découvre à quoi ressemble l'expression de Jonah Marks lorsqu'il est furieux. Son visage s'assombrit, ainsi que ses yeux gris. Son corps se raidit, comme s'il était sur le point de frapper, mais qu'il ne veuille pas que son adversaire sache quand il agirait.

— Celui qui ferait un truc pareil à une femme est un salaud.

Je hoche la tête. C'est si étrange, ce côté paradoxal chez lui. Comment peut-il tout à la fois détester les hommes qui abusent des femmes et fantasmer sur le fait d'être l'un d'entre eux ?

— Alors, pas de vidéos, pas de photos ?

Il abandonne avec élégance.

— C'est d'accord.

— Bien. Pour finir…

Je parcours le bar pour m'assurer que personne ne s'est approché de nous pendant que j'étais distraite. Nous sommes seuls, mais je baisse la voix malgré tout.

— N'éjaculez pas sur moi.

Jonah cligne des yeux, visiblement surpris. Je m'en doutais. Nous parlons de la chose la plus perverse qui soit et pourtant, je ne veux pas qu'il fasse un truc aussi ordinaire.

Je ne veux vraiment pas. Vraiment, vraiment pas.

— D'accord, je ne le ferai pas, finit-il par accepter.

S'il ne jouit pas sur moi, il jouira en moi. Je l'imagine venir dans ma bouche. Soudain, j'ai envie de le goûter si intensément que j'en gémis presque.

Je m'efforce de dissimuler mon trouble.

— Et vous ? Avez-vous des limites dont je devrais être informée ?

Je m'attends à ce qu'il réponde non. C'est lui qui aura le contrôle. De quelle limite pourrait-il avoir besoin ? À la place, Jonah me répond aussitôt.

— La règle fondamentale est que si nous sommes découverts, si quelqu'un pense que ce qui arrive est vrai et appelle la police, vous devrez les détromper. Je me moque que vous ayez honte de ce fantasme. Vous leur direz la vérité, c'est tout.

— Bien sûr. Je l'aurais fait de toute manière.

Je n'avais pas conscience du risque que Jonah prenait. Il étudie mon visage avec attention et je sais qu'il essaie de déterminer si je suis sincère lorsque j'affirme que je le couvrirai.

— Nous devons avoir confiance l'un envers l'autre, j'ajoute plus doucement, sinon ça ne fonctionnera pas.

— Vous avez raison.

Jonah reprend l'énumération de ses limites comme s'il n'avait pas été interrompu.

— Je vous ai dit que je n'étais pas sadique. Je ne suis pas masochiste non plus. Parfois, vous voudrez certainement vous débattre et il est possible que ça me plaise.

Sa façon de sourire diffuse une vague de chaleur en moi. Je remue sur le divan et je sens la moiteur entre mes cuisses.

— Quelques griffures, une gifle, ça va. Un œil au beurre noir ou un bras cassé que je devrai expliquer au travail, ça ne va pas.

— Compris.

Comme si je pouvais prendre le dessus sur Jonah Marks. Si nous devions en venir aux mains, il me maîtriserait en quelques secondes.

Il prend une profonde inspiration.

— Dernière chose, ne m'appelez jamais papa.

Je le dévisage et fais de mon mieux pour ne pas éclater de rire.

Il doit voir mon amusement, car son expression s'assombrit.

— Certaines femmes font ça au lit.

— Je sais.

Je ravale mon sourire.

— Si je vous demande de parler, je vous dirai comment m'appeler. Et vous obéirez.

Mon envie de rire s'évanouit aussitôt, remplacée par un besoin aussi primitif qu'urgent. Je veux que cet homme me donne des ordres. Je veux qu'il me dise quoi faire.

Jonah a accepté mes règles, si étranges soient-elles, je peux accepter ça.

— Ce n'est pas mon truc, de toute façon, donc tout va bien.

— Et pour la première fois uniquement…

Jonah réfléchit un moment.

— Je vous préciserai quoi dire.

— Comme un script ?

— Non. Je vous dirai de la fermer et vous le ferez. Vous ne parlerez que quand je vous y autoriserai et vous ne direz que ce je vous demande de dire. Nous pourrons… improviser un peu plus au fur et à mesure. Mais pour cette fois, je veux avoir ce contrôle. Acceptez-vous de me le donner ?

De nouveau, mon ventre se noue sous l'effet de la peur et du désir.

— Oui.

Je lui ai déjà laissé tellement de pouvoir sur moi. Quelques mots ne feront pas la différence.

Jonah hoche la tête, satisfait. Nous avons établi nos règles fondamentales.

Le serveur approche, plein d'espoir, mais nos verres de vin sont encore à moitié pleins. J'ai respecté mon plan de ne pas trop boire ce soir. Non seulement je dois conduire jusqu'à chez moi, mais j'ai aussi le sentiment qu'il vaut mieux garder les idées claires.

En même temps, je suis en train de discuter avec un type que je connais à peine pour mettre en scène mon fantasme. Il est donc possible de se demander si j'ai vraiment les idées claires.

— Il nous faudra un code, ajoute Jonah.

J'ai entendu parler de ça, bien sûr, mais j'ai toujours cru que c'était strictement réservé aux adeptes du SM. Cela a du sens pour nous, cependant. Nous avons déjà évoqué des scénarios dans lesquels je serais amenée à me débattre. Jonah doit savoir à quel moment s'arrêter quand je dis non pour de vrai.

— *Silver*, je propose.

— *Silver* ?

— Notre code. *Silver*.

Je l'ai choisi au hasard, mais il me plaît.

— Que fait-on si je veux que vous arrêtiez, mais que je ne peux pas parler ?

Soit parce qu'il m'aura bâillonnée, soit parce que son sexe sera dans ma bouche…

— Claquez des doigts. Vous devriez être en mesure de le faire en toutes circonstances.

Jonah sourit. Il sait qu'il m'a conduite exactement où il voulait me conduire.

— Même menottée.

Je suis incapable de parler. Mon souffle est court et rapide entre mes lèvres entrouvertes. Une part de moi est terrifiée à l'idée que cet homme me menotte. L'autre désire qu'il le fasse immédiatement. *Menotte-moi, sors-moi d'ici et fais-moi ce que tu veux pendant des heures...*

— Ne vous inquiétez pas, comme vous l'avez indiqué, je n'utiliserai pas de menottes la première fois, murmure-t-il. Ni de cordes ou toute autre entrave. J'ai bien conscience que je devrai le mériter.

Ma voix est rauque lorsque je dis :

— J'aimerais que vous le fassiez... une autre fois.

— Moi aussi. Dès que vous serez prête, pas avant.

Jonah pose le bras sur le dossier du divan. Il ne le passe pas autour de mes épaules. À la place, il effleure ma nuque du bout des doigts. Son toucher m'enflamme.

— Un autre interdit pour la première fois ? Soyez précise. Il y a beaucoup de choses que je rêve de vous faire. Si je dois éviter l'une d'elles, faites-le-moi savoir maintenant, pour m'éviter de faux espoirs.

Encore une fois, je regarde autour de nous. Je ne tiens pas à être entendue.

— Pour cette fois... pas de sexe anal.

Je rougis du simple fait d'avoir prononcé ces mots à haute voix.

Jonah caresse ma peau une nouvelle fois.

— Dommage.

— Uniquement pour les premières fois. Si l'expérience s'avère trop effrayante pour moi, trop intense, je ne veux pas en rajouter.

Il semble comprendre.

— Vous ne l'avez jamais fait auparavant, n'est-ce pas ?

— Non, je murmure.

— Mais vous êtes prête à le faire avec moi ? C'est une motivation de plus. Une autre récompense à mériter.

En toute honnêteté, je trouve la sodomie intimidante. Je n'y ai jamais vu d'intérêt et aucun des types que j'ai fréquentés n'avait envie d'essayer, ce qui m'allait bien.

Cependant, dans mes fantasmes, elle revient souvent. Un violeur ne se soucierait pas de ce que je désire. Il me l'imposerait.

Tout comme Jonah le fera un jour.

— Autre chose ? demande-t-il.

Quand je secoue la tête, il se redresse et adopte une attitude toute professionnelle de nouveau.

— Vendredi soir. À moins que vous n'ayez des projets… Ce n'est pas le cas ? Parfait. Voilà ce que je veux que vous fassiez. Allez à l'hôtel que je vous indiquerai. J'aurai payé une chambre à votre nom. Récupérez la clé, mettez-vous à l'aise. Puis, aux alentours de vingt heures, descendez au bar. Prenez quelques verres. Buvez un peu trop.

Ses yeux brillent d'une lueur intense. Il a réfléchi à chaque détail.

— Je serai là. J'essaierai de vous draguer, mais vous repousserez mes avances. Lorsque vous quitterez le bar, je vous suivrai. Devant la porte de votre chambre, vous essaierez de me repousser, mais je ne vous laisserai pas faire.

C'est comme si Jonah avait lu au plus profond de mon être et vu exactement ce que je désirais.

— Et après ?

— Ce sera à moi de jouer.

Seigneur, si l'on pouvait jouir en écoutant un homme parler, j'aurais l'un des orgasmes les plus violents de ma vie. Entendre Jonah faire des plans sur mon corps m'excite plus que tous les préliminaires que j'aie jamais connus.

— À vous de jouer, je répète.

— Un dernier détail.

Jonah se penche en avant, si près que je crois qu'il va m'embrasser. À la place, il murmure :

— Comment vous faire jouir ?

Mes joues sont écarlates, comme si on nous avait entendus.

— Cela ne devrait pas... être un problème.

Lorsqu'il fronce les sourcils, je dois m'expliquer.

— La plupart des femmes ne se contentent pas de la pénétration pour jouir, mais je n'ai pas de souci de ce côté-là.

Bien sûr, j'atteins l'orgasme en imaginant que je me fais prendre de force, même lorsque mon partenaire est encore en moi. Avec Jonah, ce fantasme deviendra réalité.

— Parfait.

Il sourit.

— Et au fait, ne portez pas de vêtements que vous voudriez remettre.

Avant que je ne puisse vraiment l'imaginer en train de m'arracher mes vêtements, il se lève, me prenant de court.

— Attendez. Vous... partez comme ça ?

— À moins que vous n'ayez autre chose à me dire.

Il tire sur sa chemise, et je comprends qu'il essaie de dissimuler son érection. Cette preuve du désir qu'il éprouve pour moi me donne encore plus envie de lui. Jonah, cependant, se comporte comme s'il était totalement indifférent.

— Si vous avez d'autres questions, posez-les maintenant.

Je sais que ce rendez-vous n'a rien d'un premier rencard. Je sais que nous sommes convenus d'en révéler le moins possible sur nos vies pour que nos jeux de rôle n'en soient que meilleurs. Mais je ne pensais pas qu'il était assez froid pour me quitter comme ça.

En même temps, c'est de ça que j'ai besoin. Un homme distant et intransigeant.

Il reste malgré tout une question que j'ai du mal à laisser de côté.

— Vous ne comptez pas m'expliquer pourquoi ?

Jonah marque une pause.

— Comptez-vous me révéler vos raisons ?
Pas du tout. Je lève le menton.
— Vendredi à vingt heures ?
— Vendredi.
Il pivote et quitte le bar sans un regard en arrière.

7

— La Terre pour Vivienne.

Je prends conscience que je suis toujours assise à la table d'Arturo et de Shay, mon assiette à moitié vide devant moi. Ils me dévisagent tous les deux, à la fois inquiets et amusés.

— Désolée, dis-je. Mon mémoire occupe toutes mes pensées en ce moment. En même temps, il occupe déjà toute ma vie, pourquoi pas mon cerveau ?

Les mots sortent trop vite, trop facilement. C'est peut-être la seule chose que ma mère m'ait apprise à sa grande satisfaction : l'art de mentir.

Arturo se lève.

— On dirait que quelqu'un a besoin d'une bière.

— Non, vraiment, ça va.

— Pas pour moi, merci, plaisante Shay. Apporte-moi un Canada Dry pendant que tu es debout, s'il te plaît.

Il lui tire la langue, ce qui la fait glousser, et part lui chercher sa boisson.

Nous ne sommes pas encore vendredi soir. Nous sommes jeudi. Il faut que j'oublie l'hôtel, Jonah et tout ce qui est censé arriver demain. Aujourd'hui, je suis avec mes amis. Je dois me comporter normalement.

Shay est tellement fière de son repas. Je suis leur première invitée dans leur nouvelle maison. Elle est dans sa phase « bons petits plats » ces derniers jours et apprend à cuisiner des recettes traditionnelles de grand-mère comme le rôti braisé, le quatre-quarts et, ce soir, la tourte au poulet. C'est branché, les plats faits maison, et c'est aussi délicieux, alors vive les hipsters !

Nous mangeons sur une table pliante disposée dans un coin de la cuisine. Tout leur budget mobilier part dans la chambre du bébé. Pour meubler le reste de la maison, Shay affirme qu'ils récupéreront des trucs à l'Armée du Salut ou même qu'ils feront les poubelles (les encombrants d'une ville universitaire recèlent de petits trésors. Vous n'imaginez pas ce que peuvent jeter des jeunes de dix-neuf ans entretenus par papa et maman).

Pour le moment, la maison fait plutôt vide, mais elle dégage déjà l'aura d'un foyer. Elle est illuminée par l'affection qu'Arturo et Shay se témoignent, leurs espoirs pour l'avenir. Je me sens plus à l'aise ici que je ne l'ai été chez mes parents – ma maison d'enfance – depuis très longtemps.

Je le dirais à Carmen, si elle était présente. Elle avait soi-disant une pile de copies à corriger. Je devine surtout qu'elle n'est pas encore prête à considérer Shay comme la « maîtresse de maison », mais elle finira par s'y faire.

— Tu es sûre que ça va ? demande Shay en me tapotant l'épaule. Tu travailles trop, tu devrais prendre plus de temps pour toi.

J'essaie de la rassurer.

— Je suis au beau milieu de mes recherches, ça demande beaucoup de concentration.

Ce qui est vrai. Et passer chaque minute de la journée à imaginer Jonah Marks en train de me baiser ne m'aide pas.

— Je sais que tu dois travailler dur, ajoute Arturo en revenant s'installer à table après avoir déposé un Canada Dry devant Shay, mais ça implique que tu t'éclates à côté pour décompresser.

Je me mets à tousser.

— Tu as avalé de travers ? s'inquiète Shay en me tapant dans le dos.

— Ça va, réponds-je en m'efforçant de ne pas rire.

*

* *

Quand le vendredi soir arrive, je n'ai plus du tout envie de plaisanter.

Dès que je laisse mes pensées dériver vers la chambre d'hôtel, tout mon corps se met à trembler de peur et d'excitation. J'ignore laquelle de ces émotions est la plus forte. En cet instant, je ne sais même plus ce que je ressens.

J'ai pris quelques mesures de sécurité. J'ai prévu d'aller au marché avec Carmen demain matin. Si je ne me pointe pas chez elle à dix heures, elle partira à ma recherche aussitôt. J'ai également programmé un e-mail qui sera envoyé à Carmen, Arturo et Shay dans trois jours si je ne l'efface pas. Il dit : Si quelque chose m'est arrivé, dites à la police de trouver Jonah Marks.

Bien sûr, je ne pense pas que cela sera nécessaire. Si je croyais que Jonah était vraiment dangereux, je ne serais jamais venue à l'hôtel.

… mais il est un peu dangereux. Assez pour que ma peur soit bien réelle.

Heure de pointe. Je circule dans les bouchons pour rejoindre le centre d'Austin, le plus grand hôtel de la ville, habituellement fréquenté par les célébrités, les riches touristes ou les hommes d'affaires. Jonah n'a pas lésiné sur les moyens. Il a choisi un lieu très raffiné pour sa première attaque.

— Vous resterez une nuit ? demande le réceptionniste.

— Oui. Une seule clé.

Comment fais-je pour avoir l'air aussi calme ? Le jeu de rôle a déjà commencé.

La chambre affiche un luxe sophistiqué et minimaliste – un immense lit recouvert d'une couette blanche et d'une demi-douzaine de coussins, un long bureau en bois poli pour les clients en affaires en ville et un éclairage tamisé diffusé par des appliques fixées aux murs couleur crème. Nous sommes à l'un des étages les plus hauts et la fenêtre offre une vue imprenable sur la ville. J'admire le coucher du soleil un moment, puis je ferme les rideaux pour que personne ne puisse nous voir.

Venir ici trois heures avant notre rendez-vous était exagéré. J'essaie de regarder la télé, mais mon esprit refuse de se concentrer sur les images et les sons. Finalement, j'abandonne et commence à me préparer. Je tiens à prendre le temps de me fabriquer une apparence pour que Jonah puisse mieux la démolir.

Une longue douche brûlante me détend légèrement. Le gommage au sucre que j'ai apporté adoucit ma peau. Je sèche mes cheveux tête en bas pour leur donner plus de volume et de souplesse que d'habitude.

J'ai envisagé d'acheter un body en latex, mais j'y ai finalement renoncé. Mieux vaut que j'aie l'air… surprise. Malgré tout, j'utilise ma tondeuse électrique pour m'épiler intégralement. Puis, j'enfile une culotte en dentelle. Pas de soutien-gorge.

Pour Noël, ma mère m'a offert ce parfum qu'elle adore et que je déteste. C'est l'une de ces fragrances puissantes et entêtantes des années 1980, généralement vendues dans des bouteilles violettes. Il sent le sexe à des kilomètres. Ce soir, je le porterai pour la première fois. J'applique mon maquillage comme ma sœur aînée Chloe me l'a appris, comme je ne le fais pratiquement jamais. La plupart du temps, un peu de poudre, du mascara et un baume teinté pour les lèvres font l'affaire. Ce soir, j'opte pour le style *smoky eyes* et j'ajoute du blush sur mes pommettes. Mon rouge à lèvres est d'un carmin sombre et brillant.

J'ai acheté cette robe en soldes sur Internet l'an passé, sur un coup de tête, influencée par les grosses lettres rouges du site qui disaient *Plus qu'un article disponible !* Lorsqu'elle est arrivée, cependant, j'ai pris conscience qu'elle était plus vulgaire que glamour. Le tissu transparent couleur framboise moule chacune de mes courbes et elle couvre à peine mes fesses. Deux fines bretelles la maintiennent en place.

Jonah ne devrait pas avoir de difficultés à les arracher.

De simples diamants aux oreilles – des pendants n'auraient fait que nous gêner pour la suite. Finalement, je glisse mes pieds dans mes sandales argentées. Prête.

Je me tiens devant le miroir, essayant de me voir de la façon dont Jonah me verra lorsqu'il entrera dans le bar. Tout dans ma tenue évoque le sexe. C'est le genre d'accoutrement qui pousse les apologistes du viol à dire que la femme « l'a cherché ».

Ce soir, c'est le cas. C'est ce que je cherche.

Dans le bar de l'hôtel, j'ai l'impression que tout le monde me regarde. Forcément, je me démarque au milieu des autres clientes, la plupart portant des vêtements sombres qui couvrent vraiment leurs corps. Tandis que je me perche sur un tabouret, je dois croiser mes jambes pour éviter de montrer ma culotte à toute la pièce. Le barman me dévisage de la tête aux pieds avant de dire :

— Qu'est-ce que je peux vous servir ?

Il me prend probablement pour une prostituée en quête de clients.

— Un Cosmopolitan, s'il vous plaît.

Ce n'est pas mon cocktail fétiche, mais je trouve que c'est le genre de boisson qu'une fille en robe rose ultravoyante commanderait.

Il me sert rapidement mon verre, tout comme le second que je commande vite derrière. Je n'ai pas encore mangé, c'est donc plus que suffisant pour me faire tourner la tête.

— Vous en voulez un autre ? me propose le barman.

Je commence à refuser, mais une voix grave s'élève derrière moi.

— Oui, c'est pour moi.

Jonah est là.

Comment a-t-il réussi à entrer sans que je le voie ? Je comprends alors que j'épiais la mauvaise entrée, celle réservée aux clients de l'hôtel, alors qu'il est passé par la porte donnant sur la rue. Sa tenue est plus décontractée que la mienne, un jean noir et une chemise blanche à manches longues qu'il a légèrement remontées sur ses avant-bras. Jonah n'a pas l'air d'un type en sortie pour draguer. Il semble prêt à passer à l'action. Prêt à tout.

Et moi ? Maintenant qu'il est à mes côtés, je ne sais plus trop. Mais je n'ai pas l'intention de partir.

Il va essayer de me séduire. Mon rôle consiste à l'envoyer balader.

— Un autre Cosmo pour la dame ? demande le barman, m'offrant visiblement une occasion de refuser la proposition de Jonah.

Je reste silencieuse.

Jonah répond pour moi.

— Un autre et apportez-moi un scotch avec du Coca.

Tandis que le barman prépare nos boissons, je parle à Jonah pour la première fois.

— Merci.

Il s'installe sur le tabouret près de moi.

— Vous visitez la ville ?

Je n'ai pas imaginé d'histoire pour expliquer ma présence ici, alors je reste simple.

— Je suis de passage.
— Seule ?
— Hum, hum.
Je détourne la tête pour accepter mon troisième Cosmo. Je lève mon verre et je trinque avec lui.
— Santé.
— Santé.
Il m'observe de haut en bas, comme s'il me revendiquait déjà comme sienne.
Le barman s'éloigne en hâte pour servir d'autres clients, nous laissant seuls.
— J'ai du mal à croire qu'une femme aussi jolie que vous soit seule un vendredi soir, murmure Jonah.
Je hausse les épaules. L'une des bretelles de ma robe glisse.
— Cela arrive à tout le monde de temps à autre.
Jonah remonte la bretelle du bout des doigts. Sa peau est si chaude que j'ai l'impression qu'il m'a brûlée.
— Vous ne devriez pas rester seule plus longtemps que vous ne le désirez.
— Nous avons tous besoin de solitude à certains moments.
— Je sais de quoi d'autre vous avez besoin.
L'excitation et la peur m'envahissent brusquement. Je suis prise d'un vertige.
— Je vais très bien.
Jonah ricane.
— Vous devez être habituée. Attirer l'attention des hommes, vous faire draguer. Je crois que vous aimez ça.
— Et qu'est-ce qui vous fait penser ça ?
— Cette robe envoie un signal assez clair.
Il baisse le regard sur mes jambes, presque entièrement exposées.
— Très clair même.

— Le seul message que j'ai à vous faire passer est le suivant : bonne nuit.

Sur ces mots, je prends une gorgée de mon cocktail et je descends du tabouret. Bien que le sol ne semble pas très stable sous mes pieds, je parviens à marcher jusqu'à la sortie avec dignité, comme si je ne prêtais aucune attention à Jonah derrière moi.

Pourtant, je perçois chacun de ses pas quand il se lève pour me suivre.

Mon cœur bat la chamade. J'ai l'impression qu'il va sortir de ma poitrine. Mon sexe est contracté et brûlant au point d'en devenir douloureux. Nous y sommes. Nous y sommes vraiment.

Soudain, mon cerveau se réveille et prend le dessus, comme si l'on venait de me jeter un seau d'eau glacée au visage. *Tu comptes vraiment le faire ? C'est dangereux. Tu connais à peine cet homme. As-tu conscience de la vitesse à laquelle ton fantasme pourrait se transformer en une terrible réalité ?*

Je presse le bouton de l'ascenseur au moment où Jonah me rejoint. Il sourit lentement.

— Vous remontez dans votre chambre ?

— Oui.

Nerveuse, je place une mèche de mes cheveux derrière mon oreille droite. Nous sommes seuls quand nous montons dans la cabine. J'appuie sur le numéro seize et je lance un regard à Jonah.

— Votre chambre est au seizième étage aussi ?

— Ils ont beaucoup de chambres au seizième, non ?

Je ne réponds pas.

Silver. *Dis-le. Mets un terme à tout ça maintenant. Jonah sera certainement furieux, mais il partira. N'est-ce pas ? S'il ne le fait pas, au moins, il y aura des témoins. Je pourrai hurler et quelqu'un appellera la sécurité de l'hôtel. Je lui rembourserai le prix de la chambre. Il n'est pas trop tard pour faire marche arrière. Il n'est pas trop tard.*

Nous atteignons le seizième étage. Je sors ma carte de ma pochette à strass alors que j'approche de la porte. Jonah marche derrière moi, silencieux.

Je glisse la carte dans la serrure. Le voyant vert s'allume. Au moment où j'ouvre, Jonah s'appuie contre le mur à côté de moi.

— On dirait que vous êtes vraiment seule.

Il n'est pas trop tard...

Mais ça l'est. Il est trop tard pour moi depuis déjà un certain temps. C'est ce que je suis. C'est ce que je désire. Il est temps d'enfin l'affronter.

— Excusez-moi.

Je pénètre dans la chambre. Comme je m'y attendais, Jonah me suit. Il claque violemment la porte derrière nous et nous nous retrouvons seuls. Je devrais protester. Je devrais continuer à jouer mon rôle. À la place, je me contente de dévisager l'homme qui me bloque la sortie.

Jonah reste immobile un long moment, le souffle lourd. Il est excité... prêt à me posséder... et il ne dit rien. Je comprends qu'il me laisse une dernière chance de prendre la parole. De m'enfuir.

Je ne la saisis pas.

— Qu'est-ce que vous faites ? parviens-je à murmurer.

Un sourire sexy étire ses lèvres lentement.

— Je prends ce qui me revient.

8

Jonah me plaque contre le mur.

— Tu aimes jouer les allumeuses, hein ?

Il pose les mains à plat de chaque côté de ma tête, si bien que je suis prisonnière de ses bras. Son corps musclé n'est qu'à quelques centimètres du mien.

— Tu t'habilles comme une pute pour te faire payer des verres, et ensuite, tu laisses le type en plan. C'est ton truc. Mais tu ne t'en sortiras pas comme ça avec moi.

— S'il vous plaît…

Je ne trouve rien d'autre à dire. Je n'ai pratiquement jamais eu aussi peur et je sais que je n'ai jamais été aussi excitée.

— La ferme, ordonne Jonah.

Sa voix est calme, méprisante.

— Tu peux faire beaucoup mieux avec cette bouche.

C'est ce qu'il voulait… un silence absolu, un contrôle total. Je me rends sans un mot.

Il attrape mes poignets. Je sens la pression sur ma chair et mes os. Un gémissement m'échappe. Jonah l'ignore. Il presse ma paume contre l'érection qui tend le tissu de son jean avant de la frotter de bas en haut le long de son membre. Sa peau est brûlante même à travers le denim.

— Tu sens ça ? C'est toi qui l'as provoqué. Tu m'as fait bander et maintenant, tu dois me soulager.

Bon sang, il est *énorme.* Est-ce je pourrai le supporter ?

Il va me déchirer. Je devrais être effrayée, mais à la place, je mouille comme une nymphomane.

— Sors-la, dit Jonah. Sors ma queue de mon jean. Fais-le !

Ma main tremble alors que je lutte avec sa braguette et que j'ouvre les boutons de son boxer. Je prends son sexe entre mes doigts. Il est épais aussi.

— Lèche-toi les lèvres. Je veux que ta bouche soit mouillée quand elle se posera sur ma bite.

J'obéis et je sens le sucre du cocktail sur ma langue. Jonah respire bruyamment, comme si je venais de le frapper en pleine poitrine.

Il enfonce une main dans mes cheveux. Je grimace, mais cela le fait sourire. Il me force à m'agenouiller. Sa verge est juste devant mon visage à présent.

— Ouvre ta putain de bouche, grogne-t-il.

Je n'ai pas le choix. Je dois me plier à ses ordres.

Jonah balance les hanches en avant et m'enfonce son sexe dans la bouche, m'obligeant à ouvrir grand la mâchoire. J'arrive avec difficulté à le prendre entre mes lèvres. Son gland est presque au fond de ma gorge et j'ai l'impression qu'il pourrait m'étouffer. Je peux à peine respirer.

— Suce.

J'essaie. Il est si imposant que je ne parviens pas à bouger la langue, mais j'agite la tête d'avant en arrière, faisant du mieux que je peux.

— Regarde-moi.

La voix de Jonah est rauque.

— Regarde-moi dans les yeux quand tu me suces la bite, tu m'entends ?

Mon regard croise le sien. Il halète et déboutonne sa chemise de sa main libre. Le tissu blanc s'ouvre, exposant les muscles de son torse puissant. Ses dents sont serrées, ses lèvres retroussées en un sourire moqueur. Il resserre l'étau de ses doigts dans mes cheveux, jusqu'à ce que la douleur soit à peine supportable.

— Plus fort. Et sers-toi de tes mains. Fais comme si tu en avais envie.

Je suce plus vigoureusement. Des gouttes salées perlent au bout de son sexe et coulent sur mes lèvres. Je pose une main sur sa cuisse droite – ses muscles sont durs comme la pierre. De l'autre main, je commence à le masturber, faisant aller et venir mon poing à chaque mouvement. Je sens chaque pulsation dans son membre, chaque tressautement.

— Je t'enseigne une leçon, reprend-il. Ne t'habille pas comme une pute pour aller dans un bar à moins de vouloir te faire baiser.

Son liquide emplit ma bouche et je pense qu'il peut jouir à tout moment. À la place, il se retire, me laissant tousser et chercher de l'air. Sa verge est si dure qu'elle doit être douloureuse. Elle est gonflée et sombre, mais il me maintient immobile encore de longues secondes.

Il ne veut pas jouir tout de suite. Ce serait trop facile pour moi.

— Baisse ta robe, dit-il, je veux voir ces tétons.

J'abaisse le haut de ma robe, juste assez pour exposer mes seins. Il fait claquer sa main libre dessus. La piqûre est douloureuse et je tressaille.

Jonah rit.

— Tu n'aimes pas ça ? Tu vas avoir bien plus avant que j'en aie fini avec toi.

Il place ses doigts entre mes lèvres, me forçant à les ouvrir pour y glisser son sexe de nouveau.

— Maintenant, je vais baiser ta bouche.

Il pose une main sur l'arrière de mon crâne et il commence ses va-et-vient. Je ne peux pas sucer. Je ne peux rien faire d'autre que l'accepter. Il est si gros que c'en est presque douloureux. J'ai des crampes aux muscles de la mâchoire. Je m'étouffe à chaque assaut, mais il continue.

— Tu y réfléchiras à deux fois avant de provoquer un mec maintenant, hein ?

Jonah s'enfonce plus vigoureusement tout en tirant sur mes cheveux.

— La prochaine fois qu'un type te traitera bien, tu sauras comment te comporter.

Juste quand je me dis que je ne pourrai pas supporter une seconde de plus ce traitement, il se retire. J'essaie de retrouver mon souffle, mais déjà, Jonah me force à me relever. De nouveau, je suis debout devant lui, sur mes jambes tremblantes. Mon maquillage doit être étalé sur mon visage.

Il prend mes seins en coupe avant de pincer mes tétons si fort que je pousse un cri. Puis, il glisse une main sous ma robe, dans ma culotte. Ses doigts s'enfouissent en moi, en un geste destiné à insulter et blesser.

— Tu te crois trop bien pour coucher avec moi ?

Son sourire n'a jamais paru plus féroce.

— Alors on ne se couchera pas.

Il me pousse en arrière, si fort que je tombe presque. Je titube contre le bureau et Jonah appuie sur mes épaules pour me forcer à m'étendre dessus. Le bois est dur sous mon dos. Il pose les doigts sur le décolleté de ma robe et la déchire de haut en bas. Le tissu rose tombe de chaque côté de mon corps, m'exposant complètement à son regard méprisant.

Il n'a besoin que d'une main pour faire subir le même sort à ma culotte.

Il est si rapide que je ne remarque qu'il a mis un préservatif que lorsqu'il a terminé. Il écarte mes genoux et je sens son gland contre mon sexe. Je prends conscience qu'il me caresse avec. Augmentant ma terreur… et mon excitation.

— Voilà ce que tu mérites, salope, murmure-t-il avant de me pénétrer violemment.

Oh, merde. *Merde.* Il est si gros, si énorme, que j'ai la sensation qu'il me fend en deux. La douleur est plus forte que le plaisir et je repousse ses épaules en vain. Jonah attrape mes mains et les plaque contre le bureau.

Silver. Le mot flotte dans mon esprit de nouveau et je suis à deux doigts de le prononcer. Mais à cet instant, le plaisir éclipse la douleur. C'est si bon de le sentir en moi, m'emplissant complètement, me faisant oublier le reste du monde.

Il commence à bouger, doucement au début. Il me provoque encore. J'écarte un peu plus les jambes. Tout mon corps s'abandonne à lui. Jonah me possède à présent.

Il accélère.

— Tu as eu ce que tu méritais, n'est-ce pas ? souffle-t-il. Dis-le.

— J'ai… j'ai eu ce que je méritais.

Ma voix semble confuse, comme si j'étais ivre. J'ai l'impression que ce n'est pas moi qui ai parlé.

— Remercie-moi de t'enseigner cette leçon.

— Merci…

Jonah rit. Un son triomphal.

Je crie encore lorsqu'il reprend ses assauts, brutaux, rapides et vigoureux. Le bureau tremble à chaque mouvement. Mes seins bondissent et il les observe avec une satisfaction non dissimulée. Les claquements de son corps contre le mien sont aussi bruyants que primitifs.

La pression et le plaisir enflent en moi chaque fois. Les multiples moyens qu'utilise Jonah pour me faire mal et m'humilier ne rendent que les sensations meilleures. Je repousse ses mains puissantes, non pas parce que je crois pouvoir me libérer, mais parce que la lutte m'excite encore plus.

C'est ça. Ce dont je rêvais. Ce que j'ai imaginé pendant des années pour prendre mon pied. Un homme qui me possède, qui se sert de moi comme un animal, exactement comme Jonah est en train de le faire. Me pénétrant de plus en plus fort, encore et encore…

Un soupir, un vertige alors que la chambre disparaît autour de moi et je ne ressens plus rien que l'orgasme qui me terrasse et m'emporte avec lui. Je me contracte autour de lui, me cambrant involontairement sous ses coups de reins, tandis que le monde sombre dans les ténèbres.

Ça n'a jamais été aussi bon. Jamais. Jonah Marks vient de m'offrir l'orgasme le plus dévastateur de ma vie.

Alors que je retombe sur le bureau, étourdie de plaisir, Jonah accélère. Il va si vite qu'aucun homme ne pourrait tenir très longtemps à ce rythme et il n'est pas différent des autres. Bientôt, il laisse échapper un cri et ferme les yeux en plantant ses doigts dans la chair tendre de mes bras. Sa peau est aussi chaude et moite que la mienne. Il s'enfonce une dernière fois en moi, profondément, et il se fige.

L'espace de quelques secondes, nous restons immobiles dans cette position, le souffle lourd et à peine capables de bouger. Finalement, Jonah se retire, m'aide à me redresser et me pousse sur le lit, comme si je n'étais qu'un objet dont il n'avait désormais plus aucune utilité. Je l'entends s'asseoir sur la chaise du bureau, mais je ne me retourne pas pour le regarder. Je reste étendue là, sur la couette, totalement dévastée.

J'ai toujours cru que le jour où je réaliserais mon fantasme, je le regretterais. Que ma fierté se réveillerait. Que je n'arriverais pas à croire que je m'étais abaissée à ce niveau en laissant un homme me traiter comme un bien qu'il pouvait posséder. Que le sexe soit génial ou pas, je pensais que j'aurais si honte que cela n'en vaudrait pas la peine.

Mais je n'ai pas honte. Pas du tout. Mon sexe est irrité et je suis probablement couverte de bleus, mais je ne me suis jamais sentie mieux. Jonah est exactement ce que j'ai toujours désiré.

— Eh, dit Jonah.

Il est redevenu lui-même. La comédie est terminée.

— Ça va ?

— Oui.

Je parviens à rouler pour lui faire face. Les vestiges de ma robe ne couvrent plus mon corps et je me sens étrangement timide devant l'homme qui vient juste de me baiser.

Je comprends ce sentiment. D'une certaine manière, nous venons de nous rencontrer pour la première fois.

— Sûre ?

Il se penche en avant, mais il veille à ne pas approcher trop près. Jonah se montre aussi sensible à présent qu'il était brutal quelques minutes plus tôt. Je hoche la tête et il fronce les sourcils.

— Tu trembles.

— Je ne peux pas m'en empêcher.

Il se lève. Il n'est pratiquement pas dévêtu. Sa chemise est ouverte sur son torse parfait. Il retire le préservatif et replace son sexe dans son boxer avant de boutonner sa braguette. Je me contente de rester étendue sur le lit, vidée et épuisée, alors que j'entends l'eau couler dans la salle de bains. Puis, Jonah émerge avec un verre dans une main et l'un des peignoirs de l'hôtel dans l'autre.

— Viens par ici, murmure-t-il en m'aidant à m'asseoir.

Il tient le verre pour moi pendant que je bois et il le pose sur la table de chevet. Avec douceur, il écarte les lambeaux de ma robe pour les faire glisser sur mes épaules et m'enveloppe dans le peignoir.

Je n'aurais jamais cru que Jonah pouvait se montrer si attentionné.

Il écarte une mèche de mes cheveux de ma joue.

— Était-ce ce que tu voulais ?

— Oui.

Pour la première fois depuis le début de ma vie sexuelle, je n'ai pas à mentir.

— C'était exactement ce dont j'avais besoin. C'est comme si tu avais lu dans mes pensées. Et toi ?

— Tu as été parfaite.

Ses yeux gris croisent les miens. Il ne sourit pas, mais son expression est amicale. Il avance vers moi et je penche la tête quand ses lèvres se posent sur les miennes.

Ce baiser n'a rien à voir avec le baiser torride, presque douloureux qu'il m'a donné lors de la soirée de Carmen. Celui-ci est doux, même tendre. Il m'embrasse comme si j'étais un être fragile et précieux, juste après m'avoir traité comme une prostituée.

Je ne comprendrai jamais les contradictions de cet homme.

Puis, il s'écarte. D'un seul coup, il a retrouvé son calme. Il se lève et se met à boutonner sa chemise, comme s'il avait un autre rendez-vous.

— Tu dors ici ce soir ou tu veux que je t'appelle un taxi ?

Sa voix est celle d'un homme d'affaires. Sèche et distante.

J'essaie de prendre un ton détendu.

— Je reste.

— Tu as bu quelques verres. Tu devrais manger quelque chose. N'hésite pas à commander un plat au room service.

— Je pensais que les hommes payaient le dîner avant le sexe en général.

Si Jonah entend ma plaisanterie, il n'en montre aucun signe. Il rentre sa chemise dans son pantalon et vérifie sa coiffure dans le miroir. Il a un peu de mon rouge à lèvres sur la joue. Ma culotte déchirée trône sur le bureau. Il s'en sert pour s'essuyer.

Je me sens vexée. Mais pourquoi ? Jonah et moi nous sommes mis d'accord : moins nous en saurons l'un sur l'autre, plus torride sera le sexe. Après cette première expérience, je dois reconnaître que ce principe est efficace. Il a repris son attitude distante et je devrais en faire de même.

— Merci, dis-je en refermant le peignoir un peu plus et en prenant appui sur les coussins. J'ai beaucoup apprécié.

Jonah se tourne vers moi. Il n'est plus aussi distant qu'il l'était il y a une minute.

— Moi aussi.

Mon corps ne s'en remettra pas si facilement, mais je dois poser la question.

— Cela veut-il dire que nous nous reverrons ?

— Tu n'es jamais rassasiée, n'est-ce pas ?

Il marque une brève pause.

— Je t'appellerai.

Sur ces mots, il quitte la chambre. Je me retrouve seule avec ma robe déchirée, mon corps endolori et les réminiscences de l'orgasme le plus grisant que j'ai jamais connu.

*

* *

Le week-end, que j'imaginais rempli de regrets, se révèle être le meilleur que j'ai passé depuis très, très longtemps. J'ai commandé un excellent steak au room service après le départ de Jonah et une omelette encore plus délicieuse le lendemain matin.

Je rentre chez moi en chantant dans ma voiture. Après avoir jeté ma robe et ma culotte déchirées et effacé les e-mails de sécurité que j'avais programmés, je rejoins Carmen au marché. Elle ne remarque qu'un petit bleu sur mon bras que je mets sur le compte d'un incident dans mon atelier.

L'après-midi et le soir, j'arrive même à travailler un peu sur ma thèse. Pour le moment, les rêves enfiévrés dans lesquels j'imagine les mains de Jonah sur mon corps se sont calmés. Je suis totalement comblée et repue.

Dimanche après-midi, je vais au cinéma avec Shay. La comédie que nous choisissons s'avère totalement stupide, mais je ne peux m'empêcher de glousser à chaque plaisanterie idiote.

— Qu'est-ce qui t'arrive ? me demande-t-elle alors que nous jetons nos boîtes de pop-corn vides à la fin de la séance.

— Rien.

Je ne peux contenir un petit sourire satisfait.

— Je suis de bonne humeur aujourd'hui, c'est tout.

Grâce au sexe le plus incroyable que j'aie jamais connu.

L'intensité du plaisir que j'ai ressenti avec Jonah me transporte. Plus important, j'ai affronté mes démons. J'ai revendiqué ce que je voulais vraiment. Toutes ces années, j'ai cru que ce fantasme finirait par me consumer. Au lieu de ça, j'ai traversé les flammes et j'en suis sortie indemne.

Prends ça, Anthony. Je ne t'appartiens plus désormais.

J'essaie de ne pas trop penser à Anthony Whedon. Je refuse qu'il gâche une journée de plus de ma vie.

Le lundi matin, je suis encore courbaturée, mais je m'en moque. J'ai hâte de savoir quand nous pourrons recommencer notre petit jeu Jonah et moi.

— Regarde-toi, observe Kip lorsque je pénètre dans son bureau. Qu'est-ce qui te rend si rayonnante ?

Pourquoi est-il si perspicace ? C'est comme s'il avait un super-pouvoir. Je m'efforce de me comporter avec nonchalance.

— Je suis allée au spa. J'ai fait un soin du visage.

— Peu probable.

Son téléphone se met à sonner, m'épargnant d'autres questions.

Je me faufile dans mon bureau et j'écris un mail à Jonah.

Objet : On remet ça ?

Corps du mail : Peut-on parler ? Prévoir une autre soirée ?

J'appuie sur « envoyer » et quelques secondes après, un bip me signale qu'un courriel vient d'arriver. L'objet apparaît en gras : Absence du bureau. Je fronce les sourcils et clique dessus. Le message automatique indique :

Le Dr Jonah Marks est actuellement absent du bureau et dans l'impossibilité de consulter ses e-mails. Pour toute question, merci de vous adresser au département des sciences de la terre.

Heureusement, il y a le numéro direct de sa secrétaire. Je ne tiens pas à l'appeler et à tomber sur Shay. Mieux vaut que mes amis ne soient pas au courant de mon lien avec Jonah.

J'hésite un moment avant de composer le numéro. Jonah m'a indiqué qu'il me contacterait. Il veut peut-être décider de la prochaine étape. À ce stade, cependant, je ne peux plus me montrer lâche. Finalement, je décide de me renseigner simplement sur la date à laquelle il sera de retour. De cette façon, je ne deviendrai pas folle à me demander s'il va m'appeler ou pas. Il prendra la main lorsqu'il reviendra. Je souris en me rappelant à quel point il est doué pour prendre la main.

Puis, mon sourire s'évanouit quand la secrétaire déclare :

— Le Dr Marks ne reviendra pas avant un certain temps. Un autre professeur peut-il vous aider ?

— Comment ça, un certain temps ?

— Plusieurs semaines, je crois.

Des semaines ? Avant d'avoir pu me contenir, j'explose :

— Il n'a jamais parlé d'une absence de plusieurs semaines.

— Il n'a alerté le département que ce matin.

Un ou deux jours après que nous avons mis en scène le fantasme le plus intime que l'on puisse imaginer, Jonah a décidé de déserter la ville. Il a décidé d'abandonner l'université, son poste… et moi.

Je croyais avoir trouvé l'arrangement parfait. Le partenaire parfait. En fait, je viens de me faire jeter brutalement.

9

Les deux premiers jours, je n'arrive pas à y croire. Je ne cesse d'ouvrir l'e-mail automatique signalant son absence, comme si je m'attendais à ce qu'il dise autre chose chaque fois. Cela me semble juste impossible. Comment peut-on partager une expérience aussi intime, exigeant un tel niveau de confiance, puis disparaître sans un mot ?

Je ne me laisse pas facilement approcher par les autres. Il semble que Jonah soit pareil. Je pensais donc que ce que nous avions partagé, cette connexion, si tordue soit-elle, avait de l'importance pour lui.

Visiblement, je me trompais.

Quand la fin de la semaine arrive, je suis maussade. Furieuse. Je reste assise de longues heures dans mon bureau étriqué, notant des copies avec la plus grande sévérité, appuyant si fort sur mon stylo rouge que je transperce le papier par moments. Personne n'en parle, mais Marvin et Keiko s'efforcent de me laisser plus d'espace que d'habitude, et un après-midi, Kip m'apporte même un macchiato qu'il dépose sur mon bureau sans un commentaire.

Carmen m'appelle pour me proposer une soirée Tex-Mex et bière, mais je lui réponds que je ne suis pas d'humeur à sortir. Je donne la même réponse à Shay et Arturo lorsqu'ils m'invitent à une soirée DVD, ainsi qu'à Geordie quand il essaie de me convaincre de l'accompagner à une dégustation de vin à l'*Apothicaire.* Pour le moment, je veux la paix et le silence de mon appartement. Je veux me retrouver dans mon cocon, entourée de mes livres dans lesquels je peux m'évader, sans rien qui puisse me rappeler Jonah Marks.

Le lundi suivant, Doreen est rentrée de Floride et il est temps pour moi d'assumer les conséquences thérapeutiques de mes actes. Je ne cache rien à Doreen. Quel serait l'intérêt de consulter une thérapeute si je le faisais ? Bien que je ne décrive pas le sexe en détail, je passe en revue tous les autres éléments : la proposition audacieuse de Jonah, notre négociation érotique et la soirée en elle-même. Doreen doit être choquée, car elle ne cesse de répéter « je vois » encore et encore, la technique des psys pour encaisser le choc. J'ai le sentiment que nous allons parler de ça pendant un moment.

Deux semaines après la soirée que j'ai passée avec Jonah, tout a changé. L'émotion que je désirais le moins éprouver s'insinue en moi, prend le dessus.

La honte.

J'ai laissé un inconnu faire semblant de me violer. J'ai mis en scène un acte horrible et violent susceptible de ruiner la vie d'une personne. Je suis bien placée pour le savoir. Jonah s'est présenté à moi avec la proposition la plus indécente qui soit, et une semaine après, j'étais dans une chambre d'hôtel, à sa merci.

Une connexion… est-ce ce que je pensais avoir avec lui ? À présent, notre rencontre ressemble davantage à une mauvaise plaisanterie. Peut-être que cela lui plaît. Il devine ce que les femmes désirent, le fantasme qui les branche et il l'utilise pour coucher avec elles sans avoir à les rappeler. Ensuite, il disparaît, en quête d'une future cible.

(J'ai du mal à y croire. Quel que soit le genre d'homme qu'est Jonah, je ne pense pas qu'il soit un bourreau des cœurs. Mais je n'ai pas confiance en mon jugement ces derniers jours).

Et puis, si blessant que soit le comportement de Jonah, si furieuse que je sois contre lui, je le suis encore davantage contre moi. Pour quelqu'un qui a passé la majeure partie de sa vie à être prudente, j'ai cédé plutôt rapidement lorsque la tentation s'est présentée à ma porte. Et cette tentation est répugnante. Malsaine. J'aurais dû continuer à me battre contre elle au lieu de me rendre aussi facilement.

Chaque souvenir que j'ai de cette soirée avec Jonah a évolué. Au début, je trouvais cette scène parfaite. Libératrice. Incroyablement excitante.

À présent, je suis convaincue de m'être ridiculisée.

Environ trois semaines après, je décide d'arrêter de me morfondre. De revenir à la réalité. Je prends un macchiato pour Kip un matin, pour lui rendre son attention.

— Je vois que ta jumelle maléfique s'est enfin fait la malle, dit-il entre deux gorgées.

— Ouais, elle a une propriété en Floride. Elle essaie d'en profiter au max.

— Bon débarras.

Il sourit.

— Bon retour, ma chérie.

Peut-être est-ce aussi simple que cela. Il suffit que je continue mon chemin, la tête haute. Personne, à l'exception de moi, Doreen et Jonah, ne saura ce qui s'est passé cette nuit-là. Je peux donc prétendre que ce n'était qu'un rêve enfiévré particulièrement perturbant. Les choses seront plus faciles ainsi.

Le samedi soir, je décide même de sortir.

— Alors ! Le soleil est pratiquement couché, se plaint Geordie en observant le pont. Quand est-ce que ça va commencer ?

— Patience, répond Carmen en sirotant son vin.

Nous sommes assis sur la pelouse verdoyante qui borde le lac, une bouteille de vin posée dans un seau à glace au milieu de notre couverture – la meilleure vue sur le meilleur spectacle gratuit de la ville. Il commence à la nuit tombée, mais il est impossible de prédire l'heure exacte.

Mon verre de vin est froid. Le Sauvignon blanc reflète la lueur des bougies. Je porte un legging gris, un haut ample et plus de bijoux que d'habitude. Cette soirée m'apparaît comme une occasion spéciale sans que je puisse l'expliquer à Carmen et Geordie. Mais je n'ai pas à me justifier, je peux apprécier ce moment tout simplement.

— Alors, comment s'est passé ton rendez-vous avec le Dr Ji ? je demande à Carmen.

Le programme d'études en mathématiques est totalement différent de celui du département des arts et je n'arrive toujours pas à comprendre son fonctionnement. Tout ce que je sais, c'est que le Dr Ji a son mot à dire quant à l'obtention de son doctorat.

Elle croise les bras et tire sur les manches de son chemisier du bout des doigts. Quand Carmen se met à tripoter ses vêtements, c'est qu'elle est nerveuse.

— Ça va, je crois. Il est tellement difficile à cerner.

— Mais ton papier est solide.

Je ne suis pas vraiment apte à juger de la qualité de son travail, mais je la connais : elle est appliquée et très intelligente. Son travail est forcément excellent.

— Il doit être plus que solide, ajoute-t-elle, il doit être brillant.

— Tu n'as pas besoin de gagner une Médaille Field pour obtenir ton doctorat, intervient Geordie.

Quand Carmen le dévisage, il rit.

— Oui, certains civils savent ce qu'est une Médaille Field.

Je n'ai aucune idée de ce que c'est, mais cela n'a pas d'importance.

— Allez, lui dis-je, tu vas gérer. Comme d'habitude.

Carmen hésite. À cet instant, Geordie déglutit et pointe le pont.

— Ça y est, ça commence !

Au début, nous ne distinguons que deux ombres qui flottent dans les cieux. Puis, d'autres les rejoignent. Elles sont une douzaine à présent. Soudain, une vague énorme s'élève de la rivière en tourbillonnant comme une tornade, à trente mètres de haut au moins, et enfle de plus en plus à chaque seconde.

Geordie lève son verre.

— Aux chauves-souris !

— Aux chauves-souris ! répétons-nous en trinquant avec nos verres en plastique.

Plusieurs années auparavant, lorsque le pont surplombant le lac Austin a été construit, personne n'a réalisé qu'il attirerait autant de chauves-souris. À présent, nous avons l'une des plus importantes colonies de chauves-souris au monde. Parfois, leurs envolées nocturnes depuis le pont s'accompagnent d'une pluie de fientes qui peut surprendre les plus imprudents – ce n'est pas pour rien que nous sommes installés sous un arbre au feuillage imposant –, mais tout le monde adore ces petites bêtes ici. Elles mangent les moustiques qui nous dévoreraient en été, ce qui constitue un véritable service public, mais surtout, elles font partie des bizarreries de la ville – une raison de plus pour expliquer notre slogan officieux : « *Maintenons l'excentricité d'Austin*[1] ».

J'ai toujours rêvé de montrer les chauves-souris à Libby. Elle adorerait, mais cela impliquerait une visite familiale à Austin, ce qui n'arrivera probablement jamais.

1. *Keep Austin Weird.*

Les chauves-souris se dispersent pour la chasse de la soirée. Geordie nous raconte une anecdote drôle au sujet d'une affaire dans laquelle une maison a été déclarée hantée d'un point de vue légal. Quand je termine mon verre de vin, je considère que la soirée a été plutôt agréable.

— Merci de me raccompagner. Je sais que c'est une galère. Est-ce que quelqu'un se souvient de la raison pour laquelle j'ai décidé de vivre de l'autre côté du lac ? demande Geordie alors que nous empruntons le trottoir.

— Arrête, ce n'est pas si terrible, dis-je.

J'ai mes clés dans la main et je suis contente que ce soit moi qui conduise. Le repas que j'ai avalé après mon seul verre de vin m'a permis de garder les idées claires. Geordie en a bu trois et il tangue légèrement.

— À cette heure-ci, je peux vous ramener en…

Je suis garée devant la banque. Alors que nous approchons de ma voiture, quelqu'un sort du hall qui abrite le distributeur de billets.

Jonah Marks.

— … une demi-heure, finis-je sans réfléchir.

C'est comme si ma voix avait décidé de fonctionner indépendamment de mon cerveau.

Il porte un jean qui lui moule les fesses et met en valeur ses cuisses puissantes. Le col en V de son tee-shirt blanc descend très bas sur son torse. Chacun de ses muscles ressort, me rappelant à quel point il est fort et la façon dont je m'en suis remise à lui, complètement.

Je me fige. Geordie me heurte par-derrière. Il rit et dit quelque chose que je n'entends même pas. À ce son, Jonah tourne la tête et me voit.

Il sourit. Il *me* sourit, comme si rien ne s'était passé. Comme s'il était ravi de me voir.

Mais seulement l'espace d'un instant.

Je ne lui rends pas son sourire. Il se raidit. Son regard gris devient orageux et il détourne son attention pour passer devant nous sans un mot.

— La Terre à Vivienne, plaisante Geordie. Est-ce que ça va ?

— Ouais… Ça va.

— Tu es sûre que tu peux conduire ?

Carmen me lance un regard inquiet avant de suivre Jonah des yeux.

— Ce n'est pas le prof que Shay a invité à ma soirée ?

Pas question de répondre à cette question.

— Ça va. Allons-y, d'accord ?

Je veux m'éloigner le plus vite possible de cet endroit – de Jonah.

*

* *

— Comment a-t-il pu agir comme si rien ne s'était passé ? Était-ce si insignifiant pour lui ? Si anodin ?

Doreen lève les mains pour me faire signe de m'interrompre.

— Je veux que vous preniez une profonde inspiration, d'accord ? Faites une pause, juste une minute.

Je prends conscience que je n'ai pas arrêté de râler depuis le début de la séance, une quinzaine de minutes plus tôt. Mes joues sont écarlates à cause de la colère que j'ai réprimée et de la gêne que j'éprouve. Je me force à m'enfoncer dans le canapé. Il est hors de question que je me détende, mais je peux au moins essayer de me calmer.

Quand je me sens capable de parler de manière plus rationnelle, je reprends :

— Je sais que vous désapprouvez ce que j'ai fait avec Jonah. Vous pensez certainement que je mérite ce traitement. Que je mérite d'être ignorée.

— Eh !

Elle se penche en avant. Son collier en noix de coco marron et turquoise pend devant elle.

— Mon rôle n'est pas d'approuver ou de désapprouver votre vie. Vous prenez vos propres décisions, Vivienne. Je me contente d'essayer de vous aider à y voir clair.

— J'ai laissé un homme que je connais à peine faire semblant de me violer. Vous ne pouvez pas dire que ce n'est pas complètement tordu.

— Ma chérie, je passe mes journées à écouter des trucs tordus. Vous ne faites même pas partie de mon top dix. OK ?

Je ris malgré moi. Je soupçonne Doreen de mentir – mettre en scène un viol avec un inconnu doit au moins me classer parmi son top cinq –, mais j'ai conscience qu'elle essaie de me dire d'être plus indulgente avec moi-même.

Ces trois dernières semaines, j'ai plus souffert de mon propre jugement que du rejet de Jonah. C'est peut-être ce que Doreen essaie de me faire comprendre.

— Le voir vous a bouleversée.

— Oui.

— Mais vous ne l'avez pas croisé une seule fois à l'université au cours des dernières années. Il n'y a donc aucune raison de croire que cela sera un problème à l'avenir.

Maintenant que j'y pense, Jonah et moi avions dû nous croiser plusieurs fois avant de nous rencontrer. Peut-être étions-nous passés l'un devant l'autre sur le campus ou au supermarché. J'ai quand même du mal à croire que je n'aurais pas remarqué un homme comme Jonah. Je me trompe certainement.

Peut-être le verrai-je tout le temps à partir de maintenant.

— Je veux lui parler, dis-je.

— Que voulez-vous lui dire ?

— Je veux juste lui demander pourquoi.

— Selon mon expérience, les réponses à ce genre de questions sont rarement satisfaisantes.

Jonah pourrait répondre qu'il ne me désirait pas assez pour recommencer. Que je l'avais déçu ce soir-là. Ou alors il a rencontré quelqu'un, quelqu'un qu'il désire plus que moi. Mais je ne cesse de penser à la lueur qui a éclairé son regard lorsqu'il m'a reconnue. Je ne peux m'empêcher de penser à son sourire.

Et à la façon dont il a ri, cette nuit-là, alors qu'il me pénétrait plus profondément. La façon dont il m'a revendiquée comme sienne.

— Plusieurs raisons peuvent expliquer qu'il ait disparu de la circulation, dis-je.

C'est la première fois que je me l'avoue. Comme toujours, Doreen m'aide à voir la vérité.

— Il est possible que la scène ait été... trop intense. Ça n'a pas été le cas pour moi, mais cela a pu l'être pour lui.

Le personnage sombre et puissant qu'il est devenu ce soir-là, la façon dont il m'a dominée si brutalement, cela l'a peut-être effrayé. Il redoute probablement que cet homme soit celui qu'il est réellement, au plus profond de son être.

Je devrais avoir peur de ça moi aussi.

— Il a sans doute ses propres limites, approuve Doreen. Est-il possible que sa réaction soit liée à ce fantasme et à la place qu'il occupe dans sa vie plutôt qu'à vous ?

Je hoche la tête, car je sais que cela pourrait être le cas, mais je reste néanmoins convaincue qu'il y a une autre explication.

Il se passe autre chose dans la tête de Jonah, quelque chose qui m'échappe et que je veux découvrir.

*
* *

Dans l'après-midi, je me dirige vers le campus. Les étudiants ont un essai à me rendre pour mercredi, ce qui signifie que ma boîte mail est certainement remplie de demandes de délai, sans parler du nombre improbable de grands-mères qui ont dû trouver la mort ces derniers jours. Quand j'arrive, Kip est au téléphone, occupé à négocier pour nous obtenir une nouvelle photocopieuse. Il me fait un signe de sa main aux ongles couleur bleuet et je lui réponds avant de me glisser dans mon bureau étriqué. Au moins, j'ai un peu de temps pour moi. J'ouvre ma boîte mail professionnelle pour découvrir les excuses auxquelles je m'attendais, quelques annonces de l'université et... un e-mail de Jonah Marks.

Objet : Re : On remet ça ?

Il répond au courriel que je lui ai envoyé trois semaines plus tôt, comme si de rien n'était.

Sa réponse ne contient que quelques mots : Que s'est-il passé ?

Entre le moment où j'ai envoyé cet e-mail et notre rencontre de samedi, c'est ce qu'il veut dire. C'est d'ailleurs la seule chose que je comprends.

Je sais ce que Doreen me dirait de faire. Ce que Carmen ou Shay me conseilleraient de faire, si je m'étais confiée à elles au sujet de tout ça. N'importe quelle personne saine d'esprit m'exhorterait à lui répondre que j'ai changé d'avis et à en rester là.

Prendre la fuite.

Mes doigts tapent le message sur le clavier et j'appuie sur « envoyer » avant de changer d'avis.

Il faut qu'on parle.

Je ne sais pas ce qui arrivera, mais je vais revoir Jonah Marks.

10

Trois jours plus tard, juste après le coucher du soleil, je suis de retour dans le bar où Jonah et moi nous sommes rencontrés la première fois pour « négocier ». J'imagine que ceci est le deuxième round.

Ce soir, l'endroit est moins calme, plus bruyant. C'est un soir de match à domicile, ce qui signifie que les supporters des Longhorns et les étudiants colonisent la ville. Je n'ai rien mis de spécial cette fois. Je porte la même robe en coton couleur fauve que j'avais ce matin. Je me sens malgré tout trop habillée au milieu de cet océan de tee-shirts orange et de maillots de football. C'est comme être coincé dans une canette de Fanta.

Étrangement, à l'instant où Jonah pénètre dans la pièce, je le sens. Je tourne la tête vers lui avant même qu'il n'ait passé la porte. Il est vêtu d'une chemise et d'un jean noirs et son regard intense se pose instantanément sur moi. Il ne sourit pas lorsqu'il approche, fendant la foule tapageuse tel un faucon.

— Nous ne pouvons pas parler ici, dit-il lorsqu'il m'a rejointe.

— Bonjour à vous aussi.

Jonah a raison. Il est impossible d'avoir une conversation en privé ici. Il faudrait que nous criions pour nous faire entendre. Mauvaise idée.

— Je crois qu'ils ont une terrasse à l'arrière.

C'est le cas. Bien sûr, la terrasse est bondée elle aussi, mais ce n'est pas aussi terrible, et au moins, les bavardages et les rires autour de nous ne sont pas assourdissants. J'arrive même à percevoir les notes de guitare sèche de la chanson espagnole qui tourne en arrière-plan. La chaleur qui s'attarde en fin de journée m'enveloppe. Ma peau est déjà moite et des mèches de cheveux qui se sont échappées de ma queue-de-cheval collent à ma nuque.

Jonah tend la main vers moi, comme s'il s'apprêtait à me prendre par le bras, mais je ne le laisse pas me guider. Ce n'est pas comme si je ne savais pas où nous allions – le seul coin disponible. Des rayons lumineux multicolores se balancent dans la brise alors que nous marchons ensemble vers un petit passage obscur près de la porte du personnel qui donne sur une allée. Quand je m'arrête, Jonah m'imite et reste à quelques pas de moi.

— Laisse-moi répéter la question, dit-il, qu'est-ce qui s'est passé ?

— Tu es parti sans un mot ! Voilà ce qui s'est passé. Je ne comprends même pas que tu poses la question.

Ses muscles sont tendus sous sa chemise, ses dents sont serrées. Il est si impressionnant, si agressivement viril que je me dis qu'il se contient à peine de m'arracher la tête. Mais lorsqu'il reprend la parole, sa voix est calme. Il ne semble pas en colère.

— Je ne pensais pas que nous devions nous informer de nos emplois du temps.

— Je n'ai pas demandé un rapport heure par heure, mais tu es parti pendant des semaines et tu ne m'avais même pas dit que tu serais absent.

— Le principe était de rester des inconnus l'un pour l'autre, n'est-ce pas ? Pour que le sexe n'en soit que plus… cru.

La façon dont il prononce ce mot me coupe le souffle. Je suis furieuse contre Jonah, mais je ne peux oublier l'effet de ses caresses sur moi.

Je ne peux m'empêcher de le désirer.

Il doit sentir ma faiblesse. Un sourire étire lentement ses lèvres, presque dédaigneux.

— Tu peux avoir quelque chose de net, de propre et de sécurisant. Tu peux avoir une relation domestique. Ou tu peux obtenir ce que tu veux vraiment. Mais tu n'auras pas les deux, Vivienne. Et je crois que nous savons tous les deux ce que tu choisiras.

Il me reste tout de même un peu de fierté.

— Où étais-tu pour ne pas être en mesure de répondre à mon e-mail, de m'envoyer un SMS ou de passer un coup de fil pendant trois semaines ?

— En Antarctique.

Très malin… Je pourrais le gifler. Puis, je me rends compte qu'il est sérieux.

— En Antarctique ?

— Oui.

Son expression s'adoucit légèrement, se fait moins farouche, plus… humaine.

— En Patagonie pour la majeure partie de mon séjour. J'étais basé à Punta Arenas, au Chili. Mais de là-bas, j'ai loué un avion pour prendre des photographies aériennes…

— De l'Antarctique.

Jonah sourit, et il n'y a rien d'arrogant dans son expression cette fois.

— Nous avons découvert un volcan en sommeil sous la glace il y a quelques années. Je suis enseignant-chercheur… Je n'enseigne que tous les deux ans environ. La plupart du temps, j'analyse les éléments découverts à travers le monde, et parfois, je collecte des données moi-même. Comme n'importe quel scientifique. Simplement, mes données se trouvent près des failles sismiques ou des volcans.

Le seul endroit de la planète dépourvu de réseau, voilà où il était. Je place une mèche de cheveux derrière mon oreille.

— Je dois admettre que c'est une... très bonne excuse.

Il prend appui contre le mur en brique tandis qu'il m'étudie. Après un long moment, il dit :

— J'aurais dû t'en parler.

— Non, non, tu as raison. Je ne suis pas ta petite amie. Tu n'es pas mon petit ami. Tu n'as pas de comptes à me rendre.

— En effet, mais je dois de te protéger. Après cette nuit-là, tu étais vulnérable. J'aurais dû le savoir.

Soudainement, Jonah n'est plus le personnage distant que j'imaginais me repousser avec mépris. Il est de nouveau l'homme qui m'a demandé comment il pouvait me rassurer, celui qui m'a apporté un verre d'eau et m'a embrassée avec plus de tendresse qu'aucun autre homme dans ma vie.

— Tu n'as pas abusé de ma confiance, reprends-je. Nous avons simplement eu... une rupture de communication.

— Il faudra faire mieux à l'avenir.

Son sourire suffisant est de retour.

— Et puis, je n'aurais jamais cru que tu voudrais recommencer aussi vite. Tu m'as envoyé cet e-mail moins de soixante-douze heures après notre rencontre.

Ma fierté blessée n'a pas encore cicatrisé, je ne compte donc pas le laisser s'en sortir aussi facilement. Je lève le menton.

— Et toi, tu n'en avais pas envie ?

Il laisse échapper un rire grave et sensuel, le même que lorsqu'il était en moi, satisfait de m'avoir dominée. Une vague de chaleur déferle entre mes cuisses, me laissant moite et avide de ses caresses. J'ai tellement envie qu'il me touche que je me sens faible.

— Je pense à toi tous les soirs, murmure Jonah. Presque tous les jours. Je rêve de t'arracher cette robe de nouveau. Quand je ferme les yeux, je te revois après. Tu étais anéantie. Je ne veux qu'une chose, te détruire de nouveau comme je l'ai fait cette nuit-là.

Et Doreen qui me parlait des limites de Jonah !

Je devrais peut-être me sentir puissante en cet instant, mais je me rends compte que je l'affecte autant qu'il m'intoxique. J'arrive à peine à contenir mes tremblements. Je pose une main sur la clôture derrière moi, celle qui marque la frontière entre cette terrasse bruyante et illuminée et les allées sombres de la ville.

C'est à ce moment qu'un membre particulièrement entreprenant du personnel apparaît.

— Qu'est-ce que vous prendrez ce soir ?

— Ce que la dame désire.

Jonah croise mon regard en souriant.

— C'est à elle de décider.

Ce n'est pas juste, Jonah.

— Nous n'avons pas encore décidé.

Une seconde plus tard, nous sommes seuls de nouveau et Jonah hausse les sourcils.

— Il va revenir, tu sais.

— Si je lui avais répondu que nous ne prenions rien, il nous aurait demandé de partir.

Parfois, il est difficile de se rappeler que cet endroit est vraiment un bar, pas seulement un lieu où l'on fait des propositions indécentes.

— Nous devrions peut-être partir, murmure Jonah. Nous avons mieux à faire, non ?

Ce soir ? Maintenant ? Il n'a pas voulu dire ça. Nous sommes censés planifier nos rencontres à l'avance. Pour notre bien-être et notre sécurité.

Mais ce qui se passe entre nous n'a rien de sécurisant.

— Nous… nous ne pouvons pas, j'arrive à articuler. Je veux que nous fixions un jour, une heure, mais pas maintenant…

— Et si je décidais que c'est maintenant ?

Jonah fait un pas vers moi. D'une main, il prend mon menton pour maintenir mon visage immobile tandis qu'il se penche. Il est si grand qu'il me domine de toute sa taille. Le vacarme alentour semble s'évanouir.

Pourtant, quand ses yeux croisent les miens, je sais… Je sais que si je prononce le mot *Silver*, il arrêtera aussitôt. Je ne dis rien.

— Je pourrais te pousser dans l'allée, chuchote-t-il, à quelques mètres à peine. Quelques pas et nous serions dans l'obscurité, où personne ne pourrait te voir ou m'interrompre.

— Je crierais.

Le regard de Jonah s'assombrit. Il aime que je joue le jeu.

— Je ne te laisserais pas faire, dit-il en posant deux doigts sur mes lèvres. Je pourrais couvrir ta bouche et te plaquer contre le mur. Ça me laisserait une main libre pour glisser sous cette petite robe et t'arracher ta culotte.

Je suis totalement subjuguée par la façon dont il prononce ces paroles. Le ton grave de sa voix est hypnotique et enivrant.

— J'aurais si peur.

Mes lèvres bougent contre ses doigts.

— Trop peur pour crier ou me débattre.

Il prend une profonde inspiration, comme si je venais de le frapper. Les mots l'excitent lui aussi.

— Je pourrais sortir ma queue. Elle est déjà dure pour toi. Je n'aurais qu'une chose à faire, écarter tes cuisses, soulever l'une de tes jambes…

— Je ne pourrais pas t'en empêcher.

— Non, mais tu me repousserais.

— C'est sûr, mais je ne serais pas assez forte pour t'échapper. Je serais impuissante.

— Et tu lutterais tout le temps que je te baiserais.

— Oui.

À présent, je suis grisée. Si Jonah me pressait vers cette allée pour de vrai, je ne me soucierais pas de la foule à proximité. Je me moquerais du risque de nous faire surprendre. Je suis sienne.

À la place, cependant, Jonah s'écarte et inspire profondément. Son petit sourire dédaigneux est de nouveau sur ses lèvres.

— Nous choisirons une soirée prochainement. Très prochainement.

Il m'a excitée comme jamais et il va faire marche arrière ? Je peux deviner – d'un simple regard – que Jonah est aussi fébrile que moi. Simplement, il est plus gênant pour lui de l'être en public.

— Nous… toi et moi, nous n'allons pas…

Jonah secoue la tête.

— Pas ce soir.

— Espèce de salaud.

Je souris en prononçant ces mots.

— J'ai une petite récompense pour toi.

Il tire sur sa chemise. C'est la deuxième fois qu'il a une érection en public à cause de moi. Je devrais commencer à faire des traits sur mon rouge à lèvres à la Pat Benatar.

— Je t'ai infligé trois semaines de confusion inutile. Je vais donc me rattraper avec quelques jours de suspense.

Le suspense en récompense ? OK. Maintenant que je sais à quel point nous sommes doués ensemble, l'anticipation me rendra folle.

Ma honte n'est plus qu'une ombre quand je suis avec Jonah, mais elle est toujours là. Prête à m'assaillir.

Le serveur ressurgit, l'air interrogateur, impatient de prendre notre commande. Je veux le faire partir, mais Jonah dit :

— Un verre de pinot noir pour la dame.

Il laisse tomber un billet de vingt dollars sur le plateau du jeune homme qui disparaît aussitôt, nous laissant seuls.

— Merci. Et toi, tu ne prends rien ?

Je pourrais rester ici toute la nuit à l'écouter prononcer des paroles obscènes. À la place, il répond :

— Je dois y aller.

— Tu plaisantes ?

— Pas du tout.

J'ai envie de lui demander pourquoi, et je devine qu'il me le dirait, mais ce serait franchir la ligne. Nous devons être totalement clairs sur nos attentes et nos limites. Nous ne devons rien partager de nos vies. Sinon, nous ne serons plus des étrangers l'un pour l'autre et le fantasme cesserait d'être ce que nous voulons qu'il soit. Il deviendrait…

Je ne sais pas ce qu'il deviendrait et je ne veux pas le savoir. C'est l'arrangement dont nous sommes convenus et nous devons nous y tenir.

— Tu choisis le jour ? dis-je.

Jonah hoche la tête.

— Et cette fois, c'est toi qui choisis l'endroit. L'ambiance. Quand je t'appellerai, tu me diras ce que tu veux. Sois claire. Parce que lorsqu'on se verra…

— … tu prendras le contrôle. Totalement.

Il porte sa main à ma bouche lentement. Son pouce caresse mes lèvres, puis il s'écarte.

— Au revoir, Vivienne.

Après son départ, je retourne dans le brouhaha de la terrasse pour trouver la chaise vide la plus proche. Mon cœur bat toujours la chamade et je me fie à peine à mes jambes pour rester debout. Comment ai-je pu passer du soupçon et de l'humiliation à l'exaltation aussi rapidement ? Jonah a cet effet sur moi.

Jonah me fait découvrir des endroits passionnants, je pense en riant intérieurement.

À présent, le ciel est sombre et la canicule a cédé la place à une tiédeur agréable. Le serveur parvient à me retrouver. Le vin rouge que Jonah a choisi pour moi a une saveur riche et terreuse. Je m'accorde trente minutes supplémentaires tandis que je bois la moitié de mon verre. Un type approche dans l'espoir de me draguer, mais je le chasse d'un geste de la main. Heureusement, c'est un gentleman qui accepte de se faire éconduire sans insister. Tout ce que je veux, c'est rester seule et savourer le souvenir des caresses de Jonah et de ses paroles. Me délecter de sa promesse à venir.

Mon téléphone vibre dans mon sac. Qui peut bien m'envoyer un message ? C'est peut-être Jonah, déterminé à maintenir mon excitation et à me perturber toute la nuit. Je parie qu'il est aussi doué pour les messages coquins que pour le reste.

Un sourire malicieux se dessine sur mon visage alors que je sors l'appareil. Ce n'est pas un SMS, mais un message vocal. Le nom de l'interlocuteur brille à l'écran. Mon sourire s'évanouit.

Et la honte déferle à nouveau sur moi.

11

— *Tu ne réponds pas, comme c'est étonnant !*

La voix de Chloe est tranchante, sèche. Ses mots sont aiguisés comme une lame de rasoir.

— *J'ai croisé Liz à l'Art pour l'Art. Je te laisse imaginer ma surprise quand elle m'a appris que tu as passé le week-end chez elle il y a à peine deux mois.*

Je grimace. Habituellement, Liz me couvre. Ma sœur a dû la prendre de court.

Le message de Chloe se poursuit :

— *Tu sais, je ne peux pas te demander d'être une meilleure fille ni même une meilleure sœur, puisque, apparemment, ça n'a aucun intérêt pour toi. Mais j'aimerais que tu sois une meilleure tante. Libby adore sa tatie Vivienne et elle prend de tes nouvelles sans arrêt. Elle fait des dessins pour toi et me demande de te les envoyer, même si je suis certaine que tu les jettes directement à la poubelle. Tu ne comprends peut-être pas les sentiments des enfants, puisque tu n'en as pas, mais si tu t'en souciais un minimum, tu essaierais au moins de voir ta nièce quand tu es en ville.*

Mon frigo est couvert des dessins de Libby. J'ai gardé chacun d'eux précieusement. Sa photo est la première chose que je vois sur ma table de nuit quand je me réveille. Pour mon dernier anniversaire, Libby m'a appelée et a chanté une chanson sur mon répondeur. Je n'ai jamais effacé le message. Je l'écoute quand j'ai le cafard.

Mais je ne suis pas allée la voir quand je me suis rendue à La Nouvelle-Orléans en août, parce que voir Libby implique de voir le reste de ma famille.

— *Je te pose un ultimatum, ajoute Chloe. Nous t'attendons pour Thanksgiving. Chez moi. Je cuisinerai. Tu n'auras qu'à venir. Tu crois que tu pourrais faire au moins ça ?*

Après un moment de silence, elle ajoute :

— *Inutile de me rappeler. Viens pour Thanksgiving et nous prétendrons que ça n'est jamais arrivé. Ne viens pas et, à mes yeux, ma fille n'aura plus de tante. Je n'inventerai pas d'excuses pour toi auprès de Libby, pas cette fois, pas encore. Si elle demande où tu es, il faudra que je lui dise autre chose. Pas la vérité, bien sûr, ce serait trop blessant pour elle. Quelque chose qui lui fera comprendre que sa tante Vivienne ne viendra plus jamais. On se voit en novembre.*

Elle a dû être si heureuse quand elle est tombée directement sur le répondeur. Au lieu d'avoir une discussion honnête, elle a pu imposer ses exigences : Thanksgiving ou rien. Chloe préfère les confrontations par monologues interposés. En tête à tête ou de vive voix, même pas en rêve. Chaque membre de ma famille est maître dans l'art de faire des menaces voilées, de lancer des piques cruelles et de remuer le couteau dans la plaie.

J'ai passé les cinq dernières années à apprendre à me comporter différemment avec les gens. De façon plus saine. Je m'améliore, mais quand il s'agit de mes parents ou de ma sœur, tous les progrès que j'ai accomplis s'envolent en fumée. Quand je suis avec eux, en quelques minutes, je replonge dans le mode de fonctionnement tordu de la famille Charles.

Libby mérite mieux que ça. Mieux que notre malhonnêteté, mieux que ma négligence.

Pire que tout, derrière la colère de Chloe, derrière la froideur de son ton, je devine une véritable souffrance. Chloe et moi, nous nous entendions bien quand nous étions plus jeunes. Elle a cinq ans de plus que moi et je la considérais comme la personne la plus sophistiquée et glamour au monde. Nous nous installions devant la coiffeuse tandis qu'elle m'apprenait à me mettre du mascara. Elle me tenait la main quand nous faisions la queue pour acheter des glaces lors des chaudes journées d'été. Chloe ne me charriait pas et ne me brutalisait pas. J'avais une super grande sœur.

Nous n'avons jamais été des confidentes. L'écart d'âge était trop important pour cela. Et je doute que Chloe m'ait adoré comme je l'adulais. Mais nous étions sœurs, camarades de jeu, amies. Elle ne comprend pas ce qui a changé.

Moi si.

Anthony a tout changé.

*

* *

C'était le mois de mars. J'avais quatorze ans. On venait de me retirer mes bagues. Mes seins commençaient enfin à faire leur apparition. Juste avant Noël, j'avais reçu mon premier baiser (par Javier, un étudiant étranger de Barcelone) et pour une première fois, l'expérience avait été plutôt géniale. Quand je me regardais dans la glace, je ne voyais plus une gamine empotée. Je discernais déjà la femme que j'allais devenir.

Bien sûr, je ne tenais pas la comparaison avec Chloe. À cette époque, elle m'éclipsait aussi sûrement que le soleil éclipse la lune. Elle a quelques centimètres de plus que moi et paraît donc plus mince. Ses cheveux sont une nuance plus claire que les miens, mais c'est la nuance qui permet de passer du brun au blond. Alors que mes yeux sont d'une couleur noisette incertaine, les siens sont d'un vert pur et perçant. Aucun doute à ce sujet : Chloe est la beauté de la famille.

Mais je comprenais enfin que cela ne faisait pas de moi une mocheté. Loin de là. Je commençais à jouer davantage avec mes cheveux dans le miroir et je révisais les leçons de maquillage de Chloe avec plus d'attention. Je considérais mon physique comme un outil que je pouvais utiliser pour obtenir ce que je voulais.

C'est complètement malsain, n'est-ce pas ? Bienvenue dans le monde vu par ma mère.

Puis, le mois de mars et les vacances de printemps sont arrivés. Chloe a ramené son premier petit ami sérieux à la maison. Elle était si fière de lui, et je ne l'en blâme pas. Anthony Whedon n'était pas particulièrement grand. Il était de taille moyenne, plus ou moins, mais il avait un corps d'éphèbe. Il faisait partie de l'équipe de crosse de Sewanee. Il portait l'uniforme du mâle sudiste – treillis et polos –, mais il tombait parfaitement sur lui, comme si les vêtements avaient été taillés sur mesure. Cheveux blonds, fossette au menton, lèvres presque indécemment pleines pour un homme : Anthony pouvait séduire toutes les filles qu'il désirait. Et il était clair qu'il désirait Chloe.

Il avait toujours un bras enroulé autour de sa taille. Elle gardait les yeux posés sur lui en permanence. Pour moi, aucun couple de célébrités n'était plus glamour qu'eux.

Anthony ne me traitait pas comme la petite sœur agaçante non plus.

— Allons, Mme C., disait-il à ma mère, ce n'est qu'une petite soirée de rien du tout, ce n'est pas comme si nous allions embarquer Vivienne à Tipitina avec une fausse carte d'identité.

— Eh bien, je ne sais pas, répondait ma mère, mais elle souriait.

Si Anthony m'avait séduite, il avait définitivement conquis ma mère. Pour être honnête, je crois qu'elle a été convaincue à la minute où elle a découvert que les Whedon étaient l'une des familles les plus riches du Tennessee.

— Vous ne voulez pas passer un peu de temps ensemble ?

— Elle ne nous gêne pas, assurait Anthony. On va bien s'amuser, et puis, Vivienne pourra me raconter tous les secrets de sa grande sœur.

— *Arrête,* se plaignait Chloe en le poussant, mais elle riait.

Cette semaine-là, j'étais restée collée à eux dès que l'occasion se présentait. Par moments, je tapais sur les nerfs de Chloe, mais Anthony ne semblait jamais s'en soucier. Chloe ne restait pas fâchée très longtemps non plus. Je savais que c'était en grande partie parce que Anthony la rejoignait dans sa chambre tous les soirs.

La veille de leur départ, cependant, Chloe ne se sentait pas très bien. Elle avait eu mal au crâne toute la journée et, vers vingt heures, elle a annoncé qu'elle allait au lit. Pour dormir, avait-elle précisé avec insistance à l'intention d'Anthony. Traduction : pas de galipettes ce soir. J'avais dissimulé mon sourire derrière ma main.

— Pas de souci, avait déclaré Anthony. Vivienne et moi, nous nous ferons un marathon de films jusqu'à l'aube.

Titanic passait sur une chaîne du câble. Même si je me sentais très fière de traîner avec un étudiant en fac après minuit, j'étais surtout concentrée sur le film. À cette époque, j'avais un vrai béguin pour Leonardo DiCaprio.

Anthony, en revanche, ne cessait de me parler.

— Je n'arrive pas à croire que tu n'aies pas encore de petit ami.

— J'en avais un, en quelque sorte.

J'imaginais que le baiser de Javier comptait.

— Mais ce n'est plus le cas.

— Comment se fait-il qu'une jolie fille comme toi ne brise pas le cœur de tous les garçons de son âge ?

J'étais si flattée. En rougissant, j'ai répondu :

— Je ne sais pas. Ce n'est pas facile de parler aux garçons. Je ne sais pas quoi leur dire. Je ne sais pas ce qu'ils aiment.

Il a ri.

— Nous ne sommes pas si compliqués que ça, crois-moi.

Ce n'est pas vraiment qu'il me plaisait. À mes yeux, Anthony appartenait à Chloe autant que Ken appartenait à Barbie. Mais personne ne m'avait jamais dit que j'étais belle avant lui, et encore moins un type qui allait à l'université. Et je ne portais même pas de maquillage, juste un vieux caleçon et un tee-shirt extra-large qui appartenait à mon père.

L'espace de deux heures supplémentaires, je me suis sentie belle. Mature. Prête à affronter le monde.

Puis, juste après minuit, dans ma propre maison, alors que mes parents et ma sœur dormaient à l'étage, Anthony m'a violée sur le canapé du salon.

C'est arrivé juste après que Rose saute du canot de sauvetage pour revenir sur le paquebot. Alors que j'étais concentrée sur l'écran de la télé, Anthony s'est approché de moi et ses mains se sont posées sur ma taille. J'étais tellement innocente que j'ai pensé qu'il voulait me faire des chatouilles. Alors que je riais en essayant de me dégager, Anthony m'a maintenue jusqu'à ce qu'il soit au-dessus de moi.

Quand il a remonté mon tee-shirt, j'ai sincèrement cru à un accident. J'ai crié en essayant de le rabaisser, mais Anthony a posé une main sur ma bouche en le relevant encore plus, exposant complètement ma poitrine.

— Chut, a-t-il susurré contre ma joue. Tu ne veux pas qu'ils nous surprennent, si ?

Nous surprennent. Comme si cette idée venait en partie de moi. Mais il m'avait fait peur. Si maman ou Chloe entraient dans la pièce, elles penseraient que je voulais être avec Anthony. Elles me verraient à moitié nue avec un garçon et cela voudrait dire que j'avais fait quelque chose de mal. Non, je ne voulais pas qu'elles nous surprennent. Alors, je n'ai rien dit, même pas quand Anthony a écarté sa main de ma bouche pour la glisser dans mon caleçon.

— Tu veux savoir comment faire pour que tous les mecs t'aiment ? a-t-il murmuré en baissant mon legging.

Je n'avais jamais été nue devant un garçon auparavant, pas même un peu.

— Je vais te montrer.

Il a fait glisser le vêtement le long de l'une de mes jambes jusqu'à ce qu'il pende à ma cheville avant d'écarter mes cuisses. Ce n'est qu'à cet instant que mon cerveau engourdi a compris ce qui était en train de se passer et il semblait déjà trop tard pour protester. Pourquoi ai-je pensé cela ? Comment ai-je pu croire qu'il était trop tard pour crier ou le frapper, ou juste dire non ?

Je ne sais pas, mais je l'ai cru.

Je suis donc restée étendue là, paralysée par la peur et la confusion, alors qu'il se positionnait entre mes jambes. Il m'a adressé son plus beau sourire de bon garçon du Sud.

— Gentille fille, a-t-il dit avant de s'empaler en moi.

C'était douloureux. Pas autant que certaines filles de l'école le prétendaient, mais quand même. J'ai serré les poings de chaque côté de mon corps, assez fort pour que, le lendemain, la trace rouge de mes ongles soit dessinée sur mes paumes. J'ai commencé à pleurer. J'ai pensé que lorsque Anthony m'entendrait, il arrêterait. Il ne l'a pas fait.

La scène m'a semblé durer des heures. Anthony était sur moi, haletant, lourd. Il avait vingt ans. Il ne lui a probablement pas fallu plus de trois minutes, mais cela m'a paru interminable. Alors que je fixais le plafond de notre salon, le ventilateur a disparu derrière un voile de larmes. Lorsqu'elles ont commencé à couler le long de mes joues, ma vision s'est éclaircie avant de se brouiller de nouveau.

Puis, Anthony a commencé à ralentir, émettant des sons qui m'ont presque effrayée, et il s'est retiré. Je n'avais jamais vu de pénis en érection avant, pas même lorsqu'il m'avait pénétrée. Lorsqu'il a joui sur mon ventre, j'ai observé les mouvements étranges et les tressautements de son membre, le liquide épais et blanc qui se répandait sur ma peau et j'ai tressailli. Cela m'apparaissait comme la chose la plus vulgaire et la plus horrible que l'on pouvait faire à quelqu'un.

— Voilà, a-t-il murmuré en souriant. Tu vois, quand le gars jouit sur toi, tu ne peux pas tomber enceinte. Je parie que tu es contente que j'aie fait ça, hein ?

J'ai hoché la tête, comme si je pouvais être contente à propos de ça. Je ne pensais qu'à une chose : l'horreur de tomber enceinte. Alors, tout le monde saurait et je voulais que personne ne l'apprenne.

Anthony a attrapé une serviette abandonnée sur la table après l'en cas que nous avions avalé un peu plus tôt et a essuyé mon ventre, comme s'il avait renversé du soda sur la table basse. Ensuite, il s'est redressé et a remonté son pantalon avant de rajuster sa chemise. J'ai tiré sur mon tee-shirt. Il était suffisamment long pour couvrir mes hanches. Je voulais remettre ma culotte et mon legging, mais je ne voyais pas comment le faire sans lui montrer mon sexe et je craignais que, dans ce cas, tout ne recommence.

— Tu es une très jolie fille, Vivienne. Et maintenant, tu le sais.

Anthony a souri, comme si nous venions de passer un moment merveilleux. J'imagine que c'était son cas.

— Ce sera notre petit secret, d'accord ?

Hébétée, j'ai hoché la tête.

Il m'a fait un clin d'œil.

— Ne t'inquiète pas. Je ne dirai rien à Chloe. Je ne tiens pas à déclencher un crêpage de chignons.

Puis, il s'est concentré sur la dernière partie de *Titanic*. Je suis restée là, recroquevillée à l'autre bout du canapé, mon caleçon enroulé autour de ma cheville, jusqu'à ce que le générique défile. Quand Anthony s'est levé pour aller au lit, il a frotté ma tête, comme si j'étais un petit chenapan. Il s'est penché vers moi et j'ai grimacé en sentant la chaleur de son souffle sur mon visage quand il a murmuré encore :

— Gentille fille.

Il m'a peut-être fallu encore une heure avant d'oser monter dans ma chambre. Alors que je passais sur la pointe des pieds devant la pièce où Anthony dormait, j'ai eu peur qu'il ne se réveille ou qu'il ne m'attire à l'intérieur. J'ai verrouillé la porte de ma chambre et je me suis assise sur mon lit, tremblante. Mon esprit ne cessait de repasser en boucle les dernières paroles d'Anthony, jusqu'à ce que j'aie l'impression de ne pas connaître d'autres mots.

Gentille fille.

J'aimerais pouvoir dire que le pire était derrière moi, mais ce n'était pas le cas.

Le pire s'est produit le lendemain matin.

Ma mère ne cessait de m'appeler pour que je descende prendre le petit déjeuner.

— Tu ne veux pas dire au revoir à Chloe et Anthony avant qu'ils ne retournent à l'université ?

Même quand mon père m'a ordonné de lever mes fesses et de venir, même après avoir entendu la voiture d'Anthony démarrer et reculer dans notre allée, je suis restée au lit, la couette remontée jusqu'au cou.

Ma mère est finalement venue me trouver un peu avant le déjeuner.

— Honnêtement, Vivienne, qu'est-ce qui t'arrive ?

Je ne me confiais pas beaucoup à ma mère. Elle donnait toujours l'impression que ses problèmes étaient plus graves que les vôtres, plus importants et que vous vous comportiez de façon égoïste en suggérant simplement qu'elle devait s'inquiéter à votre sujet aussi. Je détestais toujours l'idée de révéler à quiconque ce qu'Anthony avait fait, mais ce jour-là, je me sentais trop mal. Mon sexe était irrité, et j'ignorais que cela pouvait arriver. J'avais désespérément besoin que quelqu'un me prenne dans ses bras. Alors, j'ai attrapé la bouée pour éviter de me noyer.

— Maman ?

Elle a posé les mains sur ses hanches.

— Quoi ?

— Hier soir… quelque chose est arrivé avec Anthony.

Elle a froncé les sourcils.

— Qu'est-ce que tu veux dire ?

Le mot *viol* ne m'est jamais venu à l'esprit sur le moment. Les viols survenaient dans les allées sombres, à des femmes qui portaient des jupes courtes et se montraient imprudentes. Les violeurs portaient des vêtements noirs et étaient armés de couteaux. J'étais sur le canapé avec un type qui avait continué à regarder *Titanic* juste après. À mes yeux, il ne pouvait donc pas s'agir d'un viol. Mais quand même, ce n'était pas normal, et je le savais.

Ma voix tremblait quand j'ai dit :

— Anthony m'a forcée à… il a fait quelque chose de mal.

Ce n'était pas assez.

— Il m'a forcée à coucher avec lui.

Ma mère m'a dévisagée pendant plusieurs secondes, puis... elle a éclaté de rire.

— Ne sois pas ridicule.

— Quoi ?

— Une telle chose n'est jamais arrivée.

— Mais si.

— Anthony Whedon est un gentil garçon, a-t-elle ajouté en commençant à ramasser les vêtements que j'avais abandonnés au sol. Il ne ferait jamais une chose pareille, encore moins à la petite sœur de sa petite amie.

Je savais qu'elle ne me prendrait probablement pas dans ses bras pour me réconforter. Ce n'était pas son style, mais je n'avais absolument pas anticipé qu'elle ne me croirait pas du tout.

— Il a baissé mon caleçon. Maman, il l'a fait, pour de vrai.

Elle m'a lancé un regard, l'air de dire : tu penses vraiment que je suis aussi stupide ?

— Tu ne crois pas que nous t'aurions entendue crier ? Nous étions à l'étage. La musique de votre film m'a réveillée au moins trois fois.

— Mais je n'ai pas crié.

— Eh bien, voilà. Tu aurais crié si tu avais eu un vrai problème.

Elle avait raison. Je n'avais pas crié. Était-ce uniquement ma faute, alors ? Peut-être qu'Anthony s'était trompé et avait pensé que j'aimais ça. J'avais pleuré, mais peut-être que beaucoup de filles le faisaient lors de leur première fois. Si j'avais crié, il aurait arrêté. Je me sentais si stupide de ne pas avoir crié.

— J'avais peur, ai-je dit finalement.

— D'Anthony ? Le garçon qui t'a emmenée au festival de rock avec ta grande sœur ?

Le corps de ma mère était raide à présent. Cela annonçait qu'elle ne tarderait pas à perdre son calme et à hurler. J'ai passé toute mon enfance à essayer d'éviter que ma mère ne me hurle dessus.

— Tu es amoureuse de lui, n'est-ce pas ? Et tu es furieuse qu'il aime Chloe plutôt que toi. Alors, tu inventes des histoires pour lui causer des ennuis. Ce n'est pas très gentil, Vivienne. Tu devrais te comporter mieux que ça.

Je voulais protester, mais si je l'avais fait, les hurlements auraient commencé. Parfois, elle me bloquait dans un coin et me criait dessus pendant quinze, voire vingt minutes. Quand c'était terminé, j'avais l'impression d'avoir été battue. Ce matin-là, je savais que je ne le supporterais pas. Alors, je n'ai rien dit.

— Et maintenant, bouge tes fesses et range-moi cette chambre.

Elle a jeté tous mes vêtements sales sur le lit – ou plutôt sur moi.

— Fais tourner quelques machines pendant que tu y es. Tu es assez vieille pour donner un coup de main.

Je me suis levée. J'ai rangé ma chambre et j'ai fait deux lessives. Tout ce temps, j'ai eu l'impression qu'Anthony était parti avec tout ce que j'avais jamais été. Je n'étais plus qu'une coquille vide.

Une semaine plus tard, Chloe m'a envoyé un e-mail.

Pour ta gouverne, Anthony m'a raconté la petite comédie que tu lui as jouée la veille de notre départ. Flirter avec mon petit ami n'est PAS AUTORISÉ. Tu n'es qu'une gamine et il ne t'a pas prise au sérieux, bien sûr, mais en tant que sœur ? Je prends très mal que tu aies essayé de me piquer mon petit ami.

Anthony dit que les adolescentes sont des cœurs d'artichaut et que nous devrions oublier tout ça. C'est ce que je veux faire. On peut tout oublier, mais ne recommence plus jamais une chose pareille.

Chloe avait cru Anthony. Ma grande sœur, qui me connaissait depuis ma naissance et aurait dû savoir quel genre de personne j'étais, se fiait totalement à Anthony, malgré le mensonge tordu qu'il lui avait raconté.

Jusqu'à ce que je reçoive cet e-mail, j'avais envisagé d'en parler à mon père. Ensuite, j'ai eu trop peur de le faire. Je me disais que si je lui racontais tout, ils me détesteraient tous les trois – toute ma famille – et c'était plus que je ne pouvais en supporter.

Au cours de la terrible dépression que j'ai traversée ce printemps et cet été-là, j'ai pris conscience d'une chose essentielle. Anthony avait menti à mon sujet. Cela signifiait qu'il avait peur de ce que je pouvais dire. Il avait donc su depuis le début que je ne voulais pas avoir de rapports sexuels avec lui. Toutes les excuses bidon que je lui avais trouvées se sont écroulées, et j'ai compris quel monstre il était.

Quand j'ai pu mobiliser toute mon énergie à le détester, j'ai arrêté de me haïr autant. Mais c'était avant de prendre conscience de la marque qu'il a laissée en moi.

À présent, je ne me déteste plus d'avoir été violée. Je me déteste de désirer reproduire cette scène encore et encore.

— Madame ?

Le serveur approche et je me rends compte que je suis assise ici immobile, mon verre de vin à la main, depuis plusieurs minutes.

— Vous allez bien ?

— Oui, oui, je vais très bien.

Il ne me croit pas.

— Vous voulez que j'appelle un taxi ?

— Je n'ai pas bu tant que ça.

Mon verre est encore à moitié plein.

— Ça va, je vais rentrer.

Je conduis jusqu'à chez moi, l'esprit toujours embrumé. Doreen et moi avons travaillé dur sur ces souvenirs. J'apprends à les gérer sans me transformer en zombie apathique chaque fois que j'y pense. Sans me figer. J'y arrive la plupart du temps maintenant.

Mais ce soir, j'ai l'impression d'être revenue à la case départ.

12

Lorsque je suis arrivée chez moi, j'ai abandonné mon sac sur la table et j'ai retiré mes chaussures dans le couloir tout en marchant vers ma chambre. Je me suis écroulée sur le couvre-lit et j'ai enfoncé mon visage dans les oreillers. Le simple souvenir de cette soirée avec Anthony m'a vidée. Mon estomac se soulève comme si j'avais le mal de mer et je n'ai même pas l'énergie de retirer mes vêtements.

Doreen m'a conseillé d'écrire mes réactions la prochaine fois que je me sentirais submergée par cette scène. Tout ce que je ressentais, tout ce que je pensais. Ainsi, je pourrais étudier ces éléments plus tard, lors d'une séance, avec elle à mes côtés.

Je me redresse sur un coude pour chercher mon iPad des yeux. Comme je le pensais, il est près du lit. Quand je fais glisser mon doigt sur l'écran pour déverrouiller la tablette, je constate que j'ai un nouvel e-mail... de Jonah.

Juste pour te dire que je suis heureux que nous ayons pu régler ça ce soir. J'attends la prochaine fois avec impatience. J.

La prochaine fois. La prochaine fois que je laisserai Jonah prétendre qu'il me viole et que je prendrai mon pied en le faisant.

Il m'a fallu un moment pour comprendre à quel point Anthony m'avait bousillé le cerveau. Après le viol, j'ai arrêté de me masturber. Complètement.

Je ne voulais pas penser aux corps d'autres types quand le seul que j'avais vu excité était mon violeur. Quand j'ai commencé à avoir des rapports avec mon petit ami de terminale, Derek, cette nuit-là me hantait, chaque fois. C'était comme si Anthony était de nouveau sur moi, en moi, me transformant en un corps sans âme.

Mon petit ami était un gentil garçon. Il n'avait aucune idée de ce qui n'allait pas chez moi, il ignorait la raison pour laquelle je n'avais pas l'air d'apprécier le sexe autant que lui. Alors, il faisait de son mieux. Sexe oral, préliminaires, il essayait toutes les positions qu'il connaissait et quelques-unes qu'il inventait probablement. Peu d'hommes expérimentés se montrent aussi généreux au lit que l'était Derek à seulement dix-sept ans. Sa femme est une chanceuse.

Petit à petit, mon corps s'est éveillé au plaisir des caresses, mais chaque fois, je pensais à Anthony aussi. Nuit après nuit, l'excitation et le viol ont fini par ne faire qu'un. Mon esprit a fait de ces opposés des partenaires indissociables. Je n'étais plus capable de les séparer.

Quand Derek a fini par me faire jouir, j'imaginais une main plaquée sur ma bouche pour m'empêcher de crier. Cet orgasme – le premier en trois ans – a été si bon que je ne me suis pas souciée du côté malsain de mon fantasme. Je voulais simplement revivre cette sensation de nouveau.

Si Derek trouvait étrange que je lui demande de maintenir mes mains ou de me tirer les cheveux, il n'en a jamais rien dit. Comme la plupart des adolescents, il se réjouissait que ça me plaise enfin. Même si je me sentais coupable chaque fois que je me caressais en fantasmant, je n'arrêtais pas. La seule chose que je m'imposais, c'était de ne plus penser à Anthony. À la place, j'inventais de nouveaux scénarios, de nouvelles formes de violence – brutales ou plus sournoises. On m'attachait et me bâillonnait ou, plus communément, un type profitait de mon état d'ivresse lors d'une soirée. Les fantasmes étaient de plus en plus élaborés, à mesure que j'apprenais à trouver mon plaisir et à guider mes partenaires.

Et me voilà à vingt-cinq ans, incapable de jouir sans fantasmer.

Croyez-le ou pas, je ne suis pas la seule. Selon Doreen, et les quelques livres de psychologie que j'ai lus sur le sujet, d'autres victimes fantasment sur le même thème. Non, ce n'est pas la réaction standard, mais elle n'est pas non plus inédite. Cela devrait sans doute me rassurer. Ce n'est pas le cas.

Au moins, j'ai fini par accepter cette part de moi – ce besoin de plonger dans les ténèbres et de revendiquer mes désirs les plus secrets et les plus tabous. Et j'ai trouvé un homme capable de me suivre sur ce terrain.

Je sais déjà que la colère de Chloe et le poids des souvenirs me hanteront jusqu'à ce que je revoie Jonah. Je retrouverai alors cet endroit où rien de tout ça ne peut m'atteindre – la souffrance, les souvenirs, tout ce qui me freine dans la vie. Jonah est capable de m'y transporter.

*

* *

— Je tuerais pour un café, se plaint Shay en louchant sur mon mochaccino avec des yeux de chien battu.

— Certaines femmes continuent à boire du café enceintes, tu sais, lui dis-je alors que nous nous installons à la dernière table disponible dans le café du campus. Je suis sûre d'en avoir déjà vu le faire.

Shay secoue la tête.

— J'ai eu des saignements au début. Finalement, ce n'était rien de grave, mais après ça, le Dr Campbell m'a dit de supprimer complètement la caféine. Ordre du médecin.

— Regarde le bon côté des choses, il ne te reste que neuf semaines à tenir.

Shay s'illumine en entendant ces paroles. Cela n'a rien à voir avec les contes de grands-mères sur la façon dont les femmes rayonnent lorsqu'elles sont enceintes. Elle respire le bonheur, tout simplement.

— J'ai hâte de vivre le premier Noël du bébé.

— Nous allons le couvrir de cadeaux, lui promets-je.

Shay et Arturo n'ont pas souhaité connaître le sexe du bébé. Ils disent préférer la surprise. Personnellement, je pense que les émotions de l'accouchement prendront complètement le dessus sur l'effet de surprise, mais c'est leur décision.

Nous formons un drôle de duo, toutes les deux. Je suis sur mon trente-et-un pour assister à la réunion du département prévue cet après-midi – jupe crayon, chemisier couleur caramel et talons hauts – tandis que Shay porte une blouse ample aux motifs bariolés des années 1970 qu'elle a certainement trouvée dans une friperie, sans parler des mèches bleues qu'elle a ajoutées dans ses cheveux teints en rouge. Mais elle voulait que l'on se retrouve sur notre heure libre en commun et… depuis le message de Chloe, je fais tout pour ne pas avoir de temps mort. Dès que je ne fais rien, je me mets à broyer du noir.

Une idée plus heureuse me traverse l'esprit.

— Eh, il va falloir qu'on organise une *baby shower*, non ?

Pour une raison étrange, cette remarque fait s'envoler son sourire.

— J'imagine que oui.

— Qu'est-ce qu'il y a ?

— C'est juste que...

Shay se mordille la lèvre inférieure. Elle enveloppe sa bouteille d'eau de ses mains et garde le regard braqué dessus.

— Toute ma famille est à Perth et la nouvelle ne les enchante pas vraiment...

Leur fille était partie étudier en Amérique et les avait informés par Skype qu'elle allait épouser un homme qu'ils n'avaient jamais rencontré, du même âge qu'elle et qu'elle était enceinte de lui. J'adore Arturo, et je crois sincèrement à sa relation avec Shay, mais je peux comprendre la réaction des Gillespie.

— ... j'avais donc imaginé que ce serait ma famille d'ici qui organiserait la *baby shower.*

Elle a les yeux baissés, l'air triste, totalement à l'opposé de sa personnalité pétillante.

— Je pensais que Carmen le ferait, mais elle n'en a pas parlé.

— Je suis sûre que ça lui a simplement échappé.

En fait, je n'en suis pas certaine du tout, mais l'avouer n'arrangerait pas la situation.

— Elle a été débordée avec son boulot.

— Tu sais bien qu'elle ne m'aime pas.

— Mais si !

Ne pas aimer Shay, ce serait comme ne pas aimer l'oxygène. C'est impossible.

— Elle s'inquiète simplement de voir Arturo se mettre en ménage si jeune, surtout que vous n'êtes pas encore diplômés.

— Nous pouvons y arriver. Si je ne le pensais pas, je n'aurais jamais gardé...

Shay ne parvient pas à finir sa phrase. Elle aime bien trop ce bébé pour prononcer ces mots.

— Je crois en vous moi aussi. Carmen est juste un peu plus difficile à convaincre. C'est une mathématicienne, tu sais, ils n'aiment pas trop ce genre de trucs. Ils aiment les faits.

Je me penche en avant, espérant lui remonter le moral.

— Même si Carmen a des doutes, elle est à vos côtés. Tu le sais, n'est-ce pas ?

Shay hoche la tête, mais je vois bien qu'elle doute. La voir comme ça me brise le cœur.

— Tu sais quoi ? C'est moi qui organiserai cette *baby shower*. Après tout, c'est comme si j'étais de la famille moi aussi. Et n'essaie même pas d'argumenter.

— Je ne le ferai pas.

Son sourire revient peu à peu.

— Oui, tu es de la famille.

— Carmen mettra la main à la pâte elle aussi, tu verras.

— J'espère que tu as raison. Je pensais simplement…

Elle marque une pause avant de finir :

— Je pensais simplement que Carmen serait plus excitée à l'idée d'être tante. Tu n'étais pas ravie quand tu as su que ta sœur était enceinte de Libby ?

Libby, que je n'ai pas vue depuis les dernières vacances de Pâques. Libby, qui m'a supplié de tresser ses longs cheveux dorés. J'ai glissé des marguerites dans ses tresses et elle a trouvé que c'était la chose la plus magique et la plus belle du monde.

— Mes émotions étaient un peu plus complexes, en réalité.

Je dis ça uniquement parce que Shay a remarqué la distance entre ma famille et moi et n'a jamais cherché à me tirer les vers du nez.

— Mais je l'aime plus que n'importe quelle autre personne sur cette Terre.

J'adore Libby et je ne la vois jamais.

Shay et moi devons retourner à nos départements respectifs. Je finis donc mon mochaccino d'un trait. Elle a retrouvé son entrain habituel, alors que je dois lutter pour continuer à sourire. Dès que nous

nous séparons, je laisse tomber le masque. Le monde autour de moi semble enveloppé d'une brume épaisse. Je suis piégée dans mes propres pensées et mes regrets.

Dans ma tête, j'entends Libby chanter sur mon répondeur. *Joyeux anniversaire, tatie Vivi…* Les larmes brouillent ma vision. Les étudiants s'agitent autour de moi, un océan de queues-de-cheval, de sacs à dos et d'éclats de rire, mais je me sens terriblement seule. Je me fraie un chemin à l'aveugle au milieu de la foule, jusqu'à ce que j'entende :

— Vivienne ?

C'est Jonah.

Au milieu des tee-shirts aux couleurs vives et des vestes d'étudiants, Jonah se démarque avec sa chemise immaculée et son jean noir. Il est le seul qui reste immobile, le seul qui me regarde. Le seul qui sait qui je suis. Bien qu'il n'approche pas, ses yeux gris cherchent les miens. Je sais qu'il n'a pas prononcé mon prénom juste pour me dire bonjour. Il l'a fait parce qu'il voit que je suis bouleversée.

Je tente un sourire, en vain.

— Le café est dans cette direction, dis-je en désignant le Starbucks que j'imagine être sa destination. On se voit plus tard.

Jonah acquiesce de la tête. Je me détourne et je prends le chemin du département des arts. Il me faut environ sept minutes pour le rejoindre à pied. Sept minutes, c'est le temps donc je dispose pour me reprendre. Lorsque j'arriverai en réunion, je devrai être calme. Sûre de moi. Je devrai être n'importe qui sauf moi.

La réunion se déroule bien.

Comme je l'ai dit, je suis désormais assez douée pour jouer la comédie.

*

* *

Ce soir, je suis censée retrouver Carmen et des amis de son département pour manger des sushis, mais je lui envoie un SMS pour me désister.

Mal de crâne terrible.

Je mens sans scrupules. Elle ne comprendrait pas vraiment, de toute façon.

J'adore Carmen et nous sommes très proches, mais je ne lui ai jamais parlé du viol. Je n'en ai jamais parlé à Geordie non plus ni à Derek ou à aucun de mes autres petits amis. La seule fois où j'ai confié à une personne que j'aimais la vérité au sujet de ce qu'Anthony m'a fait, ça s'est mal terminé.

Je suis trop tendue et distraite pour corriger des copies. Pendant un moment, j'essaie de regarder des films sur Netflix, mais aucun ne retient mon attention. Finalement, j'évacue ma frustration en faisant le ménage. Bientôt, mon petit appartement sent le produit ménager au citron à plein nez. Équipée de gants en caoutchouc jaunes, je frotte les plats, l'évier, les toilettes, la baignoire et même les joints du carrelage. Quand j'aurai fini, cet endroit sera immaculé.

Au moment où je me redresse pour essuyer la sueur sur mon front avec mon avant-bras, mon téléphone sonne. Sonnerie standard. Je retire mes gants pour répondre. C'est probablement l'un des autres assistants pédagogiques, mais si c'est un autre appel automatique pour les élections, je jure que je ne réponds pas de mes actions.

— Allô ?

Un silence.

— Bonsoir, Vivienne.

C'est la dernière personne dont je m'attendais à entendre la voix ce soir.

Jonah.

13

Je pensais que Jonah n'appellerait que pour deux raisons bien précises : soit pour m'informer d'un changement de dernière minute dans nos plans, soit pour prévoir une autre mise en scène.

Et pourtant je suis là, à presque vingt-trois heures, à écouter la voix inquiète de Jonah.

— Je voulais m'assurer que tu allais bien. Quand nous nous sommes croisés tout à l'heure, tu avais l'air…

Il marque une pause. C'est étrange d'entendre cette tonalité incertaine dans la voix d'un homme aussi sûr de lui et stoïque que Jonah Marks.

— Tu n'avais pas l'air bien.

Que suis-je censée répondre ? C'est l'une de mes mauvaises habitudes. J'essaie de deviner ce que les autres veulent entendre au lieu de leur dire la vérité. Mais j'ignore totalement ce que veut Jonah.

— J'ai bien conscience d'avoir passé les limites, ajoute-t-il sur un ton qui lui ressemble plus. Toujours est-il que si je fais partie des raisons pour lesquelles tu étais bouleversée, si ce que nous faisons devient un problème pour toi, tu n'as qu'à le dire. Nous pouvons toujours arrêter ou attendre un peu. Je ne veux pas participer à quelque chose qui pourrait te perturber.

Ce qui est hilarant. Au moment où j'ai posé les yeux sur Jonah, ma vie a été complètement bouleversée.

Cela ne signifie pas que je veux arrêter.

— Tout va bien. Ça n'avait rien à voir avec toi. Je te le promets.

— OK. Parfait.

À ma grande surprise, Jonah n'en reste pas là.

— Est-ce que ça va ?

— Oui et non.

Nous plongeons dans le silence. Jonah redoute peut-être que je ne me mette à vider mon sac. À partager mes secrets. Je n'ai aucune intention de le faire. Ce genre d'intimité ne peut pas faire partie de notre arrangement.

Pourtant, il reste en ligne. Il m'offre une option ou – plus probablement – il ne sait pas comment se sortir de l'impasse dans laquelle il s'est mis.

Quand il reprend finalement la parole, il est plus ferme. Confiant. Sa voix seule fait naître une vague de chaleur qui déferle de mon visage écarlate au creux de mon ventre.

— Tu veux que je raccroche ?

J'ai besoin de cet équilibre, de cette force. Plus que ça, j'ai besoin de lui.

Très doucement, je réponds :

— Non.

— De quoi veux-tu parler ?

Il est prudent, mais intéressé.

Mon lit n'est qu'à quelques pas. Je me laisse tomber dessus et je me cale sur les oreillers.

— De tout. Distrais-moi.

— Pas le genre de distraction habituelle, tu veux dire…

Je me demande à quoi ressemblerait l'amour au téléphone avec Jonah. Il y a quelque chose dans sa façon de parler… Ce n'est pas seulement sa voix envoûtante. Chaque mot qu'il prononce semble minutieusement réfléchi. Mesuré. Il n'expose rien qu'il ne voudrait pas révéler. Aucune émotion ne filtre à moins qu'il n'en ait eu l'intention. Le contrôle parfait qu'il exerce sur lui-même, son sang-froid… c'est encore plus enivrant à présent que je sais de quelle intensité il est capable. Et cela me rappelle à quel point la soirée où il a pris le contrôle sur moi était incroyable.

L'amour au téléphone avec Jonah serait éblouissant.

Mais je sens le produit ménager et je porte un horrible tee-shirt Longhorns, autant dire que je me sens aussi sexy que Jabba le Hutt[1]. S'il faut que je me mette dans l'ambiance, je vais avoir besoin d'un moment.

— Non… pas pour l'instant.

— Intéressant.

J'imagine le sourire qui doit se dessiner sur son visage au moment où il dit ça.

— Alors, quel prélude as-tu en tête ?

Je remarque que Jonah ne propose rien. Nous ne parlerons pas de nos vies personnelles ou de nos émotions – cela reviendrait à violer notre engagement de rester des étrangers l'un pour l'autre autant que possible. J'ai donc besoin d'un sujet complètement neutre. La première chose qui me vient à l'esprit :

— Parle-moi de l'Antarctique.

— Tu veux parler d'un endroit où il ne pleut pas, quasiment désert, où les températures descendent jusqu'à cent degrés en dessous de zéro ? Je n'aurais pas forcément choisi ce sujet pour des préliminaires, mais bon…

— Je veux juste…

Je dois m'interrompre pour passer mon tee-shirt par-dessus ma tête.

— C'est un endroit que je ne verrai probablement jamais.

— Tu n'as pas à t'excuser d'être intéressée. Je te taquinais.

1. Personnage de *Star Wars*.

Jonah marque une pause et je comprends qu'il cherche ses mots.

— L'Antarctique est un territoire… violent, mais magnifique. Il ne ressemble à aucun autre endroit sur Terre.

Je prends de nouveau appui sur mes coussins. Je ne porte plus de haut à présent, je n'ai gardé que ma culotte. La sueur sur ma peau aurait pu être due à tout autre chose.

— Quand tu dis violent, tu veux parler du froid, n'est-ce pas ?

— Le froid et les vents catabatiques… ils ratissent le sol, le débarrassant de toute la neige.

— Je pensais que l'Antarctique était couvert de neige.

— Certaines zones le sont, mais le continent est désertique dans sa majeure partie. C'est le lieu le plus désolé de la planète.

— Alors, pourquoi dire que c'est magnifique ?

Jonah réfléchit quelques instants avant de répondre.

— La faiblesse n'y a pas sa place. Les habitants n'y possèdent que quelques biens, ceux qui sont indispensables à leur survie. Même l'air y est plus clair. Le soleil peut être presque aveuglant. C'est le seul endroit du monde doté d'une telle pureté. C'est pour ça que je le trouve magnifique.

Pour Jonah, la beauté est sauvage. Je peux le comprendre.

— Quoi d'autre ?

— L'aurore australe. C'est incroyable.

J'en ai entendu parler.

— C'est comme les aurores boréales, mais au sud, c'est ça ?

— Exactement. Elles peignent le ciel de vert et d'or et la lumière t'enveloppe.

Je n'aurais jamais imaginé que Jonah était du genre à se laisser subjuguer par des paysages aussi poétiques, mais après tout, les aurores australes sont réputées pour être de toute beauté. Même un homme fait de pierre serait ému par un tel spectacle.

J'ai toujours su que Jonah n'était pas insensible, mais je n'en avais pas vraiment pris conscience jusqu'à ce soir.

Dans quelle mesure en apprends-je plus sur lui à travers cette discussion ?

Dans quelle mesure en apprend-il davantage sur moi ?

Je me sens mal à l'aise de nouveau, déstabilisée, incertaine, partagée entre la curiosité et la peur. Et c'est exactement ce que j'aime quand je suis avec Jonah.

— Nous devrions peut-être prévoir la prochaine fois, je souffle.

Si Jonah est surpris par ce changement de sujet, il ne le dit pas. Toutefois, sa voix est rauque lorsqu'il répond, presque un grognement.

— Tout ce que tu veux, tant que c'est pour bientôt.

— C'est-à-dire ?

— Aussi vite que possible.

Mon souffle est haché. Mes tétons sont déjà durs et sombres alors que je suis certes nue sur mon lit, mais seule.

Il veut que je décide du scénario. Ce n'est pas que j'ignore ce que j'attends de lui, au contraire. La liste est si longue que je ne sais pas par où commencer.

Et puis, c'est à lui que devrait revenir la décision. Dans cette aventure, je m'en remets entièrement à lui.

— Quand tu t'imagines en train de me baiser, je murmure, qu'est-ce que tu vois ?

— Beaucoup de choses. Différentes positions. Je me vois ralentir pour te plaquer sous mon corps à tout jamais. Accélérer jusqu'à te pilonner sans merci.

Oh, Seigneur ! Je me tortille sur mon lit. Je mouille déjà.

— Oui…
Jonah continue.
— Parfois, je repense au soir où nous nous sommes rencontrés. Je me suis détesté d'avoir imaginé te faire ça, mais je ne pouvais m'empêcher de le désirer. De te désirer.
— J'avais envie de toi aussi. Je voulais que… tu me forces à te remercier ou que tu me pousses simplement sur la banquette arrière.
Ces fantasmes m'avaient tellement tourmentée cette nuit-là. À présent, ils alimentent le feu qui enfle en moi.
— Alors, faisons ça, je lance tout à coup.
— C'est ce que tu veux pour la prochaine fois ? Rejouer la scène de notre rencontre et faire ce que nous avions vraiment envie de faire ?
Au ton de sa voix, je devine que l'idée lui plaît.
— Quand tu veux.
Mon sexe pulse si fort que l'espace d'un instant, j'ai le sentiment que je vais jouir au téléphone.
— Ce soir.
Après un silence, Jonah reprend :
— Maintenant ?
Je me redresse.
— Maintenant.
— Il va nous falloir trente minutes.
Il semble impatient. Une demi-heure, cela lui paraît déjà trop long.
— Rejoins-moi à… Zilker Park. Sur Columbus, après la première intersection. Mets ta petite robe d'été.
Suis-je vraiment sur le point de faire ça ? Partir dans l'obscurité, alors qu'il est près de minuit, pour m'offrir à Jonah ?
— D'accord.
Je raccroche sans un mot de plus. Ce n'est pas comme si nous nous disions au revoir.

Je prends une douche express pour ne pas sentir le détergent. Je passe un coup de peigne dans mes cheveux et je perds de précieuses minutes devant ma boîte à bijoux, à essayer de me souvenir des boucles d'oreilles que je portais ce soir-là. Finalement, j'opte pour de petits boutons en argent. Ma robe d'été rouge est propre et, sans soutien-gorge, j'apprécie la douceur du coton encore plus que d'habitude. Mettre une culotte est probablement une perte de temps, mais je parie que Jonah rêve de me l'arracher. Lorsque je l'ai rencontré, je portais de simples sandales, mais ce soir, j'enfile des talons aiguilles d'une hauteur vertigineuse. Puis, je me précipite vers ma voiture pour me rendre à notre rendez-vous.

À cette heure de la nuit, en pleine semaine, même les rues d'Austin sont pratiquement désertes. En centre-ville, il doit y avoir un peu d'activité, mais pas ici. Les lampadaires sont invisibles, cachés par les nombreux arbres du parc. Je gare ma voiture sur le bord de la route.

Personne ne devrait passer par ici. Si c'était le cas, nous verrions les phares suffisamment à l'avance pour éviter qu'un passant ne nous surprenne et… n'aboutisse à la mauvaise conclusion. Jonah a bien choisi l'endroit.

Je sors de mon véhicule. L'herbe grasse crisse sous mes talons. La seule lumière provient de mes phares. Les nuits de septembre sont aussi étouffantes que celles de juillet et le chant des cigales emplit l'air, puissant, puis faible et puissant de nouveau. C'est le son de la chaleur, de l'été écrasant.

La dernière fois que j'ai rencontré Jonah, j'avais un pneu à plat. Le crever maintenant serait pousser la reconstitution un peu trop loin. Un problème mécanique banal fera l'affaire.

Soudain, au loin, je discerne une voiture qui approche.

Au début, je suis excitée, mais la peur ne tarde pas à m'envahir. Et si ce n'était pas lui ? Et si une autre personne, un autre homme, passait et me prenait pour une femme en détresse au bord de la route ?

Le danger que j'ai affronté cette nuit-là reprend vie dans mon esprit. L'adrénaline qui pulse dans mon sang ressemble plus à de la peur qu'à de l'excitation tout à coup.

Je me rapproche de ma voiture. Ainsi, je pourrai remonter à l'intérieur et m'échapper en cas de besoin. Je suis immobile et je suis essoufflée alors que j'essaie de reconnaître le modèle du véhicule.

Une berline, longue et noire, comme celle qu'un agent des services secrets conduirait. C'est bien Jonah.

La peur se mêle au soulagement et au désir. Cet accès de terreur ne fera qu'intensifier la suite.

Je prends une profonde inspiration et je souffle. Je n'ai plus à me contrôler.

J'offrirai mon corps à Jonah, et tout le reste – les choses qui m'inquiètent, qui me hantent, tout. Tout s'évanouira. Il n'y aura plus que lui.

14

Il descend de sa voiture lentement, pour me faire languir.

Avant même que Jonah ne pose les yeux sur moi, son regard parcourt les alentours. Il s'assure que personne ne peut nous voir – que personne ne peut l'interrompre. Mais les lieux sont déserts.

Il porte un treillis et un tee-shirt vert kaki, tous deux plus amples que ses vêtements habituels. Son corps musclé ne passe pas inaperçu malgré tout, aussi robuste et imposant que d'habitude.

Finalement, il croise mon regard alors qu'il marche vers moi. Les phares dans son dos dessinent les contours de sa silhouette. Il hausse les sourcils.

— Vous avez un souci ?

Sa voix est grave, rauque, comme s'il était déjà sur le point de jouir. L'intensité de son désir m'enveloppe aussi sûrement que la chaleur estivale. Mon cœur bat la chamade, j'ai des papillons dans le ventre. Je lève le menton.

— On dirait bien.

— Attendez, dit Jonah en passant à côté de moi, je vais jeter un coup d'œil.

Il pose une main sur l'aile de ma Civic. Je m'attends à ce qu'il diagnostique un vague problème mécanique, mais non. Il fait le tour du véhicule et l'étudie sous toutes ses coutures. Bon sang, il prend ça très au sérieux.

Au début, je m'en amuse. Compte-t-il se donner la peine de changer mon pneu encore une fois ? Puis, la vérité me frappe de plein fouet. Jonah est totalement investi dans son rôle. Dans notre jeu. Lorsqu'il entre dans ce mode, rien ne peut l'en faire sortir à l'exception du mot Silver. À moins que je ne le prononce, Jonah restera un étranger devant lequel je suis impuissante. Il sera la parfaite incarnation des fantasmes les plus sombres que j'aie jamais eus.

Je reste silencieuse.

La brise chaude soulève l'ourlet de ma robe alors que j'observe Jonah.

— On dirait que vous avez besoin d'aide, remarque-t-il.

— Je ne refuserai pas un coup de main.

Mon accent du sud n'est pas aussi marqué habituellement, mais il est sorti comme ça.

Jonah aime ça. Je le devine à la façon dont son regard s'assombrit lorsqu'il m'étudie.

— Il faut que nous parlions.

— Parler ?

— De la manière dont on va procéder.

Il désigne la voiture de la tête.

— Il y a beaucoup de travail si vous voulez repartir rapidement. Et le travail, ça se paie.

Tant que je ne dirai pas *Silver*, cette scène sera réelle. Je suis abandonnée ici, seule, avec un homme si grand et fort qu'il pourrait me maîtriser en une seconde. Et il est ma seule chance de me sortir de ce pétrin… je dois donc faire ce qu'il veut.

Tout ce qu'il veut.

— Je…

Ma voix tremble d'anticipation et de peur.

— Je n'ai pas grand-chose sur moi.

— C'est sûr.

Il baisse les yeux sur mes seins, à peine couverts par le décolleté plongeant de ma robe d'été.

Je rougis si violemment qu'il le remarque probablement malgré l'obscurité.

— Je voulais dire que je n'ai pas pris mon sac à main.

— Pas de permis ? Pas de téléphone ? Pas de liquide ? Ce n'est pas très malin.

— Je sais.

— Ne vous inquiétez pas, susurre-t-il en faisant un pas vers moi. Je m'occupe de vous.

Si seulement nous étions sûrs que personne ne passera sur cette portion de route, il pourrait me plaquer sur le capot, m'arracher ma robe et me prendre aussi brutalement et impitoyablement que la première fois. Mes jambes sont faibles et je dois poser une main sur la portière pour garder mon équilibre. Je mords ma lèvre inférieure avant de murmurer :

— Je pourrais vous donner mon numéro. Appelez-moi demain et je vous paierai le prix qui vous conviendra.

— Je ne veux pas de votre argent.

Il fait un signe de tête en direction de sa voiture.

— Montez. Parlons-en.

Lentement, en feignant d'être réticente, je suis Jonah jusqu'à la berline noire. Ma main droite tremble lorsque j'ouvre la portière passager, mais Jonah passe derrière moi pour m'inviter à monter à l'arrière. J'hésite, le souffle coupé, puis je me glisse à l'intérieur.

Beaucoup d'hommes se soucient trop de leur voiture ou pas du tout. Soit ils ont des modèles de sport ou de collection qu'ils ont retapés, et ils vous bassinent avec les chevaux et les performances de leur engin, soit ils ont des voitures totalement banales, pleines de sachets de fast-food vides et de courriers publicitaires, et ils vous disent de jeter cette canette au sol pour pouvoir vous asseoir. Aucun de ces deux profils n'est attirant.

La berline de Jonah est grande, luxueuse et élégamment impersonnelle. Les sièges sont recouverts de cuir couleur crème. On dirait qu'il l'a récupérée à la concession le matin même. L'habitacle ne trahit aucun élément sur la personne que pourrait être Jonah Marks. Je me glisse de l'autre côté de la banquette en tirant sur ma robe d'été alors que Jonah s'installe à côté de moi.

Il claque la portière et le plafonnier s'éteint. À présent, la seule lumière provient du voyant bleu de son autoradio.

Jonah m'observe un moment. Il remarque forcément les mouvements saccadés de ma poitrine, les tremblements qui agitent déjà mon corps. Il me laisse attendre de longues secondes avant de rompre le silence.

— Retirez vos chaussures. Mettez-vous à l'aise.

J'obéis tout en précisant :

— Je ne veux pas rester dans votre voiture.

— Vous voulez rentrer chez vous, n'est-ce pas ?

— J'apprécie… que vous m'aidiez…

— Je vais vous aider, mais vous devez m'aider vous aussi. Vous comprenez ?

C'est… plus doux que notre première fois. Pas de brutalité, pas de colère. Jonah utilise le chantage à la place, me mettant dans une situation où je n'ai pas d'autre choix que d'accepter. Il me pousse encore et encore vers le point de rupture, jusqu'au moment où il me fera basculer. C'est une façon de me forcer totalement différente, mais il me force malgré tout. Et l'excitation que je ressens est tout aussi intense.

Jonah fait courir le bout de son index sur mon épaule nue. Je frissonne en reculant. Il fait claquer sa langue et sourit.

— Vous êtes sauvage. Ce n'est pas une façon de se comporter avec quelqu'un qui essaie d'être sympa avec vous.

— Je ne voulais pas… Je suis désolée.

— Ce n'est rien. Vous allez être gentille avec moi. Allez. Donnez-moi votre main.

Ses doigts se referment autour de mon poignet. Son étreinte est aussi dure que son ton est doux. Il guide ma main vers sa braguette et presse ma paume contre son sexe.

Seigneur, il est si imposant. Je m'étais déjà fait la remarque la dernière fois. Je ne l'avais pas oublié, mais je ne peux m'empêcher de m'émerveiller devant sa taille. Son membre tressaute imperceptiblement sous mon toucher, la pression est évidente malgré l'épais tissu de son treillis. Il commence à agiter ma main de haut en bas, lentement, petit à petit.

— Vous voyez ?

Jonah me sourit, fier de m'avoir conduite à cette situation aussi rapidement.

— Je savais que vous sauriez vous montrer agréable si vous le vouliez.

Si cette scène était réelle, que dirais-je en cet instant ? Que ferais-je ?

— Je veux juste rentrer chez moi, je murmure.

— Vous allez rentrer chez vous, mais il n'y a pas le feu. J'aime quand vous êtes gentille.

— Rien d'autre ?

Je tremble à présent.

— Juste ma main ?

— Vous pourriez faire plus avec votre main. Pourquoi ne pas me montrer ? Peut-être que je m'en satisferais.

Jonah écarte sa main de la mienne, ne pressant plus ma paume contre son érection. Il veut que je lui en donne plus, que je négocie dans l'espoir qu'il ne m'en demandera pas davantage. Je dois donc lui offrir la meilleure masturbation dont je suis capable.

Mes doigts tremblent alors que je déboutonne sa braguette maladroitement avant de plonger dans son boxer pour en extraire sa verge gonflée. Elle se dresse devant moi, longue et épaisse. J'essaie de refermer la main dessus. Quelques gouttes perlent sur son gland en récompense, lubrifiant mes doigts.

— Allez...

Jonah a abandonné son ton rassurant et condescendant. L'impatience filtre dans sa voix.

— Vous pouvez faire mieux que ça.

Je me mets à le masturber plus vigoureusement, serrant et desserrant le poing tandis qu'il s'agite de bas en haut sur son membre. Puis, je commence à me servir de mes poignets. Il est brûlant contre ma paume, si dur que ça doit être douloureux.

— Je veux plus de lubrifiant, dit Jonah. Léchez votre main.

J'obéis, rapidement, avant de reprendre ma tâche. Les mecs m'ont toujours affirmé que j'étais douée pour ça et j'essaie d'offrir à Jonah ce que je ferais à un amant normal. J'intensifie la pression tout en caressant son gland à chaque passage.

Il soupire bruyamment et rejette la tête en arrière.

— C'est suffisant ? je demande.

— Plus de salive.

Lorsque je lève la main de nouveau, il secoue la tête.

— Servez-vous de votre bouche.

— ... mais vous aviez dit...

— J'ai dit qu'il allait falloir être gentille avec moi si vous vouliez que je vous aide. Vous voulez que je vous aide, non ? Ou vous préférez rester ici toute la nuit ? Quelqu'un d'autre pourrait s'arrêter et il ne sera peut-être pas aussi sympa avec vous.

Serait-il capable de jouer les deux rôles ? De partir et de m'abandonner avant de revenir quelques minutes plus tard dans la peau du violent agresseur qu'il vient d'évoquer pour me menacer ?

À la place, il tend le bras pour caresser mon visage avant de refermer les doigts dans mes cheveux. Son sourire suffisant a disparu.

— Montrez-moi de quoi vous êtes capable, reprend-il.

C'est un avertissement.

Je me penche alors qu'il me tient toujours par les cheveux et j'ouvre les lèvres pour prendre sa verge imposante dans ma bouche.

Le liquide qui perle sur son sexe a un goût salé. Je le prends plus profondément et je commence à le sucer – doucement et lentement au début. Jonah tire sur mes cheveux, assez fort pour me faire mal. Il veut que je me donne davantage pour gagner ma liberté et rentrer chez moi.

Alors, je le fais. Je me sers de ma langue. Je trace des cercles, je lèche tout en agitant la tête de haut en bas. Mes mains se referment à la base de son membre de façon à ce que je puisse le caresser à chaque mouvement. Le nectar épais qui s'écoule m'indique qu'il adore ça… qu'il est proche.

— Stop ! grogne-t-il. Maintenant.

Je me fige. Il joint les deux mains sur mon crâne et appuie sur ma tête, s'enfonçant si profondément en moi que je n'arrive plus à respirer.

Il rit doucement.

— Voilà, c'est ça. Vous voyez, quand vous voulez.

Jonah prend le contrôle. Ses mains me guident. Parfois, il ne me laisse que son gland en bouche, et je le suce autant que je peux avant qu'il ne m'empale de nouveau.

— J'aime quand tu t'étouffes, murmure-t-il. Ta gorge se resserre. Ça me fait penser à ta petite chatte étroite.

Je gémis, le son assourdi par sa verge.

— Tu es aussi étroite que ça, hein ?

Jonah me force à relever la tête et plonge son regard dans le mien alors que je tousse et m'essuie la bouche du revers de la main.

— Hein ?

Ma voix est rauque.

— Je vous en prie… j'ai déjà… vous avez dit que c'était ce que vous vouliez…

— Je n'ai jamais dit que je m'en contenterai. Tu ne veux pas être gentille avec moi ? Tu ne veux pas me montrer à quel point tu es reconnaissante que je répare ta voiture et te renvoie chez toi ? Tu préfères que je te laisse ici ? Non, n'est-ce pas ? Je le savais.

Il palpe ma poitrine à travers le fin coton de ma robe. Son pouce trace des cercles autour de mes tétons et il sourit.

— Maintenant, retire cette culotte.

Je passe mes mains tremblantes sous ma jupe pour retirer mon dessous. Jonah m'enveloppe de ses bras, pas pour m'enlacer, mais pour descendre un peu la fermeture Éclair de ma robe dans mon dos. Je laisse tomber ma culotte sur le sol de la voiture et Jonah tire sur les bretelles pour les faire glisser sur mes épaules, exposant mes seins à sa vue. Il les prend en main et les presse assez fort pour que j'aie presque mal. Puis, il s'écarte, sourire cruel sur le visage.

— Tu peux en supporter plus, n'est-ce pas ? Je suis sûr que oui.

Il me pousse en arrière jusqu'à ce que je sois étendue sur le dos. La berline est si spacieuse que je peux presque m'allonger sur la banquette arrière.

— Écarte les jambes.

— S'il vous plaît…

— Tais-toi !

Son ton tranchant est destiné à faire peur. À terrifier. La menace insinuée flotte dans l'air.

Je laisse ma jambe gauche tomber sur le côté. Jonah se positionne entre mes cuisses en remontant mon genou droit si haut qu'il touche presque ma poitrine.

Il sort un préservatif de la poche de son treillis qui a glissé sur ses hanches. Sa verge est dressée tel un couteau.

— Tu vois comme je suis gentil avec toi ? susurre-t-il en enfilant la protection. Je n'ai pas besoin de mettre ça. Je pourrais te baiser sans. Mais je suis un type bien.

Je suis étendue, les jambes écartées, totalement impuissante. Jonah est si imposant, si fort que je ne pourrais pas le repousser, même si j'essayais.

— Tu ne trouves pas que tu as de la chance ? demande-t-il.

Je sens la pression de son gland contre mon sexe. Je mords ma lèvre inférieure quand il s'enfonce en moi, petit à petit, jusqu'à ce que la douleur éclate. Il m'envahit complètement.

— Voilà, chuchote-t-il en me pénétrant jusqu'à la garde, comme ça.

Puis, il donne un coup de reins et je crie. Il sourit en entendant ce son et se retire pour mieux s'enfoncer en mois de nouveau. J'aimerais voir son membre entrer en moi, mais je ne peux pas. Le tissu froissé de ma robe me masque la vue. Je ne vois rien, je ne peux que ressentir.

Jonah continue, délibérément et presque cruellement lent. Le rythme s'accélère sans vraiment se faire rapide. Chaque fois, il se retire presque complètement pour s'enfouir profondément et violemment en moi à nouveau. Chaque fois, je cherche mon air, partagée entre le plaisir et la douleur. Il m'excite comme jamais, me transportant aux portes de l'orgasme, mais il ne va pas assez vite pour que je jouisse. Il fait durer ce moment, parce qu'il veut savourer le pouvoir qu'il exerce sur moi. Jonah veut me montrer à quel point je suis impuissante. Je dois prendre tout ce qu'il me donnera.

Il se penche sur moi un peu plus chaque fois, jusqu'à ce qu'il soit si proche que je sente son souffle sur ma peau. Il lèche l'un de mes tétons, puis ouvre la bouche pour le sucer. Cela ne dure qu'un bref instant, mais assez pour diffuser une vague de plaisir qui déferle sur mon corps tout entier.

Je suis proche. Très proche.

— Je pourrais faire ça toute la nuit, halète-t-il.

Il me pilonne encore, si fort que j'enfonce mes ongles dans le cuir de la banquette.

— Je pourrais continuer comme ça jusqu'à ce que tu ne puisses plus marcher. OU alors je te baise plus vite et plus fort et je répare ta voiture pour que tu puisses rentrer ? Qu'est-ce que tu préfères ?

— Finissez-en, s'il vous plaît.

— Dis-le. Je veux que tu le dises.

Jonah attrape ma main libre et la maintient au-dessus de ma tête. Il va prendre ce qu'il veut. Me demander de prononcer ces paroles est une façon de plus de me prouver qu'il a le contrôle.

— Tu veux récupérer ta voiture et rentrer chez toi ? Alors, dis-le. Dis-moi de te baiser vite et fort.

Le simple fait d'entendre ces mots me transporte au bord du gouffre. J'ai le vertige, j'ai chaud, je suis totalement impuissante. Ma voix est à peine plus qu'un murmure quand je dis :

— Baisez-moi vite et fort.

Jonah s'empale en moi. Ses mains glissent sur ma taille et me maintiennent fermement tandis qu'il me pilonne sans merci, chaque assaut plus brutal que le précédent. Je crie – une longue plainte que je ne peux contrôler – alors que tout mon sang semble se concentrer au creux de mes cuisses. La sensation tourbillonne, enfle et mon cri se transforme en un hurlement alors que je jouis. Ma tête tourne sous l'effet de l'extase à l'état pur et je me tortille sous son poids tandis que tous les muscles de mon corps se rendent devant l'intensité de mon orgasme.

Il sait ce qu'il m'a fait, mais il reprend :

— Je n'ai fait que te donner ce que tu as demandé.

Puis, il accélère et l'habitacle n'est plus empli que par son souffle lourd, mes gémissements et les sons moites de nos corps. Je suis vidée et grisée, un corps complètement passif qu'il peut utiliser comme bon lui semble.

Alors, il se sert de moi. Il remonte légèrement mon bassin pour pouvoir me pénétrer plus profondément – je ne pensais même pas que c'était possible – et il grimace. Il me pénètre lentement une dernière fois avant de se figer. Il ferme les yeux et ouvre la bouche. Puis, ses doigts s'enfoncent dans ma chair et un frémissement le parcourt.

Je savais déjà que j'aimais le voir jouir.

Après quelques inspirations saccadées, il se retire.

— Rhabille-toi, ordonne-t-il d'une voix dure, et monte dans ta voiture. Je vais voir ce que je peux faire.

Je remets le haut de ma robe, mais je ne m'embête pas à la fermer. Du bout du pied, je trouve ma culotte humide. Je n'ai aucun mal à trouver mes talons aiguilles rouges, mais mes jambes vacillent lorsque je sors de la voiture de Jonah pour me diriger vers la mienne.

Ai-je vraiment pensé que si nous recommencions, cela ne serait jamais aussi bon que la première fois ? D'une certaine manière, ce soir, c'était encore meilleur. Jonah sait comment fonctionne mon cerveau. Sans même que j'aie besoin de le lui dire, il sait comment incarner l'homme sombre et dangereux de mes fantasmes. Combien d'autres scénarios est-il capable de jouer ?

Je veux *tous* les découvrir.

Je me glisse dans ma Civic et je ferme la portière. Penchée en avant, je pose le front contre le volant et j'essaie de retrouver mon souffle. J'ai le visage échauffé et je me sens vaseuse. La prochaine fois, il faudra que je pense à prendre une bouteille d'eau fraîche avec moi, pour après.

Mais la prochaine fois pourrait survenir n'importe où…

La portière passager s'ouvre et Jonah s'installe à côté de moi. Au début, je crois qu'il a l'intention de jouer la fin de la scène et de me dire que ma voiture est réparée. À la place, il écarte gentiment une mèche de cheveux de mon visage couvert de sueur.

— Ça va ?

Je hoche la tête.

— C'était… incroyable.

— C'est vrai.

— C'est comme si… comme si tu avais lu dans mes pensées le soir où nous nous sommes rencontrés. Tu m'as fait tout ce que je rêvais que tu me fasses.

— Et tu t'es rendue encore plus parfaitement que je n'aurais osé l'imaginer.

La main de Jonah se pose sur mon épaule nue. C'est la caresse d'un amant.

— Bon sang, tu n'as pas idée du plaisir que j'ai ressenti. La façon dont tu as tremblé la première fois que je t'ai touchée…

Ma peur, simulée ou pas, l'excite. Ce constat ne devrait-il pas suffire à me terrifier ? Mais non, il me plaît toujours autant. Jonah me pousse dans mes retranchements et c'est ce que j'attends de lui.

Je penche la tête sur le côté en souriant.

— Tu ne partiras plus pour le pôle Sud ?

Jonah rit – un rire franc et spontané pour la première fois.

— Non, je n'ai aucun voyage de prévu.

— Nous n'aurons donc pas à attendre un mois pour la prochaine fois.

— Je n'ai pas l'intention d'attendre si longtemps.

Son regard pâle se porte sur ma robe mal attachée, comme s'il envisageait de me l'arracher de nouveau.

— Qu'est-ce que tu veux pour la prochaine fois ? Où ? Quand ?

La liste de ce que j'attends de lui est infinie. Nous pourrions baiser chaque nuit pendant un an et je n'aurais toujours pas satisfait l'ensemble de mes fantasmes.

Mais le fantasme en lui-même repose sur le fait de perdre le contrôle. Et Jonah me connaît si bien – ou ses désirs répondent si parfaitement aux miens – que je n'ai pas besoin de lui donner d'instructions. Je n'ai qu'à me fier à lui, complètement.

Comment mieux combler ses envies qu'en lui offrant un contrôle absolu ? Un pouvoir incontesté.

— La prochaine fois, je murmure, surprends-moi.

— Tu veux que… je surgisse au moment où tu ne t'y attends pas. N'importe où.

— Et de la façon que tu voudras.

Jonah ne dit pas oui. À la place, il se penche en avant et m'embrasse. Un baiser profond et intense qui m'indique que je l'ai excité de nouveau.

Nos lèvres s'écartent.

— Bonne nuit, Vivienne, chuchote-t-il.

Je n'ai pas le temps de lui répondre. Il est déjà sorti. Il claque la portière, me renvoyant à ce qui est censé être ma vie normale.

Je ne me sens ni seule ni rejetée. Je commence à connaître les règles. Et puis, je ne peux m'empêcher de sourire de satisfaction et d'anticipation.

Lorsqu'il me retrouvera la prochaine fois, ce sera magique.

15

Je n'ai pas dormi plus de cinq heures, mais lorsque je me réveille, je me sens en pleine forme. Reboostée. Prête à relever n'importe quel défi. Les quelques bleus sur mes hanches me rappellent la façon dont Jonah m'a plaquée sous lui, mais ils ne me font pas mal. Je passe ma main dessus en souriant.

Alors que je me dirige vers ma voiture, je me souviens de l'accord que nous avons passé. Jonah peut me sauter dessus à tout moment…

Soyons réalistes. Cela n'arrivera pas ce matin. Avec un peu de chance, il est encore profondément endormi, un sourire comblé sur le visage. De mon côté, je compte bien exploiter cette énergie pour travailler.

Je fais un rapide détour par le drive de Sorrento pour un café au lait, puis je prends le chemin de l'atelier qui se trouve juste à côté, où je réalise la plupart de mes créations. J'étudie pour devenir conservatrice et historienne de l'art, certes, mais j'aime aussi travailler à mes propres œuvres. Il y a trop longtemps que je ne me suis pas autorisée à me perdre dans cet univers (ne me demandez pas comment une école d'art peut vous empêcher de faire de l'art, mais cela arrive parfois).

Habituellement, je partage cet endroit avec plusieurs autres étudiants, incluant mes collègues de l'université. Toutefois, la plupart des artistes préfèrent le soir au matin et aujourd'hui, à cette heure-ci, j'ai l'atelier pour moi toute seule. Ma blouse en batiste d'occasion est accrochée à une patère. Je l'enfile par-dessus mes vêtements et je me mets au travail.

Mon truc, c'est la gravure. Il existe une multitude de techniques, et je les ai presque toutes expérimentées, mais chaque méthode repose sur le même procédé fondamental. Tout commence par une plaque métallique. Vous la recouvrez d'un vernis résistant à l'acide. Puis, vous gravez le dessin ou l'image que vous désirez dans le vernis, jusqu'à atteindre la plaque. Enfin, vous versez l'acide. Ce dernier mord le métal, creusant les lignes de votre œuvre dans le support de façon permanente. Ensuite, quand vous encrez la plaque, vous créez une matrice que vous pourrez reproduire encore et encore – chaque œuvre étant identique et pourtant authentique, sans jamais être altérée par le nombre de reproductions.

Aujourd'hui, je fais des tirages. J'ai réalisé plusieurs gravures au cours de mes études, mais celle-ci est particulière à mes yeux – elle représente les mains d'un homme encerclant une colombe. Chaque ligne est exactement comme je l'imaginais lorsque j'ai gravé le vernis – c'est ce que j'espère chaque fois, mais ce résultat est plus difficile à obtenir que vous ne le pensez. Cette image symbolise un thème que j'aime explorer dans mes œuvres : la juxtaposition de la force et de la fragilité.

Je me souviens que Jonah a écarté une mèche de cheveux de mon visage d'un geste tendre avant de m'enfoncer son sexe dans la gorge. Ma fragilité, sa puissance.

Pourtant, il y a une certaine vulnérabilité chez lui et une force chez moi, comme Jonah a dû le sentir. Il ne penserait pas que je suis capable de gérer ce fantasme si ce n'était pas le cas.

Hier soir, son appel m'a prouvé qu'il tenait à ce que je sois à l'aise avec tout ça...

Je marque une pause. Encrer une plaque en étant distraite est une mauvaise idée.

Et Jonah Marks est une sacrée distraction.

Puisque je ne donne pas cours aujourd'hui, je ne prends pas la peine d'enfiler une tenue plus professionnelle. À la place, je me débarrasse de ma blouse et je me rends au campus vêtue d'un jean foncé et d'un débardeur vert pomme. Quand je passe la porte, Kip est en pleine conversation avec un salarié de Fedex au sujet du colis disparu d'un professeur, mais il hausse malgré tout les sourcils en me voyant. C'est sa manière de me signaler qu'il faut qu'on parle.

Je me demande quel genre de potin lui est venu aux oreilles cette fois. Le petit copain de Keiko a peut-être fini par faire sa demande. Il a tourné autour du pot suffisamment longtemps. Quoi qu'il en soit, Kip aura tous les détails croustillants, je n'en doute pas.

Aucun message ne m'attend dans ma bannette. Je m'installe donc à mon minuscule bureau pour consulter mes e-mails. Parmi la multitude de dissertations remises à la dernière minute par mes étudiants et les annonces habituelles du campus, un message attire immédiatement mon attention. Il vient de Jonah. Je me redresse avant de cliquer dessus.

Vivienne,

J'ai adoré ta suggestion d'hier. Je n'ai pensé à rien d'autre pendant des heures. Je suis resté éveillé la moitié de la nuit à imaginer le moindre détail.

Mes orteils se rétractent dans mes mocassins et je soupire longuement. J'imagine Jonah étendu dans son lit, la main sur son sexe, enfiévré à l'idée de me posséder de nouveau. Cette image déclenche une vague de chaleur en moi.

Ne t'inquiète pas... je vais te surprendre. Mais il faut que nous établissions quelques règles. Sache que je ne t'approcherai pas dans un cadre où tu pourrais avoir à t'inquiéter de ta sécurité. Je n'essaierai pas non plus de m'introduire chez toi. Tu dois toujours être prête à te protéger et cela ne sera pas le cas si tu imagines chaque fois que l'intrus pourrait être moi.

Jonah ne me connaît pas assez bien pour savoir que je suis toujours prête à me protéger. Ma garde est levée en permanence. Toutefois, j'apprécie qu'il tienne compte de ce détail, y compris dans la folie torride de notre désir mutuel.

D'une certaine façon, Jonah garde toujours le contrôle.

Je te promets de ne pas attendre trois semaines. Mais je ne t'en dirai pas plus... pour le moment.

Jonah.

P-S : je ne pense pas que les boîtes mail du campus soient vraiment surveillées, mais nous devrions peut-être passer par nos adresses personnelles, au cas où. Nous aurions dû y penser plus tôt.

Son adresse apparaît juste après. Cette remarque me fait sourire. Je clique sur « répondre ».

Jonah,

Ne t'inquiète pas. Je me prépare à tout.

Vivienne.

J'indique mon adresse personnelle entre parenthèses, après mon nom. À peine ai-je envoyé ma réponse qu'un nouveau message apparaît – celui-ci vient de Kip.

V, ma chérie, le devoir m'appelle. Je serai à la compta pour le reste de la journée...

Qu'est-ce qu'il peut bien avoir à faire à la comptabilité ? Je parie qu'à la fin de la journée, un autre fonctionnaire du campus devra un service à Kip.

... mais il faut absolument que je te parle. Tu es libre ce soir ? Si oui, rejoins-moi chez *Sigmund's* vers 17 h 30. La première tournée est pour moi. À tout.

K.

Mon premier réflexe est de refuser. Ce soir, je dois me plonger dans ces dissertations. Elles promettent d'être terriblement mauvaises et plus je mettrai de temps à les corriger, plus cette tâche planera au-dessus de moi tel un gros nuage noir. Et puis, j'ai envie de me retrouver seule avec mes pensées. Avec mes souvenirs de Jonah, de la façon sauvage avec laquelle il m'a prise la veille jusqu'aux sombres promesses de son mail d'aujourd'hui.

Mais je n'ai jamais fait partie de ces femmes qui oublient leur entourage dès qu'elles rencontrent un homme. Ce n'est pas maintenant que je vais commencer. Si Kip me demande de le retrouver dans un bar que nous apprécions en fin de journée, je ferais probablement mieux d'y aller.

Alors, après quelques heures de correction, je me rends chez *Sigmund's* en fin d'après-midi.

Comme à peu près tous les établissements nocturnes d'Austin, le bar possède une atmosphère détendue et un peu farfelue. Plusieurs artistes ont été invités à taguer des graffitis aux couleurs vives sur les murs et de vieilles publicités des années soixante ont été disposées sous les plaques de verre qui recouvrent les tables. Sous la mienne, c'est une jolie fille souriante aux boucles blondes, censée vanter les vertus d'une marque de shampoing connue.

Kip passe la porte quelques minutes plus tard, une écharpe bariolée enroulée autour du cou.

— Tu as pu venir. Tu es splendide.

— Merci.

Je tourne la tête pour qu'il puisse déposer un baiser sur ma joue.

— Tu n'es pas mal non plus.

Il porte la main à son châle.

— Ce vieux machin ? Ravi que tu aimes. Tu n'es pas contente que le temps se rafraîchisse ? On peut enfin se couvrir et porter des accessoires !

À Austin, un temps frais signifie que les températures sont descendues jusqu'à quinze degrés. Alors, on ressort les vestes et les écharpes des placards pour parader avec dans la rue. Je lui souris.

— Je crois que tu as dit quelque chose à propos d'une première tournée ?

— Qu'est-ce que tu bois ?

— Une Corona avec une rondelle de citron. Merci.

J'avais besoin de ça. Un moment avec un ami pour penser à autre chose qu'à ma vie sexuelle totalement dépravée. Pour cette raison, je reste perplexe quand Kip revient avec nos boissons, dépose ma bière devant moi et dit :

— Parlons du professeur Jonah Marks.

Je suis à deux doigts de lui cracher ma première gorgée de bière au visage.

— Excuse-moi ?

— Mon petit doigt m'a dit que tu étais bouleversée et totalement perdue devant le Starbucks l'autre jour… et M. Marks semble s'être particulièrement intéressé à ton état. Comme si, peut-être, il en était à l'origine.

— Ce n'était pas le cas.

Kip en restera peut-être là, mais j'en doute. J'essaie de détourner la conversation.

— Qui sont tes sources ? Tu as les serveurs dans la poche aussi ?

— Tout ce qui se passe sur ce campus m'arrive aux oreilles tôt ou tard. Je vois tout.

Je grogne.

— Tu es comme Sauron dans *Le Seigneur des anneaux*.

— Sauf que mon pouvoir est moins ostentatoire. Alors, crache le morceau, ma belle.

— Il n'y a rien à dire.

Je finis par ajouter, sans mentir cette fois.

— Je ne sors pas avec Jonah Marks.

— Tu es encore au stade où tu l'envisages ?

Kip hoche la tête, comme s'il s'attendait à cette réponse. Il sort une enveloppe kraft de sa besace Lisa Frank.

— Heureusement, j'ai pris la liberté de préparer ce dossier.

— Un dossier ? Kip, c'est carrément exagéré.

— On ne devient pas le Sauron de l'université n'importe comment.

Il pousse l'enveloppe vers moi, masquant le sourire insipide de la fille de la publicité.

— Je te présente les secrets du mystérieux Jonah Marks.

Des secrets ? Qu'est-ce que Kip veut dire ?

Non. Jonah et moi devons nous faire confiance mutuellement. Il a tenu sa parole de ne pas fouiller dans ma vie. Il est hors de question que je le fasse.

— Je ne sais pas comment tu as déterré ça, mais je ne suis pas intéressée par la vie privée des autres.

Kip tousse.

— Ce n'est pas vraiment privé. La plupart de ces informations viennent de CNN. Et un peu de Wikipédia.

— Pourquoi Jonah passerait-il sur CNN ?

Peut-être en tant que sismologue ? Mais Kip ne s'embêterait pas à me montrer ces documents si c'était le cas.

— Ce n'est pas tant l'homme en lui-même, mais plutôt sa famille. Je suppose que tu ignorais que Jonah Marks est issu de la famille Marks de Chicago.

Lorsque je lève un regard vide sur Kip, il ajoute :

— Ceux qui possèdent *Redgrave House* ?

— Je ne sais absolument pas de quoi tu parles.

— Tu ne jettes jamais un coup d'œil aux magazines *people* quand tu fais la queue au supermarché ? Bon, laisse-moi te montrer.

Kip parcourt les feuilles qu'il a imprimées pour moi avant de m'en présenter une sur laquelle apparaît la photo d'une maison victorienne nichée parmi les gratte-ciel. Si étrange que cela puisse paraître, elle semble à sa place à cet endroit. La demeure possède une aura sombre et glamour et incarne le pouvoir de manière évidente, même sur ce cliché de mauvaise qualité. Des pierres recouvrent la façade et la porte imposante est flanquée de deux énormes statues hautes d'un étage sculptées pour donner l'impression de plier sous l'impressionnante arche qui les surplombe.

— Registre national du patrimoine historique, déclare Kip. Cet endroit a été le décor des anecdotes les plus juteuses de l'histoire de Chicago, grâce au passé tumultueux de la famille Marks. C'est la maison d'enfance de notre gentil professeur.

Maintenant que j'y pense, j'ai déjà entendu parler de *Redgrave House,* certainement dans une émission sur l'architecture. Dans ce quartier de Chicago, à deux pas du centre-ville, le terrain lui-même doit coûter plus de dix millions de dollars. Puisque la famille de Jonah n'a jamais vendu la maison, ils doivent être incroyablement riches.

Bien sûr, j'ai remarqué que Jonah venait d'un milieu aisé. Il conduit une belle voiture, laisse des pourboires généreux et s'habille mieux que tous les autres hommes hétérosexuels que je connaisse. Mais rien dans son comportement ne suggère qu'il est riche à ce point. A-t-il été l'un de ces morveux des écoles privées persuadés que tout leur est dû dès l'âge de quinze ans ? Certainement pas. Étrangement, bien qu'il ait forcément été entouré d'argent et de privilèges, Jonah a réussi à maintenir le sens des priorités. Et il mène des recherches dans un domaine particulièrement difficile au lieu de se contenter d'une rente, ce qui reflète sa personnalité.

— OK, dis-je en feignant l'indifférence totale. Jonah vient d'une famille aisée. En quoi est-ce important ?

Kip fait glisser d'autres documents vers moi.

— L'argent n'a aucune importance à moins que tu ne cherches à épouser un bon parti. Dans ce cas, tu es sur la bonne voie, mais ce n'est pas ton genre. Tu veux un type simple et gentil, n'est-ce pas ?

C'est une question rhétorique. Quelques mois plus tôt, j'aurais répondu oui, mais Jonah m'a appris que j'aime aussi les mauvais garçons.

— Notre professeur n'est pas l'un de mes amis. Tu le connais donc sans doute mieux que moi et je ne veux pas le juger. Et il a probablement réussi à résoudre ses problèmes. Parce qu'il en a, n'est-ce pas ?

Heureusement, il fait trop sombre ici pour qu'il me voie rougir.

— Euh… nous en avons tous.

— Pas de ce genre.

Kip pointe l'article qu'il a posé devant moi et j'écarquille les yeux en lisant le titre.

HALE : MA FEMME EST UN DANGER POUR ELLE ET POUR LES AUTRES

Au début, je ne comprends pas.

— Ce n'est pas… ce type, Carter Hale ?

Je le connais pour l'avoir vu en couverture des magazines de presse économique. Il possède une chaîne d'hôtels de luxe, je ne sais plus laquelle. Des rumeurs ont aussi circulé sur sa famille récemment, mais je ne vois pas le rapport avec Jonah.

Kip répond à ma question silencieuse :

— Carter Hale est le beau-père de Jonah Marks.

Ce qui signifie que la femme à laquelle le titre fait référence est la mère de Jonah.

C'est sa vie. Cela ne me regarde pas… ni Kip, d'ailleurs. Je lui lance un regard noir.

— Pourquoi as-tu fouillé dans son passé ?

— Premièrement, cliquer sur un lien sur la page d'accueil de CNN ne s'appelle pas vraiment « fouiller ». Deuxièmement, si tu es sur le point d'entrer dans une tragédie grecque, tu as le droit de le savoir.

Et troisièmement, en matière de potin, cette histoire, c'est du lourd. Mieux que tout ce que Kim et Kanye nous ont offert ces derniers temps.

— Kip…

— Je te demande juste de lire l'article, OK ?

Je suis tentée de repousser le document et de lui dire de se le mettre où je pense, mais cette histoire est passée sur CNN. Le journal national. Jonah doit penser que je suis déjà au courant.

N'ai-je pas besoin d'en apprendre autant que possible sur l'homme auquel j'ai accordé une confiance absolue ?

Les avocats du magnat hôtelier Carter Maddox Hale ont confié au juge du Comté de Cook que l'épouse de Hale, l'héritière Lorena Marks Hale, devrait être enfermée de force, car elle représente un danger pour elle et pour les autres.

Le témoignage soumis à la cour ce jour révèle un incident survenu en février de cette année, durant lequel Mme Hale aurait pointé un revolver sur son mari pendant près de deux heures, menaçant de le tuer avant de se suicider. Mme Hale a précédemment été soignée au centre de santé mentale pour dépression. M. Hale a également rapporté qu'elle a menacé à plusieurs reprises la vie et la sécurité de son entourage au cours des dernières années.

Cependant, les avocats de Mme Hale contestent l'incident de février et soulignent que M. Hale n'a jamais porté plainte à cette époque ni à aucun autre moment de leur mariage. En l'absence de preuve des actes criminels de Mme Hale, affirme l'expert judiciaire, un juge ne peut l'enfermer contre son gré.

Malgré le procès qui fait rage, le couple vit toujours dans la maison familiale, Redgrave House, près du centre-ville de Chicago – bien que l'on rapporte que mari et femme habitent désormais à des étages différents.

L'équipe de juristes et l'avocat engagés par les enfants de Mme Hale issus de son premier mariage avec Alexander Marks affirment que le comportement de M. Hale n'est pas dicté par son inquiétude pour la santé de Mme Hale, mais par sa volonté d'obtenir le contrôle exclusif des biens substantiels de la famille – incluant les chaînes hôtelières de M. Hale, l'héritage de Mme Hale et une participation conséquente au sein de la compagnie aérienne Oceanic Airlines. Alexander Marks, le premier époux de Mme Hale et le père de ses deux enfants désormais adultes, est le cofondateur d'Oceanic Airlines créée en 1975. Mme Hale a hérité de la majeure partie des actions de la société à sa mort en 1988.

Les enfants que M. Hale a eus d'un précédent mariage n'ont pas pris part à la procédure et n'ont fait aucune déclaration publique.

Sous l'article apparaissent les commentaires habituels des rebuts de la société, l'un d'entre eux étant convaincu qu'Obama est responsable de la situation. Tout cela a moins d'intérêt pour moi que les photos associées à l'article. La première montre Carter et Lorena Hale à une époque heureuse de leur vie, alors qu'ils se tiennent devant un musée pour un gala. Il porte un smoking, et elle, une veste de soirée brodée. Il a un bras autour de ses épaules et elle tient une coupe de champagne dans la main.

La seconde inclut Jonah.

Ce cliché a été pris à l'insu des protagonistes. Jonah sort du tribunal, détournant résolument le regard du parterre de journalistes massés devant les marches. Près de lui se trouvent deux autres personnes – une femme aux longs cheveux noirs que j'identifie aussitôt comme étant sa sœur et un homme aux cheveux clairs et aux épaules larges qui ne pourrait pas être plus différent de lui, mais qui semble faire partie de la famille. À en juger par les manteaux et les écharpes qu'ils portent tous les trois, cette photo a dû être prise peu de temps après le prétendu « incident » de février.

— Tu ne vas pas me dire que ce n'est pas intrigant, dit Kip.

— Tu ne vas pas me dire que ça nous regarde, réponds-je.

Mais je suis déjà en train de tourner et retourner cette histoire sordide dans mon esprit, l'agitant en tous sens comme si Jonah était un Rubik's Cube que je pouvais résoudre.

Je me suis demandé à plusieurs reprises ce qui avait conduit Jonah à avoir ce type de fantasme. Il a insisté sur le fait qu'il ne forcerait jamais une femme dans la vraie vie, et je le crois. Il s'est montré farouchement protecteur envers moi, et envers toute la gent féminine. Mais il est quand même obsédé par l'idée de s'imposer à une femme en dépit de ses protestations. J'ai vu ses yeux s'assombrir lorsqu'il a déchiré mes vêtements. Je l'ai vu jouir en moi alors qu'il m'empêchait de me débattre.

Peut-être... Peut-être a-t-il grandi avec une mère violente. Ma mère n'a jamais assuré avec moi, je le sais, mais elle ne m'a jamais battue. Je n'ai jamais craint qu'elle ne le fasse, pas même une seconde. Je n'ose donc pas imaginer ce que j'aurais ressenti si elle avait agité un revolver devant moi en menaçant de me tuer. Je n'arrive pas à concevoir la terreur ou le chagrin que j'aurais éprouvé. Après une chose pareille, vous devez être convaincu qu'il n'existe aucun endroit sûr sur cette planète.

Alors, peut-être qu'au fond de lui Jonah a refoulé cette colère contre les femmes. Mais au lieu de devenir un salopard misogyne, il a sublimé cette rage en un fantasme sexuel totalement déplacé. Il a compensé son impuissance de petit garçon en imaginant exercer un contrôle absolu sur l'objet de son désir.

— Tu es intéressée, observe Kip. Je le savais. Et si je te payais une autre tournée ?

Il se dirige vers le bar avant même que je n'aie pu refuser.

Maintenant que j'ai mis le pied là-dedans, autant plonger complètement. Je feuillette les articles qui constituent le dossier de Kip. Peu d'entre eux concernent la famille proche de Jonah et ceux qui en parlent datent de bien avant le procès autour de la santé mentale de Mme Hale ou du contrôle de l'empire familial, quel que soit le véritable objet de leur conflit. La plupart sont des pages de magazine qui parlent des dons généreux de la famille Hale aux œuvres de charité. Un article de l'Architectural Digest évoque la rénovation de *Redgrave House* et un autre fait référence à la « star du vélo » pour désigner Jonah. Je n'aurais jamais deviné qu'il pratiquait ce sport. Les coureurs cyclistes sont toujours si maigres. Le corps de Jonah serait davantage mis en valeur dans un maillot de bain ou une combinaison de plongée…

Les plus vieux articles se concentrent sur *Redgrave House* et sur les cinglés qui y ont habité au cours du siècle passé. Pactes suicidaires, scandales sexuels, fantômes… il n'y a qu'à demander. C'est probablement la demeure la plus célèbre du monde dans laquelle personne ne veut vivre.

Assez, je décide. Ceci s'apparente trop à de l'indiscrétion pour que je me sente à l'aise. Les actualités de CNN, d'accord, mais le reste, ce n'est que le résultat d'une recherche Google qui a dérapé. Jonah a respecté mon intimité et j'ai honte de ne pas avoir fait pareil de mon côté.

À présent, j'ai envie de partir sans boire ma deuxième bière, mais Kip est en train de flirter avec le barman. Comme je l'apprends lorsqu'il me tend ma Corona, le jeune homme sexy s'appelle Ryan et il est la personne la plus intéressante que Kip ait jamais rencontrée. Je dois donc rester avec lui, afin qu'il ait une excuse pour traîner ici. Je le dévisage, mais finis par céder. Je soupire avant de prendre une gorgée de bière… lentement. Leur parade nuptiale continue encore une demi-heure avant que Kip ne parvienne enfin à obtenir le numéro du type.

À la façon dont il s'enthousiasme alors que nous quittons l'établissement, on pourrait croire qu'il vient de remporter une médaille aux Jeux olympiques.

— Allez, avoue-le, Ryan est sexy. Torride. Radioactif. Et maintenant, il est dans mon répertoire. Tu sais les efforts qu'il aurait fallu que je déploie sur Grindr[1] pour aller aussi loin ?

— C'est sûr, Ryan est canon.

Pas mon genre – petit, musclé, comme beaucoup de bodybuilders –, mais cela a peu d'importance, puisque je ne suis pas le genre de Ryan non plus.

Kip fait la moue.

— Pourquoi refuses-tu de célébrer mon moment de gloire ?

Voilà l'ouverture que j'attendais.

— Parce que j'essaie de ne pas me mêler de la vie amoureuse de mes amis, contrairement à certains.

— Je ne me mêlais pas de ta vie. Je voulais simplement m'assurer que tu étais informée.

— Je ne sais même pas comment tu as su que... j'étais sortie avec Jonah Marks. Quoi qu'ait vu ta source au café, ça n'avait rien à voir avec Jonah...

— J'ai d'autres connaissances, comme tu dois le savoir.

L'omniscience de Kip est l'un des grands mystères du campus.

— Dans le cas présent, l'une des étudiantes du département des sciences m'a indiqué vous avoir vus très proches l'un de l'autre lors de la dernière fiesta de Carmen.

Quelqu'un avait donc assisté à notre baiser.

— Kip...

— Non, ne nie pas, Vivienne, s'il te plaît. C'est trop pénible. Dis-moi juste pourquoi tu t'es mis en tête de décongeler ce bloc de glace ?

---

1. Application de rencontre destinée aux hommes homosexuels et bisexuels.

Un bloc de glace ? En surface, peut-être, mais sous les apparences, Jonah est incroyablement torride. Bien sûr, je ne compte pas l'expliquer à Kip.

— Il n'y a rien de sérieux entre nous, OK ? Tu peux lâcher l'affaire ? Shay et moi sommes très proches et Jonah est l'un de ses responsables… nous préférons ne pas en faire la publicité. Ça pourrait être bizarre, tu comprends ?

Il ne me croit pas complètement, je le devine, mais il ne pose plus de questions.

— Très bien. Ta petite aventure avec Jonah Marks fera partie des nombreux secrets que je garde. Au moins, tu as fini par découvrir les joies du sexe en toute désinvolture.

Je hausse les épaules, l'air évasif. Jonah et moi ne sortons pas ensemble, mais je ne dirais pas que notre arrangement est désinvolte.

— Pourquoi as-tu déterré tous ces trucs ? Uniquement pour le plaisir de faire la commère ?

La curiosité légendaire de Kip l'a poussé à mettre son nez où il n'aurait pas dû mais, jusque-là, je n'avais jamais eu le sentiment qu'il jugeait les autres. Pourtant, j'ai l'impression qu'il s'inquiète de ma relation avec Jonah.

— Parce que, déclare Kip, Jonah Marks est un homme froid. Dur. Il ne se fait pas des amis facilement, quand il s'en fait. Ce n'est pas vraiment le genre de type qui te convient.

— Depuis quand sais-tu quel genre de type me convient ?

— Tout ce que je sais, c'est qu'il te faut un homme qui soit gentil avec toi.

Il soupire.

— Parce que tu as un sérieux problème avec les conflits.

— C'est faux, je…

— Menteuse !

Kip prend une expression triomphante.

— Tu ne supportes pas que les gens se disputent lors des réunions du département. Tu te glisserais sous la table si tu le pouvais. Tu ne te laisses pas marcher sur les pieds mais, quand tu dois te faire entendre, tu passes toujours par un e-mail si c'est possible. Rarement par téléphone et jamais en personne. Quand le professeur Prasanna se met à crier comme elle en a l'habitude, tu tressailles. Tu recules physiquement comme si tu craignais qu'une femme haute comme trois pommes d'une soixantaine d'années ne puisse te blesser.

Je n'avais jamais pris conscience que je faisais tout ça, mais il a raison. Kip est encore plus perspicace que je ne le pensais.

Il continue à parler, d'un ton plus doux.

— Geordie Hilton est peut-être un pochtron, mais il a toujours été gentil avec toi. Je pense que tu as besoin de cette gentillesse. Et je ne crois pas que Jonah Marks soit l'homme qui te l'offrira.

Ce que j'attends de Jonah n'a rien à voir avec la gentillesse. La seule cruauté dont il fait preuve avec moi est celle que je désire.

— Ce n'est pas sérieux entre nous, je répète.

— D'accord, d'accord.

Le centre d'Austin est plus calme que d'habitude. Peut-être que la fraîcheur de la soirée a dissuadé les gens de sortir et les a incités à fouiller dans leurs placards pour dénicher leurs pulls et leurs manteaux. Ou peut-être qu'il y a un endroit plus animé à quelques pâtés de maisons d'ici. Quoi qu'il en soit, Kip et moi avons la rue pour nous et nos pas résonnent contre les bâtiments qui se dressent le long des trottoirs. Le soleil couchant donne une couleur brun-roux à la façade marron du Capitole.

— Eh, dis-je doucement, je n'ai pas besoin que tu me protèges… mais j'apprécie l'intention.

— Je pense toujours à toi, Vivienne. Sauf quand je pense à mon futur mari, Ryan.

En riant, je le pousse à me parler des incroyables qualités de Ryan. À l'intérieur, cependant, je suis profondément et étonnamment touchée. Kip est un fouineur et une commère de classe internationale mais, au final, il ne cherche qu'à prendre soin de ses amis.

16

Le jour suivant, le suspense commence.

Je dors bien, sachant que Jonah ne s'introduira pas chez moi, mais à partir du moment où je monte dans ma voiture le matin suivant, je suis tendue.

M'attendra-t-il sur la banquette arrière ? Dans l'escalier menant à mon appartement ? Ou peut-être se tiendra-t-il dans le couloir des toilettes dans mon restaurant préféré. Jonah peut me sauter dessus à tout moment, n'importe où.

Parfois, j'essaie de deviner ce qu'il a en tête. S'il ne compte pas me suivre ou s'introduire chez moi, comment cela arrivera-t-il ? Je n'arrive pas à imaginer la façon dont il s'y prendra.

En même temps, c'est le but. Je ne suis pas censée savoir ce que Jonah veut me faire avant qu'il n'agisse.

Il arrive que ma curiosité s'éveille alors que je suis assise derrière mon ordinateur. Il serait si facile de taper *Carter Hale Jonah Marks Chicago* sur Internet. Si je le faisais, de nouveaux chapitres du passé compliqué de Jonah s'offriraient à moi.

Alors, nous ne serions plus des étrangers. Or nous avons promis de le rester. Je me retiens donc de regarder.

*

* *

— Tu es sûre que cette robe me va bien ? demande Carmen pour la énième fois depuis que nous avons quitté son appartement.

— Tu es *superbe.* Le rouge te va à merveille. Allez !

Je prends sa main et la tire derrière moi.

L'imposant théâtre a été décoré pour l'occasion, dans le style modeste mais élégant de la plupart des galas de charité. De grandes plantes dans chaque coin, données par une pépinière locale. Des lustres qui pendent au plafond. Des bars derrière lesquels des étudiants en chemise blanche et veste noire s'activent (si je n'avais pas obtenu une bourse, je serais sans doute parmi eux). Un pupitre et un micro attendent les discours, sur la scène, devant les rideaux rouges.

Nous sommes en retard, parce que Carmen était encore en plein travail quand je suis passée la récupérer. Le gala bat donc son plein quand nous entrons. Geordie doit nous attendre depuis un moment, car il agite la main dès qu'il nous voit et fend la foule apprêtée d'un pas déterminé.

La réception de ce soir est organisée dans l'intérêt du centre juridique dans lequel Geordie est bénévole. À Austin, on porte des vêtements plutôt décontractés en général, mais donnez-nous l'occasion de nous habiller et nous la saisirons. La robe fourreau rouge de Carmen met en valeur ses courbes à la perfection et s'accorde tout à fait avec le ton de la soirée : robes de cocktail pour les femmes, costumes sur mesure pour les hommes.

De mon côté, j'en ai fait un peu trop. Mais je viens de La Nouvelle-Orléans, ce qui signifie que je participe généralement à un ou deux bals du Mardi gras au cours du printemps et je fais donc partie des femmes qui ont besoin de posséder une vraie robe de soirée. Celle-ci est simple – en soie vert émeraude – avec de fines bretelles. Elle moule mon corps jusqu'à la taille avant de s'évaser en une jupe flottante. Je l'adore et ne la mettre que deux fois par an me semble toujours un gâchis. Cette soirée m'est apparue comme un bon prétexte pour la porter. Mais deux femmes m'ont déjà lancé des regards noirs, certainement convaincues que j'essaie d'attirer l'attention. Peu importe.

— Vous voilà enfin !

Geordie tient un gobelet rempli d'un liquide ambré dans une main, mais il utilise son bras libre pour nous serrer contre lui à tour de rôle. Je remarque que son haleine est légèrement alcoolisée lorsqu'il dépose un baiser sur ma joue.

Carmen rit.

— Je me demandais quand les deux plus belles femmes d'Austin arriveraient.

Carmen rit.

— Préviens-moi quand tu les vois.

Geordie secoue la tête, incrédule, comme s'il se demandait comment elle pouvait ignorer combien elle était jolie. Je dois lui accorder ça. Il est un beau parleur-né.

— Alors, qu'est-ce qu'on fait ? je demande. On fait un tour, on dit à quel point c'est génial quand les avocats travaillent à l'œil, on profite du vin gratuit ?

Avec un billet d'entrée à cinquante dollars, les galas de charité proposent presque toujours un *open bar*.

— C'est l'idée, répond Geordie. Mélangez-vous, développez votre réseau. Et surtout, ne négligez pas le vin gratuit. N'oubliez pas la vente aux enchères silencieuse ! Ta reproduction est le prix le plus convoité, Vivienne.

J'en doute. Je suis fière de ma gravure avec la colombe, mais la plupart des acheteurs seront bien plus excités par les entrées au spa, les bons cadeaux pour les boutiques huppées, les places aux matchs de football, le butin habituel, quoi. Toutefois, c'est gentil de la part de Geordie.

Le vin gratuit a un goût qui justifie son prix et j'abandonne mon verre après les premières gorgées. À la place, je discute avec quelques personnes qui étudient avec Geordie et je parcours les différentes œuvres et les divers bons cadeaux exposés pour l'enchère silencieuse. Ma création est particulièrement mise en avant – *merci, Geordie* – et, l'espace d'un instant, j'essaie de la regarder comme si je la voyais pour la première fois. Noteront-ils les lignes du dessin ? L'ombre et la lumière ? Il faut s'approcher très près pour remarquer que l'encre que j'ai utilisée n'est pas noire, mais bleu nuit.

J'essaie de ne pas m'emporter en constatant que mon œuvre a déjà reçu quelques offres, mais je détourne les yeux du tableau où sont indiquées les propositions. Il n'y a rien de plus efficace qu'une enchère à cinq dollars sur votre création pour vous saper le moral. Mieux vaut profiter de la soirée. Un groupe de jazz joue au fond de la salle et le murmure des conversations flotte au-dessus des notes douces du piano et de la basse.

Alors que je me lave les mains dans les toilettes, une femme se poste devant le miroir à côté de moi pour se remettre du rouge à lèvres. Elle sourit en me voyant.

— J'ai voulu vous le dire toute la soirée, déclare-t-elle. Cette robe est magnifique.

— Merci. La vôtre est très belle également.

Le tissu blanc pailleté forme un contraste frappant avec sa peau d'ébène et sa jupe révèle ses longues jambes parfaites.

— J'adorerais pouvoir porter ce genre de coupe de cheveux. Vous êtes splendide.

Elle rit. Ses boucles naturelles sont courtes, lui donnant un petit côté masculin.

— Essayez. Cela pourrait vous plaire.

Si je devais me laisser tenter un jour par une coupe à la garçonne, cela ne serait pas ce soir. Pour une fois, j'ai réussi à discipliner mes cheveux, que j'ai tirés en un chignon négligé orné de barrettes à strass. Je remets une mèche rebelle à sa place et je reprends le long couloir qui mène à l'avant du théâtre. Peut-être que je vais enchérir sur ce dessus-de-lit que j'ai vu…

— Eh, dit un type dont je n'arrive pas à me souvenir du nom.

C'est l'un des amis de Geordie… Albert ? Alphonse ? Heureusement, il n'essaie pas de lancer la conversation.

— On m'a demandé de te dire d'aller en coulisses. Il doit parler de Carmen.

— Oh, d'accord. Merci.

Qu'a-t-il pu se passer ? Si Carmen a besoin de me voir en privé au milieu d'une fête, c'est que quelque chose la bouleverse. Je n'arrive pas à imaginer quoi, en revanche. Ce n'est certainement pas au sujet de la *baby shower* de Shay.

Une porte à l'écart me semble être toute désignée pour mener aux coulisses. Je l'ouvre et mon intuition se confirme. Une volée de marches mène à l'estrade en bois, où quelques accessoires de répétition ont été abandonnés : une chaise en métal, une table, quelques bouteilles d'eau que l'on a oublié de recycler. Mais Carmen n'est nulle part.

Je monte les marches en me demandant où elle peut bien être… et une main se referme sur mon coude, violemment.

Au début, choquée, j'essaie de me dégager et je titube sur mes talons hauts. Puis, je comprends ce qui se passe.

L'autre main de Jonah se plaque sur ma bouche. Il m'attire à lui, son regard gris planté dans le mien tandis qu'il murmure :

— Ne crie pas.

Le grondement de sa voix me fait frissonner. Son ton est ferme et autoritaire. Même si je ne savais pas que je peux mettre un terme à cela dans la minute, je serais probablement trop ébahie et intimidée pour appeler à l'aide. L'étau de ses doigts se resserre, et mon excitation s'intensifie en réponse. Il m'a de nouveau transportée à la frontière entre la peur et le désir.

Jonah me retiendra ici aussi longtemps qu'il le voudra.

Il m'entraîne vers le fond de la scène, loin du couloir et de tout témoin qui pourrait l'interrompre. Derrière le rideau rouge, les sons de la réception nous parviennent étouffés, les rires et la musique. Ici, il n'y a personne d'autre que Jonah et moi.

Il me fait pivoter et me plaque contre le mur du fond.

Il se tient derrière moi à présent, ses mains maintenant mes bras alors qu'il chuchote à mon oreille.

— Ne bouge pas. Ne parle pas. Tu m'entends ?

— Oui…

Il presse son corps contre le mien tout en portant une main à mon visage. Ses doigts s'enfoncent dans mes joues de nouveau.

— La ferme ! Recommence et tu le regretteras. J'ai dit, ne bouge pas. Ne parle pas. Je ne veux pas entendre le moindre son de ta part. C'est compris ?

J'arrive à hocher la tête et Jonah rit doucement.

— Voilà.

Lorsqu'il me relâche, je reste immobile contre le mur. Le plâtre est frais contre mes mains tremblantes et mon visage enflammé. Jonah claque la langue pour exprimer sa satisfaction devant mon obéissance.

Il pose les mains sur mes épaules et ses longs doigts effleurent les côtés de mes seins. Lorsqu'il comprend que je porte un soutien-gorge sans bretelles, son intérêt s'envole. À la place, il descend vers mes côtes, ma taille, le renflement de mes hanches. Il joue avec l'élastique de mon string, le tirant légèrement vers le bas à travers le tissu fin de ma robe. Puis, il remonte ma longue jupe, lentement, le bruissement de la soie est le seul son que je perçois, mêlé à nos souffles lourds.

Alors que mes jambes et mes fesses sont exposées, je sens le tissu du pantalon de Jonah contre ma peau. Il m'enveloppe de ses bras pour passer les doigts entre mes jambes, pinçant mon clitoris entre son index et son majeur.

Une onde de plaisir se diffuse dans mon corps et je halète. Jonah me pousse contre le mur de nouveau et je devine son sexe contre mes fesses, tendant la laine délicate de son costume.

— Tu aimes ça, n'est-ce pas ? susurre-t-il. Je savais que tu aimerais. Je l'ai deviné dès que je t'ai vue. Sous cette jolie robe chic, tu es une vraie petite putain.

Il reprend son massage, de petits cercles lents qui déclenchent un tourbillon de sensations en moi jusqu'à ce que je sois grisée.

— Je vais te prouver à quel point tu es une putain.

Ma respiration se fait saccadée et superficielle. Jonah sait exactement comment toucher une femme, sur quoi se concentrer, quel rythme adopter. Mon sang se concentre au creux de mes cuisses alors que mon sexe devient brûlant pour lui.

— Seule une putain me laisserait faire ça, murmure Jonah alors que je me mets à haleter.

À présent, le plaisir est presque insupportable.

— Tu en as envie maintenant, n'est-ce pas ? Je savais que je pouvais te pousser à le désirer.

La chaleur se diffuse en moi par vagues. Mon corps se tend. Je suis au bord du gouffre.

Le souffle de Jonah est chaud sur mon visage.

— Ne t'inquiète pas, je vais te le donner.

C'est à ce moment-là qu'il accélère, qu'il intensifie la pression et que je jouis. L'orgasme s'abat sur moi, violent et dévastateur. J'essaie de ne pas émettre le moindre son, mais un petit gémissement s'échappe de mes lèvres.

— Je t'ai dit de la fermer ! grogne-t-il.

Il pose les mains sur mon string et le déchire d'un coup sec. Je sens les lambeaux de tissus tomber sur mes jambes alors que Jonah écarte mes cuisses brutalement.

— Tiens ta robe, ordonne-t-il en plaçant le tissu dans mes mains. Laisse-moi te regarder. Montre-moi ce petit cul comme la putain que tu es.

Je reste en position, la soie froissée entre mes doigts, exposée devant lui comme un objet qu'il se tâterait à acheter. J'entends le son de sa ceinture qu'il détache, suivi du zip de sa braguette et du son du plastique que l'on déchire. Il a ouvert un préservatif.

— Je n'en ai pas encore fini avec toi. Si j'entends ne serait-ce qu'un gémissement, ce sera deux fois pire pour toi.

Je me demande s'il vaut mieux me taire ou découvrir jusqu'où il est capable d'aller ce soir.

Il doit avoir enroulé sa main autour de la base de son sexe, car je sens son gland le long de ma raie des fesses. Puis, il enfonce deux doigts dans mon sexe, sans ménagement. Il va et vient, savourant visiblement le son humide, avant de retirer sa main de nouveau.

— Tu mouilles comme jamais, souffle-t-il.

Sa main se plaque sur ma gorge, ses doigts sont encore chauds et moites.

— Je savais que tu en avais envie.

D'un coup de reins, il me pénètre sauvagement.

Mon corps tout entier se contracte. Le sexe de Jonah m'envahit, me teste, me consume. Son étreinte sur ma gorge se resserre, pas assez pour m'empêcher de respirer, mais suffisamment pour suggérer qu'il pourrait le faire. Jonah me maintient immobile alors qu'il commence à aller et venir en de longs et vigoureux assauts. Je suis encore en proie aux effets de mon précédent orgasme et le plaisir renouvelé de sentir Jonah en moi me transporte aux portes de la jouissance en quelques secondes. Je suis assez réactive, mais je n'ai jamais joui deux fois de manière aussi rapprochée. Pourtant, Jonah est sur le point de changer ça.

Le visage contre le mur de plâtre, je distingue l'ombre floue de nos corps que les quelques lumières au-dessus de nos têtes peignent sur le sol. Nos silhouettes sont allongées, étirées. Alors que Jonah me pilonne, de plus en plus vite, j'observe l'ondulation de son ombre. Je le regarde me dominer. Se servir de moi.

Juste derrière le rideau, les gens rient et discutent, totalement inconscients de ce qui se joue à quelques mètres d'eux. Je suis plaquée contre le mur, baisée de manière impitoyable.

Son souffle est haché à présent. Il resserre les doigts sur ma gorge, inconsciemment cette fois, je pense. Jonah est sur le point de jouir. Si je veux basculer avec lui, j'ai besoin de plus et je sais comment l'obtenir.

Je passe la langue sur mes lèvres avant de gémir :

— Non.

Cette fois, il m'étrangle vraiment. Alors que je lutte pour respirer, il répond :

— Je t'avais prévenue.

Il me fait pivoter, m'arrachant un petit cri de surprise, et me pousse tête la première sur la table. Mes pieds restent en contact avec le sol. Je suis penchée en avant, à quatre-vingt-dix degrés, et lorsqu'il soulève ma jupe de nouveau, je suis complètement exposée à lui. Il reprend ses mouvements, si violemment que j'ai l'impression qu'il cherche à me briser. Il pourrait. La table craque et se balance sous mon poids. Je m'accroche aux bords alors que sa main libre trouve ma gorge. J'arrive à peine à respirer, mais son étreinte me grise et m'étourdit. Cette position accentue la peur que j'éprouve. Jonah me baise jusqu'à ce que je jouisse encore, contractée autour de son membre alors qu'il reste totalement immobile. Mon corps entier tremble sous la force de l'orgasme. J'ai l'impression de ne plus voir et d'être paralysée. Si j'étais toujours contre le mur, je crois que je serais tombée. Ce n'est qu'après un moment que je retrouve mes esprits, suffisamment pour remarquer que Jonah respire plus lentement. Sa verge enfle en moi et je prends conscience que nous avons joui exactement au même moment.

Il libère mon cou tandis qu'il se redresse. Il m'essuie avec un bout de tissu – un mouchoir, j'imagine – et laisse retomber ma jupe. Je m'assois en frémissant. Cette fois, quand Jonah m'attire à lui, ses gestes sont doux et apaisants. Je me blottis contre son torse, rejetant la tête en arrière alors que je reprends mon souffle. Une fine pellicule de sueur recouvre ma peau. Il écarte quelques mèches de cheveux de mon front.

— Ça va ? murmure-t-il.

Je n'arriverai jamais à m'habituer à la façon dont sa voix change lorsque nous passons du fantasme à la réalité.

— Oui.

— Tu as aimé ta surprise ?

— Je l'ai adorée.

Je lève les yeux vers lui et nos regards se croisent. Jonah est aussi essoufflé que moi, mais il arbore un sourire triomphant. Cet arrangement est vraiment gagnant-gagnant.

Nous trouvons une poubelle pour qu'il se débarrasse du préservatif et des vestiges de mon string. Lorsqu'il a rajusté sa tenue, il frotte la soie verte du plat de la main.

— J'espère que je n'ai pas abîmé ta robe.

Cet homme est capable de faire semblant de m'étrangler et de me violer avant de s'inquiéter d'avoir froissé ma robe la minute d'après.

— Ce n'est rien, dis-je, même si elle est effectivement un peu plissée.

Personne ne le remarquera et, au moins, elle n'est pas mouillée.

— Tu as su que je viendrais à cause de Geordie, je suppose.

— En fait, non. J'ignorais que ton ex jouait un rôle aussi important dans ta vie.

Le ton de sa voix est étrange, mais Jonah poursuit.

— Je t'ai vue dans la salle. Tu étais si belle… avec cette robe qui moule tes seins et tes fesses, et même ce petit renflement…

Ses doigts glissent entre mes jambes, pressant mon mont de Vénus tandis qu'il caresse mon clitoris de son index. Je ferme les yeux. Je voudrais qu'il me prenne de nouveau, maintenant.

Mais il ne le fera pas. Il part toujours dès que nous en avons terminé. Et si je l'invitais à me posséder plus longtemps la prochaine fois ? À me retenir captive une nuit entière ?

Jonah doit voir à quel point je suis excitée, car il retire sa main aussitôt.

— Je t'ai vue et j'ai su qu'il fallait que ça soit ce soir. J'ai fait de mon mieux pour que tu ne me remarques pas jusqu'à ce que l'occasion se présente.

C'était improvisé ? Bon sang, il est doué.

— Tu avais prévu quoi ?

Il secoue la tête pour me signifier que je suis très vilaine.

— Tu le sauras en temps voulu.

— C'est à toi de choisir le prochain scénario, je murmure. C'est ce que tu comptes faire, me surprendre à nouveau ?

— Je ne sais pas encore.

Jonah se penche vers moi et prend mon visage entre ses mains. Nos lèvres se frôlent lorsqu'il dit :

— Tout ce que je sais, c'est que la prochaine fois, je jouirai dans ta bouche.

Seigneur, oui. En cet instant, je veux le sentir dans ma bouche si violemment que je dois me retenir pour ne pas tomber à genoux devant lui. À la place, je hoche la tête, acceptant silencieusement sa proposition et tout ce qu'il exigera de moi.

— Tu es parfaite, chuchote-t-il avant de m'embrasser.

C'est un baiser rapide, mais nos lèvres sont entrouvertes et nos langues se touchent un instant.

Puis, Jonah se redresse, pivote et sort de scène. Je reste seule.

Quand j'ai l'impression de pouvoir marcher droit, je me reprends. Je trouve quelques pages du journal du campus que je jette dans la poubelle pour éviter que le gardien ou toute autre personne ne soit traumatisé par la vue du préservatif de Jonah et de mon string déchiré. Je n'ai aucune tache sur ma robe. Jonah m'a-t-il fait un bleu au cou ? J'en doute – et même si c'est le cas, la marque n'apparaîtra pas tout de suite. Je n'ai donc qu'à prendre quelques profondes inspirations et rejoindre la fête.

Carmen et Geordie discutent ensemble. Ce dernier me repère immédiatement et agite le bras. Je me lance dans leur direction, mais je ne peux m'empêcher de parcourir la salle du regard en quête de Jonah. Après ce qui vient de se passer, il ne s'attardera probablement pas longtemps.

Comme prévu, quand je pose les yeux sur la sortie, je vois Jonah ouvrir la porte, mais il la tient un peu plus longtemps, pour quelqu'un d'autre…

Je reconnais la femme en robe blanche à qui j'ai parlé dans les toilettes. Elle adresse un sourire radieux à Jonah et il passe un bras autour de ses épaules alors qu'ils quittent la salle côte à côte.

Elle n'est pas seulement quelqu'un envers qui il faisait preuve de politesse.

Cette femme est sa cavalière de la soirée.

17

Jonah lui a souri.

C'est ce détail qui me perturbe. Jonah Marks apparaît comme un être froid, et même menaçant auprès de la plupart des personnes qui le rencontrent. J'ai vu une autre facette de sa personnalité – torride –, mais même lorsqu'il pose la main sur mon corps, même quand il est en moi, son sourire est dur. Féroce.

À la femme en robe blanche, en revanche, il a adressé un sourire si chaleureux que je devine qu'elle n'est pas une simple connaissance. Elle est quelqu'un qui compte à ses yeux. Qui compte beaucoup.

Et pourtant, c'est avec moi qu'il couche.

Je ne lui ai jamais demandé s'il voyait quelqu'un d'autre. Cela allait sans dire. À présent, cependant, les mots qu'il a prononcés lors de notre première rencontre à la soirée de Carmen résonnent dans mon esprit. Il a parlé des autres filles avec qui il avait tenté l'expérience sans succès. *Elles ne voulaient pas la jouer brutale,* a-t-il dit. *Je pense que vous, si.*

À ce moment, j'aurais dû lui demander s'il avait quelqu'un dans sa vie. La mystérieuse femme en blanc a peut-être déjà rejeté son fantasme. La trompe-t-il avec moi parce qu'elle ne peut pas ou ne veut pas lui donner ce qu'il désire vraiment ?

Ce n'est pas une excuse, même si c'est vrai. Mais je ne peux m'empêcher de me poser la question.

J'ai conscience de tirer des conclusions hâtives. Je n'ai aucune garantie que cette femme est la petite amie de Jonah ni qu'ils partagent une quelconque relation. J'ai peut-être mal interprété ce sourire. Il est possible qu'elle ne soit qu'une jolie femme qu'il a invitée pour la soirée.

C'est déjà trop pour moi.

*

* *

Le lendemain matin, j'envoie un SMS à Jonah :

Il faut qu'on parle ASAP.

Contrairement à moi, Jonah comprend la règle selon laquelle nous devons rester des étrangers l'un pour l'autre. Il ne demande pas pourquoi et me donne simplement un horaire et un lieu. Alors, juste après le déjeuner, je traverse l'un des espaces verts du campus pour rejoindre Jonah qui m'attend sur un banc.

Je l'ai reconnu de loin. Des étudiants sont avachis autour de nous, vêtus de la dernière tenue à la mode : sweat à capuche et pantalon de jogging qui ressemble à un bas de pyjama. Jonah porte un *chinos* gris et une chemise noire, rien de trop chic, mais assez pour signaler qu'il n'est plus un gamin. Il est un homme.

Je porte un jean, un tee-shirt et une écharpe enroulée autour du cou. Cet accessoire semble anodin, mais il est là pour masquer les marques que la main de Jonah a laissées sur ma gorge. Pourtant, il m'observe comme si j'étais la femme la plus sexy de la Terre.

Il est toxique, même ici. Je crois qu'il le sera toujours.

Il se lève alors que j'approche, un geste vieux jeu et presque chevaleresque qui me touche d'une façon que je ne parviens pas à définir. Tandis que nous nous rasseyons, il dit :

— Tout va bien ?

— Non.

Je prends une profonde inspiration.

— Jonah, je ne peux pas continuer à faire ça. À te voir. À jouer ce… rôle. Il faut que ça s'arrête.

Au début, il ne répond pas. Son expression reste calme. Est-il si mesuré ? Va-t-il se lever simplement et partir comme si rien de tout ça n'était jamais arrivé ?

Comment cette histoire aurait-elle pu se terminer autrement ?

Finalement, il prend la parole.

— Tu n'étais pas malheureuse… après ce que j'ai fait au gala.

— Non.

Seigneur, non ! Quand je pense à la façon dont il a glissé ses doigts dans ma culotte, j'ai envie d'effacer les mots que je viens de prononcer, de l'attraper par le col et de l'entraîner vers le bâtiment le plus proche pour qu'il me prenne vite fait dans les escaliers. Cela serait aussi torride que toutes les autres fois où Jonah a posé les mains sur moi.

Mais cela ne ferait que reporter l'inévitable.

Je prends une profonde inspiration.

— Cela n'a rien à voir avec ce que tu as fait. D'accord ? Tu as tenu toutes tes promesses. Tu m'as fait me sentir en sécurité dans des moments où aucun autre homme n'en aurait été capable. Et tu…

Ma voix se brise. Bon sang ! Je dois me reprendre.

— Tu as vu ce que j'ai toujours détesté chez moi et tu as allégé ma honte l'espace de quelques semaines. Alors, merci pour ça. Et pour le sexe. Oui, merci beaucoup pour le sexe.

Mon sourire forcé ne le dupe pas une seconde. Jonah se penche en avant et tend la main vers moi comme s'il voulait me toucher l'épaule, mais à la place, il la pose sur le dossier du banc.

— Vivienne, que se passe-t-il ?

C'est le moment où j'amortis le coup habituellement. Le moment où je trouve l'issue la plus douce et la plus facile pour chacun, afin que nous puissions reprendre le cours de nos vies sans blessures, sans conflits irrésolus.

Pour moi, c'est une manière de considérer l'autre et de rester digne. Doreen affirme qu'il s'agit de malhonnêteté et me demande souvent ce qui se passerait si, pour une fois dans ma vie, je disais la terrible vérité et laissais les gens faire avec.

Jonah connaît déjà l'une de mes plus horribles vérités. À quoi bon ?

— Je pensais pouvoir avoir des rapports sexuels en dehors de toute relation, sans attaches, dis-je. Je l'ai fait quand j'étais étudiante, comme tout le monde. Je pourrais probablement le faire encore avec quelqu'un d'autre, mais toi et moi… ce n'est pas une situation normale. Pas seulement à cause de… tu sais, notre fantasme…

Je lance quelques regards à droite et à gauche, mais peu d'étudiants sont à portée de voix et chacun d'eux a des écouteurs enfoncés dans les oreilles ou est absorbé par son téléphone portable.

— C'est plus compliqué que ça.

— Notre arrangement est très simple, observe-t-il platement. Nous avons été très clairs sur ce que cela serait et sur la façon dont nous le gérerions.

— On n'est pas en train de parler de logistique.

Je lève les yeux vers le ciel gris pâle envahi par les nuages. *La vérité. Dis-lui la vérité.*

— Jonah, quand je suis avec toi, il n'y a pas que le sexe. Chaque fois, je m'abandonne à toi, complètement. Je dois te céder un contrôle absolu et me fier totalement à toi.

— Je n'ai pas abusé de ta confiance, si ?

Je secoue la tête.

— Non, mais tu ne comprends pas. Je ne me contente pas de coucher avec toi, Jonah. Je mets mon âme à nu. Ensuite, nous redevenons des étrangers l'un pour l'autre. Cette déconnexion me bouleverse et je ne suis pas sûre de pouvoir la supporter davantage.

Malgré nos règles et nos résolutions, je commence à avoir des sentiments pour Jonah. Je suis jalouse des autres femmes qu'il pourrait toucher. Je désire conquérir plus que son corps, son cœur. Ce qui signifie que j'en veux trop… et que je dois donc mettre un terme à cette histoire, maintenant.

Le regard gris de Jonah se fait distant. Le mur qu'il dresse entre lui et le reste du monde nous sépare également à présent.

— Si c'est ce que tu ressens.

Ce n'est pas le cas. Je suis toujours attirée par cet homme comme je ne l'ai jamais été par aucun autre. Quand je pensais que notre relation était purement sexuelle, je me délectais du pouvoir qu'il exerçait sur moi.

Mais à présent, j'en veux plus et je n'ai aucune idée de ce que cela implique. Tout ce que je sais, c'est que ce n'est pas ce dont nous étions convenus quand tout cela a commencé.

Bon sang ! Je suis sur le point de pleurer maintenant. Pas ici, au milieu du campus. Je n'ai pas la force d'assumer une telle honnêteté. J'ai dit ce que j'avais à dire. Alors, je me lève.

— Ça n'a vraiment rien à voir avec toi, OK ? Tu as été… mon plus beau fantasme. Merci de l'avoir fait devenir réalité.

Sur ces mots, je pars. Je ne me retourne pas une seule fois. Je ne cesse d'espérer qu'il criera mon nom ou qu'il me rattrapera pour m'empêcher de le quitter.

Il ne le fait pas.

*
* *

— Tu te sens bien ? demande Arturo alors que nous sommes installés devant l'un de nos food trucks favoris.

— Oui.

J'agite les pieds d'avant en arrière dans les graviers sous le banc. Autour de nous, plusieurs groupes de personnes se régalent avec les meilleurs tacos au poisson de la ville servis dans de petits paniers en plastique. Ils sont obligés d'utiliser leurs verres pour empêcher les serviettes en papier de s'envoler. Shay est parti nous chercher des churros pour le dessert à l'autre bout du parking. Tout près, un mainate sautille en direction de notre table et tend le cou dans l'espoir que nous lui lancerons quelques miettes. Au-dessus de nos têtes, des guirlandes lumineuses multicolores dotées de grosses ampoules plates des années 1970 sont accrochées entre la roulotte et le grand arbre près de la route.

Arturo m'observe un moment.

— C'est le « oui » le moins enthousiaste que j'aie entendu.

— Je vais bien. Vraiment. C'est juste… une mauvaise journée.

Arturo ne se laisse certainement pas berner, mais il sait aussi quand il ne faut pas insister.

— Ça nous arrive à tous. Tu sais ce qu'il faut dans ces cas-là ? Des tacos. Alors, vas-y, lâche-toi.

— Je crois que je vais plutôt me rabattre sur les churros, dis-je en voyant Shay revenir vers nous avant de constater qu'elle n'a rien rapporté.

Une main sur le front, elle avance très lentement vers nous.

Arturo bondit sur ses pieds et lui tend la main pour l'aider.

— Tu as un nouveau vertige ?

— Oui.

Son sourire est faible et ses yeux humides.

— On peut rentrer à la maison ?

— Bien sûr, mon cœur, répond Arturo.

Je suis sur le point de leur dire que ça me convient quand je baisse les yeux et vois des gouttes de sang sur les tennis blanches de Shay.

— Shay…

Je me lève et prends son bras libre.

— Ne panique pas, mais…

— Oh, mon Dieu !

Elle les a vues aussi et, pendant que nous fixons ses chaussures du regard, d'autres gouttes tombent sur les graviers.

— On va à l'hôpital, décide Arturo. Ne bouge pas, d'accord ? Je vais chercher la voiture. Tu la tiens, Vivienne ?

— Bien sûr, vas-y, vite !

Tandis qu'Arturo court jusqu'à la voiture, je presse la main de Shay.

— Tu ferais mieux de t'asseoir.

— Ça va, affirme-t-elle d'une voix faible, comme si rien ne se passait.

Je comprends qu'elle est au bord de la crise de nerfs. Alors, j'enroule les bras autour d'elle et je la maintiens bien droite en attendant qu'Arturo arrive. Il a déjà atteint la voiture. Mieux vaut qu'elle reste debout pour que nous puissions l'installer dans le véhicule et partir pour l'hôpital le plus vite possible. La tête de Shay est posée sur mon épaule. La peau de son front est fraîche et moite.

J'ai peur, mais ce n'est rien en comparaison de ce que je ressens quand je baisse la tête et aperçois la tache de sang qui s'étend sur sa robe blanche, plus sombre et plus large chaque seconde. C'est à ce moment que j'atteins le summum de la terreur.

*
* *

— S'il vous plaît, est-ce que le Dr Campbell peut venir ? supplie Shay alors que l'aide-soignante pousse son brancard dans les couloirs de l'hôpital.

Arturo et moi, nous trottinons à côté d'eux. Il est déterminé à rester avec elle jusqu'à ce qu'ils les séparent par la force, et je tiens à être avec lui lorsque cela arrivera.

— Est-ce qu'elle vient ?

— Un obstétricien sera là dans une minute, répond l'infirmière en blouse jaune.

— Mais je veux mon médecin…

La voix de Shay est si faible. Elle donne l'impression d'être sur le point de s'évanouir à tout moment.

Tandis qu'ils l'installent dans une chambre et fixent un appareil de monitoring sur son ventre pour contrôler les battements de cœur du bébé, Arturo lui serre la main.

— Tout ira bien, lui assure-t-il. Il le faut.

S'il vous plaît, je prie un Dieu en qui je crois, mais auquel je parle rarement. *S'il vous plaît, faites que Shay s'en sorte bien. Faites que le bébé vive.*

Je suis éjectée de la pièce au moment où le gynécologue arrive et j'entends Arturo s'exclamer « Docteur Campbell ! » avant que la porte ne se referme. Son médecin était de garde ce soir. Peut-être est-ce un signe que Dieu veille sur le bébé après tout. Ou simplement un coup de chance. Quoi qu'il en soit, c'est positif.

Durant les deux heures suivantes, je me concentre sur deux missions. D'abord, rester assise dans la salle d'attente sans pleurer. Ensuite, et c'est la pire, appeler Carmen et la mettre au courant. Elle arrive environ dix minutes après avoir raccroché, vêtue d'un jean délavé et d'un tee-shirt élimé qu'elle ne porte que lorsqu'elle travaille sur sa thèse. Quand elle s'assoit à côté de moi, je l'étreins. À présent, il ne nous reste plus qu'à attendre.

— Ils croient que je ne veux pas qu'ils aient ce bébé et s'ils le perdent..., murmure Carmen.

— Ils ne vont pas le perdre. Et tu seras une super tata. Tu verras. Au fait, tu veux m'aider à organiser la *baby shower* ? Shay serait ravie.

Carmen hoche la tête lentement. Je commence donc à parler de cadeaux, de jeux, de cupcakes et de tout ce que je rapporte à une *baby shower,* dans l'espoir que ce rose et ce bleu pastel effaceront le rouge écarlate du sang.

Finalement, Arturo pénètre dans la salle d'attente. Il a le visage pâle et tiré, mais il n'est pas effondré.

— Elle va bien.

— *¡ Dios mío !*

Carmen se jette au cou de son frère et il la serre contre lui.

— Que s'est-il passé ?

— Quelque chose au sujet du placenta... Il va falloir surveiller ça, mais c'est bon pour le moment. Shay pourra même rentrer à la maison bientôt.

Il envoie un petit sourire.

— Et le bébé est en pleine forme.

Carmen se met à pleurer et Arturo ne tarde pas à la suivre. Je suis peut-être leur sœur adoptive, mais j'ai bien conscience que je dois parfois rester en retrait et les laisser entre eux.

Je me dirige vers le couloir et attire l'attention d'une infirmière.

— Shay Gillespie-Ortiz peut-elle recevoir des visites ?

La réponse vient de quelqu'un qui se tient juste derrière moi.

— Pas pour le moment.

Je pivote pour découvrir l'obstétricienne, une jeune femme vêtue d'une longue blouse blanche de docteur ornée d'un badge indiquant : *Dr Rosalind*

Campbell. Elle sourit, ce qui devrait être le seul détail qui m'intéresse, mais ça ne l'est pas.

J'ai déjà vu cette femme. Elle portait du blanc également. Je l'ai vu le soir du gala de charité, d'abord quand elle m'a complimentée sur ma robe, et ensuite, quand elle est partie, au bras de Jonah.

18

Il fallait qu'elle soit médecin. C'est la première pensée qui me traverse l'esprit. Rosalind Campbell, la femme qui fait partie de la vie de Jonah, est incroyablement belle, a de très bons goûts vestimentaires, est sympathique avec les étrangers *et* elle pratique la médecine. Ne pourrait-elle pas avoir au moins un défaut ?

Très vite, cependant, mon inquiétude pour Shay et le bébé éclipse ma mesquinerie.

— Arturo a parlé d'un problème de placenta... C'est grave ? Devra-t-elle rester à l'hôpital ?

Rosalind pose une main sur mon épaule et commence à marcher, m'éloignant de la zone réservée aux patients en toute délicatesse.

— Je sais que vous êtes très proches, mais je n'ai pas le droit de divulguer des informations personnelles sur ma patiente si vous n'êtes pas de sa famille. Cependant, je peux vous expliquer ce qu'est un placenta praevia. Cela signifie que le placenta est positionné complètement ou en majeure partie dans la partie basse de l'utérus. À ce stade avancé de la grossesse, le placenta peut frotter contre la paroi utérine, ce qui provoque des saignements. Il existe différents niveaux de gravité, de la mère qu'il faudra césariser en urgence à celle que nous pourrons surveiller en consultation externe.

Arturo a affirmé que Shay rentrerait bientôt à la maison. Elle doit donc faire partie des cas les moins risqués. Je soupire de soulagement.

— Merci de vos explications, docteur.

— Je vous en prie. Et… excusez-moi, mais est-ce qu'on se connaît ? J'ai le sentiment de vous avoir déjà vu auparavant.

— Hum… Oui.

Il n'y a pas si longtemps, je mettais en scène un scénario sexuel d'une violence inouïe avec votre petit ami.

— Nous nous sommes croisées lors du gala de charité des avocats, le week-end dernier. Dans les toilettes. Nous avons partagé notre goût pour les belles robes.

Aussitôt, le regard de Rosalind s'illumine.

— Cette superbe robe verte. Bien sûr ! J'ai même essayé d'en trouver une identique sur Internet. En vain, hélas !

Poliment, elle tend la main.

— Rosalind Campbell.

— Vivienne Charles.

Le sourire de Rosalind s'élargit et elle presse légèrement mes doigts en prenant un air conspirateur.

— Oh ! Vous êtes donc la Vivienne de Jonah.

Elle sait qui je suis. Elle n'est pas en colère. Elle m'a même appelé « la Vivienne de Jonah ».

— Je vous demande pardon ?

— Je suis coupable de vous l'avoir volé l'autre soir.

Rosalind hausse les épaules.

— J'espère que vous ne m'en voulez pas. Dommage que nous ne nous soyons pas croisés. Nous aurions pu faire les présentations dans des conditions moins stressantes.

Rosalind était la cavalière de Jonah, mais elle sait que lui et moi avons couché ensemble et elle ne semble pas s'en soucier. Je n'y comprends absolument plus rien.

— Il faut qu'on parle. Vous avez une minute ?

Rosalind a l'air surpris, mais elle hoche la tête.

— Bien sûr.

Elle m'entraîne dans une salle d'examen vide qui attend la prochaine patiente. Rosalind referme la porte derrière nous et, peut-être par habitude, je m'installe sur la table d'examen tandis qu'elle prend la chaise du médecin. J'ai l'impression d'être venue lui demander un diagnostic.

— Alors, déclare-t-elle, en quoi puis-je vous aider ? Vous n'avez pas l'air d'être sur le point de me révéler où vous avez acheté votre robe.

— C'est au sujet de Jonah...

— Oh, non.

Elle lève la main pour m'empêcher de continuer.

— Je ne donne pas de conseils amoureux. Ça ne finit jamais bien.

— Ce n'est pas ce que je demandais. Simplement... Jonah vous a visiblement parlé de moi, mais il ne m'a jamais parlé de vous. Je ne vous ai jamais vus ensemble jusqu'à ce que vous quittiez le gala l'autre soir et... Je ne comprends pas trop votre relation.

Elle écarquille les yeux.

— Oh, non ! Non ! Jonah et moi sommes amis, c'est tout.

— Simplement amis ?

Mon ton est plus sceptique que je ne le voulais. J'ai du mal à imaginer qu'une femme puisse fréquenter Jonah et ne pas vouloir lui arracher ses vêtements.

Rosalind se met à sourire.

— Je suis profondément amoureuse de l'un des meilleurs chefs de la ville... et heureusement pour moi, elle n'est pas du genre jaloux.

Elle. Eh bien, cela explique pourquoi Rosalind ne cherche pas à sauter sur Jonah.

— Candace et moi, nous vivons ensemble depuis plus d'un an maintenant, continue Rosalind. Le problème, avec les chefs, c'est qu'ils travaillent presque tous les soirs de la semaine. Comme les bébés sont imprévisibles, mon emploi du temps change tout le temps également. Je me retrouve donc souvent seule les soirs où je suis libre et où j'ai envie de regarder un film ou d'aller à une soirée. Alors, il m'arrive de demander à Jonah de m'accompagner.

— J'ai compris, dis-je. Et je me sens complètement idiote à présent.

Rosalind rit gentiment.

— Ce n'est rien. J'espère ne pas avoir déclenché une querelle d'amoureux.

— Pas exactement.

Je devrais peut-être me sentir heureuse. Jonah n'a pas de petite amie. Il n'a trompé personne avec moi et il ne couche avec personne d'autre.

Mais ce n'est pas le comportement de Jonah qui pose problème. C'est ma jalousie.

L'envie et la peur que j'ai ressenties en voyant Jonah et Rosalind ensemble m'ont révélé la vérité que je voulais nier : j'en attends plus de Jonah. Plus que du sexe, plus que ce fantasme pervers qui nous retient tous deux prisonniers. Je n'ai aucune idée de ce que « plus » peut bien vouloir dire pour nous.

Rien, probablement. Jonah a établi très clairement qu'il ne cherchait pas une relation amoureuse lorsqu'il a suggéré notre arrangement pour la première fois.

Et je suis terrifiée d'éprouver ces sentiments pour un homme qui a fait semblant de me violer.

— Je ne suis pas surprise qu'il ne vous ait pas encore parlé de moi, reprend Rosalind, et encore moins qu'il ne nous ait pas présentées. Jonah est l'une des personnes les plus secrètes que j'aie jamais rencontrées.

J'acquiesce en prenant conscience de l'épaisseur des murs qu'il a érigés autour de lui.

— Bon, si vous êtes rassurée, je ferais mieux de me remettre au travail.

Elle se lève et se dirige vers la porte, mais marque une pause avant de l'ouvrir.

— Une dernière chose…

— Oui ?

— Jonah ne parle pratiquement jamais de sa vie personnelle. Mais il a parlé de vous.

Mon cœur se serre et se réchauffe en même temps.

— Qu'a-t-il dit ?

— Très peu de choses. Votre nom et qu'il passait parfois du temps avec vous. Il m'a parlé de vous aujourd'hui, à vrai dire, quand nous avons dîné ensemble… Il s'inquiétait de vous avoir bouleversée. C'est à peu près tout, mais c'est plus qu'il ne m'en a dit au sujet de toutes les autres femmes qui ont traversé sa vie depuis quatre ans que nous sommes amis. Quoi qu'il se passe entre vous, sachez que vous comptez à ses yeux.

Rosalind m'adresse un petit sourire.

— Donc si *je* suis la raison pour laquelle vous étiez bouleversée, il n'y a plus d'inquiétudes à avoir, d'accord ?

J'ai envie de la croire. Je le désire vraiment. En cet instant, je suis prête à croire n'importe quoi du moment que cela me pousse de nouveau dans les bras de Jonah.

— Au revoir, Vivienne, reprend Rosalind d'une voix douce. Je suis sûre que nous nous reverrons, un jour ou l'autre.

Sur ces mots, elle disparaît et je reste seule dans la salle d'examen de longues minutes, en proie à une douleur qu'aucune médecine ne peut soigner.

Après m'être ressaisie, je retourne dans la salle d'attente. Arturo et Carmen sont toujours en larmes mais, après quelques étreintes et un paquet de Kleenex, il retourne auprès de Shay. Carmen et moi décidons d'aller faire quelques courses en urgence au supermarché.

— Il lui faut des chaussettes, lance Carmen en poussant le caddie rouge vers le rayon femme. Des chaussettes molletonnées pour ne pas avoir froid aux pieds. On lui prend une chemise de nuit pour femme enceinte ou tu penses qu'elle va devoir garder cette horrible blouse d'hôpital tout le temps ? Je parie que oui. On achète des oreillers ? Ceux de l'hôpital ne sont sûrement pas terribles. Et puis, ça sert toujours.

— Calme-toi, OK ?

Si je ne l'arrête pas, elle risque d'acheter la moitié du magasin.

— Shay a seulement demandé quelque chose à grignoter et un truc à lire. Achetons-lui ça et retournons la voir avant que les visites ne soient plus autorisées.

Carmen a l'air d'être sur le point de fondre en larmes à nouveau.

— Je veux juste prendre soin d'elle.

— Je sais. Et Shay le sait aussi, d'accord ?

Je presse ses épaules. Elle n'est pas convaincue.

— Je ne suis pas certaine qu'elle le sache. Je n'ai rien fait pour.

— Eh bien... c'est vrai, mais ce n'est pas en faisant du shopping que tu arrangeras la situation. Écoute-les et adapte-toi à eux.

Elle finit par accepter.

— Mais je continue à penser que les chaussettes sont une bonne idée.

— Tu as raison.

Nous prenons donc des chaussettes également.

Notre visite au chevet de Shay est nécessairement brève. Les visites sont sur le point de se terminer et elle est épuisée et émotive. Carmen babille au sujet des objets que nous avons achetés tandis que je pose les barres de Granola et la compote de pommes sur la table de nuit. Arturo ne lui lâche pas la main.

Alors que je rentre chez moi, je ne peux m'empêcher de repenser à cela. Aujourd'hui, Arturo et Shay ont affronté une douleur et une terreur incroyables, ensemble. Arturo a gardé son sang-froid pour Shay, même quand la panique a certainement menacé de s'emparer de lui. Et dans la chambre d'hôpital, ensuite, alors qu'elle était exténuée, Shay a trouvé la force de rassurer Arturo.

Leur âge n'a aucune importance. Shay et Arturo possèdent ce qui lie deux personnes pour toute une vie, le genre d'amour qui permet de se transcender pour le bien-être de l'autre.

Quant à moi, j'éprouve des sentiments complexes pour un homme tout aussi complexe. Rosalind m'a laissé entendre que ces sentiments pourraient être réciproques, mais Jonah ne lui a dit que mon nom.

Lorsque je passe la porte de chez moi, je laisse échapper un profond soupir de soulagement. Même le silence est agréable. Mon petit appartement ne m'a jamais semblé être un meilleur abri contre le reste du monde qu'en cet instant. Je suis à fleur de peau. Je n'ai qu'une envie : enfiler un vieux tee-shirt et un legging, me chauffer un bol de soupe et passer les deux prochaines heures recroquevillée sur mon canapé à relire un roman d'Agatha Christie. Peut-être que j'arriverais à fermer l'œil dans ces conditions.

Je me change avant de prendre conscience que je n'ai pas consulté mon téléphone depuis notre départ pour l'hôpital. En cet instant, je n'ai absolument pas la force de répondre à des e-mails, mais je dois quand même réactiver la sonnerie, au cas où Carmen ou Arturo appellerait pendant la nuit. J'en profite pour parcourir rapidement ma boîte mail, afin de m'assurer qu'aucun message n'exige une réponse urgente.

Il y en a un de Jonah.

Objet : Sur mon mur.

Qu'est-ce que c'est censé vouloir dire ? J'ouvre le courriel, qui contient une pièce jointe, et une ligne apparaît à l'écran :

Jette un coup d'œil.

Je me demande ce que Jonah a bien pu m'envoyer. Ma première pensée est qu'il a brisé sa parole en nous filmant secrètement pendant que nous faisions l'amour, mais non. Il ne ferait pas ça. Quoi alors ?

Dieu soit loué, Jonah n'est pas branché photo porno.

Je clique sur la pièce jointe et mon souffle reste bloqué dans ma gorge.

Là, accrochée sur un mur de brique, se trouve la reproduction de la gravure que j'ai donnée au gala de charité. Elle est mise en valeur par un cadre en étain tout simple qui fait ressortir les lignes et les ombres du dessin. Les mains puissantes enlacent tendrement la petite colombe, une puissance primitive dédiée à la sécurité et à la protection d'une chose vulnérable.

J'aimais déjà cette reproduction. Depuis le début, en fait. Mais la savoir en la possession de Jonah m'émeut à un point auquel je ne m'attendais pas. L'image signifie encore plus pour moi qu'auparavant, parce qu'elle révèle quelque chose du cœur de Jonah.

Je m'empresse de lire la suite :

Elle a retenu mon attention lors de la vente aux enchères avant même que je ne m'approche pour faire une offre. Imagine ce que j'ai ressenti en découvrant le nom de l'artiste. J'ai fait une proposition suffisamment élevée pour décourager mes concurrents, avec succès comme tu peux le voir.

Tu es dotée d'un talent exceptionnel, Vivienne. C'est une part de toi que je n'ai jamais eu le plaisir de connaître. Ce dessin me rappelle tout ce que je n'ai pas pu apprendre sur toi chaque fois que je le regarde.

Je ne te demanderai pas de reprendre notre arrangement. Je t'ai toujours dit que le jour où tu voudrais arrêter, nous y mettrions un terme et j'ai l'intention de tenir ma promesse. Tu n'as rien à craindre de moi, Vivienne. C'est le cas depuis le début, mais je voulais te le rappeler.

Si tu veux parler, tu sais comment me contacter.

Jonah.

Si je lui adresse de nouveau la parole, nous recommencerons. Il ne faudra pas plus d'une semaine pour que je me laisse de nouveau envoûter. Dans mon esprit, sa voix hachée résonne : *la prochaine fois, je jouirai dans ta bouche.*

Il en a toujours envie. Il y pense encore. Il est capable d'écrire ces mots, d'admirer cette image émouvante, mais il continue à fantasmer sur le fait de forcer une femme à se mettre à genoux pour lui.

Comment ces deux facettes de sa personnalité peuvent-elles coexister ? Comment puis-je avoir autant envie de lui tout en continuant à redouter les ténèbres qui l'habitent ?

Doreen me demanderait pourquoi j'ai lu cet e-mail. N'importe quelle personne sensée le ferait. Je l'ai quitté avec dignité – ou ce qu'il restait de ma dignité après ce que nous avons fait ensemble. Tout est clair entre nous. Aucune sensibilité n'a été heurtée. Aucune complication n'est à prévoir.

La meilleure réaction est de ne pas lui répondre, ni maintenant ni jamais.

Je clique sur « répondre ».

19

L'un de mes restaurants préférés de la ville est l'*Elizabeth Street Cafe*. Techniquement, on y sert de la cuisine vietnamienne, mais l'atmosphère est bien plus éclectique que cela. Les serveuses portent des robes en coton fleuries et proposent des classiques comme le *pho ga,* mais aussi des adaptations de plats traditionnels tels que les nouilles sautées à la bavette sauce ranch.

C'est un super endroit où manger. Et surtout, ils ont une grande terrasse extérieure où les tables sont disposées à bonne distance les unes des autres. Si vous voulez avoir une conversation privée sans risquer d'être entendu, ce restaurant est idéal.

C'est pour cette raison que j'ai demandé à Jonah de m'y retrouver.

Je suis arrivée un peu en avance, lui, légèrement en retard. Nous sourions tous les deux lorsqu'il me rejoint, mais nous sommes inévitablement mal à l'aise. Je sais comment négocier avec cet homme. Je sais comment m'abandonner à lui. À présent, il faut que j'apprenne à lui parler comme à une personne normale. Ce sera probablement la partie la plus difficile.

La table que j'ai choisie est à l'extrémité de la terrasse, si bien que nous sommes aussi isolés que possible. Nous ressemblons à tous les autres clients, tous deux vêtus d'un jean et d'un tee-shirt à manches longues. Le mien est blanc, le sien est noir. Habituellement, les joues de Jonah sont recouvertes d'une barbe de trois jours, mais ce soir, il est rasé de près. Je comprends qu'il l'a fait pour moi.

— Je suis content que tu m'aies répondu, déclare-t-il sans préambule.

— Moi aussi.

C'est son e-mail qui a changé les choses. Je veux le lui dire, mais les mots ne sortent pas. Il ne parle pas non plus, même s'il a l'air tout à fait décontracté et à l'aise. Je parie que ce n'est pas mon cas. Le silence s'étire jusqu'à ce que finalement, gênée, j'essaie de plaisanter :

— C'est dur de savoir par où commencer.

— Nous n'avons jamais vraiment eu l'occasion de bavarder.

Je ris, pour de vrai cette fois, et je suis récompensée par un petit sourire.

— En effet.

OK, il faut bien qu'on commence par quelque part, alors autant se jeter à l'eau.

— Je suis ravie que mon œuvre te plaise.

— Elle est extraordinaire.

Jonah a l'air sincère. On dirait qu'il parle d'un tableau exposé dans un musée. Comme s'il établissait un fait objectif plutôt qu'une opinion.

— Le dessin est… précis. Complexe. Je n'imagine pas le nombre d'heures qu'il t'a fallu pour le réaliser. Et en même temps, l'image ne fait pas figée ou artificielle. C'est comme si… comme si tu avais réussi à capturer ce moment.

On m'a déjà encensée avec davantage d'effusion, y compris des types qui voulaient coucher avec moi. Pourtant, aucun compliment ne m'a autant flattée que ceux de Jonah.

— Merci, dis-je en replaçant une mèche de cheveux derrière mon oreille. Tu as vraiment enchéri dessus avant de voir le nom de l'artiste ?

— Techniquement, non, parce que j'ai lu l'étiquette avant d'écrire ma proposition. Mais j'ai eu l'intention de le faire dès que j'ai aperçu ton œuvre à travers la pièce.

Malgré le décor décontracté, son sourire reste dur.

— J'aurais sans doute enchéri plus tôt si je ne t'avais pas vue. Après cela, j'ai été… distrait.

Nous avions fusionné, cachés du reste du monde par le rideau de velours rouge, Jonah enfoui profondément en moi… Ces souvenirs me font monter le feu aux joues. Il serait aisé de me laisser convaincre et de planifier notre prochaine rencontre.

Et voilà, j'essaie de nouveau de fuir la terrible vérité. Autant le dire tout de suite.

— Ce soir-là, au gala, je t'ai vu avec une femme que j'ai prise pour ta petite amie.

— Quoi ?

Visiblement, Rosalind n'a pas parlé à Jonah de notre conversation. Lorsqu'elle affirmait qu'elle ne se mêlait pas de la vie amoureuse de ses amis, elle le pensait vraiment.

— Non, j'y suis allé avec une amie.

— Je le sais maintenant. Lorsque je l'ai vue pour la première fois, je savais également que vous ne sortiez pas forcément ensemble et que tu ne t'intéressais pas nécessairement à elle. Cela n'aurait pas dû avoir de l'importance.

J'ai du mal à le dire à haute voix.

— Notre arrangement était censé reposer uniquement sur le sexe. Toi et moi, nous étions censés rester des étrangers l'un pour l'autre. Je n'aurais pas dû me soucier que tu aies quelqu'un dans ta vie. Enfin… je ne suis pas du genre infidèle et je ne fréquente pas les hommes qui le sont, mais la vérité, c'est que… j'étais jalouse. Je ne voulais pas qu'une autre femme t'approche. C'est aussi simple que ça.

Jonah reste silencieux un long moment avant de prendre la parole.

— Ton ex était là. Geordie, c'est ça ?

— Oui.

Je suis surprise qu'il parle de lui.

— Nous ne sortons plus ensemble. C'est définitivement terminé.

— Je sais, mais quand je t'ai vue près de lui, sachant qu'il t'avait déjà fait l'amour… qu'il avait couché avec toi plus de fois que je ne l'avais fait, qu'il t'avait léchée et que tu avais joui pour lui… j'ai eu envie d'enfoncer mon poing dans un mur.

Cet aveu ne devrait pas m'exciter à ce point.

— Je ne suis pas un homme possessif habituellement, poursuit Jonah.

Si calme soit sa voix, je perçois le doute au fond de ses yeux gris.

— Avec toi, je suis jaloux de tous ceux qui ont posé la main sur toi avant moi.

Cette affirmation devrait déclencher une alarme dans ma tête, mais je dois admettre que je suis devenue folle moi-même quand je l'ai vu avec Rosalind.

Je ne peux pas lui reprocher sa jalousie irrationnelle quand je suis en proie aux mêmes sentiments.

— Nous n'avons jamais vraiment parlé en dehors de nos… jeux, dit-il. Nous avons obéi aux règles tous les deux. Je ne devrais donc pas me sentir proche de toi. Pas à ce point.

Après un long moment, je réponds :

— En fait, tu ne sais qu'une chose à mon sujet, mais cette chose, c'est le secret le plus intime que j'aie jamais partagé avec quiconque. C'est pour cette raison que j'ai l'impression de mettre mon âme à nu avec toi, chaque fois. C'est pour ça que cette relation ressemble à…

À quoi ? Je n'ai pas les mots pour finir ma phrase… ou je redoute de les prononcer. Peut-être que Jonah a peur lui aussi. Il ne dit rien, il se contente de hocher la tête. Il me comprend, cela me suffit.

— Tu es la seule femme qui a parfaitement compris ce que j'attendais de ce fantasme.

Jonah plonge son regard dans le mien.

— J'ai toujours cru que celle qui me comprendrait serait…

— Effrayée ?

Jonah acquiesce, mais je suis presque certaine que ce n'était pas ce qu'il allait dire.

— Je crois que nous avons tiré des conclusions erronées l'un sur l'autre. Mais tu as raison. En ayant fait ce que nous avons fait, en ayant partagé ce que nous avons partagé, nous en avons révélé plus sur nous que nous n'en avions l'intention. Nous nous sentons donc plus attachés l'un à l'autre que nous ne l'avions prévu.

Attachée à lui. Oui. C'est ça. Même si je continue à me demander quel genre d'homme il est, même si les racines de son fantasme me troublent et me questionnent, je suis déjà attachée à Jonah Marks.

Pour le meilleur et pour le pire, il s'est attaché à moi aussi.

— Alors, comment fait-on ? je murmure.

Son sourire cruel étire ses lèvres de nouveau.

— Tu veux toujours jouer ?

— Oui.

Un millier de rêves illicites restent insatisfaits dans mon esprit. Jonah peut les faire devenir réalité. J'en ai envie plus que je n'ai jamais désiré autre chose.

— Alors, il va falloir recommencer à zéro.

— Comment ça ?

Le sourire de Jonah se fait plus doux.

— En organisant notre premier rendez-vous.

— Notre premier rendez-vous ?

Maintenant ? Après que nous avons déjà baisé comme des bêtes ? Cela semble absurde, mais l'idée me séduit et je me rends compte que je réponds à son sourire malgré moi.

— Tu veux dire ce soir ?

— Non !

Il semble presque offensé par cette idée.

— Nous prévoirons la soirée entière. Nous discuterons en marchant dans les rues de la ville…

— Comme des gens normaux.

Il acquiesce.

— Si nous y arrivons.

Je me mets à rire. Jonah se contente de sourire et l'évidence m'apparaît. Nous allons vraiment essayer.

*

* *

Tout ça est très amusant jusqu'à ce qu'il faille expliquer vos choix de vie à votre psy.

— Dire que mes sentiments sont partagés sur le sujet serait un euphémisme, déclare Doreen.

— Vous n'êtes pas censée donner votre avis sur ma vie. Ce n'est pas ce que font les thérapeutes, n'est-ce pas ? Ils écoutent.

Doreen me lance un regard noir.

— Je ne dirais pas que nous avons une relation de thérapeute à patient traditionnelle.

— C'est vrai, admets-je.

— Et je ne pense pas que nous commencerons maintenant. Et puis, je vous ai donné mon opinion parce que vous m'avez demandé si j'arrivais à y croire. Si vous étiez sûre de votre décision, vous ne poseriez pas la question.

Elle vient d'éclater les petites bulles de bonheur qui flottaient autour de moi depuis mon dîner avec Jonah deux jours plus tôt. Toutes les inquiétudes qui me hantaient – et qui me hantent encore – ont refait surface.

— Je dois admettre que je redoutais que vos rencontres avec Jonah ne soient destructrices, alors que cela n'a pas été le cas. La honte que vous éprouvez au sujet de votre fantasme a diminué. Vous avez tous les deux pris vos précautions pour assurer votre sécurité. C'est le meilleur compromis, je dirai. Mais vous devez avoir conscience de ce que vous êtes sur le point de faire… en mêlant vos fantasmes à votre vie émotionnelle. Cela sera mille fois plus compliqué.

— Qu'est-ce qu'il y a de si différent ? je rétorque.

— À vous de me le dire.

Je déteste lorsque Doreen me pousse à répondre à mes propres questions, principalement parce que je connais souvent la réponse. Simplement, elle ne me plaît pas. Pendant quelques secondes, je gigote sur le canapé. Je remonte les manches de mon cardigan blanc. Je plie les jambes sous mes fesses. Mais je ne peux reporter ma réponse trop longtemps.

— Je continue à me demander quel genre d'homme peut fantasmer sur l'idée de forcer une femme. Lorsque nous jouons la comédie, il sait exactement comment m'effrayer. Il sait comment être cruel. Il y a beaucoup réfléchi.

— C'est une considération valable.

— Mais comment pourrais-je le juger à ce sujet alors que je fantasme sur le viol moi aussi ?

— Vous savez pourquoi ce fantasme vous obsède. Vous ignorez l'origine du sien.

J'ai envie de parler à Doreen de ma théorie sur la famille de Jonah – sur la colère qu'il doit éprouver envers sa mère, sur les menaces maternelles qui ont pu lui inculquer la violence. Pourtant, je reste silencieuse. Doreen me dirait que ce n'est qu'une théorie, sans qu'aucune preuve puisse l'attester. Elle aurait raison.

— Avez-vous envisagé de dire la vérité à Jonah au sujet de votre passé ? demande Doreen d'une voix plus douce.

— Non.

Le mot est plus tranchant que je n'en avais l'intention.

— Vous n'en avez toujours pas parlé à une autre personne qu'à votre mère, n'est-ce pas ?

Je secoue la tête.

— Personne d'autre.

Une fois, plusieurs années après, j'ai essayé de dire la vérité à Chloe au sujet de cette nuit-là. Mais elle m'a fait taire avant que je n'aie pu terminer mon histoire, en hurlant que j'avais toujours été jalouse d'elle et en me demandant si j'avais dragué un autre de ses petits amis. Elle n'était visiblement pas partante pour les grandes confessions entre sœurs. Alors, non, Chloe n'était pas au courant. Refuser de croire, c'est la même chose que ne pas savoir, n'est-ce pas ? Pour ma sœur, en tout cas, c'est pareil.

— C'est votre secret. C'est à vous de décider de partager ou pas cette partie de votre histoire. Vous pouvez ne jamais le dire à personne si c'est ce que vous souhaitez.

Doreen n'a jamais présenté mon silence comme un élément dont je devais avoir honte, et je lui en suis reconnaissante. Parfois, je vois des victimes de viol à la télévision ou sur Internet, bravant les commentateurs ignorants et la cruauté des gens pour parler de leur expérience. Mon admiration pour elles est reflétée par ma propre lâcheté.

— Mais cacher ce secret à Jonah… lui donner ce type de pouvoir sans qu'il sache à quel point vos blessures sont profondes…

— J'ai réussi à le gérer jusque-là.

C'est vrai, mais jusque-là, nos jeux sont restés « soft ». Je pouvais reprendre le contrôle à tout moment. J'en attends plus de lui, cependant. Je veux qu'il m'attache. Je veux qu'il me combatte et qu'il prenne le dessus.

Je veux qu'il me *possède.*

Quand j'ai découvert à quel point le sexe pouvait être incroyable avec Jonah, j'ai cru qu'il avait peut-être désamorcé le pouvoir qu'Anthony exerçait sur moi pour de bon. Et si j'avais seulement enfoui la bombe plus profondément ? Alors que Jonah et moi explorons mes fantasmes les plus sombres, nous risquerions de déclencher l'explosion.

— Votre relation avec Jonah s'est bien déroulée jusqu'à présent parce que vous avez établi des frontières. Sans celles-ci, que se passera-t-il ?

— Je n'en sais rien, admets-je avant de lever le menton. Je crois que je le découvrirais bientôt.

*

* *

— Par pitié !

Shay se plaint en vain tandis que Carmen s'agite autour d'elle.

— Plus tes affaires seront proches de toi, mieux ce sera.

Carmen recule d'un pas pour admirer son œuvre : un demi-cercle de télécommandes, magazines et snacks sur le lit autour de Shay.

— L'iPad est rechargé à cent pour cent, mais le chargeur est sur ta table de nuit si tu en as besoin. Et prends mes identifiants Netflix ! Comme ça, tu pourras regarder tous les films que tu voudras. Tu veux du Canada Dry ? Du jus de pomme peut-être ?

Shay me lance un regard désespéré et j'étouffe un rire. Carmen est passée de l'indifférence à l'omniprésence en un claquement de doigts. Sur le long terme, c'est positif. Shay ne peut plus douter de l'affection de sa belle-sœur. Mais en cet instant, Carmen nous tape sur les nerfs à toutes les deux.

Je prends mon amie par les épaules.

— Profite de Netflix, dis-je à Shay, et n'hésite pas si tu as besoin de quoi que ce soit. Carmen et moi, on doit aller au travail.

— Mais on revient demain ! promet Carmen. Tout de suite après notre dernier cours.

On dirait que je ne peux plus reporter ce moment plus longtemps.

— En fait, je ne serai pas là.

Carmen me dévisage, choquée, comme si je venais de tuer la mère de Bambi. Shay sourit simplement.

— Un rendez-vous galant ?

Elle plaisante. Mais pourquoi a-t-il fallu qu'elle choisisse cette plaisanterie justement ?

— Eh bien… oui.

— Vraiment ? Tu nous as caché des choses !

Shay se redresse, excitée pour moi… et probablement soulagée de ne plus être le centre de l'attention.

— Qui est-ce ? On le connaît ?

— En fait, tu le connais, Shay. Et je pense que tu as dû le rencontrer à ta soirée, Carmen. Tu te souviens de Jonah Marks ? L'un des profs de sciences ?

Carmen est peut-être distraite par l'état de Shay, mais son esprit vif n'oublie jamais aucun détail.

— Le type avec les bras musclés.

Je suis obligée de rire.

— C'est vrai qu'ils sont assez musclés.

Shay me dévisage comme si je m'étais soudain mise à parler en hindou.

— Jonah… Marks, répète-t-elle. Celui que je connais.

— Le seul et l'unique.

Je me sens gênée de parler de lui, comme si c'était la première fois que je sortais avec un homme.

— Tu te souviens que Jonah m'a aidée à réparer mon pneu crevé. Eh bien, nous avons discuté pendant la soirée et ensuite… nous nous sommes croisés au gala de charité de l'association de Geordie… Nous dînons ensemble demain soir.

Je n'ai dit que la vérité. Simplement, j'ai omis quelques détails.

— OK. Waouh !

Shay cligne des yeux avant de se ressaisir.

— Je ne lui ai jamais beaucoup parlé, mais comme je l'ai dit, c'est sympa de travailler pour lui. Il est vraiment très distant, en revanche. Il décroche à peine un mot.

Je me sens déjà protectrice envers lui.

— Il n'est pas froid, il est juste réservé.

— Oh, bien sûr, carrément, approuve Shay en hochant la tête rapidement.

Elle ne dit jamais de mal de personne. Je sais déjà qu'elle essaie de voir Jonah avec mes yeux. Dieu merci, c'est impossible.

— Jonah est du genre silencieux ? Ce n'est pas vraiment ton type de mec.

Je hausse les épaules.

— En fait, nous avons beaucoup de points communs.

Elles ne sauront jamais ce que cela signifie. À présent, il faut que je découvre si ce que je partage avec Jonah peut nous rapprocher ou, au contraire, nous détruire.

20

Chaque fois que je me suis habillée pour Jonah Marks, je me suis demandé si je devais porter des sous-vêtements.

Ce soir, j'ai de nouvelles priorités.

Il m'a vu dans les tailleurs que je porte à l'université, en robe rose ultra-vulgaire et en jean. Je n'ai jamais été complètement nue devant Jonah, mais je lui ai exposé l'essentiel de mon corps. Alors, pourquoi suis-je en train d'essayer le contenu de mon placard dans l'espoir de trouver la tenue parfaite pour ce soir ?

Ça n'a aucun sens.

Après avoir enfilé et rejeté au moins dix possibilités, j'opte pour quelque chose de simple : une jupe noire plissée, un chemisier à boutons blanc aux manches bouffantes, des ballerines et un fin collier autour de mon cou. C'est une tenue décontractée, mais soignée sans être trop chic et… ce n'est pas très sexy.

Je me trouve pas mal dans ces vêtements. Je ne les porterais pas si ce n'était pas le cas. Mais ils ne mettent pas en valeur mes jambes, mes fesses, mon décolleté, rien de tout ça. C'est la première soirée que Jonah et moi passerons ensemble sans qu'il soit question de sexe. Ce soir, nous… parlerons. Quelque part, c'est plus intimidant que nos petits scénarios.

Je suis prête longtemps à l'avance, ce qui signifie qu'il va falloir que je trouve un moyen d'attendre sans en avoir vraiment l'air. J'ouvre Spotify et je clique sur la chaîne de jazz contemporain. La voix de Cassandra Wilson s'élève et m'enveloppe. Je me laisse tomber sur mon canapé blanc et j'inspire profondément.

Ce soir, je ne me demanderai pas où tout cela nous mène. Je n'essaierai pas de réconcilier nos fantasmes sexuels avec le genre de personnes que nous sommes. Je n'emporterai pas avec moi mon énorme bagage émotionnel.

Ce soir, je découvrirai simplement quelle personne est vraiment Jonah Marks.

La musique couvre le bruit des voitures à l'extérieur et je sursaute en entendant la sonnerie. Mais la chanson et ma nouvelle résolution m'apaisent. Je souris quand j'ouvre la porte.

— Bonsoir.

Jonah me fait un signe de tête. Cet homme n'est pas doué pour les salutations. Il ne sourit pas non plus, mais sa voix est chaleureuse lorsqu'il dit :

— Tu es magnifique.

— Merci.

Toi aussi, ai-je envie d'ajouter, parce que c'est le cas. Il porte un pantalon noir tout simple qui met en valeur sa taille fine et ses cuisses musclées, ainsi qu'une chemise bleu nuit qui donne un côté plus doux à ses yeux gris orageux. Il arbore une grosse montre en platine à son poignet, premier signe de richesse que je remarque sur lui. Finalement, je reste silencieuse. Les hommes ne comprennent pas lorsqu'on leur dit qu'ils sont beaux.

J'ai noté qu'il avait regardé par-dessus mon épaule, peut-être curieux de découvrir l'endroit où je vis. Ou bien essayait-il de repérer une faille par laquelle s'introduire une autre fois ?

— Alors… on y va ?

Seigneur, il m'a arraché mes vêtements et nous avons fait l'amour comme des bêtes, mais maintenant, aucun de nous ne sait quoi dire. Je ris un peu et quand Jonah me dévisage, j'explique :

— J'étais moins stressée pour mon bal de promotion.

— C'est pareil pour moi.

Un sourire illumine lentement son visage.

— J'aurais dû prendre des fleurs ?

— La prochaine fois. Allons-y.

*

* *

Nous nous rendons dans un restaurant de Congress, pas très loin de chez moi. La plupart des établissements italiens proposent les grands classiques, spaghettis et pizzas, mais ici, l'accent est mis sur la cuisine du nord de l'Italie : poulet rôti au citron, fromages et vin blanc frais. L'odeur qui règne dans la salle est bien plus nourrissante que tous les repas que j'aie jamais cuisinés.

Cela nous donne un sujet de conversation durant environ vingt secondes. Après quoi, nous restons assis l'un en face de l'autre, sans trop savoir de quoi parler.

Et s'il ne me plaisait pas du tout, en fait ? Et si nous n'avions rien en commun à l'exception de notre fantasme ?

Alors que la situation est sur le point de passer de gênante à pathétique, Jonah déclare :

— Qu'est-ce qui t'a poussée à dessiner cette colombe ? Celle sur le tableau que j'ai acheté ?

— J'aime… les contrastes. La dualité. Je recherche donc des images qui expriment deux concepts totalement opposés.

— La force des mains, reprend Jonah, et la fragilité de la colombe.

— Exactement. Tu as dit que tu avais été attiré par mon œuvre avant même de savoir qu'elle était de moi. Pourquoi ?

Jonah met si longtemps à répondre que je le soupçonne d'avoir menti sur son intérêt pour la gravure. C'est alors que je comprends qu'il ne cherche pas sa réponse, mais les mots pour exprimer ce qu'il a ressenti.

— Le dessin contient tellement de tension… on peut sentir l'énergie qui s'en dégage. Au début, j'ai pensé que l'homme avait emprisonné la colombe entre ses mains et qu'il était sur le point de lui faire du mal. Mais ensuite, j'ai perçu la douceur avec laquelle il la tient… son étreinte est délicate. Il veut garder l'oiseau en vie. Le dessin m'a surpris et j'aime cette sensation. J'aime qu'une simple image recèle autre chose que ce que j'imaginais à l'origine.

— Waouh ! Merci.

Ne vous méprenez pas, j'adore entendre les gens me dire que mon travail est beau ou réaliste, ce genre de choses. Mais il n'y a rien de plus flatteur pour un artiste que de lui dire que son œuvre vous a fait réfléchir.

— Quand as-tu commencé à dessiner ?

— Eh bien… j'ai toujours aimé ça. Mais ce que tu as acheté n'est pas un dessin. C'est une reproduction réalisée à partir d'une gravure.

Jonah se détend légèrement alors que nous poursuivons notre conversation. Moi aussi.

— Quelle est la différence ?

Je commence à lui expliquer le procédé de la gravure : les méthodes, le matériel, l'histoire de cet art. Il est sincèrement intéressé et chaque minute est plus aisée que la précédente jusqu'à ce que, soudain, notre soirée décolle.

Non, Jonah n'est pas un grand parleur. Son exposé des raisons pour lesquelles mon œuvre lui a plu est le plus long discours qu'il prononce durant tout le dîner. Mais il est doué pour écouter. Au lieu de préparer la prochaine anecdote qu'il partagera, il répond comme s'il voulait vraiment en apprendre plus sur mon travail, sur moi.

Bien sûr, il est naturellement curieux, je me le rappelle tandis que nous quittons le restaurant. Ce type est un scientifique. La curiosité est son carburant. Au lieu de nous diriger directement vers sa voiture, nous décidons de nous promener dans le quartier, côte à côte.

— Assez parlé de moi, dis-je alors que l'animation du jeudi soir bat son plein autour de nous – des étudiants en route pour les bars, les boutiques ouvertes tard pour profiter de la fréquentation, les notes de guitare et les basses qui s'échappent des clubs. Et toi ? Qu'est-ce qui t'a poussé à étudier les tremblements de terre ?

— Et les volcans, précise-t-il.

— Comment les oublier ? dis-je, ce qui me vaut un petit sourire.

— Eh bien, quand j'avais dix ans, ma mère et mon beau-père nous ont emmenés à Hawaï.

Beau-père. Jonah ne se rappelle probablement pas de son père biologique et Carter Hale est marié à sa mère depuis trente ans. Dans ce contexte, la plupart des enfants auraient fini par appeler leur beau-père Papa. Pas Jonah.

— Comme la plupart des touristes qui visitent Hawaï, nous sommes allés voir les volcans. Je n'aurais jamais imaginé que l'on pouvait approcher la lave de si près. Quand je l'ai vue, cet orange brillant et chaud, la pierre en fusion…

À ma grande surprise, il sourit.

— J'avais dix ans, alors j'ai trouvé ça *trop cool.*

Je ris sincèrement.

— C'est comme ça que tu as choisi ta spécialité ? Parce que c'était *trop cool* ?

— Les scientifiques qui te disent autre chose sont des menteurs. Si tu dois passer ta vie entière à étudier un sujet, il doit t'électriser. Les volcans et les tremblements de terre me passionnaient quand j'étais gamin et c'est toujours le cas. Même après toutes ces études et ces dissertations, après des mois passés à interpréter des résultats sismographiques, je prends toujours mon pied.

— On dit que quand on fait ce qu'on aime, ça ne donne pas l'impression de travailler.

— Ce sont des bobards.

Quand je hausse les sourcils, il m'adresse le sourire narquois que je lui connais bien.

— Si tu passes douze heures d'affilée à faire quelque chose, n'importe quoi, tu auras toujours l'impression de travailler.

— OK, c'est vrai, admets-je. L'atelier est mon endroit préféré, mais parfois, j'ai le sentiment que si je m'y rends une fois de plus, je vais m'arracher les cheveux. Quand même, je préfère devenir folle en faisant de l'art qu'autre chose.

Jonah hoche la tête.

— C'est exactement ça.

— Tu vas donc passer ta vie à chasser la lave.

— Et toi à créer des œuvres d'art.

— Oui et non. Après mon doctorat, j'espère travailler dans un musée. La conservation des gravures et autres pièces d'art, et peut-être même utiliser de vieilles plaques datant de plusieurs siècles pour effectuer de nouveaux tirages.

Il me lance un regard.

— Tu devrais créer tes propres œuvres au lieu de t'inquiéter de préserver celles des autres.

— L'un n'exclut pas l'autre. Je n'arrêterai jamais de créer. Même si je fais un carton dans le monde de l'art, il me faudra des années pour vivre de mes gravures... si cela arrive un jour. Je dois donc avoir un « vrai » travail pendant un certain temps, probablement longtemps. Est-il préférable de faire un métier ennuyeux qui assèche mon âme chaque jour un peu plus ou un job qui me permettra d'être entourée des plus grandes gravures de tous les temps et d'aider les autres à comprendre à quel point elles sont incroyables ?

Après un moment, il me rejoint.

— Dit comme ça, je comprends mieux.

À ce moment, sa main effleure la mienne. Au début, je pense qu'il cherche simplement à m'écarter du passage du groupe d'étudiants ivres qui titubent sur le trottoir devant nous. Mais lorsque nous les dépassons, il mêle ses doigts aux miens et resserre son étreinte.

Jonah Marks m'a baisée comme aucun autre homme n'a osé le faire, et pourtant, mon cœur bat la chamade comme celui d'une adolescente qui tiendrait la main de son petit ami pour la première fois.

Nous contemplons les vitrines des boutiques pendant un moment, principalement pour le plaisir de rester main dans la main. Les bottes de cow-boy sont vendues dans toutes les tailles et toutes les couleurs. Ces derniers temps, à Austin, les étudiantes les portent plus souvent que ne le font les vrais ranchers. D'autres magasins proposent des produits artisanaux mexicains – d'épais sarapes en laine, des masques de catcheurs kitsch en satin rouge et or, des paniers remplis de perles ornées du crâne du *Día de los muertos,* de petits cœurs couronnés de flammes.

— Ce sont des *milagros,* n'est-ce pas ? demande-t-il en dessinant le contour de l'un des cœurs. Des miracles.

— Exactement.

L'image émaillée de la vierge Marie apparaît au centre du cœur.

— Les flammes symbolisent l'Esprit Saint qui touche les cœurs et nous pousse à changer.

Jonah me lance un regard. Il semble surpris.

— Tu es croyante ?

— Je crois que je suis plutôt agnostique optimiste.

— Je suis moins optimiste que toi, mais quand je vois ce genre d'objets, ce qu'ils dégagent, j'envie cette foi. Le monde doit sembler si différent à travers ce regard.

J'aime cet homme. Une fois passée son apparence froide et réservée, il est… charmant. Intelligent. Fascinant même. Il est peut-être mystérieux, mais il est possible de passer la muraille qu'il a érigée autour de lui. Je commence tout juste à découvrir qui est Jonah, au-delà d'un incroyable partenaire sexuel, et je prends conscience que j'ai hâte d'en apprendre plus sur lui.

Au bout d'un moment, les boutiques commencent à fermer et Jonah me reconduit chez moi en voiture. Nous ne parlons pas. Je soupçonne Jonah de se poser les mêmes questions qui hantent mon esprit en cet instant. Qu'allons-nous faire ensuite ? Deux personnes connectées sensuellement par un fantasme très particulier peuvent-elles coucher ensemble normalement ? Suis-je prête à le découvrir ? Si étrange que cela puisse paraître après tout ce que nous avons fait ensemble, faire l'amour en tant que nous, sans jouer de rôle, me semble bien plus intime et même effrayant.

Mais quand il s'arrête devant ma porte, je me tourne vers lui.

— Tu ne rentres pas ?

— Pas le premier soir.

Il m'adresse un sourire malicieux et lourd de sous-entendus qui me fait fondre.

— Pour quel genre d'homme me prends-tu ?

Je presse sa main.

— Tu as raison. Mieux vaut ne pas précipiter les choses.

— Ce ne serait pas convenable, murmure Jonah en m'attirant à lui.

Il caresse ma joue de ses doigts, suivant les traits de mon visage lentement.

— Ce serait déplacé.

— Tout à fait.

— Et que dis-tu d'un baiser ? je suggère. Est-ce que tu embrasses le premier soir ?

— Généralement, non.

Jonah me prend dans ses bras.

— Mais je peux faire une exception.

Il enfouit son visage dans mon cou avant de rejeter ma tête en arrière pour effleurer ma gorge de ses lèvres. Je soupire et il resserre son étreinte. Mes doigts caressent l'arrière de son crâne. Ses cheveux sont doux. Puis, je descends vers sa nuque et je laisse mes mains courir sur son large dos. Je pourrais savourer le corps de cet homme pendant des heures. Ses muscles puissants donnent l'impression qu'il a été créé pour procurer du plaisir… ou infliger de la douleur. Peut-être les deux.

Lorsque sa bouche rencontre la mienne, son baiser est doux comme une plume. Mon corps tout entier se contracte et une vague de chaleur m'envahit, m'enflammant aussitôt. J'entrouvre les lèvres et il m'embrasse encore. Seul le bout de nos langues se touche, mais c'est assez pour me faire perdre la tête.

Sa voix est rauque lorsqu'il reprend la parole.

— J'ai passé une très bonne soirée.

— Moi aussi.

— Nous pourrions remettre ça une prochaine fois.

— Bientôt.

Il sourit et dépose un dernier baiser sur ma joue.

— Bonne nuit, Vivienne.

— Bonne nuit.

Je ne ferme ma porte que lorsqu'il démarre sa voiture. Une fois qu'elle est verrouillée, je me laisse littéralement tomber au sol. J'éclate de rire, grisée. Ce qui était de la fascination érotique s'est transformé en passion, et j'adore ça.

Depuis combien de temps n'ai-je pas ressenti une telle euphorie après un rencard ?

Je n'ai jamais éprouvé ça. À moins de tenir compte de l'unique baiser de cet étudiant barcelonais. Et là, c'est mille fois mieux.

Je souris encore lorsque je m'allonge sur mon lit et éteins la lumière. J'ai le sentiment que mon sourire ne quittera pas mon visage, même dans mon sommeil.

*

* *

Mon subconscient me réservait tout autre chose.

Quelqu'un frappe à la porte.

— Je suis fatiguée. Je n'ai pas faim.

Les coups continuent. De plus en plus forts. C'est un martèlement à présent.

— Jonah ?

Je me redresse, sans être étonnée de me retrouver dans ma chambre d'adolescente. Mon couvre-lit est cousu de dentelle. Le mouton en peluche que j'adorais quand j'étais bébé, Wooly Bully, trône toujours sur son étagère, déplumé et gris, mais adorable.

— Qu'est-ce que tu fais là ?

Un autre coup sur la porte fait trembler les murs et j'entends quelqu'un grogner :

— Laisse-moi entrer !

Ce n'est pas Jonah.

Je sors du lit en hâte. Dans ma précipitation, je me prends les pieds dans mes draps et je tombe au sol. Je me mets à ramper vers le placard. Si je me cache à l'intérieur, il ne me trouvera pas…

À ce moment, la porte vole en éclats. Je me recroqueville au fond du placard, les vêtements suspendus aux cintres frôlent ma tête et mes épaules. S'il vous plaît, non, s'il vous plaît, non…

— Tu ne peux pas m'échapper, dit Anthony en avançant vers moi.

Son poing se referme autour de mon poignet et je hurle, mais personne ne peut m'entendre. Personne ne m'entend.

— Viens. Mets-toi au lit. Gentille fille.

— Non, je ne veux pas, je crie. Je ne veux pas...

Je me réveille en sursaut, dans mon lit, luttant pour reprendre mon souffle, et je comprends que ce sont mes hurlements qui m'ont arrachée au sommeil...

21

Après ce cauchemar, j'ai du mal à me rendormir. J'abandonne aux alentours de six heures du matin. Si je dois être réveillée si tôt, autant aller à l'atelier.

Carmen m'envoie un texto vers huit heures, soi-disant pour prendre simplement de mes nouvelles, mais je sais qu'elle veut que je lui raconte ma soirée avec Jonah. Je suis réticente à cette idée, et j'ai mes raisons, mais je dois admettre qu'il fait désormais partie de ma vie. Et puis, si j'arrive à convaincre Carmen de passer à l'atelier pour discuter, peut-être qu'elle acceptera de s'arrêter prendre du café en chemin.

— Et un café au lait, annonce-t-elle en passant la porte. Allez, crache le morceau. C'était bien ou c'était naze ? Ce n'était pas sensationnel, j'imagine, puisque tu es ici au lieu d'être chez lui.

— Arrête ! Je ne suis pas si rapide habituellement. Jonah n'entre pas en ligne de compte. C'est un cas particulier.

— Juste un peu plus rapide que toi, j'ajoute.

— Je n'y peux rien si je suis vieux jeu.

Carmen sourit en le disant, mais ce n'est pas tout à fait une plaisanterie. Elle a fréquenté le même garçon durant tout le lycée et un autre pendant presque toutes ses années d'étudiante. Elle n'a donc jamais couché en dehors d'une relation sérieuse. Ce n'est pas par manque d'occasions. Carmen attire plus l'attention des hommes que toutes les autres femmes que je connais. Si jolie soit-elle, elle sera la première à admettre qu'elle n'est pas un top model, mais elle dégage une chaleur et une joie de vivre bien plus attirantes que toute la beauté du monde.

— Allez, raconte, insiste-t-elle en se perchant sur une table d'architecte dans un coin de l'atelier. Qu'est-ce que vous avez fait ? Tu as réussi à lui arracher plus de deux mots ?

— Nous sommes allés dîner. Il a fallu un peu de temps pour lancer la conversation, mais très vite, c'est devenu agréable. Plus qu'agréable en fait. C'était génial. Jonah n'est ni froid ni antipathique. Il est réservé quand il ne connaît pas les gens, c'est tout.

Pas vraiment. Le silence de Jonah cache autre chose, son côté sombre – un trait de caractère qui doit prendre racine dans son enfance à *Redgrave House*. Mais je refuse de parler de cette période de la vie de Jonah, même si je la comprends un peu mieux à présent. Ses relations familiales problématiques ne me regardent pas, et encore moins Carmen.

— Après tout, nous avons tous une part de secrets en nous.

Elle souffle sur la mousse de son cappuccino.

— Depuis quand tu t'intéresses à lui ?

Je suis partagée. Carmen est ma meilleure amie. Je n'aime pas lui mentir, en dehors des petits bobards occasionnels tels que : *Mais non, personne ne remarquera que tu as renversé du café sur ta jupe*. Toutefois, comment lui expliquer la vérité au sujet de Jonah et moi ? Les seules personnes qui pourraient le comprendre sont Doreen et Jonah lui-même, et même ces deux-là n'ont pas toutes les cartes en main pour analyser la situation.

Finalement, je décide de commencer par le début et de voir jusqu'où cela me mène.

— Eh bien, tu te souviens que j'ai rencontré Jonah quand il a changé la roue de ma voiture…

— La galanterie n'est pas morte ! lance Carmen gaiement.

L'image de Jonah me forçant à m'agenouiller en grognant : « regarde-moi quand tu me suces » envahit mon esprit. Ce simple souvenir suffit à m'émoustiller.

— Et ensuite, je l'ai croisé à ta soirée, grâce à Shay, et…

Je peux peut-être aboutir à la vérité en prenant ce chemin.

— Ensuite, Geordie m'a… mise mal à l'aise devant tout le monde sur la terrasse et je suis restée seule à l'extérieur un long moment. Jonah est venu me parler. Il m'a distraite.

— Oh, je vois. Arturo m'a raconté que Geordie s'était mis à dire des trucs intimes à votre sujet. Qu'est-ce que c'était ?

Carmen écarquille les yeux.

— Est-ce qu'il a parlé de votre vie sexuelle ?

Merde. Je pensais que toutes les personnes présentes à la soirée étaient au courant ! C'est pour cette raison que je suis restée cachée dans un coin sombre de la terrasse. Quand Geordie a bafouillé ses excuses pour ne pas avoir su combler mon fantasme… J'ai cru que ce genre de potin circulerait dans la soirée encore plus vite que la sangria. Arturo a entendu, je le sais, mais visiblement, personne n'en a parlé à Carmen.

Je devrais être soulagée. À la place, je suis embêtée. Si quelqu'un lui avait rapporté l'info, je n'aurais plus à l'expliquer.

— Oui… Geordie a sérieusement dérapé et j'étais assez mal à l'aise.

Carmen hausse les épaules.

— Oh, ça va ! Vous êtes sortis ensemble six mois. Ce n'est pas comme si les gens ignoraient que vous avez couché ensemble.

— Ce n'est pas le problème. Geordie a donné... des détails.

— Oh, non ! Il a parlé de ton corps ? Je serais morte de honte.

Elle me lance un regard appuyé.

— Tu crois que c'est pour cette raison que Jonah s'est intéressé à toi ? Parce que, si c'est le cas, ça me ferait flipper.

Je ne peux pas lui dire. Je ne peux pas. Elle est si loin de la vérité et je n'ai pas envie de combler le fossé qui existe entre la relative innocence de Carmen et le délire pervers dans lequel Jonah et moi nous nous sommes laissé emporter. Lui expliquer me semble impossible... ou en tout cas gênant.

— Ce n'est pas vraiment ça, dis-je en évitant de la regarder dans les yeux. Jonah ne voulait pas que je sois embarrassée. Alors, quand nous nous sommes croisés au gala, nous avons... discuté ensemble un moment. Et devine quoi ? Il a acheté ma reproduction pendant l'enchère silencieuse.

— C'est pas vrai !

Je souris.

— Encore mieux, il a décidé d'enchérir dessus avant de savoir qu'elle était de moi.

Nous poursuivons notre discussion sur l'intérêt de Jonah pour mes réalisations et sur le point positif que cela représente, sans compter que le fait de parcourir le monde pour étudier les volcans est plutôt sexy, et ainsi de suite. Je lui demande si elle a fait le premier pas avec son dernier béguin en date, mais elle prétend qu'elle a trop de travail pour s'en soucier. Est-elle devenue timide tout à coup ? Peut-être que ce type fait ressortir son côté réservé. Nous élargissons le sujet de la conversation, nous éloignant chaque fois un peu plus de la sombre vérité que je préfère lui cacher.

La voix de Doreen résonne dans mon esprit. *Faites attention aux secrets que vous gardez. Vous n'êtes pas obligée de les partager avec tout le monde, mais parfois, les choses que vous dissimulez sont celles que vous ne devriez pas garder à l'intérieur.*

Le secret que je partage avec Jonah est différent. Il n'appartient qu'à nous.

*

* *

Carmen a un cours à dix heures. Elle ne tarde donc pas à prendre le chemin du campus sans en avoir appris plus sur ma vie sexuelle dépravée. Je suis attendue au bureau du département et je ferais donc mieux de la suivre, mais je m'attarde un moment, agitée et incapable de me concentrer.

Je parcours l'atelier de long en large. Les autres artistes ne tarderont plus à arriver mais, l'espace de quelques minutes supplémentaires, l'endroit m'appartient. Le bruit de mes pas sur le sol en béton résonne dans la pièce vide. Une odeur de peinture flotte dans l'air. Je suis entourée de tables de dessin, de tours de potier, de chevalets, de couteaux X-Acto et de pots d'encre. Quelques piliers se dressent du sol au plafond, vestiges de l'escalier en colimaçon qui trônait ici quand l'endroit était encore un entrepôt. Des étiquettes fabriquées à partir de scotch de peintre indiquent que tel pinceau ou telle toile est la propriété de tel ou tel artiste qui contribue au loyer.

J'aimerais que cet atelier m'appartienne. À moi seule.

Alors, je pourrais dire à Jonah de m'y retrouver.

Il déchirerait ma blouse de travail. Couvrirait ma bouche de sa main. Me plaquerait contre lui pour que je sente son sexe long et dur contre mon bassin.

Je l'imagine utiliser les lambeaux de ma blouse pour m'attacher à l'un des piliers – serrant si fort que je peux presque sentir la pression sur mes poignets. Mon souffle s'accélère tandis que je l'imagine prendre l'un des couteaux pour découper mon jean et ma culotte. Ensuite, il pourrait me forcer à écarter les cuisses et…

— Eh !

Surprise, je pivote pour découvrir Marvin. Il est peintre et enseigne avec moi au département des arts. C'est lui qui m'a fait connaître cet atelier.

— Oh, salut ! Ça va ?

— Ça va.

Marvin me dévisage alors qu'il accroche sa sacoche à l'une des patères.

— Et toi ?

— Oui, bien sûr.

— Tu es un peu rouge.

— J'ai travaillé dur.

Waouh, je n'aurais pas pu être moins convaincante si je l'avais voulu. En hâte, je m'empare de mon sac.

— Je m'en vais. Tu as besoin que je fasse quelque chose pour toi au bureau ?

Marvin secoue la tête, perplexe.

— Non, tout va bien.

Calme-toi, je m'exhorte en arrivant au campus, *tu es sortie avec Jonah. Tu as parlé de lui à tes amis. Vous êtes en train… d'officialiser la chose.*

Il n'est plus ton amant mystérieux.

Mais toute la journée, je ne peux m'empêcher de penser à Jonah. Pas à la conversation que nous avons partagée ni au tendre baiser que nous avons échangé devant ma porte. À la place, je l'imagine dans une multitude de fantasmes qui s'entremêlent et embrouillent mon esprit. Encore et encore, je l'imagine en train de me prendre aussi sauvagement et brutalement que possible.

Concentre-toi ! je me réprimande alors que j'assiste à la réunion du département, et ensuite pendant que je note des copies ou que je parle à Geordie au téléphone au sujet de l'anniversaire d'un ami que nous avons en commun. Mon imagination a pris le dessus et inonde mon esprit d'images érotiques au point d'annihiler toute autre pensée. Même pendant le cours magistral que je coanime sur la sculpture de la Renaissance, je m'attarde un peu trop longtemps sur l'œuvre du Bernin, *Apollon et Daphné.* C'est comme si je me nourrissais de la peur de Daphné, du désir d'Apollon et de ses mains levées vers le ciel en quête d'une échappatoire.

Je veux que Jonah me pourchasse. M'attrape. Et j'en ai envie maintenant.

Alors que je retourne dans mon bureau après le cours, mon téléphone se met à vibrer dans ma main. J'attends un autre appel de Geordie qui doit me confirmer le nom du restaurant. Aussi, pour une fois, je ne consulte pas l'écran avant de décrocher.

— Allô ?

— Oh… Vivienne.

Chloe semble consternée de tomber sur moi au lieu de mon répondeur. Comme ça, nous sommes deux.

— Comment vas-tu ? demande-t-elle.

— Bien. Et toi ?

— Très bien, en fait.

Comme si tu t'en souciais. La phrase qu'elle ne prononce pas flotte dans l'air un moment avant qu'elle ne poursuive.

— Maman a décidé de se débarrasser de l'armoire du deuxième. Tu sais, celle qui appartenait à tata Mignon ? Elle serait parfaite dans ma chambre d'amis… mais j'ai déjà récupéré beaucoup d'objets de famille. Alors, j'ai pensé qu'il valait mieux te demander si tu étais intéressée avant de mettre le grappin dessus.

Ça semble généreux, n'est-ce pas ? Bien sûr, Chloe sait parfaitement que je vis dans un deux-pièces qui peut à peine contenir mes livres, et encore moins d'autres meubles.

— Tu devrais la prendre, réponds-je. Et puis, comme ça, l'armoire reviendra à Libby un jour.

— Bien sûr. D'accord.

Un silence suit. Elle veut connaître ma réponse pour Thanksgiving, mais elle n'a pas envie de poser la question.

Je suis vraiment fatiguée de faire des efforts... mais si je ne rends pas visite à Libby pour Thanksgiving, combien d'années s'écouleront-elles avant que je ne puisse la revoir ? Chloe ne pourra pas me couper d'elle pour toujours, mais elle a le pouvoir de nous séparer un long moment. Alors, j'étouffe un soupir.

— J'ai prévu de venir pour les vacances. Pour Thanksgiving et Noël.

La deuxième partie de ma phrase n'est qu'à moitié vraie. Je peux supporter un réveillon de Noël avec ma famille, mais des vacances entières ? Même pas en rêve.

— C'est toujours mieux de savoir combien nous serons, commente-t-elle d'un ton pincé.

Puis, avec un intérêt qui semble sincère, elle ajoute :

— J'imagine que tu ne seras pas accompagnée ? Tu vois toujours cet adorable Écossais ?

— Geordie et moi avons décidé de rester amis. Mais je lui dirai que tu le trouves adorable. Ça illuminera sa journée.

La seule fois où Geordie et Chloe se sont rencontrés, ils se sont très bien entendus. Bien sûr, Geordie s'entend avec presque tout le monde.

— Dommage que vous ayez rompu. Vous alliez bien ensemble, je trouve. Tu n'as personne d'autre en vue ?

Je laisse le silence s'étirer trop longtemps avant de répondre.

— Je viendrai seule.

Jonah et moi essayons peut-être de trouver le chemin d'une relation normale, mais je doute qu'il soit du genre à assister aux repas de famille.

— On dirait bien qu'il y a quelque chose là-dessous, observe Chloe sans insister davantage.

Cela ressemblerait trop à une vraie conversation.

— Bon, essaie de nous indiquer le jour où tu arriveras d'Austin.

— Je le ferai. Et dis bonjour à Libby de ma part.

— Bien sûr.

À sa voix, on ne devinerait jamais qu'elle m'a récemment menacé de me couper de ma nièce de façon permanente.

— Merci de te montrer si généreuse pour l'armoire.

— Je t'en prie.

Au moins, ce sont trois bonnes minutes durant lesquelles je n'ai pas pensé à Jonah Marks. Mais cela ne dure pas, car dès que j'ouvre ma boîte mail, je vois un message de lui.

Objet : Personnel

Mon pouls s'accélère quand je clique dessus en me demandant si je suis sur le point de lire une sorte de confession – la vérité sur son fantasme, le passé sombre qui en est à l'origine, ses secrets les plus intimes. La réponse s'avère beaucoup plus prosaïque.

Nous avions parlé d'échanger nos résultats sanguins. Je trouve étrange de t'envoyer ça après la soirée que nous avons passée ensemble, mais tu dois en prendre connaissance maintenant plus que jamais.

Je n'arrête pas de penser à notre baiser.

Mon cœur manque un battement lorsque je lis la dernière ligne, ce qui adoucit le moment où j'ouvre la pièce jointe pour consulter le rapport du laboratoire – Jonah ne souffre d'aucune MST.

Ah, l'amour au XXIe siècle !

En même temps, c'est moi qui lui ai demandé ces examens. Et il va falloir que je lui envoie les miens également. Ensuite, nous pourrons renoncer aux préservatifs. Nos fantasmes seront encore plus libres… nos scénarios plus spontanés. Plus sauvages.

Je repense aux mots qu'il a murmurés à mon oreille lors du gala de charité. *La prochaine fois, je jouirai dans ta bouche.*

J'ai hâte d'être à la prochaine fois.

*
* *

Le travail de Doreen consiste parfois à être rabat-joie. Cela ne signifie pas que j'apprécie.

— Vous vous obstinez, dis-je durant notre session. Vous n'avez pas arrêté : attention, méfiez-vous, ce rendez-vous sera le pire rendez-vous de l'Histoire…

— Vous savez pertinemment que je n'ai jamais dit ça.

Mais Doreen rit.

— Je suis sûre que vous le pensiez. En réalité, Jonah et moi avons passé un moment très agréable ! Il est brillant, Doreen. Il est… intelligent, et patient, et intéressant.

Je serre mes genoux contre ma poitrine.

— Et puis, il a de très bons goûts en matière d'art.

— Je vous crois à ce sujet.

Doreen possède une autre de mes reproductions que je lui ai offerte à Noël dernier. Elle est accrochée dans l'entrée de sa maison. Je passe devant chaque fois que je viens la voir.

— Pour le reste, je me fie à votre parole. Je suis ravie d'apprendre que vous êtes attiré par lui à différents niveaux, au-delà du physique.

Je suis trop contente de jubiler pour m'arrêter aussi facilement.

— Vous êtes ravie d'apprendre que vous aviez tort ?

— Non, je suis contente que vous viviez la relation sexuelle la plus honnête que vous ayez connue dans votre vie.

Cette déclaration me coupe dans mon élan. Je n'avais pas envisagé cela de cette façon, mais elle a raison.

— Jonah sait ce que je désire. Ce dont j'ai besoin. Il désire la même chose.

— Continuez-vous à vous sentir coupable d'avoir ce fantasme ? Considérez-vous que vous devriez en avoir honte ?

J'écoute le son de sa pendule un moment, le lent tic-tac qui ponctue le silence.

— Moins.

— C'est donc un oui.

— Oui, mais j'ai moins honte.

Je change de position sur le canapé de façon à m'asseoir comme une adulte plutôt que rester recroquevillée comme une petite fille sur le sol de la chambre de sa meilleure amie.

— Le fantasme est différent lorsqu'il est... partagé.

— Alors, pourquoi la honte demeure-t-elle ?

Nous passons en revue chaque détail. Je suis lasse de répondre à ces questions.

— Parce que je suis en train de déterrer une expérience horrible. Criminelle. Il y a des femmes qui se font violer pour de vrai... et même des hommes. Ensuite, ils sont incapables d'avoir une relation sexuelle. J'ignore pourquoi j'ai réagi différemment et même à l'opposé. C'est comme ça, c'est tout. Et maintenant... je suis excitée par toutes ces choses qui m'ont poussée à détester Anthony.

Je déglutis péniblement.

— Si je hais Anthony de m'avoir violé, je continue à fantasmer dans mon esprit... Quand j'ai rencontré Jonah et que je me suis lancée dans cette aventure, j'aurais sans doute dû me détester également. Parce qu'au final, je m'inflige cette horreur à moi-même.

C'est la première fois que j'ose prononcer ces mots. La première fois que je m'autorise même à les penser. Les questions patientes et insistantes de Doreen ont fini par pénétrer mon esprit.

— Il y a un monde entre vos fantasmes et ce qu'Anthony vous a fait, parce qu'*il vous a violée*, déclare Doreen. Dans vos fantasmes, *vous* choisissez votre partenaire, qu'il s'agisse d'une pure création de votre imagination ou d'un amant consentant comme Jonah. Vous n'avez pas choisi Anthony. Il vous a privé de ce choix.

— Je sais. Je sais.

Les larmes ont commencé à couler sur mes joues.

C'est l'amorce de Doreen pour me rappeler que je ne dois pas être trop dure avec moi-même au sujet de mes fantasmes, mais aujourd'hui, elle prend une autre direction.

— Vous n'avez toujours pas parlé du viol à Jonah ?

— Seigneur, non.

— Pensez-vous que lui dissimuler ce secret revient au même que le cacher aux autres ?

— Jonah est la dernière personne à qui je le dirais.

— Et pour quelle raison ?

La réponse est évidente, mais Doreen veut que je le dise à haute voix. Très bien.

— J'ai peur que ça ne l'excite.

Doreen se redresse.

— Vivienne, je veux que vous réfléchissiez à ce que cela signifie sur la confiance qui existe entre vous et Jonah. Vous lui accordez un pouvoir certain sur vous. Jusque-là, il n'en a pas abusé. Mais comment cette relation peut-elle reposer sur la confiance quand vous craignez qu'il n'apprécie le récit du viol dont vous avez réellement été victime ?

Je n'ai pas de réponse à lui offrir. L'aiguille de la pendule continue de tourner, rythmant le silence.

*

* *

L'avertissement de Doreen flotte dans mon esprit, mais il ne m'empêche pas de désirer Jonah.

Je suis même encore plus excitée qu'avant. Je suis vraiment tordue.

En même temps, Doreen m'a rappelé que, d'un certain côté, au-delà des dîners ou de l'admiration qu'il éprouve pour mes créations, j'ai toujours un peu peur de Jonah Marks.

C'est ce sentiment qui intensifie mon plaisir.

J'arrive chez moi au moment où le soleil se couche. Dès que je verrouille la porte derrière moi, j'appelle Jonah.

— Est-ce que ça va ? demande-t-il sans prendre la peine de dire bonjour.

— Oui, ça va.

— C'est au sujet de mes mails ? C'était peut-être un peu… brutal.

— Non, non, j'apprécie que tu me les aies envoyés. Vraiment. Je te transmettrai les miens dès que je trouverai un scanner.

Je passe une main dans mes cheveux avant de me mettre à faire les cent pas.

— Tu es libre ce soir ?

— … je peux me libérer.

— Tu veux jouer ?

Il sait ce que je veux dire. Je le devine au long silence qui suit ma proposition et à sa voix rauque lorsqu'il répond enfin.

— Oui.

Ce soir, je vais tester mes limites.

Je vais découvrir jusqu'à quel point je peux faire confiance à Jonah Marks.

22

Dix heures moins le quart.

La poterie de Keiko... il faut que je la mette en sécurité. Les objets fragiles ne doivent pas rester à portée de main, pas ce soir. *Et la lampe ? Si je la déplace au centre de la table, cela devrait aller.*

J'ai pris une douche après avoir avalé un œuf, des toasts et une pêche. Le jus avait séché sur mon menton et mes doigts quand je me suis glissée sous le jet d'eau brûlante. J'ai utilisé un gel douche soi-disant ultra-hydratant. De toute façon, ma peau est douce, mais je dois admettre que l'odeur de lavande est agréable.

Je me demande si Jonah le remarquera. Probablement pas. Si la soirée se déroule comme prévu, son esprit devrait être concentré sur autre chose.

— *Déverrouille ta porte à vingt-deux heures. Pas avant. Je ne veux pas que tu te montres imprudente.*

Il me protège alors qu'il a l'intention de me terroriser. C'est le côté paradoxal de Jonah Marks.

J'ai mis de côté presque tous les objets susceptibles d'être cassés. Et maintenant, quoi ? Dois-je éteindre les lumières ? Il voudra certainement me voir – et je veux assurément le contempler –, mais l'obscurité accentuera ma peur. Finalement, je décide de ne laisser allumer qu'une lampe de chevet dans un coin du salon, si bien que seul un faible rayon de lumière ambrée tombe sur le sol de ma chambre.

— *Je te préviens,* l'ai-je averti, *quand je te dis que je me débattrai, je ne plaisante pas.*

La voix rauque de Jonah m'a fait frissonner.

— *Débats-toi autant que tu veux. Cela n'a pas d'importance.*

J'ai lâché mes cheveux. Porter du maquillage serait ridicule, mais si j'allais me coucher comme un soir normal, j'aurais de la crème anti-acné sur le menton. Je préfère éviter cette touche de réalisme. J'opte pour un savon gommant et un stick à lèvres à la cerise. Mes chaussures sont bien rangées dans mon placard au lieu d'être alignées sur le côté de mon lit comme d'habitude. Je porte un débardeur couleur abricot. Dans le rayon du magasin, l'acheter m'a semblé être une bonne idée, mais en réalité, il ne va pratiquement avec aucun de mes vêtements. J'en ai fait un pyjama depuis un moment maintenant. On distingue mes tétons à travers le fin coton.

J'ai enfilé une culotte toute simple. S'il la déchire, tant pis.

Je devrais probablement faire les friperies du coin pour trouver d'autres tenues que je ne craindrais pas de voir détruites.

— *Si je ne suis pas là à vingt-deux heures trente, c'est que quelque chose m'a retenu. Verrouille de nouveau ta porte et attends mon appel.*

Dix heures moins cinq. Derrière la porte de ma chambre, j'ai fixé plusieurs crochets qui me permettent de suspendre des ceintures, des écharpes et ce genre d'accessoires. Je passe la main dans les écharpes, savourant le contact des différents tissus sur ma peau. Puis, je referme les doigts sur un châle rose pâle. Il est résistant, mais assez fin pour servir de corde, si c'est ce que Jonah a dans la tête.

Je suis sur le point de le découvrir.

— *Tu te souviens des règles que j'ai édictées quand nous avons commencé. Ce que je ne voulais pas que tu fasses la première fois ?*

J'ai posé les mains sur ma poitrine, comme si elles avaient le pouvoir d'apaiser les battements frénétiques de mon cœur.

— Tu peux considérer qu'elles sont levées.

— Moins de limites.

— Hum…

— Bien, a grogné Jonah.

Dix heures.

Je ne me couche pratiquement jamais aussi tôt, mais ce soir, j'ai une mise en scène à respecter. J'enroule donc le châle autour du pied de mon lit – une tentation prétendument involontaire – et je me dirige vers la porte d'entrée. À présent, je peux sentir mon pouls dans ma gorge, mon sexe, la plante de mes pieds.

Lentement, je tourne la serrure et je retire la chaîne de sécurité. À partir de maintenant, n'importe qui peut entrer.

Je file dans ma chambre et j'éteins la lampe de chevet. Seule la lumière du salon éclaire la pièce par la porte entrouverte. Beaucoup de gens laissent toujours une lampe allumée pour se repérer dans l'obscurité.

Ainsi, Jonah pourra trouver son chemin jusqu'à moi.

Chaque seconde est une torture exquise. Je suis étendue sur le côté, la couverture remontée jusqu'au cou, comme si je dormais vraiment. Pourtant, je n'ai jamais été aussi éveillée de ma vie. Chaque son semble intensifié dans ce silence. Le vent qui souffle dans les arbres, le grondement distant d'un camion sur la route, les murs qui craquent comme dans toutes les vieilles maisons. J'entendrai forcément la voiture de Jonah se garer…

Mais la berline de Jonah était devant chez moi bien avant vingt-deux heures. Je le sais aussi sûrement que si je l'avais vue de mes propres yeux. Il doit observer ma porte depuis le moment où je l'ai déverrouillée, pour s'assurer que personne d'autre ne pénètre à l'intérieur.

Un grincement provenant de la cuisine me parvient. Ce son semble normal au début, puis j'en entends un second. Des bruits de pas. Mon corps tout entier se tend. Il est là.

Devrais-je me lever pour vérifier ? Le surprendre dans l'entrée ? Non. Cette fois, je veux qu'il me trouve dans mon lit.

Je ferme les yeux.

Les pas approchent. Il doit être pieds nus, parce qu'il est si silencieux que, dans la vraie vie, je ne l'aurais jamais entendu dans mon sommeil. L'adrénaline pulse dans mes veines maintenant, éveillant chacune de mes terminaisons nerveuses.

Si je posais simplement la main entre mes jambes, ce contact suffirait à me faire jouir, j'en suis certaine.

Les pas sont tout près à présent. Je sens le matelas s'affaisser à mes pieds. J'ai beaucoup de mal à ne pas ouvrir les yeux et à prétendre que…

Il plaque une main sur ma bouche, violemment.

J'ouvre les paupières pour découvrir Jonah au-dessus de moi. Il est vêtu de noir et son visage est presque méconnaissable. Ce n'est pas un être humain que je vois, mais un prédateur…

— Ne crie pas, siffle-t-il.

Je ne crie pas.

Je frappe.

Mes mains se referment sur son poignet tandis que j'essaie de me libérer. Je remonte les genoux sur ma poitrine et je tends les jambes. Mes pieds s'enfoncent dans son torse, le propulsant hors du lit.

Instantanément, je me mets à fouiller les draps, comme si je cherchais mon téléphone (qui charge sur la station à quelques centimètres). Mais Jonah m'attrape par la cheville et me tire vers lui.

— Tu m'as fait mal.

Il tire sur l'une des bretelles de mon débardeur et expose mes seins.

— Tu vas le payer cher.

— Non !

Je balance mes poings en tous sens et la bataille reprend.

Pas de fractures. Pas de blessures visibles. Ce sont les règles sur lesquelles nous nous sommes entendus au début… des règles permanentes, qu'aucun de nous ne brisera jamais. Mais cela ne signifie pas que nous ne pouvons pas nous battre pour de vrai.

Je le repousse de nouveau et lui assène une gifle sur la joue.

Jonah me la rend aussitôt, suffisamment fort pour me faire tituber jusqu'au mur.

La violence du coup, la brûlure sur ma peau m'ébranlent – c'est si réaliste ! Pour la première fois depuis notre nuit à l'hôtel, j'ai notre code sur le bout de la langue. *Silver.*

Je ne le prononce pas, toutefois.

À la place, je me jette sur lui. Jonah ne s'y attendait pas. Je le devine à la façon dont il trébuche en arrière. Nous atterrissons sur le lit. Je profite de l'effet de surprise pour rouler sur le matelas jusqu'à atteindre l'autre extrémité. À présent, je suis libre et… bon sang, vais-je vraiment prendre mon téléphone ? Je ne suis pas sûre de ce que je ferai ensuite…

Mais Jonah se relève. Il me prend et me balance sur le lit. Avant que je ne puisse m'échapper à nouveau, il se place au-dessus de moi, les genoux sur mes bras pour m'empêcher de me débattre. J'essaie de lui donner un coup de pied, mais dans cette position, c'est presque impossible. Alors je me tortille de gauche à droite jusqu'à ce que l'une de ses mains se referme sur ma gorge.

Instantanément, je me fige.

— Maintenant, tu vas te calmer.

Il rit, un son aussi tranchant que le fil d'un rasoir.

— Tu n'es pas aussi idiote que tu en as l'air.

Aimerait-il que je le supplie ?

— Je vous en prie, laissez-moi.

— Pourquoi le ferais-je ?

— Vous... vous pouvez prendre mon téléphone, mon ordinateur. Mon sac à main aussi. J'ai une grosse somme en liquide dans mon portefeuille. Prenez tout et partez. Je n'appellerai pas la police puisque vous aurez mon portable. Vous aurez le temps de vous en sortir.

— Je vais très bien m'en sortir, ne t'inquiète pas.

Jonah me chevauche, son érection tendant le tissu de son jogging noir. Je sens ses testicules contre mon ventre.

— Tu ne t'échapperas pas. Tu feras ce que je te dis de faire.

— Non, s'il vous plaît.

— Demande-le gentiment.

Les mains de Jonah trouvent mes seins. Il se met à jouer avec, les pinçant sans délicatesse avant de les caresser doucement. Il prend un téton entre ses doigts et le presse assez pour que je gémisse.

— Qu'est-ce que...

— Nous allons passer un marché.

Il se penche sur moi. Je comprends qu'il vient de repérer l'écharpe que j'ai laissée sortie pour lui.

— Si tu arrives à me faire jouir en me suçant, je n'irai pas plus loin.

La prochaine fois, je jouirai dans ta bouche. J'en ai envie, mais je veux aussi qu'il me baise.

— Non, je proteste. Je ne le ferai pas, non...

Jonah s'abat brutalement sur moi et je pousse un cri de choc.

— *Tu n'as pas à décider de ce que tu feras ou pas.* Ce n'est pas le principe.

Je tremble de tous mes membres. Ma culotte est trempée. J'ai envie de croiser les jambes, mais j'ai l'impression que cette simple pression suffira à me faire jouir.

Pourtant, je continue à lutter. Je me cambre sous lui, avec assez d'énergie pour le faire jurer de frustration. C'est à ce moment qu'il s'empare du châle. Je pensais qu'il m'attacherait les mains avec, mais à la place, il l'enroule autour de mon cou. Il glisse une main entre le tissu et ma trachée tandis qu'il tire sur l'une des extrémités de l'autre pour me forcer à me lever. Je tombe du lit et j'atterris au sol.

Je me sers de mes pieds pour me dégager, mais il m'en empêche et me gifle de nouveau. La douleur me fait monter les larmes aux yeux, mais elle intensifie aussi le désir insatiable qui enfle en moi. Il resserre son étreinte sur le tissu au niveau de mon cou.

— Si tu te débats, je t'étrangle, dit-il. Tu as fini ?

J'acquiesce, abattue. Je n'ai d'autre choix que de rester étendue au sol et d'accepter le sort que Jonah me réserve.

Sa joue est rouge à l'endroit où je l'ai giflé. La mienne doit l'être aussi.

Alors que j'essaie de récupérer mon souffle, ma poitrine montant et descendant à chaque respiration, Jonah se met à fouiller dans ma table de nuit. À ma grande surprise, et pour mon plus grand embarras, il en sort mon vibromasseur.

Mon unique *sex toy*. Un cadeau de Geordie. Nous avons essayé de l'utiliser une fois ou deux, mais la plupart du temps nous explosions de rire. Il traîne au fond de mon tiroir depuis des mois.

— Tu es en manque de bite ? demande Jonah en étudiant l'appareil.

L'épaisseur et la longueur du jouet en silicone rose intimideraient la plupart des hommes, mais Jonah n'a pas à être complexé.

— Eh bien, tu vas en avoir ce soir. Je vais te donner ta dose pour plusieurs semaines.

— Je vous en prie, je le supplie.

Il aime ça.

— Je vous en prie, non.

— La ferme !

Il baisse légèrement son pantalon, révélant son érection. Son sexe sombre, lourd et épais se dresse devant moi, appelant les caresses.

Il est encore plus excité que moi. Je ne pensais pas que c'était possible.

Jonah remonte l'une de mes cuisses si haut que mon genou touche pratiquement mon menton. À présent, mon sexe est exposé et sa main se referme sur la bande de tissu humide de ma culotte qu'il écarte d'un geste vif. Il plonge deux doigts en moi et je gémis. Il ne s'arrêtera pas pour enfiler un préservatif. Ce sera la première fois qu'il sentira à quel point il me fait mouiller. À quel point il m'enflamme.

— Ce n'est pas assez pour toi, hein ? Tu veux de la bite ?

— Non…

— Non ? Tu ne veux pas ? Dommage que je me foute de ce que tu veux. Ferme-la avant que je te fasse taire.

Jonah s'allonge sur moi et me pénètre profondément.

— Oh, Seigneur ! je souffle alors qu'il commence à me pilonner.

J'essaie de me stabiliser, mais chaque mouvement me fait perdre l'équilibre. Mes jambes sont largement écartées, comme si cela pouvait aider mon corps à accueillir son énorme verge. Rien ne peut m'y aider.

— Je vous en prie…

— Tu en veux encore ?

Jonah accélère le rythme et je crie.

— Tu préfères le marché que je t'ai proposé ? Tu es prête à me sucer maintenant ?

— Non.

— Alors, ferme-la.

Jonah me baise furieusement à présent. Dans cette position, j'ai plus de mal à être stimulée, mais le fantasme est si bon que ça compense le reste. Et le spectacle qui s'offre à moi – les abdos contractés de Jonah tandis qu'il va et vient en moi, la masse de poils sombres sous son ventre, la grimace d'extase qui déforme ses traits…

En quelques secondes, je soupire. En deux minutes, je suis au bord du gouffre. Quand Jonah s'enfonce un peu plus profondément en moi, la sensation est si intense qu'elle brouille mon esprit, incontrôlable. Le monde chavire et je jouis dans un gémissement désespéré, contracté autour du sexe de Jonah.

Il sait ce qu'il fait, comme toujours.

— Tu es prête à me sucer maintenant ? Ou tu veux que je te baise encore ?

Je ne réponds pas. Mes poumons sont vidés de leur oxygène. Je suis étendue à même le sol, grisée, ébahie.

— Tu ne veux pas choisir ? soupire Jonah. Alors, tu auras les deux.

Quand il se retire, je m'attends à ce qu'il enfouisse aussitôt son membre dans ma bouche. À la place, Jonah s'empare du vibromasseur et l'introduit lentement en moi. Mon sexe, encore contracté sous l'effet de l'orgasme, se resserre sur le silicone.

— Tu veux que je recommence avec ça ? Ou tu es prête à me sucer ?

Je veux les deux, mais j'acquiesce, à moitié ivre, incapable de lui résister plus longtemps.

Il me fait rouler sur le dos et je me prépare à la fellation qu'il attend de moi. J'ouvre la bouche et je mouille mes lèvres du bout de la langue. Mais il pose un genou de chaque côté de ma poitrine et s'empare de mes seins pour les presser contre sa verge. Il est déjà si lubrifié que son sexe glisse facilement contre ma peau.

— Tu t'es déjà fait baiser les seins avant ?

Comme je ne réponds pas, il insiste :

— Dis-le-moi !

— Oui.

C'est la vérité. Derek et Geordie l'ont fait tous les deux, même s'ils ne sont jamais allés jusqu'au bout. *Parce que je leur ai demandé de ne pas éjaculer sur moi. J'ai fait la même chose avec Jonah. C'est une règle absolue. S'il te plaît, ne jouis pas sur moi, ne me fais pas penser à Anthony, s'il te plaît.*

— Oui ?

Ce n'est pas ce qu'il s'attendait à entendre.

— Tu fais ça avec n'importe qui, hein ? Il était temps que tu le fasses avec moi.

Il frotte ses pouces sur mes tétons en accélérant le rythme. Mes seins sont douloureux sous l'effet du plaisir et je ne vois rien d'autre que son gland gonflé de désir qui va et vient dans le sillon de ma poitrine.

Jonah s'immobilise, peut-être pour éviter de jouir trop vite. Puis, il reprend ses mouvements, très lentement. Sa voix n'est plus qu'un murmure saccadé à présent, encore plus effrayant que son silence.

— Tu vas me laisser te baiser la gorge. Dis-le.

— Oui, je le ferai.

Il s'écarte et, l'espace d'un instant, je ne pense qu'à reprendre mon souffle maintenant que je suis libérée de son poids sur ma poitrine. Des fourmis envahissent mes bras engourdis alors que le sang se remet à circuler normalement.

Puis, Jonah m'attrape par les cheveux en se relevant et me force à me mettre à genoux. Le *sex toy* s'enfonce un peu plus en moi quand je me redresse. Ce sera comme si je me faisais baiser par deux hommes en même temps.

Il remarque forcément la façon dont je me tortille sous l'effet de la sensation inhabituelle entre mes jambes. Son sourire est arrogant – suffisant – et je ne peux penser qu'à une chose : je n'ai pas lutté suffisamment.

Soudain, je plisse les yeux.

— Allez vous faire foutre.

Il me dévisage.

— Qu'est-ce que tu viens de me dire ?

— Allez vous faire foutre. Vous vous croyez très fort de m'avoir surprise dans mon sommeil. Vous ne l'êtes pas. Vous avez triché. Vous trichez. Je ne sais pas comment vous arrivez à vous regarder dans le miroir, sale lâche !

Je sens la colère de Jonah à la façon dont il tire sur mes cheveux.

— Juste pour ça, tu vas avaler jusqu'à la dernière goutte.

Il fait un pas en avant, son sexe luisant juste devant mes lèvres.

Sa voix n'est plus qu'un souffle, mais elle tremble de rage.

— Maintenant, ouvre ta grande gueule.

Son poing dans mes cheveux ne me laisse pas d'autre option. J'écarte les lèvres et Jonah enfonce sa verge dans ma bouche.

Cette fois, il n'attend pas avant de commencer. Il me tient la tête des deux mains, inexorablement, et je lutte pour respirer tandis qu'il entre et sort sans relâche. Mon corps s'agite d'avant en arrière à chaque mouvement, et je sens le vibromasseur remuer en moi. Il est sur le point de jouir, si près de l'orgasme que je sens son sexe pulser contre ma langue.

— Tu veux en finir ?

Jonah semble à bout de souffle, mais il contrôle toujours la situation.

— Alors, suce.

Je lui donne tout ce dont je suis capable. L'abandon avec lequel je m'offre à lui, la façon dont je savoure le goût salé de son nectar sur ma langue, tout cela va à l'encontre de mes fantasmes. Mais Jonah est trop lancé pour le remarquer en cet instant. Sa respiration est saccadée, difficile. Lentement, j'ondule des hanches pour mieux apprécier l'épaisseur du *sex toy* en moi. Et lorsqu'il touche un point bien précis...

Oh, mon Dieu ! Je vais jouir de nouveau !

J'accélère le rythme, agitant le bassin sur un rythme parfait tandis que le gland de Jonah enfle dans ma bouche. Les sensations me transportent, intensifiées par la mise en scène...

Mon deuxième orgasme n'est pas aussi puissant que le premier, mais il est meilleur. Plus lent. Il déferle sur moi en vagues infinies, diffusant l'extase à l'état pur dans tout mon corps. Mes grondements sont étouffés par la verge de Jonah et la vibration doit le faire basculer. Il pousse un cri et jouit, emplissant ma bouche de sa chaleur. J'avale jusqu'à la dernière goutte, à peine consciente de ce que je fais alors que le plaisir m'enveloppe d'une brume épaisse.

Jonah se retire. Son sexe est à moitié dressé devant mon visage. Une goutte de sperme coule le long de mon menton et il la récupère du bout du doigt.

— Voilà, murmure-t-il et je comprends que la scène est terminée.

Il m'aide à me remettre au lit et détache l'écharpe. Alors que je suis étendue, la main à la gorge, Jonah écarte gentiment mes cuisses et récupère le *sex toy* avant de remettre ma culotte en place. Puis, il s'allonge à côté de moi et m'attire contre lui.

Nous ne nous sommes jamais enlacés au lit après le sexe. C'est une chose si simple et pourtant nouvelle pour nous. Nous sommes pratiquement tout habillés, mais c'est le moment le plus intime que j'aie jamais partagé avec un amant.

— C'était bien ? souffle-t-il contre ma tempe.

— Oui, c'était incroyable. Tu as aimé ?

— Comme toujours.

Jonah pose un baiser sur ma joue, puis sur ma bouche, ne cherchant pas à se détourner du goût de son propre sperme comme le font la plupart des hommes.

— Tu m'anéantis chaque fois. Complètement.

C'est moi qui me fais gifler, jeter au sol et attacher. Mais c'est lui qui se sent anéanti ? Pour n'importe qui d'autre, cela n'aurait pas de sens. Peu importe. Jonah et moi, nous nous comprenons.

Il prend mon menton entre ses doigts et étudie mon visage attentivement.

— Je n'ai pas frappé trop fort, si ?

— Non, c'était juste parfait.

Je plonge mon regard dans le sien.

— Un jour, je me débattrai plus violemment.

— Oh, oui.

Il n'y a pas de mots pour décrire le sourire malicieux de Jonah.

— Peut-être une nuit où nous n'aurons pas à aller travailler le lendemain.

— Ça me va.

La somnolence qui suit l'orgasme s'abat sur moi. Je peux rester éveillée après un orgasme, mais pas après deux. Je bâille contre son torse et il me serre un peu plus contre lui.

— Tu veux que je reste ? demande-t-il.

C'est ce que feraient la plupart des gens. Nous sortons ensemble. Nous venons de coucher ensemble. Nous sommes allongés dans mon lit, épuisés et totalement comblés. Qu'est-ce qui serait plus naturel que lui demander de rester pour la nuit ?

Pourtant, je ne peux pas.

— Pas cette fois.

Je me redresse sur un coude.

— Après ça… pas après ça.

Je vois bien qu'il est déçu, mais il le prend bien.

— Je comprends. Il va falloir un certain temps pour… associer les deux facettes de notre relation.

— Exactement.

Je me sens plus soulagée que je ne le devrais.

— Tu ne m'en veux pas ?

Il secoue la tête en baissant les yeux sur moi.

— Tu m'as montré une telle confiance, Vivienne. Plus que n'importe quelle autre femme ne l'a jamais fait. Si tu as besoin d'y aller doucement, c'est toi qui décides. Toujours. D'accord ?

— D'accord.

En cet instant, je l'aime tellement que j'ai presque envie de lui demander de dormir là.

Mais je ne le fais pas.

Je verrouille la porte derrière lui. Je retourne dans ma chambre et j'entends à peine sa voiture s'éloigner tandis que je sombre dans un profond sommeil.

23

Le fait que je n'aie pas demandé à Jonah de rester alors que nous avons couché ensemble chez moi pour la première fois n'a pas d'importance. En revanche, c'est la première fois que nous reconnaissons qu'il y a quelque chose entre nous… c'est la première fois que je prends conscience que je pourrais tomber amoureuse de Jonah… Et ça, c'est important.

C'est le genre de détail que je partagerais avec Doreen habituellement. Lundi, je le ferai peut-être. Mais je sais déjà où cela me mènera. Doreen posera une foule de questions tendancieuses censées me conduire à la conclusion que je connais déjà : si je veux entamer une vraie relation avec Jonah – une relation honnête –, je dois lui dire la vérité au sujet de mon fantasme. L'obsession qu'il incarne pour moi, la sensation de honte qu'il éveille encore en moi parfois et, pire que tout le reste, ce qui s'est passé avec Anthony.

Je ne suis pas encore prête à lui en parler. Et je ne pense pas que je le serai un jour.

Pour le moment, je dois donc traîner ce poids derrière moi et espérer que Jonah ne m'en veuille pas de lui avoir demandé de partir.

Je ne pense pas que ce soit le cas, cependant. J'ai le sentiment que Jonah aime forcer les portes de temps en temps, juste pour le plaisir.

*
* *

Le lendemain matin, quand je gare ma voiture près du campus et que je consulte mon téléphone, je découvre un message de Jonah.

Appelle-moi dès que tu peux.

Au lieu de me rendre directement au bureau, je m'installe sur le banc le plus près. J'ai toujours du mal à réaliser que Jonah fait partie de mes contacts. Que je peux l'appeler au milieu de la journée, comme n'importe quelle personne importante dans ma vie.

Jonah répond presque aussitôt.

— Vivienne.

Toujours pas de bonjour.

— Oui. Que se passe-t-il ?

— Je viens de recevoir un appel. On me demande mon avis sur un forage en eaux profondes dans l'Atlantique Nord, près de la côte écossaise.

— Waouh… C'est le genre de chose qui nécessite un déplacement ?

— Pas nécessairement. Mais ils m'ont proposé de me payer le billet et l'Écosse est l'un des pays que je visite dès que j'en ai l'occasion. Je pars ce soir.

Jonah quitte le pays une nouvelle fois. Je suis contente qu'il m'ait prévenue. Mon cœur se serre à l'idée de ne pas le voir, même pour quelques jours. Et en même temps, je suis un peu paniquée de constater que j'ai déjà envie d'être avec lui en permanence.

— Merci de me le dire. Combien de temps vas-tu y rester ?

— Une semaine et demie environ. Tu crois que tu peux prendre quelques jours de congé ?

— Attends. Quoi ?

— Je te demandais de venir avec moi.

— En Écosse ?

— Oui, sur une île près de la côte des Highlands.

Jonah se comporte comme s'il venait de m'inviter au cinéma.

— J'ai bien conscience qu'il te faut quelques jours pour t'organiser et me rejoindre… et je dois travailler de toute façon, mais nous pourrions passer un peu de temps ensemble, loin de tout le reste.

Je ne sais pas quoi dire.

— Je suis désolée, je ne m'y attendais pas. Sérieusement, tu veux que je vienne te rejoindre de l'autre côté de l'Atlantique ?

— Sur l'île de Skye. C'est un endroit magnifique, Vivienne. Préservé et sauvage. Peu de gens apprécient cette beauté, mais je suis sûre que tu adoreras.

— Mais… un vol long-courrier…

— Je t'offre le voyage, me coupe Jonah. J'ai beaucoup de *miles.*

Tu ne devrais pas les utiliser pour moi, suis-je sur le point de dire avant de me souvenir des articles que j'ai lus au sujet de sa famille. Son défunt père est l'un des fondateurs d'Oceanic Airlines. Non seulement Jonah ne manque pas d'argent, mais lui et ses amis voyagent probablement gratuitement toute l'année. Ce détail rend son invitation plus raisonnable financièrement… mais elle n'en représente pas moins un grand pas en avant pour notre relation.

Je ris.

— On peut dire que tu sors le grand jeu pour le deuxième rendez-vous.

— J'ai conscience que c'est un peu inhabituel, mais j'avais envie de te le proposer.

C'est impossible, bien sûr. J'ai un cours à coanimer, une dissertation à écrire, Shay à surveiller…

Pourtant, une petite voix téméraire ne cesse de répéter en boucle : *Tu as remplacé Marvin et Keiko un nombre incalculable de fois, ils te doivent un service. Tu peux très bien envoyer ta dissertation à ton tuteur pour une évaluation préliminaire. Shay ne doit pas accoucher avant un mois. Arturo et Carmen s'occupent très bien d'elle... Rosalind aussi...*

Et brusquement, je me surprends à dire :

— Laisse-moi voir si j'arrive à décaler quelques obligations.

— Tu viendras ?

Jonah semble surpris, mais de façon positive.

— Si j'y arrive, oui.

— Tu y arriveras.

Il a pris un ton arrogant et sûr de lui qui devrait me mettre hors de moi. À la place, je sens la chaleur m'envahir.

— Nous verrons bien !

Cinq minutes plus tard, alors que je pénètre dans le bureau du département, Kip lève les yeux sur moi et hausse les sourcils.

— Bien, bien, bien. J'ai entendu dire que tu faisais souvent la bringue ces derniers temps ?

— Hein ?

— Un ami à moi, qui est serveur dans le quartier, m'a dit t'avoir vue te promener dans Congress avec Jonah Marks ce week-end. C'était assez romantique, en tout cas pour le professeur Marks, ce qui veut dire qu'il semblait avoir conscience de ta présence.

A-t-il des espions dans toute la ville ? Ma comparaison avec Sauron commence à devenir un peu trop réaliste.

— Oui, nous sommes allés dîner.

— S'il te traite bien, je retire mes précédentes objections, reprend Kip en tapotant son clavier à une vitesse telle que ses ongles orange semblent voler au-dessus des touches. Mais que ce soit clair, s'il te brise le cœur, il le regrettera.

Venant d'un autre homme, je prendrais ces paroles pour de la fanfaronnade. Un type qui menacerait Jonah saurait parfaitement que la bagarre n'aurait jamais lieu. Mais venant de Kip ? Cela peut être synonyme d'une mutation dans un bureau plus petit, d'un refus de place de parking dans le campus et Dieu sait quoi d'autre. Kip a-t-il le pouvoir de saper la titularisation de Jonah ? Je préfère même pas lui en donner l'idée.

— Eh, Jonah a été super, OK ? Inutile de sortir la menace de l'arme nucléaire.

— Pour le moment, précise Kip avec satisfaction. Je l'ai à l'œil, cependant. Il compte t'inviter prochainement ? J'ai bien l'intention de vous espionner.

Note à moi-même : ne jamais planifier l'un de nos « jeux » dans un endroit où nous risquerions de croiser Kip.

— En fait, il vient de me proposer de le rejoindre en Écosse. Tu peux m'aider à libérer ma semaine ?

Je regrette aussitôt de ne pas avoir mon téléphone en main pour immortaliser la tête que fait Kip quand je lui annonce ça. Ça aurait fait une super vidéo sur Vine.

— Attends. Arrête tout.

Kip s'accroche à son bureau comme s'il était sur le point de tomber.

— Tu as bien dit qu'il voulait t'emmener en Écosse ?

— Il part ce soir, mais il voudrait que je le rejoigne dans quelques jours. Je pourrais sûrement prendre un vol samedi, si je trouve quelqu'un pour assurer mes cours de la semaine prochaine. Il faut aussi que j'esquive la réunion du département et que je déplace mon rendez-vous avec le Dr McFadden…

— Quand tu dis Écosse, tu parles bien du pays, de l'autre côté de l'Océan ?

Kip ne semble pas près de se remettre de la nouvelle.

Je hausse les épaules.

— J'ai bien conscience que c'est un peu extravagant pour un second rendez-vous.

Kip pourrait relever qu'en réalité, nous n'en sommes pas à notre deuxième rendez-vous, mais il est trop stupéfait pour le remarquer.

— Un peu ? Il veut t'embarquer pour une virée en amoureux dans l'un des pays les plus romantiques au monde ! Une semaine de sexe débridé…

Jonah et moi n'attendons pas d'être en vacances pour le sexe débridé. Je suis obligée de sourire.

— C'est un voyage professionnel, je serais probablement seule la plupart du temps. Mais j'aimerais quand même y aller. Tu peux m'aider ?

— Bien sûr que je peux, ma belle. Donne-moi juste une minute.

Il pince l'arête de son nez et prend une profonde inspiration, comme quelqu'un qui essaierait de retrouver ses esprits.

— Mon Dieu. Tu as attrapé l'homme le plus insaisissable du Texas. Dompter l'indomptable. J'ai l'impression de parler à un chasseur qui aurait réussi à capturer le yeti.

— Ce n'est pas le yeti !

Je ris franchement à présent.

— Alors, il est George Clooney et tu es la réponse d'Austin à Amal Alamuddin. Mais… c'est une étape importante pour vous deux. Ce n'est pas trop rapide, si ?

— Qu'est-ce que tu veux dire ? Ce ne sont que quelques jours de coupure… même si la destination est plus exotique que d'habitude.

— Tu sais, parfois, ce qui ressemble à de la générosité est en fait du contrôle.

Kip a baissé la voix à présent et son ton me dit qu'il parle de son expérience personnelle. Il a déjà fait quelques allusions à une histoire d'amour importante qui aurait mal tourné, mais c'est la première fois qu'il me donne des détails à ce sujet.

— Tu penses vivre une romance unique, mais en réalité, l'objectif est de te couper de ta propre vie.

Ce n'est pas du tout ce qui est en train de se passer, ai-je envie de protester, mais je ne peux nier que Jonah aime tout contrôler. Je me suis déjà demandé si l'évolution de notre relation risquait d'anéantir la notion de danger qui nous excite tous les deux. Je devrais peut-être m'inquiéter que le danger devienne réel.

Être avec Jonah est risqué. C'est le cas depuis le premier jour. Une autre fois, j'aurais pu reculer, mais pas aujourd'hui.

— Tu exagères, dis-je. C'est un voyage. Un simple voyage auquel j'aimerais vraiment participer. Allez, Kip, fais opérer ta magie.

Kip secoue la tête, comme pour chasser ces pensées de son esprit.

— Ne t'inquiète pas pour ça, chérie. Je vais te sortir le grand jeu.

*

* *

Sans surprise, tout se met en place comme Kip l'avait prévu. À la fin de la journée, je suis en mesure d'écrire à Jonah :

J'espère que ton invitation était sérieuse, parce que je viens.

Voilà comment je me retrouve à passer mon samedi soir à trente mille pieds au-dessus de la Terre, suspendue entre l'Océan et la Lune.

Jusque-là, j'ai toujours voyagé en seconde classe. Le luxe de la première est surréaliste. J'ai l'impression d'être dans *Inception*. Le personnel de bord et les passagers qui m'entourent parlent à voix basse. Je suis installée dans un large fauteuil couleur crème qui se transforme en lit incroyablement confortable lorsqu'on le couche. Le champagne coule dès qu'on lève la main pour demander une coupe. Les couvertures que l'on nous donne sont plus douces que celles de mon lit et les masques de nuit ont le toucher de la soie. Au-delà du vol long-courrier, ce voyage a quelque chose d'audacieux. J'ai l'impression de passer dans un autre monde.

Je me lance dans l'inconnu et je me fie à Jonah pour me récupérer de l'autre côté.

Le jet lag entoure mon arrivée en Écosse d'un brouillard opaque qui ne se dissipe pas lorsque je prends un taxi pour me rendre dans les Highlands et que je monte sur le ferry en direction de Skye. J'ignore comment, mais je parviens à rester éveillée jusqu'à ce que j'arrive à l'hôtel, où le responsable me montre gentiment la chambre de Jonah et me laisse une clé avant de s'éclipser. Alors, je m'écroule sur le lit pour une sieste de trois longues heures qui me fait un bien fou.

Lorsque je rouvre les yeux, j'ai l'impression d'avoir hiberné et je suis davantage consciente du monde qui m'entoure que je ne l'ai été depuis très longtemps.

Notre chambre est petite, à la juste frontière entre « confortable » et « kitsch ». Une couverture écossaise bleu et vert recouvre le lit. Les tableaux accrochés aux murs mettent en scène les collines des Highlands recouvertes de bruyère aux tons violets. La valise rigide de Jonah trône dans un coin, près de mon sac en toile couleur lilas. J'aurai vu ses affaires avant de le voir, lui. C'est étrange d'être dans sa chambre sans lui, d'avoir traversé l'Atlantique pour le rejoindre dans un pays étranger et de me retrouver seule.

Mais je ne souffre pas de la solitude. J'ai l'impression d'être dans un rêve. Toutes mes responsabilités se sont envolées. Les sources de tension dans ma vie ont disparu.

J'enfile un jean et un gros pull gris que je n'ai pas souvent l'occasion de porter au Texas ou en Louisiane. Puis, je quitte l'hôtel pour découvrir une côte sauvage et escarpée et, au-delà, des collines à l'infini. À cette époque de l'année, seules quelques zones restent couvertes de bruyère, mais le violet est toujours aussi beau. À l'exception d'un petit cottage en pierre près du quai, je ne distingue aucune habitation à des kilomètres à la ronde. Même la route à proximité est trop étroite pour que deux véhicules passent en même temps. La brise qui s'élève de la mer est tiède et l'air sent l'iode. Des clappements d'eau attirent mon attention, mais alors que je m'attends à découvrir un banc de poissons, je me retrouve face à deux loutres qui jouent dans les eaux peu profondes.

Certains artistes croient au fait de créer chaque jour – écrire, peindre ou quelle que soit leur spécialité – pour rester productif. D'autres sont adeptes du concept appelé « remplir le puits ». Cela implique de faire une pause pour s'imprégner de la nouveauté, qu'il s'agisse d'un livre que vous n'avez jamais lu, d'une activité que vous n'avez jamais essayée ou d'un endroit où vous n'êtes jamais allé. La nouvelle expérience pénètre votre conscience et oriente votre créativité dans des directions inexplorées.

Si je n'étais pas déjà partisane de cette idée, la beauté saisissante et sauvage de cet endroit m'aurait convaincue.

J'ai emporté un carnet à croquis pour passer le temps pendant que Jonah travaillerait. À présent, j'ai envie de dessiner pendant des heures. Le paysage escarpé – la côte rocheuse – et même la façon dont notre petit hôtel semble se blottir contre la colline toute proche : je veux immortaliser chaque détail, à tout jamais.

De la mer me provient le son d'un moteur et le bruit des vagues qui s'écrasent sur le métal. Je devine avant même de voir le bateau blanc qui approche que Jonah est de retour. Quand j'agite le bras pour le saluer, je le vois se pencher au garde-fou et lever la main au loin.

Je pensais que le retrouver ferait voler en éclats la magie de cet endroit, mais finalement, j'ai l'impression que Jonah est entré dans mon rêve.

*

* *

— Qu'as-tu dit à tes amis ? me demande Jonah alors que nous dînons.

Contrairement à la plupart des Bed and breakfast, celui dans lequel nous logeons sert de la nourriture et des boissons toute la nuit, surtout, je pense, pour les pêcheurs qui occupent les deux autres tables. Jonah et moi sommes installés à une table en bois défoncée, près du feu qui crépite dans le foyer, devant un ragoût d'agneau et deux bières brunes. Les flammes de la cheminée illuminent le visage de Jonah. Parfois, les ombres qui ondulent sur sa peau lui donnent un air presque démoniaque, mais à d'autres moments il m'apparaît encore plus séduisant que jamais.

C'est l'un de ces moments.

— Je leur ai dit… la vérité. Ils ont été surpris, mais Carmen et Arturo sont excités pour moi. Et Shay… il faut qu'elle se fasse au fait que tu n'es pas toujours aussi… réservé que tu l'es au bureau.

— Elle trouve que je suis froid.

— Non, non ! Ce n'est pas ça.

Shay ne l'aurait jamais dit aussi brutalement.

— La première chose qu'elle m'a dite sur toi, c'est que tu es le professeur du département pour lequel il est le plus agréable de travailler.

Jonah réfléchit un moment avant de hocher la tête. Il a beau s'efforcer de le dissimuler, je vois bien que l'opinion de Shay compte à ses yeux. Je doute qu'il ait déjà adapté sa personnalité pour plaire aux autres. Alors, s'il se soucie de ce que pense Shay, c'est parce qu'il a conscience que son respect a de la valeur. Ce constat me prouve qu'il est doué pour cerner les autres.

— Et toi ? Tu as dit à tes amis que tu m'avais demandé de venir ?

— La plupart de mes amis proches sont enseignants. Nous ne nous parlons pas tous les jours, mais je l'ai dit à Rosalind.

Je me souviens de la façon dont elle a souri lorsqu'elle a compris que j'étais « la Vivienne de Jonah ». Son respect a de la valeur également.

— Qu'en a-t-elle pensé ?

— Elle a dit qu'il était temps que je « passe la seconde ».

Jonah a pris un ton si sérieux que je ne peux pas m'empêcher de rire. Il sourit lui aussi, mais très vite, son regard s'assombrit.

— Tu ne m'as pas dit comment ton ex a réagi.

— Geordie ? Il trouve que tu le fais passer pour un salaud parce que l'endroit le plus chic où il m'ait emmenée, c'est le Steak House du coin.

J'aurais gloussé à ce souvenir si l'expression de Jonah ne m'en avait pas dissuadée. Il est distant de nouveau et je me demande si l'émotion qu'il contient est de la colère ou de la jalousie.

— Tu sais qu'il n'y a plus rien entre moi et Geordie, n'est-ce pas ?

— C'est ce que tu affirmes, mais vous passez beaucoup de temps ensemble.

C'est le cas. J'ai moi-même été surprise de la facilité avec laquelle Geordie et moi sommes passés à une relation platonique.

— Nous avons toujours été plus des amis que des amants passionnés, je précise. Nous avons essayé de former un couple, aucun de nous n'y trouvait son compte. Alors, nous avons décidé de nous en tenir à ce qui fonctionnait vraiment entre nous : l'amitié.

— Est-ce qu'il le comprend ?

— Bien sûr.

Pour être honnête, Geordie a semblé un peu mélancolique quand je lui ai parlé de ce voyage et du fait que je fréquentais Jonah Marks, mais rien de plus.

— Tu es jaloux.

— Oui, répond Jonah.

Il plonge son regard dans le mien et prononce chaque mot avec un calme troublant.

— Je suis jaloux de tous les hommes qui ont posé la main sur toi.

Le simple fait de l'entendre le dire me fait monter le feu aux joues. Je sais qu'il a envie de moi, tout de suite. Il rêve de balayer les assiettes pour m'allonger sur la table et me prendre…

Mais ce n'est pas un fantasme que nous pouvons réaliser ici et maintenant, pas sans offrir à ces pêcheurs le meilleur spectacle porno gratuit de leur vie.

Jonah continue de parler comme s'il ignorait encore que je suis totalement dingue de lui.

— Tu es plus douée que moi pour rester amie avec tes ex.

— Et pourquoi, à ton avis ?

C'est le moment où la plupart des hommes me serviraient un discours stéréotypé sur le passé qui doit rester le passé. Ou pire, celui où ils affirment que leur ex est devenue hystérique, ce qui signifie en réalité qu'elle a osé exprimer de la colère à un certain point. Jonah, au contraire, réfléchit de longues minutes avant de répondre.

— J'ai tendance à… compartimenter, à séparer les différents aspects de ma vie. Je ne tiens donc pas à faire de mes ex des amies qu'elles n'ont jamais été. Quand c'est terminé, c'est terminé.

Cela semble plutôt sain. Je suis assez douée pour gérer les anciens amants, mais j'ai conscience que ce n'est pas une généralité. Beaucoup de gens ont besoin de refermer les portes derrière eux. Les ruptures nettes ne sont pas si terribles.

— J'essaie d'agir différemment avec toi, ajoute Jonah.

Quoi ? Quand nous romprons ?

Non, bien sûr que non. Jonah m'a invitée à le rejoindre en Écosse. Il m'a introduite dans une autre facette de sa vie. Je suis la femme pour laquelle il veut changer.

Il tend la main jusqu'à ce que nos doigts se touchent. Je prends une profonde inspiration et plante mon regard dans le sien. L'intensité du désir que j'y vois – le besoin de me posséder pas seulement au lit, mais de toutes les façons possibles – m'électrise. Et me terrifie. Je suis incapable de décider laquelle de ces émotions est la plus puissante.

Soudain, je prends conscience de ce qu'implique cette première nuit en Écosse. Jonah ne voudra pas mettre en scène l'un de nos jeux ce soir. Le sexe n'aura rien à voir avec nos fantasmes. Il n'y aura que nous, lui et moi, littéralement et émotionnellement mis à nu.

Il va donc falloir que je simule ou que je lui dise la vérité.

Cela ne devrait pas être plus effrayant que les sombres désirs que Jonah et moi avons partagés, et pourtant, ça l'est.

24

Dès que nous passons la porte de notre chambre, il me prend dans ses bras. Aucun de nous n'essaie d'allumer la lumière.

Je m'abandonne dans l'étreinte de Jonah et je savoure le contact de ses lèvres sur les miennes. Alors qu'il enroule ses bras autour de mon corps, nous nous enflammons. Rien à voir avec la brutalité de notre premier baiser ou avec la tendresse de notre étreinte après que nous avons fait l'amour chez moi. Il est animé par un désir dépourvu de violence. La passion n'est pas alimentée par nos fantasmes, mais par les émotions que nous éprouvons l'un pour l'autre.

Les mains de Jonah glissent sous mon pull et je sens ses doigts courir dans mon dos.

— Je n'ai jamais eu l'occasion de te dire à quel point tu es magnifique, murmure-t-il. À quel point j'aime admirer ton corps. Sais-tu seulement combien tu es belle ?

— Tu es irrésistible toi aussi.

Ce qui est vrai. Je suis séduisante, mais pas plus que la moyenne des autres femmes que je vois. Jonah ? C'est une espèce unique.

Il ne ressemble à aucun autre, je pense en déboutonnant sa chemise, m'interrompant uniquement pour le laisser me retirer mon haut. La fermeté de ses abdominaux, le décalage saisissant entre ses larges épaules et sa taille fine, et ces yeux gris orageux… Jonah est extraordinaire. N'importe quelle personne attirée par les hommes le désirerait désespérément.

Mais toutes ne pourraient pas partager son fantasme et lui donner ce dont il a vraiment besoin au lit. Moi seule en suis capable.

Jonah trouve vite l'attache de mon soutien-gorge et la dégrafe, si bien que les bonnets en dentelle tombent sur les côtés, exposant un peu plus mes seins. Il fait glisser les bretelles sur mes épaules.

— Regarde-toi, chuchote-t-il en commençant à me caresser. Je n'ai pas assez l'occasion de faire ça.

Je trace les contours de sa mâchoire du bout de mes lèvres avant de descendre vers sa gorge. Sa barbe est drue contre ma bouche.

— Hum… De faire quoi exactement ?

— Ça.

Jonah me soulève juste assez pour me déposer sur notre lit avant de retirer sa chemise avec impatience et de la jeter au sol. Il grimpe sur le matelas, m'emprisonnant de ses bras et de ses cuisses. Ses baisers sont chauds sur ma peau alors qu'il embrasse mon cou et ma poitrine.

Je gémis lorsque je sens la chaleur de sa langue tout près de l'un de mes tétons. Jonah le suce, le lèche, l'embrasse et poursuit son exploration, intensifiant encore mon plaisir. Les hommes ont souvent tendance à précipiter les choses, pas Jonah. Lorsqu'il passe à l'autre téton, je me tortille déjà sous lui. Alors qu'il intensifie ses caresses, ses mains cherchent le bouton de mon jean.

— Tu es… si belle, répète-t-il tandis que je l'aide à le faire passer sur mes hanches.

Jonah se redresse pour l'écarter et reste assis au bord du lit un moment, à m'observer. Je suis étendue nue devant lui, les tétons durs et brillants, le souffle court. Lentement, très lentement, il écarte mes cuisses et m'étudie encore plus intensément.

— Je n'ai jamais l'occasion de faire ça non plus.

C'est à ce moment qu'il pose sa bouche sur mon sexe.

Oh, Seigneur ! Il est doué. Il est vraiment très, très doué. Sa langue me fouille, trace des cercles brûlants, puis il suce mon clitoris à un rythme qui me transporte au bord du gouffre presque instantanément.

Mais cela ne suffira pas à me faire jouir.

Seul le fantasme peut me faire jouir.

Fais semblant, je m'exhorte désespérément. Mon corps tout entier tremble. *Imagine qu'il te force à faire ça. Qu'il t'a ordonné de t'étendre là et de le laisser faire si tu ne voulais pas le regretter.*

D'habitude, cela fonctionne, mais ce soir, je suis incapable de me convaincre. Le visage de Jonah est enfoui entre mes jambes et je sais qu'il est déterminé à me goûter et à me faire jouir. Les muscles puissants de ses épaules se contractent contre mes genoux, une vision presque aussi sexy que celle de sa tête qui s'agite sous mes doigts. Il me donne tout. Il est à mon service. Et j'adore ça, vraiment, mais même si je plane dans la brume grisante du plaisir, je n'arrive pas à me laisser aller.

— Je veux te sentir en moi, je gémis. S'il te plaît, Jonah, baise-moi.

Il ralentit un peu, dépose un dernier baiser sur mon sexe, puis descend du lit pour enlever son jean. Je reste allongée, les jambes écartées pour lui, haletante. Ses gestes me semblent terriblement lents.

Soudain, il est au-dessus de moi de nouveau et son érection est pressée contre mon ventre alors que nous nous embrassons. Je la prends entre mes doigts et je la guide plus bas. Jonah ferme les yeux de plaisir lorsqu'il sent à quel point je mouille.

— Maintenant, je souffle.

Jonah s'enfonce en moi d'un seul coup de reins.

Oui. Je cambre le dos, les yeux fermés. À présent, je peux tout imaginer.

— C'est tellement bon, murmure-t-il. Tu es si étroite. J'adore sentir tes muscles se contracter autour de moi.

Je devrais apprécier ces paroles, et c'est le cas d'une certaine manière, mais ses éloges coupent le scénario dont j'ai besoin.

Alors que Jonah se met à aller et venir en moi, j'emplis mon esprit d'images de ce que nous avons fait ensemble. Peut-être cette première nuit à l'hôtel, lorsqu'il m'a jetée sur le lit… S'il m'avait gardée captive en me traitant de salope et de traînée, jusqu'à ce qu'il puisse me baiser de nouveau…

L'orgasme approche. Mon corps se tend contre le sien et il le sent. Il accélère ses assauts, répondant à mes réactions. Je ne pense qu'à cette nuit à l'hôtel, à la sauvagerie avec laquelle il m'a prise, qui n'est pas si différente de ce qui se passe en cet instant. Je ne peux plus réfléchir, je ne vois plus rien. Je n'appartiens qu'à lui, à tout jamais.

Le monde disparaît alors que je me contracte autour de lui. L'orgasme est si violent que j'ai l'impression que je vais m'évanouir. Je parviens à contenir mon cri d'extase en mordant l'épaule de Jonah et je l'entends soupirer de satisfaction.

— Vivienne, grogne-t-il.

Bientôt, il me rejoint. Le plaisir déferle sur son corps, il resserre son étreinte et je n'ai jamais rien éprouvé de meilleur que cette sensation.

Mais je ne peux pas oublier que j'ai dû faire appel à mon fantasme pour jouir.

— Enfin, murmure-t-il en se laissant tomber à côté de moi.

Il se positionne contre mon dos et dépose des baisers sur ma nuque et mes épaules.

— J'ai pu prendre le temps de te savourer et maintenant, je vais passer la nuit avec toi.

— Je dois te prévenir… Parfois, je parle dans mon sommeil.

Jonah rit, et son rire diffuse des vibrations dans mon corps.

— Qu'est-ce que tu dis ?

— Rien d'intelligible apparemment. Je marmonne…

— Ce n'est pas grave, j'ai le sommeil tellement lourd qu'une tornade ne me réveillerait pas.

— On est fait l'un pour l'autre.

Je plaisante, en pensant à la façon dont Geordie râlait parce que je le réveillais souvent au milieu de la nuit, mais lorsque je prononce ces mots, je prends conscience que cela pourrait être vrai.

Certains hommes paniqueraient aussitôt en entendant ça. Jonah se contente d'embrasser ma nuque et de me serrer plus fort contre lui.

Je devrais être heureuse en cet instant et je le suis – de tellement de façons différentes –, mais les doutes persistent au fond de mon cœur. Ma relation avec Jonah a toujours reposé sur une honnêteté totale et complète.

Ce soir, pour la première fois, je lui cache la vérité. Lorsque je me suis échappée dans ce fantasme sans lui… quelque part, je lui ai menti.

Mais le lui avouer serait encore pire que lui mentir.

*
* *

Le reste de notre séjour en Écosse est aussi beau et surnaturel que le premier jour. Jonah passe la plus grande partie de la journée au large, à recueillir des données sur les fonds marins qui exigeraient au moins un master en sismologie pour que je les comprenne. Pendant ce temps, je fais de la randonnée le long de la côte, sans presque jamais voir un autre être humain, à l'exception des conducteurs des quelques camions qui traversent ce territoire isolé et désert de temps en temps. Parfois, je croise un mouton. Ici, un troupeau est ce qui se rapproche le plus d'une foule.

Ce paysage est à la fois magnifique et mystérieux. Aucun arbre ne pousse aussi loin que porte la vue. Le sol est au même niveau que la mer et au-delà, la terre se soulève pour former une étendue infinie de collines rocheuses. Bien que de lourds nuages envahissent le ciel presque entièrement, une seule averse s'abat sur moi, et encore, je suis assez près de l'hôtel pour courir m'y réfugier.

Chaque jour, je couvre un peu plus les feuilles de mon carnet de croquis. Parfois, j'essaie de représenter tout ce que mes yeux peuvent voir, mais la plupart du temps je me concentre sur de plus petits détails – la bruyère délicate qui fane près des pierres usées par le temps, ou les formes noires et fines des loutres sous l'eau.

Tous les soirs, Jonah me retrouve et nous dînons ensemble en discutant de tout et de rien dans la petite salle obscure du Bed and breakfast. Il n'évoque jamais son enfance, ni rien de vraiment intime, mais les plus simples conversations que nous avons sur les livres que nous aimons ou les endroits que nous avons visités ont leur importance. Jonah n'est pas quelqu'un qui se révèle facilement, comme je l'ai vite compris. Ces confidences semblent superficielles, mais c'est sa façon de construire des ponts. Lentement, progressivement, pierre après pierre.

Et puis, je ne peux me montrer impatiente avec lui puisque je lui cache des choses moi aussi.

Chaque nuit, nous faisons l'amour. Les caresses de Jonah se font plus tendres, plus torrides. Je chéris chaque baiser et je me délecte de la façon dont nous apprenons à bouger ensemble. Je finis par pouvoir admirer son corps parfait et l'aduler de mes mains et de ma langue.

Mais il y a toujours un moment où je dois imaginer que je me fais violer.

Il est plus facile d'imaginer qu'il me force lorsqu'il me prend par-derrière, ce que je demande donc souvent. Jonah semble adorer ça. Même lorsqu'il est au-dessus de moi, je ferme les yeux et me perds dans un autre fantasme.

Je ne vois pas de mal à cela, jusqu'à notre dernière nuit en Écosse.

— Viens par ici, murmure Jonah au milieu des préliminaires en m'attirant au-dessus de lui. Nous n'avons encore jamais fait ça.

— Je croyais que tu n'aimais pas que la femme soit au-dessus, dis-je, ce qui n'est pas tout à fait vrai, mais crédible.

Jonah sourit.

— J'aime te prendre dans n'importe quelle position. Allez, je veux voir ton corps superbe bouger.

Le chevaucher est agréable, et m'empaler sur son sexe dur l'est encore plus. J'adore le regarder plonger en moi encore et encore, sentir ses mains malaxer mes seins et observer son visage, son sourire hébété inspiré par le désir et l'émerveillement. Je contrôle le rythme. J'ai le pouvoir.

Et c'est justement ce qui m'empêche de m'évader dans mon fantasme.

Je continue, ondulant des hanches avec énergie. Mes seins bondissent à chaque mouvement et les doigts de Jonah trouvent mon clitoris. Pourquoi cela ne pourrait-il pas suffire pour une fois ?

— Jouis pour moi, souffle Jonah.

Je devrais simuler. Qu'est-ce qu'un mensonge de plus après une semaine de faux-semblants ? Mais mes fantasmes silencieux n'étaient que des omissions. Je refuse de simuler un orgasme pour lui.

Je ne veux pas m'aventurer sur ce terrain, pas avec Jonah.

— Je ne peux pas… pas comme ça…

— De quoi as-tu besoin ?

Il resserre l'étau de ses doigts sur ma taille.

— Tu n'as qu'à demander.

Il est sincère. Je le sais. Je peux lui faire suffisamment confiance pour le prendre au mot.

— Viens au-dessus de moi. Prends-moi violemment. Comme dans nos jeux.

Jonah arrête de bouger. Ses yeux gris cherchent les miens et je n'ai aucune idée de ce qu'il y voit. Tout ce que je sais, c'est que la chaleur de son expression disparaît. Il est de nouveau l'homme distant et autoritaire de mes fantasmes les plus sombres.

Il me fait rouler sur le dos si brusquement que je pousse un petit cri de surprise. Il me met sur le ventre et se place derrière moi avant d'attirer mes hanches vers lui. Il plaque une main sur ma bouche alors qu'il me pénètre de nouveau.

Oh oui ! Jonah me prend sans merci, si brutalement que cela en devient presque douloureux. La pression de ses doigts sur mon visage complète l'illusion. Je l'imagine s'introduisant chez moi de nouveau, m'attrapant de la même manière, m'expliquant que je n'ai d'autre choix que de me soumettre. Mon sexe se contracte autour de son membre et je sais qu'il le sent. Je sais qu'il a conscience de m'avoir déjà conduite au bord du gouffre.

Jonah est le seul à me connaître aussi bien. Le seul homme qui m'ait baisée comme je voulais l'être.

Chaque coup de reins me transporte plus loin jusqu'à ce que je jouisse en poussant un cri étouffé par la paume de sa main. Alors que je me balance d'avant en arrière, grisée par le plaisir, Jonah s'enfonce en moi plus fort, déterminé à mener le fantasme à son terme.

Il jouit en silence cette fois. Je ne devine qu'il le fait qu'à la façon dont son corps se contracte et se fige. Après un moment, Jonah se retire et je sens le liquide chaud de sa semence couler sur mes cuisses. Maintenant que nous n'utilisons plus de préservatif, le sexe avec Jonah est beaucoup moins aseptisé.

— C'était parfait, je murmure en me laissant tomber sur le lit.

— Vraiment ?

Jonah a l'air si… calme. Je tourne la tête vers lui, mais il a déjà fermé les yeux. Après un moment, il roule sur le côté, loin de moi.

C'est comme s'il m'en voulait d'avoir désiré reproduire notre fantasme. C'est absurde. Jonah ne m'a jamais jugé auparavant, et puis, il aime ça aussi.

Il est peut-être fatigué, tout simplement. Il t'a fait l'amour six fois depuis dimanche. Il fallait bien qu'il finisse par s'endormir.

C'est logique et je suis épuisée moi aussi. Je refuse d'y penser davantage.

Mais depuis que nous sommes en Écosse, c'est la première fois qu'il ne me tient pas dans ses bras au moment où je sombre dans le sommeil.

*
* *

— Et vous n'avez pas revu Jonah depuis votre retour aux États-Unis, observe Doreen le lundi suivant alors que je suis assise sur son canapé, luttant pour rester éveillée malgré le jet lag.

— Je ne m'attendais pas à le revoir tout de suite. Il va me falloir plusieurs jours pour venir à bout de la tonne d'e-mails qui m'attendent, et je suis sûre que Jonah est au moins aussi débordé que moi, si ce n'est pas plus.

Doreen hoche la tête simplement, les mains posées sur ses genoux.

— Vous a-t-il appelée ? Envoyé un SMS ?

— Il m'a envoyé un message après que nous sommes partis dans deux taxis différents à l'aéroport pour s'assurer que j'étais bien rentrée. Et puis, ce matin, je lui ai envoyé un e-mail pour lui demander de venir à la soirée Halloween d'Arturo et Shay, et il a répondu oui.

— Une soirée Halloween ?

Doreen sourit.

— Je ne l'ai jamais rencontré, mais Jonah Marks ne semble pas du genre à se déguiser.

— Je sais.

Je souris à mon tour.

— Mais l'étape suivante consiste à lui présenter mes amis. En fait… il ne s'agira pas vraiment de le présenter, puisqu'ils l'ont déjà rencontré, mais nous passerons un moment tous ensemble. Je voudrais m'assurer qu'il s'entende bien avec les autres.

— Et si ce n'est pas le cas ?

— Ce sera le cas.

En toute honnêteté, je ne suis pas sûre de la façon dont Jonah réagira avec mes amis, en particulier avec Geordie, ni de l'accueil que ces derniers lui réserveront. Mais par défaut, Jonah fait preuve d'une courtoisie distante, ce qui signifie que même dans le pire scénario, tout le monde devrait arriver à gérer la situation.

— J'espère passer un moment avec Jonah et Rosalind prochainement. Elle a l'air géniale.

Doreen est trop intelligente pour se laisser distraire aussi facilement. Comme toujours, elle va droit au but.

— Tout va bien, donc.

— Exactement.

— Alors, pourquoi m'avez-vous confié être mal à l'aise après votre dernière nuit en Écosse ?

Je soupire.

— Je n'aurais rien dû dire.

— Vivienne.

La voix de Doreen est douce.

— Nous avons beaucoup progressé au cours des deux dernières semaines, parce que vous avez appris à vraiment vous ouvrir à moi. Ce serait dommage de régresser maintenant.

— Ce n'est pas une régression.

Ce n'est pas tout à fait vrai si je n'arrive pas à lui parler de ça.

— Simplement, il y a trop de choses qui ne sont pas simples à verbaliser dans ma relation avec Jonah.

— Il a prouvé qu'il était digne de votre confiance. Vous appréciez de passer du temps avec lui, y compris en dehors du sexe. Jonah Marks s'est révélé être une personne intéressante et intelligente.

Je hoche la tête.

— Mais vous pensez qu'il a mal réagi après cette dernière nuit, lorsque vous avez exprimé vos désirs pendant que vous faisiez l'amour.

— Je crois. Je n'en suis pas sûre.

Et pourtant, si. Le silence qui est tombé sur nous après était trop… vide.

— Il ne ferait pas toute une histoire pour ça. Pas après que nous avons mis en scène ce fantasme sous toutes ses formes.

— Cela vous semble-t-il correspondre à la vérité ?

Avec un soupir, j'admets :

— Non.

— Qu'est-ce qui pourrait le perturber ?

Doreen penche la tête sur le côté.

— Je crois que vous en avez une idée.

Elle a raison. Je l'ai senti.

— Je crois que… lorsque j'ai avoué ce que je désirais, il a compris que j'avais fantasmé sur ça chaque fois que nous avions fait l'amour ensemble en Écosse. Il a su que j'imaginais qu'il me forçait, même lorsqu'il voulait que nous fassions l'amour de façon plus romantique.

— En quoi pensez-vous que cela a pu le perturber alors qu'il partage le même fantasme ?

Finalement, je vois où Doreen voulait m'emmener depuis le début.

— Jonah n'est pas furieux à propos du fantasme. Il m'en veut de lui avoir menti, parce que c'est comme ça qu'il le voit. Comme un mensonge.

— Et vous ?

Les excuses auxquelles je me raccrochais en me persuadant que j'avais menti par omission me semblent légères à présent. Je suis gênée par le simple fait de le dire à haute voix.

— Je... je pense que c'est un mensonge.

Comment puis-je seulement commencer à dire la vérité à Jonah ? Comment identifier les choses que je peux lui raconter ?

Tout ce que je sais, c'est que je ne lui révélerai jamais toute l'histoire. Peu importe ce qui se passera entre nous, je ne peux pas lui confesser la vérité au sujet du viol que j'ai subi. Je déteste le simple fait de prononcer le nom d'Anthony.

Et puis, cela implique que je découvre la réaction de Jonah. Quand il devra se confronter au fait que le scénario sombre qui l'excite tant peut arriver dans la vraie vie et marquer une personne à tout jamais.

Quand il comprendra ça, soit il en viendra à détester ce fantasme, soit il s'en moquera.

Dans un cas comme dans l'autre, Jonah et moi ne pourrons plus jouer à nos petits jeux ensemble.

Et je ne veux pas renoncer à cela.

25

Pourquoi faut-il que ce soit Halloween ?

Assise devant mon miroir tandis que je tresse mes cheveux, je me répète que le fait de présenter Jonah à mes amis m'aurait rendue nerveuse à n'importe quel moment. Ce soir, ils seront tous là. Par conséquent, c'est le moment d'intégrer Jonah à mon petit groupe.

Mais Halloween est une fête tellement… farfelue. Le genre de truc dont Jonah ne doit pas du tout être fan.

En même temps, je suis une adepte d'Halloween. Plus les déguisements sont travaillés, plus j'aime ça. C'est mon côté Nouvelle Orléans. Autant vérifier tout de suite que Jonah est capable de faire avec.

Alors que je finis d'attacher mes chaussures Mary Janes, j'entends la voiture de Jonah s'arrêter devant chez moi. J'ouvre la porte pour l'accueillir et, quand il descend de sa berline, je ne peux m'empêcher de sourire.

— Tu t'es déguisé !

— C'est le principe de ce genre de soirée, non ?

Jonah marque une pause et baisse les yeux sur sa blouse. Son pantalon ample bleu clair et son haut ne dissimulent rien de son physique phénoménal. Il ressemble vraiment à un médecin. À un médecin très sexy. Le calot de chirurgien sur ses cheveux sombres complète son déguisement.

— Je ne pensais pas que tu jouerais vraiment le jeu.

— Rosalind a emprunté ça pour moi dans les fournitures de l'hôpital.

Il prononce ces mots comme s'ils expliquaient tout. C'est probablement le cas. J'imagine son amie en train de lui dire qu'il ne peut pas se rendre à une soirée déguisée avec ses vêtements de tous les jours sans passer pour un vrai rabat-joie.

— Ce n'est pas aussi élaboré que ta tenue.

— Oh, ce vieux truc ?

Je porte une tenue bavaroise – une jupe courte bouffante ornée de fausse dentelle au niveau de l'ourlet, un chemisier blanc qui laisse mes épaules dénudées et des bas. Mes nattes ne sont ni assez longues ni blondes, mais j'ai laissé la plupart de mes perruques chez mes parents et je devrais donc m'en contenter.

Jonah rit.

— Tu portes ça souvent ?

— Au moins deux fois par an depuis que j'ai acheté ce déguisement à mon arrivée à la fac.

— Tu plaisantes ?

— Si je ne savais pas déjà que tu n'as jamais vécu à La Nouvelle-Orléans, cette réaction me le prouverait, dis-je alors que nous nous dirigeons vers sa voiture. Entre Halloween, Mardi gras et toutes les autres fêtes déguisées, on est *obligé* d'avoir quelques déguisements sous la main en cas d'urgence. Beaucoup de personnes là-bas ont ce qu'on appelle un « placard à costumes » qui permet de composer un déguisement à la dernière minute ou de dépanner un ami.

— Est-ce que tu as un placard à costumes ?

Je hausse les épaules.

— Juste un casque colonial, quelques capes, deux ou trois perruques et des bottes de gogo danseuse… et ça.

— Ah, La Nouvelle-Orléans, commente Jonah comme s'il parlait d'une autre planète.

Il n'est pas si loin de la vérité, en fait. Ses yeux se posent sur le décolleté de mon chemisier.

— Tu es diablement sexy, en tout cas.

— Merci. Toi aussi.

Je rêve de caresser ses fesses ici, au milieu de la rue, mais j'ai un minimum de respect pour mes voisins et je me retiens.

C'est un soulagement de l'entendre rire et de constater que la conversation est naturelle entre nous. Depuis notre retour, Jonah a été plus distant. Il ne m'a envoyé que deux e-mails : l'un pour s'assurer que j'étais bien rentrée, l'autre pour accepter mon invitation à la soirée de Shay et Arturo.

Il est très occupé. Après tout, tu as dû te démener toi aussi pour rattraper le retard cumulé pendant ce séjour.

Il n'empêche que je n'arrive pas à me débarrasser du sentiment que quelque chose a changé entre nous, et peut-être pas dans le bon sens.

Arturo ouvre la porte vêtu de son déguisement rouge de Star Trek. J'ai le droit à un gros câlin et Jonah à une poignée de main. Pas le genre de poignée de main chaleureuse que les hommes hétéros échangent lorsqu'ils sont bons amis, plutôt une poignée de main professionnelle, mais je suis sûre que son sourire compense ce geste distant.

— Ravi de te revoir, Jonah. Qu'est-ce que tu bois ?

— Je conduis ce soir, répond-il.

— Ce qui signifie que je peux boire un verre de vin, j'interviens.

Arturo rit.

— Pas de bière ? Ça irait mieux avec ton costume.

— Uniquement si tu me la sers dans une chope.

Sur ces mots, j'entraîne Jonah à l'intérieur.

Une foule de personnes est déjà réunie dans le salon. Arturo et Shay n'ont pas les moyens de recevoir de manière aussi extravagante que Carmen, mais leurs amis savent qu'ils passeront une bonne soirée en leur compagnie. En plus, à en juger par le nombre de packs de bières disséminés un peu partout, je devine qu'au moins la moitié des invités ont contribué à l'achat des boissons. Le décor est réduit au minimum – quelques draps blancs accrochés aux fenêtres tachés de traces de main et déchirés par endroits. Des bougies brûlent ici et là, et la chaîne stéréo diffuse une musique latine entraînante. Ce pervers de Mack est là, vêtu d'un costume de maquereau vert fluo aux revers ornés de motifs zèbre. Son déguisement est aussi repoussant que le type qui le porte. Carmen, en revanche, est radieuse – une longue jupe, un chemisier blousant et un châle brodé aux couleurs vives. Ses cheveux noirs et épais sont tressés sur son crâne et ornés de fleurs en papier. Pour la touche finale, elle s'est dessiné un monosourcil au crayon noir, afin d'assurer une parfaite ressemblance avec Frida Kahlo. Je repère Kip dans un coin, à côté d'un type habillé en punk, comme lui. À mon grand plaisir, je découvre qu'il s'agit de Ryan, le barman qu'il a rencontré quelques semaines plus tôt. Kip n'a pas dû perdre de temps après avoir obtenu son numéro.

Tandis qu'Arturo nous guide vers le bar, mon regard se pose sur la personne que je redoutais de croiser. Au moins, son déguisement m'offre une réplique toute prête.

— Ça ne compte pas comme un déguisement.

— Je ne suis pas entièrement d'accord, répond Geordie.

Il est en tenue d'Écossais : kilt, chaussettes hautes ornées de rubans, veste de soirée en velours et même une escarcelle qui pend à sa taille. Comme tous les Écossais, il arrive à être plus viril lorsqu'il porte un kilt.

— OK, à Inverness, ce serait une tenue tout à fait appropriée à un mariage ou au travail, mais ici, aux États-Unis, c'est un déguisement.

— Si tu le dis.

Grande inspiration.

— Geordie, je crois que tu as déjà rencontré Jonah Marks, du département des sciences de la Terre ? Jonah, voici Geordie Hilton. Il étudie ici, à Austin.

— C'est un plaisir, déclare Geordie avec suffisamment d'enthousiasme pour paraître sincère.

Jonah hoche la tête.

— Vivienne dit beaucoup de bien de vous.

Geordie a un sourire surpris.

— Vraiment ? Elle est trop gentille.

Avec son sens du timing impeccable, Arturo ressurgit, un verre de vin dans une main pour moi et une canette dans l'autre.

— C'est pour toi et tu peux donner ça à Shay ?

— Bien sûr, réponds-je en saisissant la perche subtile qu'Arturo me tend pour m'éclipser. On se voit plus tard, Geordie.

Geordie sourit, un peu crispé, et se tourne vers le bar pour se resservir du vin.

Dans le salon, Shay entretient sa cour, assise sur le canapé. Elle est installée confortablement tandis que les invités se succèdent pour lui dire bonjour ou bavarder un moment. Son visage s'illumine lorsqu'elle nous voit. Ou peut-être est-ce le Canada Dry.

— Franchement, me dit-elle alors que je lui tends sa canette, tu ne trouves pas que c'est le costume le plus nul de tous les temps ?

— Mais non ! La nonne enceinte, c'est un grand classique.

Elle soupire en repoussant la cornette noire en arrière.

— J'étais partie pour me déguiser en Père Noël drag-queen ou en Homer Simpson, mais je n'ai pas réussi à trouver le masque. Finalement, Arturo m'a rapporté un truc de la boutique de costumes. Eh, salut, Jonah !

— Salut, répond-il avec un sourire plus spontané que celui qu'il arbore depuis le début de la soirée, y compris avec moi. Tu nous manques au département.

— Ah oui ?

Les joues de Shay sont roses de plaisir.

— Parfois, j'ai l'impression qu'ils ne savent pas trop quoi faire de moi.

— Ils parlent de t'embaucher à plein temps, quand tu seras prête, l'informe Jonah. Ça reste entre nous.

— Vraiment ?

Le sourire de Shay s'élargit lorsque Jonah acquiesce et je finis par me détendre un peu. Au moins l'un de mes amis s'entend bien avec Jonah.

Je décide d'aider un peu les choses.

— Tu savais que Jonah était ami avec le Dr Campbell ?

Elle écarquille les yeux.

— Mon médecin ?

— Ne t'inquiète pas. Rosalind ne révélerait jamais des informations confidentielles sur ses patients.

Jonah a un petit sourire malicieux, mais absolument pas intimidant en cet instant.

— Mais ces règles ne s'appliquent pas à moi. Alors, si tu as envie d'entendre quelques anecdotes embarrassantes à son sujet…

— Vas-y, je t'écoute !

Shay se met à rire.

— Elle me force à lui parler de mes selles. Il me faut des infos pour être à égalité.

Jonah fait une grimace pour plaisanter. Ensuite, ils se mettent à parler de la fois où Rosalind a convaincu Jonah de partir en randonnée avant de se tordre la cheville, le forçant à la porter sur le dos pour parcourir les neuf kilomètres qui les séparaient de la voiture.

Je me sens plus à l'aise à présent. Je me mêle aux groupes de convives sans jamais perdre Jonah des yeux. Il reste la plupart du temps aux côtés de Shay. Après un moment, Arturo les rejoint et ils commencent à discuter. Le sourire d'Arturo s'élargit. Jonah est en train de les conquérir.

— Il est encore plus sexy que dans mon souvenir, murmure Carmen.

— Oh, oui…

— Le sexe doit être génial, non ? Je peux le dire rien qu'en le regardant.

— Tu n'as pas idée.

Geordie garde ses distances et reste à proximité du bar tandis qu'il flirte avec une fille célibataire qui est arrivée après nous. J'aurais aimé qu'il soit moins gêné, mais peut-être qu'il finira par trouver quelqu'un et que nous pourrons définitivement passer à autre chose.

Le seul point noir de la soirée est la petite dispute qui éclate entre Carmen et Arturo. Il fronce les sourcils et elle croise les bras sur sa poitrine comme elle le fait lorsqu'elle est blessée. Mais je n'interviens pas. Les relations entre frère et sœur peuvent parfois être compliquées.

Je pense aussitôt à Chloe et ma colère se réveille. Je sais de quoi je parle.

Lorsque je retrouve Jonah, il est complètement détendu – comme il l'a été en Écosse au cours de nos meilleures soirées. Je m'assois près de lui, à côté des pieds de Shay, et je dépose un baiser sur son épaule.

— On dirait que tu passes une bonne soirée.

— On dirait bien, répond-il comme s'il parvenait à peine à y croire. Tu as des amis super. J'ai toujours pensé que c'était le meilleur moyen de jauger une personne.

— Je n'y ai jamais pensé, mais tu as raison.

Quelle meilleure façon de juger une personne qu'en découvrant ceux qu'elle a choisis pour l'entourer et qui l'aiment le plus ?

— Alors, quand pourrai-je passer du temps avec Rosalind ?

— Bientôt.

Jonah se tourne vers moi et m'embrasse sur la joue. Son regard est doux lorsqu'il le pose sur moi et mon cœur manque un battement quand il caresse ma main. Tout va bien entre nous de nouveau. Peut-être que cela a toujours été le cas. Quoi qu'il en soit, je peux arrêter de flipper.

— Ne restons pas trop tard, je murmure à son oreille. Je ne veux pas épuiser Shay.

Un sourire coquin apparaît sur mon visage.

— En revanche, je n'aurai aucune pitié pour toi.

— ... on y va, déclare Jonah en se levant.

Nous avons presque atteint la porte quand je croise Kip. Il a coiffé ses cheveux en crête pour l'occasion. Il a encore plus bu que Geordie, ce qui explique pourquoi il nous enveloppe de ses bras dans une étreinte incertaine.

— Mes chéris. Mes tourtereaux étonnants. Comment allez-vous ?

— Très bien.

J'essaie de me libérer en toute délicatesse.

— Pas aussi bien que toi, cependant.

— Il est incroyablement sexy, n'est-ce pas ?

Kip lance un regard aguicheur à Ryan par-dessus son épaule. Ce dernier agite le bras dans notre direction.

— Tout comme vous, professeur Marks. Inutile de me sortir cette tête d'hétéro choqué. J'ai bien conscience de ne pas être à votre goût.

Jonah ne sait visiblement pas quoi répondre. Je ne lui en veux pas.

— OK, finit-il par lâcher.

— Je suis tellement heureux que tout cela fonctionne ! L'Écosse et le reste.

Quand Kip nous relâche enfin, je soupire de soulagement. Trop tôt, car la dernière chose que Kip dit à Jonah avant de s'éloigner en titubant est :

— Je n'aurais pas dû m'embêter à jouer les espions.

Instantanément, l'expression de Jonah s'assombrit. Je prends sa main.

— Allons-y.

Alors que nous quittons la maison, Jonah me demande :

— Qu'est-ce qu'il a voulu dire ?

J'ai envie de répondre que je n'en sais rien, mais ce serait lui mentir délibérément.

— Kip a fait des recherches sur toi quand il a compris que nous sortions peut-être ensemble.

Jonah se fige.

— Comment le sais-tu ?

Il est temps de me confesser.

— Il a imprimé des articles sur ta famille et me les a montrés. J'en ai lu quelques-uns. Ce n'était pas si terrible.

— Si cela n'était pas si terrible, pourquoi ne m'en as-tu jamais parlé ?

Ses yeux lancent des éclairs.

Je me soumets peut-être à lui complètement dans l'intimité de la chambre à coucher, mais dans la vraie vie ? C'est une autre histoire.

— Parce que c'était gênant ! J'ai pensé que ta réaction serait disproportionnée… Va savoir où je suis allée chercher ça. Bon, tu as grandi dans une énorme maison, et alors ?

— Tu n'as pas lu que ça.

— Non. Tu veux vraiment en parler maintenant ?

— Je ne veux pas en parler du tout.

— Alors, pourquoi es-tu furieux que je ne t'aie rien dit ?

Nous nous dévisageons un long moment. Puis, la main de Jonah se referme sur mon bras, assez fort pour laisser une trace.

— Nous rentrons chez moi, déclare-t-il à voix basse sur un ton autoritaire. Et nous allons jouer.

Mon corps tout entier réagit. L'excitation m'envahit aussitôt et j'en ai le souffle coupé.

— D'accord.

*

* *

Nous ne prononçons pratiquement aucun mot sur le trajet. Cela aide à préserver l'ambiance orageuse.

À un moment, cependant, Jonah marmonne :

— Tu sais que tu peux utiliser le code à tout moment.

Silver.

— Bien sûr que je le sais.

Il compte se montrer brutal. En cet instant, j'ai tellement envie de lui que j'en ai le vertige.

Je n'avais aucune idée de l'endroit où il habitait jusque-là. Il nous conduit dans le centre de la ville, au bord du lac Austin. Quelques gratte-ciel abritent des appartements luxueux, le genre que la plupart des étudiants ne peuvent se permettre, ni la majorité des professeurs d'ailleurs. Je ne suis jamais entrée dans l'un d'eux. Jonah sort une carte couleur bronze de son pare-soleil et nous fait entrer dans le parking presque sans ralentir.

Les autres véhicules garés sont des voitures de sport, symboles d'un certain statut social. La berline de Jonah semble modeste à côté des Mercedes et des Jaguar qui nous entourent. Comme tous les parkings, l'endroit est sombre et nos pas résonnent sur le sol en béton alors que nous sortons de la voiture.

Il me prend par le bras de nouveau pour me faire accélérer.

— C'est calme. À cette heure-ci, personne ne peut nous surprendre. Je pourrais te baiser ici.

C'est Halloween. Les gens sortent ce soir-là, ce qui signifie qu'ils peuvent rentrer chez eux à n'importe quelle heure.

— Non, nous ferions mieux de...

Jonah me plaque contre un pilier, assez violemment pour que je manque de perdre l'équilibre.

— Je te baiserai ici si j'en ai envie. Ce n'est pas à toi de décider.

Le jeu s'est intensifié. Nous réglons un problème à travers notre fantasme, même si la colère ne devrait probablement pas jouer un rôle dans ce que nous faisons. Je ne peux nier que cette tension ne fait qu'augmenter mon désir.

— Non, c'est comme tu veux.

Visiblement satisfait, Jonah me tire derrière lui pour pénétrer dans l'immeuble.

Il insère une clé dans l'ascenseur. Lorsque les portes s'ouvrent, elles révèlent un vaste espace à l'éclairage tamisé. Jonah est apparemment le seul à occuper le dernier étage.

Je pourrais donc crier et me débattre autant que je le voudrais. Personne ne m'entendrait.

— Retire tes foutues fringues, ordonne-t-il.

Il commence à enlever sa blouse, ici, devant la porte de l'ascenseur.

J'obéis. Il fait trop sombre pour que j'y voie clair. Seules les lueurs de la ville pénètrent par les baies vitrées. Je devine que son appartement est gigantesque et totalement ouvert. Je me tiens au milieu d'une pièce obscure et immense que je ne sais définir. En tremblant, je me débarrasse de mes chaussures et de mes bas avant de faire glisser ma jupe sur mes hanches pour l'abandonner au sol. Ensuite, je fais passer mon chemisier par-dessus ma tête. À présent, je ne porte plus qu'un soutien-gorge sans bretelles et mon string.

Je n'ai pas le temps de les retirer. Jonah approche et me prend par les bras. Il est complètement nu et son érection se dresse entre nous. Sous les faibles lueurs de la ville, j'admire son corps musclé et imposant qui rend vaine toute tentative de lui résister. La colère qui brille dans ses yeux.

Ce soir, pour la première fois, la fureur de Jonah est bien réelle.

C'est le moment où il va commencer à m'insulter. *Salope. Traînée. Putain.* Dans mon esprit, j'entends déjà sa voix rauque aboyer ces mots.

Mais je découvre que, lorsque Jonah est vraiment en colère, il reste totalement silencieux.

Et son silence est plus effrayant que tout ce qu'il aurait pu dire.

Mes genoux heurtent le plancher en bois lorsqu'il me force à tomber au sol. Il m'attrape par les cheveux, sans douceur, et me maintient en place alors qu'il glisse son sexe entre mes lèvres. S'il ralentissait, j'essaierais de le sucer, mais rien de ce que je fais ne semble lui suffire. Il continue à aller et venir, sans ralentir, s'enfonçant en moi si profondément que je tousse et lutte pour respirer.

Jonah pourrait me faire du mal. Il veut me faire du mal. Utilise le code ou claque des doigts. Arrête-le.

Je n'en fais rien.

La brutalité dont il fait preuve avec moi m'étourdit. Je reste donc agenouillée là, la bouche ouverte, et je le laisse se servir de moi. Je gémis de peur et de désir. C'est à ce moment qu'il me force à me relever.

— Jonah...

Je ne sais pas quoi dire et il ne me laisse pas terminer. À la place, il me pousse jusqu'à ce que j'entre en contact avec un meuble en cuir. Un banc ou un pouf peut-être.

Il me tient contre son torse et parle pour la première fois depuis que nous sommes sortis du parking.

— À genoux.

Je tremble à présent, mais je me plie à ses ordres. Je grimpe sur le banc et je me mets à genoux. Je suis plongée dans l'obscurité.

Je sens quelque chose autour de mes bras – une ceinture, comprends-je quand le cuir se resserre. Jonah m'a ligoté les mains dans le dos. Il ne m'avait encore jamais attachée. La pointe de terreur que j'éprouve ne fait qu'aiguiser mon désir. À présent, la peur et l'excitation sont si puissantes que j'ai l'impression d'être ivre. Il tire sur la ceinture, me faisant presque perdre l'équilibre, et je crie. Ses mains glissent au centre de mon dos, un geste qui se veut possessif.

J'appartiens à Jonah à présent, et il le sait.

Il appuie sur mes omoplates, si bien que je bascule pratiquement en avant. Une fois que la cambrure de mon dos lui convient, il pose la main droite sur ma hanche et me pénètre.

Jonah me prend avec une férocité que je n'ai jamais connue auparavant. Sa main gauche est refermée sur la ceinture, me maintenant en position. L'autre s'écarte de ma taille pour s'enfoncer dans mes cheveux qu'il tire sans ménagement. Jonah me pilonne, si vite et si fort que ma poitrine s'agite à chaque mouvement et qu'une fine couche de sueur recouvre ma peau. Mes genoux et mes poignets sont douloureux. Mes épaules me font souffrir dans cette position, mais je me délecte du claquement de son bassin contre mes fesses et encore plus de la sensation de son sexe qui m'emplit. Jonah évacue sa fureur sur moi, en moi.

Oui, baise-moi. Punis-moi. Venge-toi.

Le désir enfle en moi pour atteindre un pic. L'obscurité semble prendre une teinte écarlate et mon cœur bat si vite que j'ai l'impression d'entendre mon sang bourdonner dans mes oreilles. Un cri haché m'échappe. Je n'aurais pas pu le contenir, même si j'avais essayé.

Alors, emportée par une vague de plaisir aveuglante, je jouis. Pour la première fois de ma vie, je crie sous l'impact de l'orgasme.

Jonah ne s'arrête pas. Il ne ralentit même pas. Il se contente de me pilonner plus fort, si fort qu'il donne l'impression de vouloir me briser. Puis, il jouit lui aussi. Il émet un son rauque tout en s'enfonçant en moi jusqu'à la garde avant de se figer. Nous restons plusieurs secondes dans cette position, trop bouleversés pour bouger.

Lentement, il se retire, chaud et humide. La ceinture autour de mes bras se détend et tombe au sol. J'essaie de me mettre debout, mais j'en suis incapable. Je tremble encore trop. À la place, je me laisse tomber sur le canapé le plus proche.

Jonah se tient au-dessus de moi, une silhouette noire et sans visage. Mes inquiétudes au sujet de cet homme refont soudain surface et je me demande ce qui se passera après ça. S'il est encore en colère, si ce qu'il vient de me faire ne suffit pas…

Mais mes yeux s'ajustent à l'obscurité et se posent sur la tache blanche qui orne le mur en brique devant moi. Un carré dans un cadre en étain.

La gravure. Les mains de l'homme qui tiennent une colombe. C'est ce que je regarde.

En cet instant, je me souviens que, quel que soit le fantasme tordu qui nous lie Jonah et moi, notre connexion va au-delà. Ou elle le pourrait si nous parvenions à trouver comment faire.

— Tu me prends dans tes bras ? je murmure.

Jonah marque une pause, puis il s'assoit et m'enveloppe dans la chaleur de ses bras. Il est aussi doux en cet instant qu'il était cruel une minute plus tôt.

Lentement, il s'étend sur le canapé et je me blottis contre son torse. Je ne dis rien de plus et je ne le regarde pas dans les yeux. À la place, j'observe le tableau, m'efforçant de discerner malgré l'obscurité les lignes des ailes fragiles de la colombe et celles des mains puissantes de l'homme.

26

Rien ne serait plus embarrassant que rentrer chez moi en costume de Bavaroise. Aussi Jonah me prête-t-il un tee-shirt et un short de sport doté d'un cordon à la taille.

Je me souviens à peine du moment où, alors que j'étais à moitié endormie, il m'a portée jusqu'à sa chambre. Mais ce matin, je me suis réveillée près de lui dans un immense lit *king size* et depuis, il s'est montré très attentionné. À l'opposé d'hier soir.

Alors qu'il prépare des œufs brouillés, je me promène dans son appartement pour le visiter à la lueur du jour. Sa chambre et sa salle de bains sont les seules pièces totalement fermées. Elles occupent une zone faite de murs de brique au centre de l'imposant espace qui constitue le reste de son loft. L'inox brille dans sa cuisine, mais la table à manger semble faite en bois recyclé. Elle est rustique, mais s'accorde pourtant parfaitement avec la décoration. Je fais le tour pour étudier les étagères de livres près de la grande baie vitrée qui offre une vue incroyable sur le lac Austin et le reste de la ville. Cet endroit est le salon, comme l'indiquent les canapés en cuir, le tapis persan et le long pouf bordeaux que je reconnais. À l'autre extrémité de l'appartement trônent un bureau sur lequel s'empilent des livres près de son ordinateur et un sismographe posé sur une petite table. Le tracé est lent et régulier – aucune secousse aujourd'hui. Je contourne un tapis de course et je réapparais dans la cuisine où Jonah dispose notre petit déjeuner dans des assiettes.

Il ne porte rien d'autre qu'un caleçon et un tee-shirt blanc si moulant qu'il pourrait aussi bien être torse nu. Même après des semaines de sexe avec lui, son corps continue à me couper le souffle.

Jonah me lance un regard appuyé.

— Tu vas bien ?

— Oui.

Je prends une gorgée du jus d'orange qu'il m'a servi.

— Je n'ai bu qu'un verre de vin hier soir.

— Je ne parlais pas de ça.

Ses mains trouvent les miennes et je l'observe étudier mes poignets, en quête des brûlures que le cuir aurait pu laisser sur ma peau. Mais il n'y a qu'une petite ecchymose pas plus large que l'épaisseur d'un doigt.

Je plonge mon regard dans le sien.

— Si tu vas trop loin pour moi, je te le dirai.

Après un moment, il hoche la tête.

J'aimerais simplement découvrir où se situe ce « trop loin ».

Une fois installée à table, j'ai une bonne vue sur mon œuvre accrochée sur le mur en brique face à moi. Jonah surprend mon regard et sourit.

— Tu le trouves bien à cet endroit ?

C'est ton appartement, j'ai envie de lui répondre, *tu peux l'accrocher où bon te semble.* Mais en vérité, en tant qu'artiste, je me soucie vraiment de l'endroit où atterrissent mes créations.

— C'est parfait. La lumière le met en valeur sans trop l'éclairer pour éviter que l'encre ne s'estompe.

Il est aussi mis en avant sur ce mur, ce qui constitue toujours un grand compliment.

Jonah joue avec ses œufs du bout de sa fourchette.

— J'aimerais te poser une question. Sens-toi libre de ne pas répondre.

— Hum… Je t'écoute.

— Qu'est-ce que tu as lu d'autre ?

Il refuse de croiser mon regard.

— Dans les articles que Kip t'a donnés ?

— J'ai appris que tu faisais du vélo. Que ta maison a la réputation d'être hantée. Et… j'ai découvert que ta famille traversait une période difficile.

Je n'ai pas trouvé de meilleure façon de le présenter avec tact. Il doit forcément savoir ce que j'ai lu. Il ne peut pas ignorer que la presse s'est emparée de ses problèmes familiaux.

Jonah finit par lever la tête. De nouveau, je perçois une vulnérabilité enfouie au fond de ses yeux.

— Ce que disent les médias, ce n'est pas toute l'histoire.

— Je n'ai jamais supposé que ça l'était.

Je pose une main sur son avant-bras.

— Tu peux me dire ce que tu veux. Je ne vais pas chercher à te tirer les vers du nez. Je n'aurais même pas dû lire ce que Kip m'a donné.

— Non. Si c'est sur Internet, c'est normal.

— Eh bien, je n'ai pas cherché à obtenir d'autres informations… et je n'ai pas l'intention de le faire.

Il acquiesce, mais je devine qu'il ne me croit pas complètement. Au début, je me sens offensée, mais ensuite, je me demande si quelqu'un a déjà respecté son intimité. Il est incapable de croire que quiconque lui offrira l'espace et la solitude dont il a besoin, parce qu'on lui a toujours refusé ce droit. Je me souviens de l'article au sujet de la folie de sa mère – mes propres théories sur la colère qu'il nourrit envers elle – et mon cœur se serre quand je comprends que Jonah a érigé cette forteresse autour de lui depuis toujours.

Ces murs peuvent-ils seulement être abattus ?

Pas par une femme qui se cache elle-même derrière sa propre forteresse.

Nous mangeons dans un silence confortable, comme deux amants qui se connaîtraient depuis toujours.

Puis, Jonah me ramène chez moi et m'embrasse tendrement avant que je sorte de la voiture. Tout va bien entre nous. Du moins, ça n'a jamais été mieux.

Je me pencherai sur la question plus tard. Pour le moment, j'ai besoin de me reposer.

Je fais donc la sieste avant de prendre une longue douche brûlante et d'enfiler un jean et un pull. Après une telle soirée, Arturo et Shay auront forcément besoin d'un coup de main pour le ménage. Puisqu'elle n'est pas en état d'aider, je décide de me rendre sur place. L'activité distraira mon esprit de l'enchevêtrement d'émotions que j'éprouve quand je pense à Jonah et moi.

Quand je me gare devant leur maison de ville, la voiture de Carmen est déjà là. Je m'attends à me faire taquiner sur l'heure tardive et peut-être sur la personne avec laquelle j'ai passé la nuit. Alors, je me prépare à affronter l'inquisition.

L'accueil que l'on me réserve est tout autre.

Arturo ouvre la porte sans même me regarder.

— En quoi est-ce que ça te regarde ?

— Si vous vous faites expulser, chez qui est-ce que vous irez ?

La voix de Carmen est aiguë et tranchante. Cela ne lui ressemble pas.

— C'est mon problème aussi !

— On ne va pas se faire expulser !

Le visage d'Arturo est rouge. Cette dispute doit durer depuis un moment.

— Tu as dépensé presque cent dollars pour acheter de la bière, reprend Carmen en parcourant le salon pour ramasser les canettes vides et les jeter dans le sac-poubelle qu'elle tient à la main. Vous avez un bébé en route ! C'est irresponsable !

Je suis tellement proche d'Arturo et Carmen qu'ils n'ont aucun problème à me laisser entrer alors qu'ils sont au beau milieu d'une terrible dispute. Mais cela ne rend pas la scène moins gênante pour moi.

— Je vais voir Shay, dis-je en me précipitant dans les escaliers.

Le son de leurs cris me suit alors que je monte à l'étage.

Je découvre Shay étendue sur son lit, les aiguilles à tricoter que je lui ai offertes lors de sa *baby shower* après mon retour d'Écosse dans les mains et une pelote de laine sur les genoux. Elle ne tricote pas cependant. Elle est assise là, les yeux pleins de larmes. Elle essaie de me sourire en me voyant, mais elle n'y arrive pas vraiment.

— Ça fait une heure qu'ils se disputent comme ça.

Elle essuie ses joues du dos de sa main.

— Je ne peux pas le supporter.

— Eh… tous les frères et sœurs se disputent parfois.

C'est vrai, mais j'ai l'impression d'être une menteuse. Carmen et Arturo n'ont jamais été du genre à hurler, et surtout pas l'un contre l'autre.

Shay renifle.

— J'ai l'impression que Carmen était furieuse contre moi parce que je suis tombée enceinte. Maintenant qu'elle s'y est faite, elle s'en prend à Arturo. Nous avons économisé pour organiser une dernière fête avant l'arrivée du bébé ! En dehors de la bière, ce sont les invités qui ont tout amené ! Nous n'avons pas agi comme des idiots… si ?

Je m'assois sur le lit près d'elle. Bien qu'elle soit une femme mariée sur le point de devenir mère, elle a l'air incroyablement jeune en cet instant. Elle est plus une fillette qu'une femme.

— Vous avez tous les meubles pour la chambre du bébé. Vous avez ouvert un compte d'épargne pour ses études alors qu'il n'est encore qu'un fœtus !

— Mais il va aussi falloir qu'on paie une nounou… Je dois terminer mes études, sinon je ne serai qu'un poids financier pour Arturo…

À présent, Shay s'effondre complètement.

— Tout ira bien, je lui promets. Ce n'est pas une petite fête qui va vous mettre à la rue.

— La guerre a éclaté en bas ou quoi ?

Surprise par la voix dans mon dos, je pivote pour découvrir Geordie sur le seuil de la pièce, torse nu, mais toujours vêtu de son kilt. Il grimace sous les rayons du soleil qui pénètrent par la fenêtre de Shay.

— On est le 1er novembre ou j'ai comaté pendant des mois ?

— Tu t'es endormi vers deux heures du matin, lui apprend Shay en reniflant. Arturo t'a fait dormir sur le sol de la chambre du bébé.

— C'est gentil de sa part.

Geordie prend appui contre l'encadrement de la porte. Sa peau a pris une horrible teinte verdâtre.

— J'ai bien peur d'être sur le point de vomir dans vos toilettes.

Shay agite la main en direction de la salle de bains.

— Vas-y, j'ai passé mon temps à le faire au cours des derniers mois. Chacun son tour.

Alors que Geordie titube dans le couloir, j'entends Carmen hurler :

— Si, tu dois te justifier ! Tu vas devenir papa, Arturo ! Tu dois justifier tout ce que tu fais qui ne contribue pas à prendre soin du bébé !

Je presse la main de Shay.

— Je suis venue pour aider à ranger, mais que dirais-tu que je fasse sortir Carmen de la maison à la place ?

— Dieu te bénisse.

Shay prend appui sur ses oreillers, visiblement soulagée.

Je descends les escaliers et j'attrape le sac de Carmen avant de pointer un index sur elle.

— Toi, moi, brunch. Maintenant.

Carmen et Arturo se figent au milieu de leur dispute. Cela m'aurait fait rire si je n'avais pas vu Shay pleurer. Finalement, Carmen parvient à me répondre :

— Comment peux-tu penser à manger dans un moment pareil ?

— Un matin de jour férié ? Assez facilement. Allez, viens.

Elle ne prononce pas un mot quand nous quittons la maison et pas plus sur le trajet pour le *Magnolia Café*. Tandis que nous attendons notre tour, elle marmonne :

— Tu aurais pu te contenter de me dire de me calmer.

— Ça aurait marché ?

Carmen ne répond pas. Elle serre un peu plus les bras sur sa poitrine pour se protéger de la brise glaciale.

— Pourquoi tu pétais un plomb ?

— La façon qu'ils ont de dépenser leur argent…

— Ils ont organisé *une* fête, Carmen. Sinon, ils ont fait bien plus attention à leurs dépenses que toi ou moi.

Arturo fait partie des petits génies bizarres qui ouvrent un plan d'épargne retraite à l'âge de dix-huit ans.

— Ce n'est pas ce qui te dérange vraiment.

— Comment tu le saurais ? Tu ne lis pas dans mes pensées. Tu n'as pas à te demander ce que cela ferait de soutenir ton frère, sa femme et leur bébé…

— Cela n'arrivera pas !

Même si je ne croyais pas autant en Shay et Arturo, la famille Ortiz est raisonnablement à l'aise financièrement. Les parents de Carmen et Arturo ne sont pas riches, mais ils ont les moyens d'aider si le bébé a besoin de quelque chose.

Carmen ne semble même pas m'avoir entendue.

— … tu n'as pas à t'inquiéter de ça, parce que tu n'as pas ce genre de responsabilité. Tu peux continuer à travailler sur ta thèse et à aller à l'atelier. Tu t'en sortiras, quoi qu'il arrive. Ce n'est pas pareil pour moi.

— Bien sûr que si. Tu es un génie des mathématiques.

— Non, pas du tout.

Sa voix se brise.

— J'étais brillante au lycée… et à la fac, au début. Mais maintenant ? À ce niveau ? J'ai du retard… Je sais que je suis à la traîne et mon tuteur m'a dit que je devais m'y mettre sérieusement, sinon…

Carmen se met à pleurer. Quelques clients dans la file d'attente la dévisagent. Eh bien, qu'ils regardent s'ils en ont envie. Je la serre contre moi.

— Tu n'as pas peur pour Arturo. Tu t'inquiètes pour toi.

— L'un de nous deux doit s'en sortir, murmure-t-elle en me rendant mon étreinte. Je ne crois pas que ça sera moi.

Son comportement des derniers mois prend tout son sens. Pendant tout ce temps, Carmen a géré son angoisse en reportant ses peurs sur son frère. D'abord, elle en a voulu à Shay de charger son frère d'une telle responsabilité alors qu'il est si jeune. Ce matin, elle s'en est prise à Arturo. En fait, elle est terrifiée à l'idée de tomber sans que personne ne soit là pour la rattraper.

— Écoute-moi, OK ? Tu vas y arriver. Le doctorat est difficile. C'est censé l'être ! Mais tu as été assez intelligente pour arriver jusque-là et tu l'es assez pour atteindre ton objectif.

Carmen secoue la tête contre mon épaule.

— Je ne sais pas.

— Parfois, la vie est comme un jeu vidéo. Quand les choses deviennent plus difficiles et que les obstacles sont plus durs, cela signifie que tu as grimpé d'un niveau.

Elle rit entre deux sanglots.

— Sauf que je suis nulle aux jeux vidéo.

— Je sais.

Carmen n'a jamais réussi à comprendre comment conduire une voiture dans *Grand Theft Auto*.

— Mais tu n'es pas nulle en maths. Allez. Prends de profondes inspirations.

Elle continue à pleurer un moment et ses yeux sont toujours larmoyants quand nous finissons par nous installer à une table. Mais le café contribue toujours à améliorer les choses. Après sa deuxième tasse, elle s'anime légèrement et, quand sa gaufre arrive, elle est de nouveau calme, assez pour remarquer que mon plat est vide.

— Eh, tu n'as rien commandé ?

— J'ai pris un thé avec un toast.

Carmen me dévisage, se rappelant sans doute ma capacité à dévorer une pile entière de pancakes.

— Bon, admets-je, Jonah m'a peut-être préparé un petit déjeuner ce matin.

— Ah oui ? Il a dormi chez toi ?

— Non, j'ai dormi chez lui.

Carmen a toujours les yeux rouges, mais je devine qu'elle est heureuse de penser à autre chose.

— Tu as été si discrète au sujet de ce type. Quand tu as rencontré Geordie la première fois, tu m'as tout raconté.

Je ne pourrai jamais lui expliquer pourquoi je ne lui ai pas parlé de Jonah tout de suite ni les raisons pour lesquelles notre relation doit en grande partie rester secrète. Toutefois, s'il doit prendre une place plus importante dans ma vie, il faut que je m'ouvre un peu à son sujet.

— Jonah est quelqu'un de très réservé, dis-je. Je respecte ça.

— *Bien.* Sois mystérieuse. Peu importe, parce que de toute évidence, vous avez eu le coup de foudre l'un pour l'autre. Tu es totalement accro. Tu es quand même partie en Écosse avec lui ! Combien t'a coûté le billet d'avion en dernière minute ?

Elle ne pose pas vraiment la question, son objectif étant de prouver que je suis déjà complètement dingue de Jonah. Néanmoins, c'est peut-être l'occasion d'être honnête au sujet de ce séjour en Écosse.

— Il m'a payé le billet.

Elle écarquille les yeux.

— Jonah t'a offert un billet d'avion pour l'Écosse ? Oh, mon Dieu, Vivienne ! C'est énorme !

— Pas vraiment. Son père est l'un des cofondateurs de la compagnie aérienne Oceanic. Il a donc des tarifs avantageux.

Ceci n'a pas l'effet que j'attendais. Carmen fronce les sourcils.

— Oceanic Airlines ?

— Euh… oui. Pourquoi ?

Y a-t-il eu un crash aujourd'hui ?

— Alors… Jonah fait partie de cette famille de tarés qu'on voit dans les journaux ?

Je la dévisage, bouche bée.

— Comment tu sais ça ?

— Si son père a fondé Oceanic Airlines et qu'il s'appelle Jonah Marks, cela signifie qu'il est le fils d'Alexander Marks, n'est-ce pas ?

— Où as-tu entendu parler de ces gens ?

Carmen fait la grimace.

— À ton avis ? Les magazines *people*, les informations… Il faut bien se tenir à la page de temps en temps, non ? Et puis, qu'est-ce qu'on peut faire d'autre quand on attend à la caisse d'un supermarché ?

— Personnellement, je consulte mon téléphone et j'essaie de me dissuader d'acheter des barres chocolatées, comme une personne normale !

Génial. Tout le monde semble plus renseigné que moi sur les potins *people*. Comment préserver les secrets de Jonah dans ces conditions ? Je m'efforce de me calmer avant de reprendre :

— Je pense que Jonah essaie de prendre ses distances avec tout ça.

— Il n'a rien dit au sujet de sa mère ce matin ? insiste Carmen. Je parie qu'il ne sait pas encore.

— Qu'il ne sait pas quoi ?

— Même les journaux les plus sérieux ont fait leur une avec cette histoire. Il n'y a aucun moyen de le décrire sans en faire un titre sordide.

Chicago : l'héritière folle arrêtée pour agression sur son beau-fils

Du *Wall Street Journal* au tabloïd le plus sensationnel, chaque journal rapporte sa version des faits. Quelques vidéos prises à l'aide d'un téléphone portable ont été diffusées sur YouTube, mais aucune ne révèle plus que des mouvements dans l'obscurité et la voix d'une femme en train de crier. D'après ce que je comprends, la mère de Jonah a quitté *Redgrave House* – ce qui est déjà inhabituel pour elle – et s'est rendue à *L'Orchidée,* un club restaurant du centre-ville si réputé que même moi j'en ai entendu parler. Le propriétaire de *L'Orchidée* s'avère être Maddox Hale, le demi-frère cadet de Jonah. Quand la mère de Jonah a abordé Maddox, une dispute a éclaté et, apparemment, elle lui a fait du mal – quoique aucun journaliste ne soit capable de préciser si c'était un coup de couteau, une gifle ou autre chose entre les deux. Je ne parviens pas à discerner nettement la mère de Jonah sur la vidéo, mais j'entends quelqu'un dire : « Elle ne sait pas ce qu'elle fait. Tout va bien. Je ne porterai pas plainte ».

Maddox aurait donc accepté de laisser couler, quoi qu'elle ait fait. La police a décidé de ne pas l'écouter.

Tout ce que je sais, c'est que Jonah doit être bouleversé. Et je comprends instinctivement qu'il n'acceptera jamais d'en parler à quiconque – qu'il s'agisse de Rosalind, de moi ou d'une autre personne.

Je devrais peut-être l'appeler ou retourner chez lui. Non pas pour le pousser à se confier s'il n'en a pas envie, mais pour le soutenir.

Cela me semble... déplacé. Comme si le fait de reconnaître sa souffrance serait déjà trop intime. Comment pouvons-nous être si proches et si distants en même temps ? Je veux traverser le fossé qui existe entre nous, mais c'est peut-être impossible.

Toute la journée, j'attends son appel. Je n'imagine pas qu'il me parlera des mésaventures de sa famille, mais il pourrait avoir besoin de ma compagnie. D'une oreille compréhensive.

Il ne me téléphone pas ce jour-là. Ni le jour suivant. Il ne m'envoie pas d'e-mail non plus.

Quelle que soit l'épreuve que Jonah vit, il semble déterminé à la traverser seul.

27

Le jeudi, Jonah finit par appeler alors que je suis au supermarché.

Même après cinq jours de séparation, je n'ai pas le droit à un bonjour.

— Désolé de ne pas… avoir donné de nouvelles, dit-il simplement.

— Ce n'est rien. On a tous besoin d'espace à certains moments.

C'est une façon de l'inviter à me dire pourquoi il s'est isolé.

Il décline l'invitation.

— J'ai une idée.

— Oui ?

— Pour notre prochain jeu.

Je me tiens au milieu du rayon fruits et légumes, entre les concombres et les kakis, mais le simple fait d'entendre sa voix rauque me parler de nos jeux fait réagir mon corps instantanément. Les flammes enflent en moi alors que je plaque le téléphone contre mon oreille pour être sûre que personne d'autre n'entende.

— Je t'écoute.

— Quand je te prendrai, je veux te posséder.

— C'est toujours le cas, je murmure.

— Pas complètement, dit-il. Jusqu'à maintenant.

*

* *

J'ai l'impression que les cheveux de Doreen ont blanchi au niveau des tempes au cours des deux derniers mois. Je me demande dans quelle mesure j'en suis à l'origine.

— Vous et Jonah n'avez pas du tout parlé de ses problèmes familiaux, observe-t-elle, alors même qu'ils sont étalés sur chaque site Web et à la une de tous les journaux du pays.

— Il ne veut pas en parler.

Je hausse les épaules.

— Il m'arrive aussi de ne pas vouloir aborder certains sujets. Nous respectons l'intimité de l'autre. Je crois qu'il existe une citation là-dessus. « *Deux solitudes se protégeant, se complétant, se limitant, et s'inclinant l'une devant l'autre.* »

— Nous citerons Rilke une autre fois.

Le regard sombre de Doreen ne quitte pas mon visage.

— Vous avez dit que Jonah n'avait jamais mentionné l'arrestation de sa mère. À la place, il vous a appelée pour vous demander de « jouer » de nouveau.

— C'est exact.

— Vous avez conscience qu'il pourrait chercher à compenser son sentiment d'impuissance.

Je ris en entendant ces paroles.

— Inutile d'avoir un diplôme en psychologie pour tirer cette conclusion.

— Qu'est-ce que vous cherchez à compenser avec lui ?

— Je me punis en me laissant aller. Lorsque je m'autorise à m'évader dans mon fantasme, quand je m'abandonne à la peur et à l'impuissance, je me punis de le désirer. Vous ne voyez pas ?

— Je doute que ce soit aussi simple.

Elle plaisante ?

— Rien de tout ça n'est simple, je rétorque.

Doreen se penche en avant et quand elle se remet à parler, une émotion sincère filtre dans chacun de ses mots.

— Il n'y a aucune raison de vous punir d'avoir ce fantasme.

— Le fait de vouloir revivre la pire expérience de ma vie ? Ce qu'Anthony m'a fait subir ? C'est complètement tordu.

— Encore une fois, de nombreuses femmes fantasment sur le viol. Certains hommes également. Ce n'est pas toujours une réponse à un traumatisme. La plupart du temps, je ne crois même pas qu'il existe une raison particulière.

Doreen m'a déjà répété cela un millier de fois, mais ce qu'elle dit ensuite explose dans mon esprit comme une bombe :

— Vous auriez peut-être eu ce fantasme même si Anthony ne vous avait jamais violée.

— Non.

Je secoue la tête.

— C'est lui qui m'a rendu comme ça. Vous le savez.

— Anthony vous a violée, ajoute-t-elle. Le fantasme vient de là, mais aussi d'une culture qui érotise la violence contre les femmes, de la culpabilité issue d'un héritage puritain qui nous interdit de laisser libre cours à nos désirs et de Dieu sait quoi d'autre.

Je suis furieuse contre elle. J'ai envie de pleurer. Mes joues sont rouges de honte. Toutes les émotions que j'ai éprouvées à ce sujet refont surface en même temps.

— Mais c'est la seule chose qui me fait jouir. Je n'y arrive pas autrement ! Cela vous semble normal ?

Doreen m'observe attentivement.

— Exactement. Ce n'est pas le fantasme, le problème, c'est votre obsession. Qui vous empêche d'être comblée sexuellement d'une autre manière ?

Moi. Elle veut parler de moi.

Ce n'est qu'à ce moment que je prends conscience que Doreen me prépare à cela depuis très longtemps.

J'attrape mon sac.

— C'est terminé.

— Cette séance ou la thérapie ?

Elle le dit en sachant que je pourrais décider de ne plus jamais la revoir. En cet instant, je suis tentée de le faire, mais j'ai trouvé trop de réconfort ici par le passé pour laisser Doreen s'échapper aussi facilement.

— C'est fini pour aujourd'hui, je précise. Je reviendrai.

Je me dirige vers la porte sans attendre sa réponse.

Alors que je monte dans ma voiture, tremblant de tous mes membres, je pense à ce dont j'avais l'intention de discuter avec Doreen. Nous n'étions pas censées déterrer les racines de mon fantasme aujourd'hui. Nous devions parler du week-end prochain. De ce que Jonah attend de moi. De l'étape que notre relation est sur le point de franchir.

Peu importe. Doreen n'aurait rien pu dire qui m'aurait arrêtée.

Je donnerai à Jonah ce qu'il a demandé.

Préparations :

J'écris un e-mail de réponse automatique sur mes comptes personnel et professionnel pour indiquer que je ne serai pas joignable avant lundi matin au plus tôt.

Je raconte à Carmen que Jonah « m'enlève » pour un week-end dans un chalet au beau milieu du parc national, rien de plus. Elle trouve que c'est romantique et adorable, et surtout, elle ne s'inquiétera pas à mon sujet. Elle n'essaiera pas de me voir.

Auprès de Kip, je prétends que nous partons en randonnée. Il hausse les sourcils devant ce choix inhabituel, mais il me croit. Pourquoi ne le ferait-il pas ? De cette façon, lorsque je serai de retour au bureau la semaine prochaine, Kip ne spéculera pas sur mes éventuelles égratignures ou ecchymoses.

J'arrose mes plantes et je prépare un sac avec quelques affaires.

Le vendredi, je conduis jusqu'à l'endroit où je serai retenue prisonnière.

*

* *

Je veux te kidnapper, a dit Jonah.

Je veux te garder ligotée, coupée du reste du monde, pendant des jours. Je veux utiliser ton corps de toutes les façons possibles, encore et encore, jusqu'à ce que tu ne puisses plus le supporter. Mais même alors, tu n'auras pas le choix d'endurer ce traitement. Je veux que tu saches qu'il n'existe aucune possibilité de t'enfuir et que personne ne peut t'entendre.

Tu seras complètement mienne.

Lorsque nous avons retrouvé nos esprits après cette déclaration, nous avons prévu tous les détails logistiques. Si excitée que je sois à l'idée d'être la prisonnière de Jonah, nous ne devons prendre aucun risque.

Nous pourrions être vus, ce qui signifie que quelqu'un pourrait appeler la police ou – pire encore – jouer les héros ce qui impliquerait l'hypothèse que Jonah soit arrêté, gravement blessé ou même tué. Nos appartements respectifs offrent une certaine intimité, mais ces endroits me sont trop familiers. Ils sont trop confortables. Nous recherchons tous deux l'illusion d'un contrôle aussi absolu que possible.

Alors, Jonah a trouvé un endroit, un chalet en location à la frontière du parc national. Il m'a donné une adresse et une heure à laquelle me rendre sur place le vendredi après-midi. À la même heure le dimanche, il me libérera.

Les autres détails me sont inconnus. Je serai entre les mains de Jonah.

Je porte des vêtements que j'ai achetés spécialement à la boutique de fripes pour l'occasion – une jupe en coton délavée, un tee-shirt trop fin pour le mois de novembre. Je ne peux pas me promener avec un sac de voyage sans ruiner la mise en scène, mais j'ai préparé des affaires que Jonah ira récupérer dans ma voiture à un moment. Le sac contient un change pour dimanche et mon téléphone portable. Tout ce que je voudrai ou désirerai en dehors de ça, il faudra que je le mérite.

À cette période avancée de la saison, nous sommes probablement les seuls à avoir loué un chalet pour le week-end. Même si ce n'était pas le cas, les autres habitations sont à plusieurs kilomètres les unes des autres. Chaque minute de route me rappelle à quel point l'endroit où je me rends est isolé et l'intensité de la scène que nous nous apprêtons à jouer. Mes mains sont moites sur le volant. Une chanson joue à la radio, mais je ne l'entends pas. Je ne perçois que mon pouls, ma nervosité et mon désir.

Le soleil couchant peint le ciel de violets et d'oranges quand j'atteins le chalet. Les graviers crissent sous mes pneus lorsque je m'engage sur le chemin étroit qui s'éloigne de la route principale et du reste de la civilisation. Finalement, j'aperçois la bâtisse. L'endroit est petit et rustique, les murs en bois sont nus et le plafond bas. La berline de Jonah est garée devant.

Il a dû m'entendre arriver. C'est le signal.

Je sors de voiture. Mes jambes sont faibles et tremblent sous mon poids. Je dépose les clés sur le capot de ma voiture et je pivote vers le chalet, l'oreille tendue. Le moindre bruissement de feuilles dans les branches me met aux abois et, pour la énième fois, je pense : *c'est la chose la plus folle que tu aies jamais faite. Tu es sur le point de franchir une ligne. Y es-tu prête ?*

À ce moment, j'entends la porte s'ouvrir et je prends la fuite.

Les branches et les ronces s'accrochent à ma poitrine alors que je m'enfonce dans les bois, courant comme si ma vie en dépendait vraiment. Mon monde n'est plus qu'un brouillard marron et vert, avec le ciel pâle au-dessus de ma tête. Le sol irrégulier et rocheux me fait trébucher une fois, deux fois, encore... mais je garde le rythme. Il le faut. Je dois essayer de m'échapper.

Je l'entends derrière moi. Le bruit de ses pas est de plus en plus proche. Je perçois son souffle lourd. Jonah me poursuit avec détermination.

Nous sommes tous les deux trop doués à ce jeu.

J'atteins une clairière et j'essaie d'allonger le pas, mais il me fait un croche-patte par-derrière. Nous tombons au sol et je me débats du mieux que je peux – je donne des coups de pied, je me tortille en tous sens, j'essaie de me dégager. Jonah me maintient fermement et je n'ai aucune chance de lui échapper.

Il pose les genoux sur mes bras et fait peser son corps sur ma poitrine. Il est essoufflé. Il a de la terre sur l'une de ses pommettes et sur le front. Il baisse les yeux sur sa proie et je sens son torse se gonfler à chacune de ses inspirations. Je suis impuissante et je n'ai d'autre choix que de rester étendue sous lui.

Lentement, un sourire étire ses lèvres.

*

* *

— Je t'attendais.

Jonah m'a traînée jusqu'au chalet, dont l'intérieur est très rudimentaire d'après ce que je vois. Il maintient mes bras dans mon dos alors qu'il me pousse en avant si fort que je trébuche. Je ne distingue que quelques meubles en bois, un tapis élimé au sol avant qu'il ne me presse vers la chambre.

Le lit est le seul meuble de la pièce. C'est à peine un matelas double, avec un cadre en métal dont le gris s'est terni avec le temps. Il est recouvert de draps blancs immaculés, mais ce sont les cordes qui attirent mon attention.

Jonah en a enroulé une à chaque pied. Elles m'attendent.

Il me jette sur le lit. J'ai perdu une chaussure sur le seuil du chalet et je perds la deuxième ici. J'essaie de le repousser, mais c'est futile. Jonah me chevauche et sourit de satisfaction en me forçant à écarter les bras.

— Chut.

Il fait passer ma main dans une boucle – la corde est douce, soyeuse, comme celles qui servent à attacher les rideaux. Lorsqu'il la resserre sur ma peau, je me retrouve prisonnière aussi sûrement que s'il avait opté pour des menottes.

— Ça me facilitera les choses si tu commences à te débattre. Ça ira plus vite. Tu ne veux pas que ça aille plus vite ? Que ça se termine ?

— Laissez-moi partir…

Jonah emprisonne mon autre main.

— La ferme, souffle-t-il, ou je te bâillonne avec ta propre culotte.

Non.

Oui.

Il s'écarte vers le pied du lit et prend l'une de mes chevilles pour l'attacher. Dans quelques secondes, je serai ligotée, les bras et les cuisses écartés, exposée à lui et à tout ce qu'il compte me faire.

Il passe à l'autre cheville. Ça y est. Je suis complètement impuissante. Seul le mot *Silver* peut me sauver à présent.

Alors qu'il se tient entre mes jambes, Jonah fait courir ses mains sur mes cuisses.

— J'en voulais une belle. Une fille comme toi. Une que je puisse garder.

Silver, je pense avec frénésie. *Silver*. Mais ce n'est pas ce que je dis.

— Je vous en prie, laissez-moi partir. Je ne le dirai à personne, je le jure. Vous pourriez me conduire quelque part, me laisser partir. Comme ça, je ne saurai pas où vous êtes…

Jonah secoue la tête lentement.

— Je t'ai avertie.

Il passe la main sous ma jupe et m'arrache ma culotte. Alors que je l'observe, en proie à un mélange d'horreur et de désir, il roule le coton en boule et grimpe sur le matelas. Il me force à ouvrir la bouche et enfonce les restes de mon dessous à l'intérieur. Je sens le goût épicé de mon sexe sur le tissu, le goût de mon désir.

Alors qu'il s'agenouille entre mes jambes tremblantes, Jonah attrape le col de mon tee-shirt et le déchire d'un coup. Je n'ai pas mis de soutien-gorge. Ma poitrine est donc exposée à son regard. Il prend mes seins en coupe et pince mes tétons en souriant de les voir durcir sous son toucher.

— Voyons ce que j'ai attrapé d'autre, dit-il.

Ses mains puissantes détruisent ma jupe comme si elle était faite de papier. À présent, je suis complètement nue.

— Oh, j'ai plein d'idées sur ce que je pourrais te faire.

Je pleure à présent. Ce n'est pas de la comédie, pas complètement.

— Quoi ?

Il me regarde en feignant l'innocence.

— Tu as quelque chose à dire ?

Il retire ma culotte de ma bouche pour le plaisir de m'entendre le supplier.

— Je vous en prie, je murmure. *S'il vous plaît.*

— Pourquoi t'écouterais-je ? Tu es vierge ?

— Non…

— Alors, tu es une salope. N'importe qui peut te baiser. Maintenant, c'est mon tour.

J'essaie de détourner la tête, mais il enfonce de nouveau la boule de coton dans ma bouche. Mon sexe lui est totalement offert… La moindre partie de mon corps lui est exposée… et je ne peux rien lui cacher. Je ne peux rien empêcher.

— Je pourrais te faire tant de choses, murmure-t-il, mais d'abord, il me faut mes jouets.

Des jouets ? Cela peut vouloir dire n'importe quoi. Je lui ai dit de ne pas me faire vraiment mal – ce ne sera donc pas un fouet, *a priori* –, mais la liste des objets qu'il pourrait utiliser pour m'attacher ou m'humilier est infinie. Ils envahissent mon esprit, un kaléidoscope d'images pornographiques qui m'enflamment aussitôt.

Je l'entends sortir, puis revenir. Qu'est-il allé chercher ?

Lorsqu'il pénètre dans la chambre, il dépose un sac près du lit avec nonchalance et sourit de me voir là, ligotée de telle façon qu'il peut étudier mon sexe à sa convenance. Jonah approche et enfonce deux doigts en moi. Il va et vient, lentement, puis recule. Son sourire est diabolique lorsqu'il ouvre son pantalon.

Je ne veux pas désirer cela, mais c'est le cas… C'est le cas…

— Tu veux me supplier encore ?

Il retire de nouveau la culotte de ma bouche. Je crois qu'il aime ça, la remettre entre mes lèvres, me réduire au silence.

— Vous n'avez pas à faire ça.

Ma voix tremble.

— Tu peux dire tout ce que tu veux, traînée, dit-il en riant.

Puis, il se place au-dessus de moi, sa verge gonflée et épaisse entre mes jambes avant de me pénétrer d'un coup de reins brutal.

Ça brûle. C'est douloureux. C'est aussi tellement bon que je pourrais hurler.

Son membre m'emplit, complètement. Ses mouvements sont lents, il veut me tourmenter au sujet du temps que cela prendra.

— Oui, murmure-t-il en s'enfouissant en moi un peu plus, c'est ça.

Il est en moi jusqu'à la garde à présent et il se met à onduler des hanches lentement, mais fermement, si fermement que mon corps remonte sur le matelas et que les cordes mordent mes poignets. Je grogne de douleur et de plaisir.

— Ferme ta gueule, siffle-t-il.

Il se fige.

— Si tu ne la fermes pas, je te baiserai encore plus fort, jusqu'à ce que tu saignes.

Jonah poursuit ses mouvements. Il se retire complètement avant de plonger de nouveau en moi. Chaque fois, la brûlure est insupportable, mais mon corps me trahit en lui répondant, en le désirant encore plus alors même que les liens s'enfoncent dans ma peau.

— J'y vais doucement, explique Jonah. Tu sais pourquoi ?

Je secoue la tête. Mes cheveux sont collés à mon front par la sueur.

— Parce que je ne veux pas jouir en toi tout de suite. Il va falloir que tu attendes. Bientôt, tu me supplieras de le faire, parce que c'est la seule solution pour que j'arrête.

Il me pénètre de nouveau jusqu'à la garde et souffle contre mon épaule.

— Pour le moment, je veux dire. Parce que je compte bien te baiser encore. Et encore. Je vais te baiser jusqu'à ce que tu n'en puisses plus.

— Non...

— Je t'ai dit de la fermer !

Jonah remet la culotte dans ma bouche et cette fois, il ne la retire plus. Il me pilonne, ses hanches s'activant de plus en plus vite, de plus en plus fort jusqu'à ce que j'aie l'impression qu'il est sur le point de me déchirer. Il a écarté mes jambes si largement que je peux voir son sexe dur s'enfoncer en moi, lubrifié par ma mouille. Mes cris sont étouffés par le coton et je devine qu'il adore me voir aussi impuissante.

Quand je suis proche de l'orgasme, je ne peux m'empêcher d'agiter le bassin pour aller à sa rencontre, mais c'est à ce moment-là qu'il se retire, refusant de nous offrir ce soulagement.

Il reste agenouillé là un moment, sa verge dressée devant lui tandis qu'il contemple sa prisonnière. Il tend les mains pour prendre mes seins et les presse vigoureusement.

Puis, il descend du lit.

Il attrape son sac et en sort un petit objet blanc en forme de U. Qu'est-ce que c'est que ce truc ?

— Je vais te faire rouler sur le ventre, indique-t-il. Tu ne vas pas me donner de coup de pied ou te débattre, ni faire quelque chose de stupide. Si tu n'obéis pas, tu seras fessée. C'est compris ?

Personne n'a jamais essayé de me fesser avant lui. Jonah fait-il référence à de petites tapes légères ou à une punition plus brutale ?

Probablement la seconde option. J'ai bien l'intention de le découvrir.

Lorsqu'il détache l'une de mes chevilles, je ne fais rien si ce n'est étirer mon pied. Le sang qui circule de nouveau normalement déclenche des fourmis dans mon talon, la plante de mes pieds et mes orteils, une sensation à la fois douloureuse et bienvenue. Mais lorsqu'il libère la deuxième, je saute sur l'occasion pour remonter sur le lit et lui envoyer un coup de pied.

— Sale garce !

Jonah plonge sur moi et plante ses dents dans mon épaule. La douleur irradie. A-t-il transpercé la peau ? Je me fige aussitôt. C'est ce qu'il voulait. Il me fait rouler du mieux qu'il peut. Je suis sur le flanc gauche, les mains toujours attachées aux pieds du lit

Il m'a fait rouler juste assez pour exposer mes fesses.

— Parfait, murmure Jonah. Reste calme au lieu de te débattre. Tu veux me rendre heureux, n'est-ce pas ? Si tu me rends heureux, je serai gentil avec toi. Je te donnerai quelque chose à manger. Je te laisserai dormir dans ce lit au lieu de coucher par terre.

Oh, Seigneur. Que va-t-il me faire ? Je le redoute autant que cela m'excite. N'y a-t-il aucun danger, aucune humiliation capable d'anéantir ce fantasme dans mon esprit ? Me possédera-t-il à tout jamais ?

Il me possède en cet instant, tout comme Jonah.

Je hoche la tête, affirmant silencieusement que je ferai ce qu'il faut pour le « rendre heureux ».

Il m'attrape par les cheveux et se penche vers moi.

— Bien. Tu as compris qu'il fallait m'obéir. Et maintenant, je voudrais que tu portes quelque chose pour moi.

Porter quelque chose ? La confusion ne fait qu'intensifier ma peur alors qu'il s'écarte de nouveau pour s'emparer du petit objet blanc. Maintenant que je le vois plus clairement, je me rends compte que les extrémités du U sont plus plates que le centre, qui est cylindrique. Il semble recouvert de silicone. Puis, il l'insère en moi… L'un des côtés est enfoncé dans mon sexe, l'autre est pressé contre mon clitoris.

— Tu ne vas pas te contenter de le prendre, déclare Jonah. Tu vas aimer ça.

J'entends un petit clic et l'appareil se met à vibrer.

C'est un vibromasseur ? Je n'en ai vu qu'un seul modèle jusque-là, sans compter les choses énormes qu'ils vendent à la pharmacie sous le terme « masseur de dos ».

C'est agréable, cependant. Génial même. Je me rends compte qu'il a été spécialement conçu pour être porté pendant les rapports sexuels. L'extrémité en moi est suffisamment fine pour que Jonah puisse me pénétrer en même temps. Peut-être que la sensation sera plaisante pour lui aussi. Mais je ne vois pas pourquoi il pense que j'ai besoin d'un vibromasseur pour prendre mon pied…

À cet instant précis, Jonah glisse deux doigts dans mon anus.

Mon corps tout entier se tend autour de lui. Ses doigts semblent enfoncés si profondément en moi. La pression éveille une honte primitive. Je me mets à trembler, les muscles de mes jambes et de mes fesses se contractant comme les cordes d'un instrument. Alors que Jonah fait tourner ses doigts, je sens ses os, la rugosité de sa peau contre la mienne et je rougis si violemment que mes joues semblent s'enflammer. Jonah laisse échapper un rire grave et sexy. Il a dû s'apercevoir que j'étais écarlate. Il retire sa main, mais il n'en a pas fini.

J'ai franchi mes propres limites. Pourquoi ? Parce qu'il s'apprête à me faire ce qu'aucun autre homme ne m'a jamais fait. Jonah est sur le point de me sodomiser.

— Tu vas adorer ça, souffle-t-il en attachant l'une de mes jambes au pied du lit, puis la deuxième.

Je ne pourrais pas me retourner, même si je le désirais. Les doigts de Jonah s'enfouissent en moi de nouveau, moins lentement que la première fois, et il les fait aller et venir. La vibration contre mon clitoris continue à produire ses effets, m'excitant de plus en plus.

— Tu vas jouir pendant que je serai dans ton cul et ça prouvera à quel point tu aimes ça, salope.

Oh, Seigneur ! Je lui ai dit que ce n'était plus interdit, mais uniquement parce que je savais qu'un agresseur ne se soucierait pas de mes préférences. Aucun homme ne m'a jamais prise de cette façon auparavant. Ça risque d'être douloureux. Cela serait douloureux avec n'importe quel partenaire, mais le membre imposant de Jonah va me déchirer...

— Tu vas jouir si fort que ce sera le meilleur orgasme de tous les temps.

Jonah introduit un autre doigt en moi. Ma chair tendre s'étire sous la pression. Je sens qu'il a recouvert ses doigts de quelque chose, de l'huile ou un autre genre de lubrifiant, mais cela n'apaise pas ma panique. Je ne veux pas qu'il fasse ça. Je veux qu'il arrête.

Mais en même temps, je veux qu'il continue.

Je ne peux pas dire *Silver,* pas avec ma culotte roulée en boule dans ma bouche. Je pourrais néanmoins l'arrêter en claquant des doigts. Même attachée, je suis capable de le faire. Mais la vibration commence à me griser. Le tourbillon du plaisir envahit mon esprit et emporte la moindre pensée rationnelle, me grisant totalement. Mon sexe pulse. Je rêve de le sentir en moi, mais c'est mon cul que Jonah explore en cet instant.

Une dernière supplique : je secoue la tête. Jonah rit.

— Quoi, tu veux me supplier ? J'adore t'entendre me supplier.

Il retire le tissu humide de ma bouche et le jette sur le côté, y renonçant enfin.

— Supplie-moi, ma belle.

— Je...

Ma voix est enrouée.

— Je vous en prie, pas ça. N'importe quoi, mais pas ça. Je ferai tout ce que vous voudrez.

— Tu feras tout ce que je voudrai de toute façon, petite chienne.

Sur ces mots, Jonah enfonce son membre dans mes fesses.

Je crie. La douleur est indéniable, mais elle diminue rapidement tandis que Jonah reste immobile, attendant que mon corps s'adapte à lui. Tremblante, j'essaie de lui échapper, mais je ne peux pas bouger. Mes mouvements ne font qu'accentuer la pression du vibromasseur sur mon clitoris et alors, je suis incapable de dissocier la douleur du plaisir.

Jonah commence à bouger, prenant mes fesses comme il veut le faire depuis le début. Je l'entends grogner de satisfaction.

Il n'est pas en train de me déchirer, il fusionne avec moi. Il n'y a plus de moi ni de lui. Il n'y a que la façon dont il me pilonne, chaque va-et-vient nous transformant en une seule et même personne.

Jonah est le seul homme qui a anéanti mes pensées de cette façon. Je suis incapable de parler, de penser. Je ne sais pas quoi ressentir. Tout ce que je sais, c'est qu'il me prend sans merci à présent, si profondément enfoui en moi que j'ai le sentiment d'être réduite à mon corps qui lui appartient totalement… Même l'excitation qui enfle en moi, de plus en plus puissante, lui appartient…

Mon sexe se contracte et l'orgasme s'abat sur moi, me traversant telle une vague de pure extase. Mes fesses se resserrent autour de son membre et j'entends son rire rauque et cruel annonçant son triomphe. Il a réussi à me sodomiser et à me faire jouir violemment en même temps.

C'est fini. Il a gagné. Il ne pourra jamais me posséder plus qu'il ne le fait en cet instant. Et je me délecte de ma propre défaite.

Jonah s'enfonce en moi de nouveau, les mains appuyées sur le matelas de chaque côté de mon corps.

— Je n'ai pas encore terminé, ma belle. Loin de là.

Le vibromasseur n'en a pas fini avec moi non plus. Déjà, je sens le plaisir se raviver en moi. Je ne peux quand même pas jouir aussi rapidement derrière. Je *ne peux pas*. Mais la stimulation inexorable du *sex toy* continue à jouer son rôle, exigeant une réaction.

Jonah poursuit ses mouvements, me fendant en deux chaque fois et il arrive à me faire aimer ça.

Chaque vibration entre mes jambes me pousse plus près du gouffre.

— Oh, mon Dieu ! je soupire, la tête enfouie dans le matelas, partagée entre l'abandon et la honte. Oh…

L'orgasme déferle sur moi, dévastateur et aveuglant, me laissant presque inconsciente. Je convulse pratiquement sous l'effet de l'extase et Jonah rit de nouveau.

Personne ne pourrait me dominer ainsi. Seul Jonah en est capable.

— Garce, siffle-t-il.

Puis, il grogne et me pénètre jusqu'à la garde, frissonnant tandis que son propre orgasme l'emporte.

Je reste un long moment étendue là. Les vibrations sont presque douloureuses à présent contre mon clitoris surstimulé. Puis, Jonah se retire et me libère du vibromasseur.

— Tu me supplieras de recommencer dans quelque temps. Tu me supplieras de te faire plein d'autres choses.

Il détache mes chevilles avant d'éteindre le *sex toy* et de le déposer sur le côté. Je suis trop faible et vidée pour résister ou même bouger.

— Maintenant, tu vas prendre une douche pour moi. Je veux te regarder. Ensuite, tu reviendras ici et je t'attacherai avec les jambes écartées encore une fois. Comme ça, je pourrai me servir de toi dès que j'en aurai envie.

Jonah défait les liens de mes poignets et me force à me lever…

À cet instant, mon portable sonne.

La sonnerie, celle que j'ai attribuée à Chloe après la dernière conversation gênante que nous avons eue au téléphone, m'arrache brutalement au fantasme. Il a dû amener mon sac lorsqu'il s'est absenté tout à l'heure, parce que le son est proche, peut-être près de la porte. Le grognement de frustration de Jonah est complètement réel. Comment ai-je pu oublier de le mettre sur silencieux ?

— Tes amis peuvent-ils se demander où tu es ?

Jonah passe une main sur mes seins et tire sur mes tétons.

— Ils ne le sauront jamais. Je vais éteindre ton téléphone pour qu'on ne soit plus dérangé.

La sonnerie s'interrompt. Dieu merci. Chloe laissera son message tandis que Jonah et moi replongerons dans notre fantasme. Il me tire vers le salon puis la salle de bains, dont le sol et les murs sont recouverts d'un carrelage d'un blanc saisissant. En tremblant, je mets un pied dans la douche où il va falloir que je me donne en spectacle pour lui…

C'est à ce moment que le téléphone se remet à sonner. Et c'est encore Chloe.

Chloe a toujours préféré laisser des messages. Toujours. Elle n'insisterait pas si cet appel était banal.

C'est important.

Il s'est passé quelque chose.

— *Silver*.

Je pivote vers Jonah et je répète le code.

— *Silver*.

Instantanément, il laisse tomber ses bras de chaque côté de son corps et son expression se transforme. Il n'est plus un maître furieux et brutal. Il est Jonah de nouveau et je suis moi.

— Que se passe-t-il ?

— C'est ma sœur. Elle n'appelle jamais deux fois d'affilée comme ça.

Je suis le son du téléphone. Mes jambes tremblent encore. Mon souffle est court. Je tombe à genoux sur le sol et j'ouvre mon sac de voyage. La sonnerie s'arrête au moment où je sors l'appareil. Je presse aussitôt la touche de rappel. Elle décroche instantanément.

— Chloe ? C'est moi. Que se passe-t-il ?

— Dieu merci, j'arrive à t'avoir.

Son ton n'est pas sarcastique. Elle est totalement sincère. C'est mauvais signe.

— Que s'est-il passé ? je murmure. Dis-moi.

— Papa a fait une crise cardiaque. Ils doivent l'opérer à cœur ouvert demain. Ils ne savent pas s'il survivra.

28

J'étais bouleversée avant que Chloe n'appelle. À présent, je suis… je ne sais pas ce que je suis.

— Il est plus de dix-neuf heures, dis-je en enfilant mes sous-vêtements. Je ne serai pas à l'aéroport avant vingt heures ou vingt heures trente. Ils n'ont jamais de sièges libres en dernière minute, et encore moins sur les vols de fin de journée.

Jonah a reboutonné son jean. Il a les mains tendues devant lui comme s'il essayait d'apaiser un cheval nerveux.

— Tu peux prendre le premier vol demain matin. On peut acheter un billet par téléphone.

Je secoue la tête.

— Je dois partir aujourd'hui.

Ils doivent l'opérer immédiatement, a dit Chloe. *Il est programmé pour un remplacement valvulaire à la première heure demain.*

Il n'est pas question que je passe la matinée dans un avion, mon téléphone éteint, à attendre d'atterrir pour découvrir si mon père a survécu ou pas à l'opération.

— Attends, insiste Jonah. Tu as l'intention d'y aller en voiture ?

— Je l'ai déjà fait, tu sais.

Il faut huit heures de route, mais de nuit, je peux y arriver en moins de temps. Je réduirai peut-être le voyage à six heures. Je serai chez moi avant l'aube.

Alors, je pourrai éventuellement voir mon père juste avant l'opération.

Jonah n'a pas l'air convaincu.

— C'est un sacré trajet.

— On rencontre des gens très intéressants quand on voyage en voiture.

Mon rire est étranglé.

— Vivienne.

Il fait un pas vers moi.

— Tu es bouleversée et épuisée. Prendre la route de nuit… tu risques de t'endormir au volant.

— Alors que je suis terrorisée à l'idée que mon père puisse mourir ? Je doute sincèrement que je m'endorme.

J'enfile mon pull et mon jean.

Jonah pose les mains sur mes épaules, un geste doux qui s'insinue en moi comme une profonde inspiration.

— Mange au moins quelque chose, me conseille-t-il gentiment. Ça ne te prendra pas plus de dix minutes et tu seras plus en forme pour conduire.

Je ne vois pas en quoi un en-cas pourrait changer ce que je ressens, mais je me rends compte que Jonah essaie d'aider. De se comporter comme l'amant qu'il deviendra peut-être un jour à mes yeux.

Quand ce jour arrivera-t-il ? Lorsque je lui aurai raconté tous mes secrets. C'est-à-dire jamais. Mes illusions sont éclipsées par la dure et froide réalité.

— Si tu peux me donner quelque chose à emporter, ce serait super.

Je m'assois pour mettre mes chaussettes.

— Mais il faut que je parte d'ici au plus vite.

Quand je suis prête à m'en aller, Jonah me tend un sac en plastique plein – un sandwich au poulet, une banane et même une petite bouteille de jus d'orange. Des provisions qu'il réservait à son otage, j'imagine.

— Tu es sûre que tu peux conduire ? demande-t-il.

J'acquiesce. Je le peux, parce qu'il le faut.

— Ta famille...

Jonah hésite un long moment.

— Vont-ils prendre soin de toi ?

Il a lu entre les lignes. Malgré le peu d'informations que je lui ai données sur Chloe et ma mère, il sait qu'elles ne me soutiennent pas. Même une crise comme celle-ci ne pourra pas résoudre les conflits entre nous.

Jonah est un homme perspicace. Cela ne change rien.

— Tu ne parles pas de ta famille. Je ne parle pas de la mienne. Nous déterminons ce que nous pouvons partager et ce que nous souhaitons garder pour nous. Ce sont les nouvelles règles, n'est-ce pas ?

Je marque une pause et je prends une profonde inspiration.

— Merci pour la nourriture. Et... cette mise en scène était géniale. Une autre fois.

Il hoche la tête simplement. Il n'est pas plus doué pour les au revoir.

Quand je m'installe derrière le volant de ma voiture, la douleur entre mes cuisses me rappelle la perfection avec laquelle Jonah m'a baisée quelques minutes plus tôt. C'était merveilleux. Il m'a ébranlée au plus profond de mon être. Mais toutes ces émotions ont été balayées. À présent, seule la peur demeure.

Je suis sur le point de perdre la seule personne de ma famille qui ne m'a pas trahie.

*

* *

— Ma chérie, tu te comportes bizarrement, a répété mon père tant de fois au cours de ce printemps et de cet été-là. Il faut qu'on t'emmène chez le médecin. Je crois que tu as la mononucléose.

— Je n'ai pas la mononucléose, répondais-je. Je n'ai pas besoin d'aller voir un médecin.

Même avec une angine ou une gastro, je ne serais pas allée consulter le médecin. Pendant des mois après le viol, j'ai été persuadée que le prochain examen médical que je ferais révélerait que je n'étais plus vierge. Cela ne pousserait pas maman à me croire au sujet d'Anthony. À la place, elle supposerait que j'avais couché avec un garçon de l'école, me dirait que j'étais « rapide en la matière » et me punirait pendant des mois. Alors, je n'aurais plus le droit de quitter la maison. Je serais coincée chez moi, obligée de rester assise sur le canapé et de prétendre que je ne m'étais pas fait violer dessus quelques semaines plus tôt.

Mon père n'avait aucune idée de ce qu'Anthony Whedon m'avait fait. Ma mère n'avait pas partagé mon « mensonge » avec lui, et Chloe n'était pas du genre à admettre auprès de quiconque qu'elle était inquiète que sa petite sœur ait flirté avec son petit ami.

Bien sûr, je n'en ai jamais rien dit à mon père moi-même. Il n'aurait pas été aussi cruel que ma mère ou Chloe, mais il ne m'aurait pas crue non plus. J'avais entendu ses commentaires sur la fille qui avait été retrouvée inconsciente dans un dortoir, quand ils avaient dit aux infos qu'elle cherchait à poursuivre cinq types pour l'avoir filmée alors qu'ils la violaient pendant qu'elle était dans un coma éthylique. *Si une fille se saoule à ce point, si elle se rend dans la chambre d'un jeune homme, elle sait parfaitement ce qui va se passer. Elle n'aurait jamais fait ça si elle ne cherchait pas quelque chose. Maintenant, elle s'est fait avoir et elle ne veut pas qu'on la prenne pour une traînée, alors elle invente des histoires. Elle gâche la vie de ces pauvres garçons.*

Je n'étais pas dans un dortoir. Je n'étais pas ivre. Je regardais un film dans mon propre salon.

Mais je devinais que l'on trouverait d'autres excuses à Anthony, des excuses qui viendraient trop facilement à l'esprit de mon père.

Entendre ces mots aurait détruit le peu de sécurité qu'il me restait. La meilleure façon de ne jamais avoir à les subir était de se taire, ce que j'ai fait.

À la place, je me suis accrochée à lui désespérément. À une époque, j'étais la fifille à son papa pendant que Chloe restait très proche de maman, mais cet été-là, j'ai passé plus de temps avec lui que je n'en avais jamais passé et que je n'en passerais jamais plus.

Je ne m'étais jamais beaucoup intéressé au sport, mais je me suis inventé une passion pour les Zephyrs et il m'emmenait aux matchs à domicile. Nous nous installions sur les estrades, nous encouragions les singeries de la mascotte (un type déguisé en ragondin que l'on appelait Boudreaux) et nous mangions des cacahuètes. Je me souviens encore de papa assis près de moi, une bière dans une main, l'autre posée sur mes épaules. Dans ces moments-là, je me sentais presque comme une fillette à nouveau.

Pas complètement, mais presque.

Je ne peux pas perdre mon père. S'il partait, le faible lien qui me retient encore à ma famille casserait. Chloe et ma mère me rendent folle parfois, je ne leur ai jamais pardonné d'avoir pris le parti d'Anthony et je ne le ferai jamais, mais je ne tiens pas à me retrouver complètement seule au monde.

Et puis, cela signifierait que je ne pourrais jamais me rapprocher de Libby...

Les larmes brouillent ma vision et, l'espace d'un instant, la route semble disparaître. Je m'essuie les yeux avec rage et je me force à me concentrer. Ce n'est pas le moment de s'effondrer. Je dois arriver sur place aussi vite que possible sans me faire arrêter par la patrouille de l'autoroute. Même s'ils m'arrêtaient, je pourrais leur raconter ce qui arrive à mon père. Les flics sauront que je dis la vérité rien qu'en me regardant. J'enfonce donc la pédale de l'accélérateur et ma voiture file un peu plus vite sur l'étendue de goudron qui s'étire à l'infini.

Mon téléphone sonne. Un froid glacial m'envahit. C'est Chloe qui veut me dire que papa est parti… mais ce n'est pas sa sonnerie. C'est celle de Jonah.

Je cale mon téléphone entre mon épaule et mon oreille.

— Eh.

— Vivienne, dit-il. Où es-tu ?

— Dans la périphérie de Houston.

— Écoute… ce que tu as dit au chalet…

Je m'efforce de ne pas téléphoner en conduisant. Et en cet instant, je n'ai pas besoin d'une autre distraction.

— Quoi ?

— Tu as raison. Je ne t'en ai pas assez dit sur moi et je ne t'ai pas suffisamment écouté au sujet de ta vie.

— Ce n'est pas ta faute.

Ce n'est pas comme si je n'avais pas maintenu certaines portes fermées.

Si importante cette conversation soit-elle, elle ne fait que me rendre folle. Je ne peux pas penser à Jonah. J'ai besoin de garder les idées claires. Est-ce vraiment le bon moment pour parler à cœur ouvert de notre relation ?

— Si tu veux qu'on continue comme avant, c'est possible. Mais quand je t'ai vue partir ce soir, si triste alors que j'étais impuissant… Vivienne, je veux autre chose pour nous deux.

Malgré ma frustration et ma peur, les mots de Jonah me touchent.

— Et comment s'y prend-on pour y arriver ?

— Je n'en sais rien. Tout ce que je peux dire, c'est que si tu as besoin de moi, je suis là pour toi. Je veux être avec toi. Si ça peut t'aider… Si ma présence peut te réconforter… tu n'as qu'à dire un mot et je prendrai le premier vol pour La Nouvelle-Orléans demain matin.

— *Jonah,* je murmure.

Les larmes menacent de couler à nouveau.

— Mais si ce n'est pas le bon moment... Je sais que tu as d'autres choses en tête, et je ne veux pas m'imposer dans ta famille...

— Viens.

Les mots sortent comme un sanglot.

— Je t'en prie, viens.

Il prend une profonde inspiration.

— Tu veux que je sois à tes côtés ?

— Oui.

Jonah semblait incertain quelques secondes plus tôt, mais son ton est déterminé lorsqu'il reprend :

— D'accord. La prochaine fois que tu t'arrêteras faire le plein, envoie-moi l'adresse de tes parents. Je te fournirai les détails de mon vol dès que j'aurai réservé mon billet.

— Merci.

— Et s'il te plaît, dis-moi que tu t'es entraînée à changer une roue depuis notre première rencontre.

Mon rire ressemble plus à une crise de larmes.

— Oui. Arturo m'a montré.

— Bien.

Il marque une pause.

— Je ferais mieux de te laisser te concentrer sur la route. Mais si tu as besoin de m'appeler, fais-le.

— Je le ferai.

La connexion est coupée. Cette fois, je me moque qu'il n'ait pas dit au revoir, parce que je sais que je le retrouverai au bout du chemin.

Comment l'homme capable de me terrifier à ce point peut-il être la seule personne avec laquelle je me sens vraiment en sécurité ?

*
* *

Notre maison est située dans Garden District à La Nouvelle-Orléans. Elle a été construite par un lointain ancêtre à la fin du XIXe siècle. Depuis, elle a été rénovée pour offrir tout le confort moderne, climatisation et plomberie neuve, mais nous avons conservé les rinceaux en fonte de la galerie, les épaisses portes de trois mètres de haut et même la marche en pierre devant l'allée qui permettait aux gens de descendre plus facilement de calèche.

Ce quartier a toujours été l'un des plus attractifs de la ville. Quelques stars de cinéma ont des maisons ici, bien qu'elles aient tendance à n'apparaître qu'au moment de Mardi gras et du festival du jazz. Notre maison se trouve dans l'une des rues les moins chics, habitée par des gens aisés plus que véritablement riches.

Aucun de ces deux adjectifs ne définit ma famille depuis deux générations à présent. Mes parents ont sauvé les apparences aux dépens de leurs économies. Depuis des années maintenant, je me demande comment ils feront pour vivre lorsqu'ils seront à la retraite. Ils pourraient vendre la maison pour plusieurs millions de dollars, mais cela n'arrivera jamais. Pour ma mère, renoncer à cette adresse huppée reviendrait à admettre la défaite.

Je traverse le pont du lac Pontchartrain vers quatre heures du matin. Les seuls autres véhicules sur la route sont des semi-remorques conduits par des routiers qui sont probablement sous pression. Dès que je quitte l'autoroute pour les petites rues de la ville, les nids-de-poule et les bosses sur la route me confirment que je suis de retour à la maison.

Quand j'arrive devant chez mes parents, j'appuie sur la petite télécommande que je garde fixée à mon pare-soleil. Lentement, le portail en métal s'ouvre devant moi. Je prends un moment pour consulter mon téléphone.

Jonah a répondu à mon message dans lequel je lui indiquais l'adresse de mes parents.

Mon vol arrive à 10 h 45. Je prendrai un taxi.

L'espace d'un instant, j'ai l'impression qu'il est toujours possible que cette histoire finisse bien. Si papa survit, et que Jonah est là, je pourrai m'en sortir. Je le peux.

Je marche jusqu'à l'entrée. Au début, je pense que personne ne m'attend, mais au moment où je m'apprête à sonner, la porte s'ouvre.

— Te voilà ! s'exclame Chloe.

Elle porte un jean de grand couturier, un pull en cachemire moulant et des boucles d'oreilles en or en forme de nœud. Elle est glamour, même dans un moment comme celui-ci.

— Tu as bien roulé.

— Il y a eu du changement ?

Quand Chloe secoue la tête, je soupire de soulagement. Le seul changement qui aurait pu se produire dans la nuit aurait été négatif.

Dès que je pénètre dans le hall, je vois ma mère descendre l'escalier en bois dans une épaisse robe de chambre blanche dont la poche est brodée d'un monogramme rouge.

— Vivienne, ma chérie.

Elle me serre trop fort, comme si nous étions observées par quelqu'un qu'elle voulait impressionner.

— C'est terrible. Je n'arrive toujours pas à croire que c'est réel.

— Moi non plus, je réponds.

Cette étreinte était peut-être sincère. Même ma mère est vulnérable dans un tel moment.

Notre maison a été construite à une époque plus faste. Six mètres de hauteur sous plafond au rez-de-chaussée, fenêtres à la française presque aussi hautes que les murs. Dans chaque pièce, à l'exception du salon, ma mère a opté pour une décoration d'époque. Notre salle à manger peut facilement accueillir vingt-quatre convives. Si l'on ne regarde pas de trop près, on ne remarque pas que les longs rideaux en velours sont élimés ou que la poussière s'accumule sur les chandeliers.

Les grands sofas sont démesurés également, mais en cet instant ils me semblent parfaits, car l'un d'eux est recouvert d'une couverture sous laquelle repose une petite fille endormie.

— Libby, je souffle.

J'ai envie de passer la main dans ses boucles blondes, sur ses joues potelées. Mais bien sûr, je ne veux pas la réveiller.

— Pourquoi dort-elle sur le canapé ?

Elle s'est endormie ici et nous avons préféré ne pas la déplacer.

La réponse ne vient pas de ma mère ni de Chloe, mais du père de Libby.

Je me raidis et prends une profonde inspiration avant de pivoter.

— Bonjour, Anthony.

29

Être assise près d'Anthony à la table du petit déjeuner me fait frissonner.

Je me répète ce que je me dis toujours : *ce n'est pas pire que d'être demoiselle d'honneur à leur mariage, n'est-ce pas ?*

Non, ça ne l'est pas, mais c'est quand même désagréable.

J'ai fait une petite sieste à l'aube mais, à présent, je suis ici, à boire du café au lait avec ma famille alors que nous faisons comme si mon père n'était pas sur le point d'être conduit au bloc.

— Il était sur le parcours de golf, explique ma mère en sirotant son café dans une tasse en porcelaine. Ils ont dit qu'il était tombé raide. Sans un mot. Mais Teague ne m'a appelée que lorsqu'ils étaient déjà à Touro. En tant qu'épouse, j'aurais dû être la première à être avertie, tu ne crois pas ?

— J'aurais appelé l'ambulance en premier, réponds-je. Ce qu'a fait M. Teague. Il a peut-être sauvé la vie de papa, maman. Alors, ne te soucie pas autant de l'étiquette.

Ma mère me lance un regard blessé, tout comme Chloe. C'est ma sœur qui me réprimande tandis qu'elle enfonce sa cuiller dans son pamplemousse avec un air dédaigneux.

— Nous sommes tous bouleversés. Parfois, il est plus facile de se soucier des petits détails plutôt que des grands événements.

Cette phrase serait presque sage si elle ne venait pas de quelqu'un qui l'applique à sa propre existence au point de vivre dans le déni complet.

— Tu veux des céréales au chocolat, tatie Vivi ?

Libby nous croit quand nous lui affirmons que son Papou s'en sortira très bien. Elle est donc aussi radieuse et joyeuse que jamais.

— Regarde, j'en ai pris moi aussi. Comme ça, on sera pareil.

— Tatie Vivi préfère du bacon, n'est-ce pas, ma chérie ?

Anthony a toujours un petit sourire quand il me surnomme « ma chérie ». Il sait que je déteste ça. Il sait aussi que je ne peux pas le lui dire sans remuer des eaux que nous avons tous décidé de laisser croupir.

— Non, je vais prendre des céréales, dis-je, ce qui me vaut un grand sourire de Libby.

Avec seulement deux heures de sommeil, le sucre ne me fera pas de mal.

— Tu devrais faire attention à ce genre de cochonneries, reprend Anthony. Tu n'as pas envie de perdre cette belle silhouette, n'est-ce pas ?

Comment ose-t-il regarder mon corps ? Comment ose-t-il se comporter comme s'il avait le moindre pouvoir sur moi ?

— Tu peux parler, c'est ta quatrième tranche de bacon.

Sur ces mots, je pose un regard insistant sur sa bedaine, mais je le regrette aussitôt. Le simple fait de le regarder me révolte.

Lui et Chloe ont rompu et se sont remis ensemble un nombre incalculable de fois lorsqu'ils étaient à l'université. Chaque rupture m'emplissait d'espoirs. Peut-être qu'il disparaîtrait pour de bon cette fois. Peut-être que Chloe lui en voudrait tellement qu'elle repenserait à ce que je lui avais dit et prendrait conscience que c'était la vérité.

Mais Anthony parvenait toujours à la reconquérir avec ses belles paroles, encore et encore. Ma mère se chargeait de ce qu'il ne pouvait pas faire en encourageant Chloe à le reprendre. Je sais qu'elle pensait plus à la fortune de la famille Whedon qu'à autre chose. Si seulement c'était également le cas de Chloe. Malheureusement, elle était vraiment amoureuse de ce fils de pute.

Je devine qu'Anthony essaie de trouver une repartie à ma remarque sur le bacon, alors je décide de changer de sujet rapidement.

— Quand pourrons-nous lui rendre visite ?

— Lorsqu'il sera en salle de réveil.

— Pas avant l'opération ?

Moi qui pensais le voir avant.

— Non.

Ma mère semble en état de choc et, l'espace de quelques secondes, l'amour sincère qu'elle éprouve pour mon père éclipse tout le reste. Je redeviens sa petite fille, celle qui avait si confiance en elle. Malgré tout ce qui s'est passé, j'ai toujours envie de lui faire confiance.

— Nous irons tous ensemble.

— Pas Olivia, intervient Chloe en hâte. Elle est trop petite. Elle serait effrayée.

— Je ne suis pas *trop* petite ! proteste Libby.

Elle aurait dit cela dans n'importe quelles circonstances, que l'on parle d'une visite à l'hôpital ou de conduire un camion de pompier.

— Et je veux voir Papou !

— Vivienne et moi, nous irons les premières. Si Thad nous semble en état de parler, tu viendras avec Olivia. Sinon, elle restera avec Anthony.

Libby semble sur le point de pleurer. Anthony la prend par le menton.

— Ne fais pas la tête, mon cœur, je t'emmènerai dans un endroit génial.

Elle lui sourit. Cette petite fille que j'aime tant adore son père. À ses yeux, il ne peut rien faire de mal.

Un jour, sans aucun doute, Libby découvrira que c'est faux. Mais elle ne l'apprendra jamais de ma bouche.

*

* *

Les choses banales ont tendance à s'immiscer dans les moments les plus extraordinaires.

Maman est à court de pain et il faut du lait pour Libby. En plus, je n'ai pas d'autres sous-vêtements sur moi. Dieu merci, je peux mettre ça sur le compte du fait que j'ai préparé mes affaires en urgence. Aussi, vers dix heures, alors que notre père est étendu sur une table dans un bloc opératoire, Chloe et moi partons faire des courses à Walgreens.

— Je me sens tellement coupable, dis-je en attrapant un pack de dessous Hanes dans le rayon du supermarché. Je sais que le fait d'attendre à l'hôpital ou à la maison que le téléphone sonne ne changera rien, mais acheter des culottes et faire les courses semble si trivial.

— C'est trivial jusqu'à ce que tu aies faim, fait remarquer Chloe. Et puis, à quoi bon attendre à l'hôpital ?

Ce n'est pas aussi cruel que ça le semble. Nous vivons à cinq minutes à peine de l'hôpital, ce qui signifie que la maison est tout aussi appropriée que n'importe quelle salle d'attente sur place. Je sais que mes parents sont restés à la maison quand je me suis fait retirer les amygdales. Ils étaient assis avec moi dans la galerie de l'étage quand Chloe était en train d'accoucher.

Si on nous annonçait une mauvaise nouvelle, maman préférerait s'effondrer en privé. Même dans un moment comme celui-ci, elle se soucierait des apparences. Encore une fois, je ferais probablement mieux d'attendre à la maison moi aussi. Alors, je n'aurais pas à penser au trajet du retour ou à me composer une attitude pour parler aux médecins. Je pourrais me laisser aller.

Écoute-toi. Tu es en train de te dire comment réagir dans le cas où ton père meurt.

C'est à ce moment que le téléphone de Chloe se met à sonner.

Nous nous figeons toutes les deux. Nous nous dévisageons, en état de choc. Il est trop tôt pour qu'ils appellent, n'est-ce pas ? Trop tôt si c'est une bonne nouvelle...

Chloe fouille dans son sac pour trouver son portable. Lorsqu'elle le porte à son oreille, elle me tend sa main. En cet instant, nous sommes sœurs de nouveau, et rien d'autre. Les petites filles de papa.

— Maman ?

La voix de Chloe tremble. Je perçois celle de ma mère, aiguë et fragile, mais les mots m'échappent.

Puis, Chloe sourit et je laisse échapper un soupir que je n'avais pas conscience de retenir.

Dieu merci.

Je serre Chloe dans mes bras. Elle m'imite, comme si rien ne s'était jamais mis entre nous ou ne le pourrait jamais.

Cette trêve dure en tout et pour tout sept minutes.

Après avoir pleuré à chaudes larmes dans le rayon cosmétique du Walgreens, et une fois que Chloe m'a raconté tous les détails (l'opération s'est encore mieux passée que prévu, la nouvelle valve fonctionne parfaitement), nous passons à la caisse et nous reprenons le chemin de la maison. Alors que Chloe engage sa Lexus couleur champagne dans Napoleon Avenue, elle demande :

— Qu'est-ce qu'on peut faire d'autre pour lui ? Il a son sac. Nous pourrions lui amener quelques livres...

— Et ses chaussons.

Nous avons oublié de les mettre dans le sac ce matin. Soudain, une autre idée me traverse l'esprit.

— Nous devrions descendre quelques-unes de ses affaires en bas et préparer la chambre d'amis pour lui.

La chambre d'amis est la pièce la plus petite du rez-de-chaussée, séparée du salon par de vieilles portes coulissantes. Ce n'est pas l'endroit le plus luxueux sur Terre, mais elle est plutôt confortable.

Chloe me dévisage.

— Pourquoi papa s'installerait-il dans la chambre d'amis ?

— Il ne pourra pas monter l'escalier tous les jours alors qu'il vient de se faire opérer du cœur, Chloe.

— Qui a parlé de tous les jours ? Nous l'installerons à l'étage et nous nous occuperons de lui dans sa chambre.

— La convalescence pourrait durer des semaines, voire des mois.

— Nous engagerons quelqu'un pour rester avec lui.

Ma mère ne peut pas se le permettre. Anthony et Chloe si, en revanche. Je devrais sans doute leur être reconnaissante de leur générosité, mais…

— Tu ne comprends pas. Papa ne supportera pas de rester coincé à l'étage pendant tout ce temps. En bas, il pourrait prendre ses repas dans la salle à manger et s'installer sur la balancelle de la terrasse pendant que Libby joue dans la cour…

— Tu nous rends visite deux fois par an, et encore.

Elle active le clignotant, refusant de me regarder.

— Il faut une urgence pour te faire venir. Et quand tu décides de nous faire l'honneur de ta présence, tu penses savoir ce qui est le mieux pour tout le monde.

Compte jusqu'à dix. Inspire. Expire.

— C'est comme tu l'as dit ce matin. Nous sommes tous bouleversés et fatigués, alors nous nous attachons à de petits détails.

Chloe ne saisit pas la perche pour mettre un terme à cette discussion.

— Tu pourrais participer davantage à la vie de la famille si tu le voulais vraiment. Visiblement, ce n'est pas le cas. Ça t'amuse de jouer avec Libby de temps en temps, mais le reste de l'année, tu te fous de nous voir.

C'est faux, mais assez proche de la vérité pour me blesser.

Elle continue à parler alors qu'elle tourne dans St Charles Avenue.

— Je ne sais même pas pourquoi nous continuons à t'inviter. Tu ne vois que le mauvais côté des choses. Tu es toujours négative. Comme maintenant, quand tu présumes que papa restera handicapé le reste de sa vie.

— Ce n'est pas ce que j'ai dit.

Voir le mauvais côté des choses ? Pour Chloe, cela revient à affronter la réalité.

— Tu sais quoi ? Demandons à papa ce qu'il veut lorsqu'il rentrera à la maison. Ensuite, nous ferons ce qu'il aura décidé.

Chloe hausse les épaules, ce qui signifie qu'elle y réfléchira. Pour le moment, elle est trop investie dans notre dispute pour l'abandonner aussi facilement.

— Tu n'étudies pas à l'autre bout du monde. Tu vis à Austin. Pourquoi est-ce que tu ne viens jamais, si tu te soucies tant de nous ?

Je croise les bras sur ma poitrine.

— Je suis occupée. Mon travail est très exigeant.

Ce qui est vrai, mais pas complètement. J'ai bien réussi à prendre quelques jours de congé pour rejoindre Jonah en Écosse. Si je voulais revenir à La Nouvelle-Orléans plus souvent, je le pourrais.

Oui, je suis le membre de ma famille le plus honnête émotionnellement, mais cela ne signifie pas grand-chose.

Chloe me rit au nez.

— C'est à cause de ton « travail » que tu n'es pas venue nous voir lors de ton dernier séjour à La Nouvelle Orléans ?

— Chloe…

— Non, dis-moi. Je veux savoir. Avant, tu m'aimais. Je me souviens comment nous jouions ensemble. Je te bouclais les cheveux…

Sa voix est rauque et je me rends compte qu'elle est sur le point de pleurer.

— Quand as-tu commencé à me détester ?

— Je ne te déteste pas. Tu es ma sœur, Chloe. Je t'aime.

— Alors, pourquoi ne rentres-tu jamais à la maison ?

Quelque chose se brise en moi et j'explose.

— Tu sais pourquoi !

Pendant quelques minutes, elle conduit en silence. Le seul son qui emplit l'habitacle est une chanson de Rihanna à la radio. Puis, Chloe secoue la tête :

— Je n'arrive pas à croire que tu sois encore obsédée par Anthony après toutes ces années.

Je jure devant Dieu qu'en cet instant, je pourrais enfoncer mon poing dans le pare-brise.

— Je n'ai jamais, absolument jamais été obsédée par Anthony.

— Alors, pourquoi avoir inventé cette histoire horrible à son sujet ?

— Ce n'est pas une histoire.

C'est la première fois que nous avons ce qui ressemble à une discussion au sujet de ce qu'a fait Anthony depuis la semaine qui a précédé son mariage, quand j'ai pris la décision d'aborder le sujet. Je pensais pouvoir la dissuader de commettre la pire erreur de sa vie. Je rêvais. Avant même que j'aie terminé mon histoire, elle était convaincue que je mentais et que j'avais le béguin pour son bien-aimé Anthony.

Je devrais peut-être essayer de nouveau. Commencer simplement par le moment où Anthony et moi sommes assis sur le sofa, en train de regarder *Titanic* à la télé. Je pourrais lui raconter chaque détail, de l'instant où il a fait glisser mon caleçon sur mes jambes jusqu'à celui où il m'a dit « gentille fille » sans oublier les longues minutes où je suis restée étendue à pleurer. Reconnaîtrait-elle son mari dans ces gestes ? Ou Anthony réserve-t-il sa cruauté aux autres femmes que son épouse ?

Au plus profond de moi, cependant, je sais que cela n'apporterait rien de bon. Chloe croit Anthony. Elle ne me croit pas. Deuxième couplet, identique au premier.

— Tu as raison, dit-elle finalement alors qu'elle se gare devant notre maison.

Elle est si pressée de descendre de voiture qu'elle ne s'embête même pas à remonter l'allée.

— Nous sommes tous choqués et épuisés. Oublions tout ça.

Toute ma famille a décidé d'oublier. Je suis la seule condamnée à me souvenir.

Un poids me compresse la poitrine. Je me sens ingrate et puérile de me soucier d'autre chose que de la santé de mon père alors que je viens d'apprendre qu'il va s'en sortir. Cette joie ne suffit hélas pas à me protéger de la terrible vérité : ma famille demeure aussi toxique que jamais. Anthony m'attendra à l'intérieur avec un sourire sur le visage et, pour le bien-être de Libby, je devrai me montrer poli envers mon violeur, encore une fois. La fatigue et le chagrin s'abattent sur moi en même temps, et soudain, je me sens trop vidée pour seulement sortir de la voiture.

Libby agite les deux bras en courant vers nous.

— Tatie Vivi ! Viens faire de la balançoire avec moi !

Alors, je sors. Lorsque j'ouvre la portière, elle heurte la marche en pierre. J'ai sûrement fait une bosse sur la carrosserie champagne de la voiture de luxe de Chloe. Elle souffle bruyamment, mais ne dit rien. À la place, elle enfonce les mains dans les poches de sa veste écossaise et se dirige vers la maison, ses cheveux dorés bondissant sur ses épaules à chaque pas. Même dans un moment aussi difficile que celui-ci, son jean est parfaitement repassé, ses bottes sont assorties à son sac Prada et ses ongles sont nickel. Chloe ne laisse rien l'atteindre. Son apparence est son bouclier.

J'ai envie de la mépriser pour ça, mais je l'envie également. Un bouclier me servirait bien en cet instant.

Je la suis. Anthony est appuyé contre l'une des grandes colonnes et nous observe. Chloe pense probablement qu'il regarde leur fille, mais c'est moi qu'il dévisage. Son sourire me rappelle toujours ce qu'il a dit ce soir-là :

Tu ne veux pas qu'ils nous surprennent, si ?

Gentille fille.

Je ralentis le pas. Luttant pour me ressaisir, je me tourne vers Libby. Elle court en formant des cercles autour du chêne et j'essaie de réunir l'énergie de la poursuivre. Avant que je n'y arrive, elle se fige et pointe son index derrière moi.

— Qui c'est ?

Je lève la tête pour voir un taxi s'arrêter devant le portail et Jonah en descendre, sa valise noire à la main.

Je n'ai pas oublié qu'il devait me rejoindre mais, jusqu'à cet instant, je n'avais pas conscience de désirer à ce point l'avoir à mes côtés. J'ignorais combien j'avais besoin de lui. Aussitôt, je me sens en sécurité, protégée d'Anthony, de ma famille malsaine et même de mes propres démons. C'est comme si j'étais en train de couler et que je remontais enfin à la surface pour avaler une bouffée d'air frais.

Jonah est venu jusqu'ici pour moi.

Je fais un pas vers lui, puis un autre, et je me mets à courir. Jonah met un pied dans la cour juste à temps pour me prendre dans ses bras. Je ne parle pas. Je ne pleure pas. Je le laisse juste me serrer contre lui. C'est suffisant.

30

— Comment va ton père ? murmure Jonah à mon oreille.

J'ai le souffle coupé, mais je parviens à répondre.

— Il a survécu à l'opération. Il s'en sortira.

— Bien.

Jonah écarte mes cheveux de mon visage et dépose un baiser sur mon front.

— C'est très bien.

J'acquiesce avant de me blottir un peu plus contre lui. Même l'odeur de sa peau me rassure. Les bras de Jonah sont ma forteresse. Ses doigts effleurent ma joue et je tourne la tête pour les embrasser.

La voix de Libby s'élève de nouveau, plus forte cette fois.

— Tatie Vivi, qui c'est ? Tu le connais ?

Cela me fait rire et Jonah sourit également.

— Bien sûr que je le connais, ma chérie. C'est mon ami, Jonah.

— Bonjour, dit Jonah.

Visiblement, il réserve ce privilège aux enfants, mais je ne peux pas lui en vouloir, pas quand j'entends le ton doux avec lequel il s'adresse à elle.

— Je suis venu rendre visite à Vivienne. Tu es d'accord avec ça ?

Libby semble apprécier qu'on lui demande son opinion sur le sujet. Son petit visage potelé prend une expression grave.

— Ça ira, mais il faudra que tu m'aides à faire des coloriages après.

Jonah a droit à son regard de biche. Je murmure :

— Tu as perdu la main avec les Crayolas ?

— C'est toi, l'artiste, réplique-t-il.

Je suis tellement soulagée de pouvoir sourire de nouveau, de laisser tout le reste disparaître en arrière-plan pour un moment.

Sur le perron, Anthony a les mains dans les poches et Chloe l'enlace en un geste possessif. Aucun d'eux ne semble décidé à accueillir Jonah à bras ouverts ou à l'accueillir tout court. Je lève la tête vers Jonah.

— Tu es prêt à relever le défi ?

Il récupère sa valise au sol et prend ma main.

— J'ai traversé un champ de lave, déclare-t-il. Je crois que j'arriverai à gérer ça.

*
* *

— Eh bien, dit Chloe alors que je fais entrer Jonah, je ne m'attendais pas à ce que tu fasses venir l'un de tes amis pour une telle occasion, Vivienne.

— Je suis ici pour le soutien moral.

Jonah tend la main.

— Jonah Marks.

Parfois, l'hospitalité sudiste n'est qu'un terme pour définir l'hypocrisie, mais ces bonnes manières sont si bien ancrées en Chloe qu'elle ne peut leur résister. Avec un petit sourire pincé, elle répond :

— Chloe Charles-Whedon. Voici mon époux, Anthony, et notre fille, Olivia.

— Vous pouvez m'appeler Libby.

Libby croit déjà avoir fait une conquête.

— Vous êtes l'amoureux de tatie Vivi ?

— Il faut poser la question à ta tante.

Il détourne le regard d'elle juste assez longtemps pour me sourire.

Anthony fait un pas en avant, presque avec arrogance.

— Dans quel domaine travaillez-vous, Jonah ? Je suis dans le soja.

— Il est tellement modeste, intervient Chloe. Anthony ne dira jamais que sa famille exploite les plus grands champs de soja du Tennessee et du Mississippi.

Elle annonce toujours cela comme si cultiver le soja était mieux que gagner un prix Nobel. Ce qui rend encore plus délicieux de voir leur expression lorsque Jonah répond :

— Je suis dans les volcans.

— Je vous demande pardon ? s'étonne Anthony.

— Je suis professeur à l'université d'Austin. J'étudie les volcans et les tremblements de terre.

Libby est intéressée.

— Vous les étudiez dans les livres ?

— Pas seulement.

Jonah lui sourit.

— Je parcours le monde pour observer les points chauds. Parfois, je prends un avion ou un hélicoptère pour les survoler. Il m'arrive même de devoir porter une combinaison thermique pour éviter d'être brûlé par la lave.

— *Cooool !*

Les yeux écarquillés, Libby observe Jonah comme s'il était la personne la plus fantastique qu'elle ait rencontrée au cours de sa brève existence. Il a réussi à amadouer le seul membre de ma famille dont l'opinion m'importe.

Quant à Anthony, il semble désemparé. Soudain, il a l'air de prendre conscience que Jonah est plus grand que lui et il s'assoit sur la chaise la plus proche, peut-être dans l'espoir que personne d'autre ne le remarquera.

Une fois débarrassé des formalités, Jonah se tourne vers moi et j'ai l'impression d'être la seule personne dans la pièce.

— Quand pourras-tu rendre visite à ton père ?

Je lance un regard en direction de la pendule en cuivre accrochée au manteau de la cheminée.

— Dans deux ou trois heures. Ma mère est partie pour l'hôpital tout de suite après l'appel du médecin, mais nous devons attendre qu'il soit reconduit dans sa chambre.

— D'accord.

Jonah passe un bras autour de ma taille.

— Nous attendrons, dans ce cas.

Chloe se plie aux règles de la bienséance.

— Voulez-vous un peu de thé glacé, Jonah ?

— Ça ira. Et toi, Vivienne ?

— Je vais bien, réponds-je, *maintenant que Jonah est là.*

Nous restons un moment au rez-de-chaussée. Jonah et moi sommes installés sur le long canapé en velours. Je suis blottie contre lui, comme si nous étions ensemble depuis toujours, comme si ce n'était pas la première fois que nous prenions conscience de ce que nous représentons l'un pour l'autre.

Jonah doit être aussi troublé par cette révélation que je le suis mais, en cet instant, son attention est partagée. Libby a déposé sa tablette en bois sur ses genoux afin qu'il soit plus facile pour eux de colorier côte à côte.

— Vous devez vraiment aimer les volcans, gazouille Libby tandis que Jonah se sert du crayon jaune pour retoucher une rivière de lave.

— Je les adore, et c'est la seule chose que je sais dessiner.

Cela me fait sourire, mais je ne peux m'empêcher d'être distraite par les claquements secs des bottes de Chloe sur le parquet alors qu'elle fait les cent pas. Anthony s'absorbe dans son téléphone, sans s'embêter à désactiver le son de son jeu. L'aiguille des minutes de la pendule avance si lentement que je pourrais croire qu'elle est peinte. La présence de Jonah atténue ma peur et ma solitude, mais rien ne peut me mettre à l'aise quand je suis à côté d'Anthony, pas même lui. Alors, quand Libby part faire sa sieste, je prétends être épuisée et j'entraîne Jonah à l'étage avec moi.

— Tu as besoin de dormir ? murmure-t-il quand nous atteignons le second. Tu dois être vidée.

— Oui, je le suis, mais je ne pourrais pas fermer l'œil maintenant. Viens dans la galerie avec moi.

Jonah fronce les sourcils.

— La galerie ?

— C'est comme un balcon, sauf que la structure descend jusqu'au sol.

Un basique de l'architecture de La Nouvelle-Orléans.

— Suis-moi.

Notre galerie est abritée, ce qui en fait un endroit agréable où passer les longues soirées d'été. En novembre, la brise est plus froide, mais Jonah et moi sommes bien couverts. Je me laisse tomber sur l'une des chaises longues en bambou et Jonah s'installe près de moi.

Je ne m'attends à rien de plus qu'à sa présence rassurante mais, après un moment, il se met à parler.

— Nous n'avons jamais évoqué nos familles. Je pensais que c'était une façon de… me protéger. Je ne t'ai jamais demandé si tu avais des choses à raconter à ce sujet.

— Tu as saisi le malaise, hein ?

— C'est difficile de passer à côté.

Jonah n'en sait pas assez, mais c'est déjà trop. Alors, je secoue la tête.

— Ce n'est pas le moment d'en parler. Je veux juste en finir avec tout ça, d'accord ?

— D'accord, murmure-t-il en m'attirant contre lui.

Nous restons étendus là en silence de longues minutes avant qu'il ajoute :

— Tu te sens bien ? Après hier soir ?

Cette évocation me fait rougir.

— Oh, oui.

J'ai vécu l'un des moments les plus intenses de ma vie sexuelle à peine vingt-quatre heures plus tôt et, déjà, ce souvenir m'apparaît comme un rêve enfiévré.

— Je suis un peu irritée. Et je me suis égratigné le poignet quand je suis tombée dans les bois.

Lorsque je lui montre la griffure sur ma peau, Jonah passe son pouce dessus. J'ignore pourquoi ce geste apaise ma douleur, mais c'est le cas.

— Je me sens un peu coupable, admets-je dans un souffle. Tu as fait tout ce trajet alors que je sais déjà que mon père a survécu à l'opération. Je ne voulais pas te faire perdre ton temps.

— Ce n'est pas une perte de temps.

Jonah balaie mes cheveux de mon visage. Le vent se lève et souffle dans les branches du chêne, mais je n'ai pas froid.

— Je pensais ce que je t'ai dit au téléphone.

— Au sujet de nous deux ?

Il hoche la tête et une vague de tendresse m'envahit à l'égard de cet homme fort qui dissimule tant de fragilité et de souffrance. C'est peut-être ce qu'il voit lui aussi lorsqu'il me regarde.

Il est si difficile d'imaginer que quelqu'un peut me désirer pour ce que je suis : mon fantasme malsain, mon histoire familiale compliquée, ma tendance à cumuler les livres et tout le reste. Je n'ai jamais recherché ça. Je n'ai même jamais osé en rêver.

À présent, avec Jonah, je peux enfin me demander ce que signifierait être totalement honnête avec une autre personne.

En cet instant, je ne suis sûre que d'une chose : quels que soient les sombres secrets de Jonah, quel que soit le passé qu'il me cache, je peux tout entendre. Je ne flancherai pas et je ne m'enfuirai pas.

— Il va nous falloir du temps pour y arriver, dis-je doucement, tu en as conscience.

— Je sais.

Ses lèvres effleurent mes cheveux.

— Mais nous y arriverons.

Je commence enfin à croire que cela pourrait être vrai.

Lorsque nous redescendons, Chloe se préoccupe soudain de l'endroit où installer Jonah… pour la nuit.

— Nous n'avons pas beaucoup de chambres d'amis et nous ne voulons pas reconduire Libby jusqu'à Metairie…

Je la dévisage. J'ai un lit double dans ma chambre. Il sera peut-être un peu étroit pour Jonah et moi, mais si nous avons réussi à tenir sur une table, nous arriverons à dormir dedans.

Obstinée, Chloe poursuit :

— Vivienne demandera sûrement à notre mère si vous pouvez rester ici, mais je ne suis pas certaine de ce qu'elle dira. Maman est vieux jeu, vous savez. Même après nos fiançailles, Anthony devait dormir dans la chambre d'amis, ou sur le canapé quand grand-mère venait nous rendre visite. N'est-ce pas, chéri ?

Je me souviens d'Anthony sur le canapé et je tressaille. Jonah perçoit ma réaction du coin de l'œil, mais il reste impassible. À la place, il répond calmement :

— J'ai réservé une chambre dans un hôtel pas très loin d'ici. Ce n'est qu'à quatre ou cinq pâtés de maisons.

Habituellement, je me méfie des pièges à touristes du quartier, tout comme des innombrables circuits que proposent les soi-disant guides aux vêtements négligés qui envahissent les trottoirs. En cet instant, cependant, je suis profondément reconnaissante. Je sais de quel hôtel il parle. Il est si près que je pourrai y dormir avec lui sans que ma mère se sente insultée.

Cela signifie que je ne suis pas obligée de passer la nuit sous le même toit qu'Anthony.

Lorsque nous nous rendons finalement à l'hôpital pour voir mon père, Jonah part récupérer la clé de sa chambre.

— Je ne veux pas m'imposer, dit-il.

Sa discrétion est appréciable et même Chloe sourit d'approbation. Pourtant, j'aurais aimé qu'il m'accompagne… même si je peux y arriver sans lui.

La visite à l'hôpital se passe à la fois mieux et pire que ce que j'avais imaginé.

Mieux, car papa semble plus ou moins lui-même, malgré la fatigue. Je m'étais préparée à trouver mon père semi-inconscient, en plein délire, frêle et le teint cireux. Il est un peu pâle, certes, mais à part ça, si on remplaçait la blouse d'hôpital par un polo et un short, il pourrait aussi bien être allongé sur une chaise longue à la maison.

— Ils ne me laissent rien avaler pour le moment, grommelle-t-il. Rien du tout !

— Tu sais qu'ils sont obligés de te surveiller à cause de l'anesthésie, papa.

Je caresse son bras.

— Je suis sûre qu'ils t'apporteront quelque chose bientôt.

— De la compote et de la gelée, probablement, se plaint mon père en exagérant délibérément pour me faire rire. Et si tu allais chez *Bud's Broilers* et que tu me ramènes un petit burger ?

— Ça pourra être ton premier repas à ton retour à la maison, réponds-je. Laisse au moins un jour de répit à tes artères, OK ?

Je devrais sans doute encourager mon père à manger du blanc de poulet, du poisson et beaucoup de légumes et le dissuader de boire de l'alcool. Le truc, c'est que ça n'arrivera jamais. Sans les burgers et les sandwichs Po'Boy, mon père ne serait plus vraiment lui-même. Il ne commandera jamais de l'eau pétillante à la place d'un whisky. Il préfère vivre la grande vie et mourir à soixante-cinq ans que compter les calories jusqu'à l'âge de quatre-vingt-dix ans. Ce n'est pas ce que je veux pour lui, mais il ne m'écouterait pas de toute façon.

Ma mère caresse ses cheveux grisonnants.

— Tu es tout décoiffé. J'aurais dû apporter un peigne.

— Tout le monde se moque de mon apparence à l'hôpital, Renee.

Mais il tapote sa main avec affection. Quels que soient les défauts de ma mère en tant que parent, elle les compense dans son rôle d'épouse. Mon père lui a toujours été dévoué, parfois au point d'être aveuglé par son amour. Cela dit, c'est quand même beau à voir après trente-deux ans de mariage.

Maman et Chloe ont décidé que Libby pouvait lui rendre visite, ce qui me rend heureuse. La fillette grimpe sur le lit de mon père et entreprend de lui montrer son nouvel album de stickers. Il rit sincèrement. Le simple spectacle de Libby dans les bras de mon père m'aide à me détendre. Pour une fois, on dirait que les choses vont bien se terminer.

Le soir, les autres membres de ma famille veulent se reposer, ce qui me donne un bon prétexte pour passer un peu de temps seule avec Jonah. Heureusement, j'ai encore quelques vêtements au fond de mon placard et je peux donc enfiler une tenue propre, une robe longue et un cardigan qui va avec tout.

Inutile de chercher une table en dernière minute un samedi soir dans l'un des restaurants réputés de La Nouvelle-Orléans, mais la ville offre encore plus d'options qu'Austin en termes de gastronomie. J'emmène Jonah dans l'un de mes repaires préférés du quartier, un petit établissement au sol carrelé où les dossiers des chaises sont en bambou. On y sert le genre de plat que l'on ne trouve qu'en Louisiane – étouffée d'écrevisses, crevette à la créole. Le cliquetis de l'argenterie et les discussions des autres clients résonnent dans la petite pièce, mais le bruit ne me dérange pas. Au contraire, il nous offre une intimité toute paradoxale.

— Tu es sûre que tu ne préférerais pas être chez toi.

Ce n'est pas une question. Je secoue la tête.

— Tu ne t'entends pas avec ta sœur et son mari.

Malgré le contexte, je ris.

— Parler de la pluie et du beau temps, ce n'est pas ton truc.

— Je n'en ai jamais vu l'intérêt.

Son ton est un peu plus dur.

— Autant se dire la vérité. Comment veux-tu que nous avancions autrement ?

Nous sommes censés nous ouvrir l'un à l'autre. La méthode de Jonah est aussi subtile qu'un bâton de dynamite pour ouvrir un coffre-fort, mais il a raison. Pour deux personnes aussi profondément ancrées dans le silence, l'approche directe est la seule solution.

— Non, je réponds, je ne m'entends pas avec eux.

— Pourquoi ?

La vérité plane au-dessus de moi, lourde et tranchante, telle une épée de Damoclès. Je ne suis pas prête et, même si je l'étais, je ne lâcherais pas une telle bombe au restaurant. Alors, je commence par les raisons les plus insignifiantes.

— Ils sont… obsédés par le statut social. Superficiels.

Je suis obligée de sourire.

— Tu as vu comment ils se sont mis à se vanter dès que tu es arrivé.

— Je l'ai remarqué, observe-t-il simplement.

— Tu as mis un terme à tout ça assez vite, au fait. Bien joué.

Jonah hausse les épaules en souriant, mais il n'abandonne pas le sujet.

— Ce ne sont pas les seules raisons pour lesquelles tu ne t'entends pas avec eux, cependant. Tu n'es pas du genre à juger les autres. Tu ne réagirais pas de cette façon uniquement pour ça.

Il me faut une minute pour décider quoi répondre. Lui dire l'entière vérité demeure impossible, mais je ne veux pas mentir.

— Anthony… est un être horrible, dis-je finalement. Il n'était pas fidèle à Chloe lorsqu'ils se fréquentaient à l'université.

La seule preuve que j'aie pour appuyer mes propos est ce qu'il m'a fait. Assimiler mon viol au sexe, suggérer, même momentanément, que l'infidélité d'Anthony est sa plus grande faute me tue à l'intérieur.

C'est un début, je me rassure. *Ce n'est qu'un début.*

— Juste avant leur mariage, je continue, j'ai dit à Chloe quel genre d'homme elle s'apprêtait à épouser. Elle ne m'a pas crue. Depuis, elle pense que je suis une menteuse ou que je suis jalouse d'elle… ou peut-être même que je suis complètement folle, je n'en sais rien. Anthony a alimenté sa rancœur, évidemment. Et ma mère a pris le parti de Chloe.

— Ce n'est pas facile pour toi, pointe Jonah.

Il devine qu'il y a autre chose, mais il considère probablement avoir suffisamment insisté pour le moment.

— Vous étiez proches, elle et toi, avant ?

— Quand j'étais petite, Chloe était mon modèle.

À ma grande surprise, un nœud se forme dans ma gorge.

— Elle était si mature, si glamour. Si belle. Tu l'as vu de tes yeux.

— Je ne l'ai pas remarqué.

Si cela venait d'un autre homme, je penserais qu'il essaie de me flatter. Jonah, lui, est sincère.

Il hésite, comme s'il ne savait pas trop quoi dire, puis il ajoute :

— Les relations entre frères et sœurs peuvent être compliquées. Je m'entends bien avec mes sœurs et mon frère, mais... disons que c'est une paix négociée.

Jonah sait que j'ai lu les articles sur Internet. Inutile de prétendre que je ne suis pas au courant de certains faits au sujet de sa famille.

— Je pensais que tu n'avais qu'une sœur.

— Maddox et Élise sont les enfants de mon beau-père, techniquement, mais il a épousé ma mère alors que j'étais encore très jeune. Élise et moi, nous nous souvenons à peine d'avoir vécu l'un sans l'autre. Maddox et ma sœur biologique, Rebecca, sont encore plus jeunes. Pour eux, il n'a pas existé d'époque où nous ne formions pas une famille. Nous nous considérons tous comme des frères et sœurs, point final.

Cela ressemble à de la loyauté. À de l'amour.

— Alors, pourquoi est-ce une paix négociée ?

Il pose les yeux sur la fenêtre et la rue animée, réticent ou incapable de croiser mon regard.

— Comme tu le sais déjà, et comme tout ce foutu pays le sait, la relation de nos parents est extrêmement problématique. Ma mère n'est pas dans son état normal et nous ne nous entendons pas sur la façon de gérer la situation. Cependant, nous avons tous conscience qu'il n'existe pas de réponse facile.

— C'est bien de ne pas vous blâmer les uns les autres, j'observe. Chloe et moi, nous le faisons parfois. J'aimerais que ça ne soit pas le cas.

Jonah hoche la tête et reporte son attention sur moi.

— Peut-être qu'on devient plus doué avec le temps.

— Pour connaître les gens ? Ou pour les aimer ?

— Les deux.

Sa main couvre la mienne et nous plongeons dans un silence confortable.

Pourtant, je ne peux oublier que j'ai bien plus à raconter à Jonah. Je ne peux détourner mon esprit des nombreux secrets que je lui cache encore. Même aujourd'hui, alors que Jonah a fait ce voyage pour être à mes côtés et que nous sommes convenus d'apprendre à nous aimer l'un l'autre, je ne peux me décider à lui dire la vérité.

Cette pensée pèse de plus en plus sur moi au cours de la soirée. Elle s'assombrit.

Elle change de forme.

— Tu es sûre que tu ne préfères pas dormir chez toi ? demande Jonah alors que je me gare devant l'hôtel.

— Non. Je préfère être avec toi.

Il ouvre la porte principale à l'aide d'une grosse clé en laiton et nous montons l'escalier d'un pas pressé, espérant ne pas attirer l'attention des hôtes ou des clients. Aucun de nous n'a envie de faire la conversation à des étrangers.

La chambre est grandiose. Un énorme lit à baldaquin en bois sculpté rutilant, une cheminée en marbre et une armoire si imposante qu'elle atteint presque le plafond situé à plus de trois mètres de haut. Des voiles en dentelles masquent les fenêtres, nous abritant du reste du monde. Parfait.

Jonah dépose mon sac près de l'armoire.

— Tu n'avais pas autant d'affaires hier soir. Tu as trouvé des vêtements chez tes parents ?

J'acquiesce, l'air absent, tandis que je retire mes chaussures. Puis, j'enlève lentement mon cardigan et je détache ma robe qui tombe au sol. Dès que j'en suis débarrassée, je plonge mon regard dans celui de Jonah et je commence à dégrafer mon soutien-gorge.

Il fait deux pas vers moi et m'embrasse longuement. Alors que je fais glisser le sous-vêtement sur mes épaules, ses mains trouvent mes seins. Ses caresses sont douces. Trop douces.

— Il ne faudra pas faire de bruit, je murmure contre ses lèvres, mais on peut quand même jouer.

Jonah se fige. Au début, je crois qu'il m'a déjà rejointe dans mon fantasme et qu'il se prépare à donner libre cours à son côté sombre. Puis, je lis la confusion dans ses yeux gris… le chagrin.

Ce soir, il ne voulait pas jouer. Il voulait me faire l'amour.

Je me souviens de sa réaction en Écosse, de l'étrange distance qu'il a mise entre nous quand j'ai insisté pour introduire notre fantasme dans notre lit. Il m'a forcée, comme je le voulais, mais j'ai deviné qu'il attendait autre chose de moi. Jonah n'a pas besoin de ce fantasme autant que moi.

En cet instant, j'en ai besoin plus que jamais. J'ignore pourquoi et je m'en fiche. Je veux simplement que Jonah me prenne violemment, sans merci.

— Allez, je murmure en passant les mains sous sa chemise. Hier soir, nous avons été interrompus. Tu ne veux pas reprendre où nous nous sommes arrêtés ?

Ces paroles le font sourire – un sourire menaçant qui m'enflamme instantanément.

— Je savais que tu en avais envie.

Soudain, il me jette sur le lit, brutalement.

Je halète, surprise. Jonah est près de moi aussitôt, se tenant au bord du lit pour me retirer ma culotte. Il me l'arrache d'un geste vif et s'allonge sur mon corps avant de mordre mes seins – pas assez fort pour transpercer la peau mais suffisamment pour m'arracher un cri étouffé.

Il entend le gémissement qui se forme dans ma gorge. Sa main couvre ma bouche, ses doigts s'enfoncent dans ma peau.

— Ne crie pas, tu m'entends ? Ne crie pas.

Jonah me fait rouler sur le ventre. J'entends la braguette de son jean et je comprends qu'il n'a pas l'intention de me préparer. Il me baisera immédiatement, aussi brutalement qu'il en est capable. Je risque d'avoir mal. Il veut que j'aie mal.

Il y a un prix à payer pour avoir demandé de jouer ce soir. Et je tiens à m'acquitter de ma dette.

Ses mains encerclent ma taille et il me tire vers lui jusqu'à ce que mes jambes pendent en dehors du lit. Il écarte mes cuisses avec rage et me tire les cheveux au point de me faire monter les larmes aux yeux. Il m'emplit de toute sa longueur lorsqu'il me pénètre.

— Tu mouilles déjà, souffle-t-il comme s'il était dégoûté. Tu es une vraie petite chienne.

Jonah commence à aller et venir en moi, sans ménagement, chaque mouvement destiné à me punir. Sa poigne dans mes cheveux se resserre alors qu'il me pilonne. Mon sang se concentre au creux de mon sexe et déjà, je sais que l'orgasme imminent sera dévastateur.

— C'est bien, siffle-t-il. Tu sais que tu n'as pas le choix, n'est-ce pas ?

Oui, oui, je n'ai pas le choix. Fais-moi tout ce que tu voudras…

C'est alors que Jonah le dit :

— Gentille fille.

Aussitôt, la pièce s'évanouit. Jonah disparaît. Les dix dernières années de ma vie n'existent plus. J'ai de nouveau quatorze ans. Je suis allongée sur le canapé. Anthony est en train de me violer. Il est en moi en cet instant.

Je comprends vite de quoi il s'agit. Un flash-back. Je suis en train de vivre un flash-back. Cela fait des années que je n'en ai pas eu, pas un vrai en tout cas… J'ai voyagé dans le temps. Anthony est sur moi. C'est bien réel. Complètement réel.

— *Silver !*

Aussitôt, Jonah arrête de bouger.

— *Silver. Silver.*

Les larmes commencent à couler sur mon visage et même si l'image cauchemardesque d'Anthony s'évanouit, l'horreur demeure.

Jonah se retire. Il me fait rouler sur le dos et, au début, le voir m'effraie. Il est nu. Son sexe encore dur se dresse devant lui, prêt à me baiser, mais l'expression de son visage… Il est inquiet. Non, il est bouleversé.

Il ne va pas me faire de mal. Jonah ne me ferait jamais de mal.

— Est-ce que ça va ? murmure-t-il.

Je secoue la tête. Il s'étend près de moi avant de se figer.

— Que veux-tu que je fasse ?

— Serre-moi dans tes bras. Serre-moi juste contre toi.

Jonah s'allonge à côté de moi et m'attire contre lui. Je me mets à pleurer, de longs et profonds sanglots qui font trembler mon corps et me nouent la gorge. Quand ai-je pleuré ainsi pour la dernière fois ? Me suis-je déjà laissée aller à ce point ? Je n'en ai pas le souvenir. Je suis incapable de réfléchir.

Tout ce que je sais, c'est que Jonah est avec moi. Il remonte une couverture sur mon corps et me tient dans ses bras. J'ai l'impression que c'est la première fois que je me sens en sécurité de toute ma vie.

31

— Que se passe-t-il ? murmure Jonah, alors que j'ai arrêté de sangloter, mais que je ne trouve toujours pas le sommeil.

— Je ne peux pas. S'il te plaît. Je ne peux pas.

— Tu peux me le dire.

— Ce n'est pas toi. Je t'en prie, Jonah, pas maintenant, pas ce soir.

Je sombre dans un sommeil agité, ne perdant jamais totalement conscience plus d'une demi-heure d'affilée. Jonah me tient dans ses bras toute la nuit.

*
* *

Le dimanche matin, à la première heure, je décide de rentrer à Austin après le déjeuner.

— Je reviendrai pour Thanksgiving, dis-je tandis que je me sèche les cheveux à l'aide d'une serviette devant le miroir de la salle de bains de Jonah. Si quelque chose arrive entre-temps, je pourrai revenir aussitôt.

Il hoche la tête, mais reste silencieux. Nous nous habillons sans échanger un mot. J'enfile mon jean et, alors que Jonah boutonne sa chemise, nous ne nous regardons pas une fois dans les yeux. Les questions sans réponses flottent dans la pièce.

Jonah veut prendre soin de moi. Il veut me comprendre comme personne d'autre ne le fait. Il frappe à la porte que personne d'autre n'a jamais découverte. Mon cœur affamé désire lui ouvrir, mais je ne suis toujours pas prête à prononcer ces mots. Je ne suis pas prête à avouer à Jonah qui je suis réellement.

Étrangement, j'ai l'impression qu'en me confiant à lui, en disant « Anthony m'a violée », tout cela – le viol, le pouvoir d'Anthony sur moi, la profondeur de mon obsession – deviendra plus réel.

Ce qui est ridicule. C'est déjà bien réel et cela l'a toujours été. Néanmoins, c'est ce que je ressens.

— Tu veux que je rentre en voiture avec toi ? demande Jonah.

— Mais tu as acheté un billet d'avion.

Il me lance un regard qui me rappelle que sa famille possède une compagnie aérienne.

— Ce n'est rien. Et puis, tu auras peut-être besoin de moi pour changer une roue.

Cette remarque me fait sourire pour la première fois de la matinée.

— OK.

Je fais part de ma décision de partir à Chloe et maman par SMS, avant que nous ne nous rendions à la maison pour dire au revoir. Cela m'épargne l'angoisse d'une confrontation en face à face, mais ce préavis leur laisse aussi le temps de préparer leurs remarques humiliantes avant que je n'arrive. C'est un moindre mal, j'imagine.

Heureusement, c'est Libby qui nous accueille la première devant la porte de la maison, dans une tenue d'un jaune aussi brillant que ses cheveux blonds.

— Tatie Vivi ! Oncle Jonah !

Il me lance un regard, mais je n'y lis pas la panique que je verrais chez la plupart des autres hommes s'ils héritaient du titre d'oncle après la première rencontre avec la famille. Jonah n'est pas terrifié, pas du tout.

Je suis complètement accro à lui.

Je prends Libby dans mes bras. Tout à coup, je me rends compte qu'elle est presque trop lourde pour que je la porte. Je ne vois pas cette petite fille grandir.

— Où étais-tu ce matin ? demande-t-elle. J'ai dû manger mes céréales au chocolat toute seule.

— C'est vrai, mais à l'hôtel de Jonah, ils ont des gaufres.

Je me tourne vers lui pour lui sourire et nous sommes de nouveau à l'aise.

— Des gaufres ?

L'expression enjouée de Libby s'évanouit. Visiblement, elle considère avoir été trahie.

— La prochaine fois que Jonah et moi viendrons à La Nouvelle Orléans, toi et moi, nous l'emmènerons manger des beignets, j'ajoute pour la consoler. Qu'est-ce que tu en dis ?

— D'accord, soupire-t-elle.

Je suis pardonnée, mais de justesse. Ce qui est mieux que ce qui m'attend avec le reste de la famille.

À l'intérieur, ma mère m'écoute poliment tandis que je lui présente Jonah, mais elle ne se lève pas une seule fois du fauteuil dans lequel elle est installée. Ses yeux bleus le sondent, aussi durs que de la laine d'acier. Elle ne s'est jamais fiée à mon jugement dans le moindre domaine – et encore moins en matière d'hommes. Ils aimaient bien Geordie, mais il était une exception.

— Un professeur, tu dis ? Étiez-vous l'un des enseignants de Vivienne ?

Elle accuse Jonah d'avoir violé la morale comme si de rien n'était. Avant que je ne puisse répondre, Libby s'en charge.

— Mamie, je te l'ai déjà dit, Jonah enseigne sur les volcans.

Elle hausse les sourcils.

— Je pensais que c'était une bêtise.

— Je suis professeur en sciences de la Terre.

Jonah plante son regard calme dans celui de ma mère, presque avec curiosité, comme s'il y cherchait la vérité que je refuse de lui dire.

— Vivienne et moi avons des amis en commun.

C'est une façon plutôt classe d'éviter de raconter comme nous avons commencé à nous fréquenter. Je suis impressionnée.

— Jonah est arrivé en avion hier matin, j'ajoute, et il rentre avec moi aujourd'hui, pour que je ne fasse pas le trajet seule.

— C'est très gentil de sa part.

Ma mère semble ne pas croire à ses propres mots.

À ce moment, Chloe surgit de la cuisine dans une robe pull et des talons incroyablement hauts.

— Tu rentres déjà ?

La façon dont elle sourit à Jonah me fait comprendre pourquoi ma sœur s'est donné tant de mal à se préparer ce matin. Non, elle ne flirte pas vraiment avec lui. Chloe a beaucoup de défauts, mais elle n'est pas infidèle. Elle ne tromperait jamais Anthony avec un autre homme. Toutefois, elle éprouve toujours le besoin de se faire remarquer comme la plus belle femme de la pièce.

Jonah la regarde à peine et hoche poliment la tête.

— C'est un long trajet.

Son sourire se crispe en passant de naturel à forcé.

— Je serai de retour pour Thanksgiving, promets-je. C'est dans quelques semaines. Et je pourrai m'arranger pour passer quelques jours de plus à la maison, avec papa.

— Et Noël ?

Maman dit ça comme si je n'avais jamais daigné le passer avec eux, alors que c'est la seule fête à laquelle je me force à assister chaque année. Certes, je m'arrange généralement pour rester le moins possible à la maison et je suis toujours de retour à Austin pour le Jour de l'an.

Cette année sera différente. Si je dois endurer la présence d'Anthony pendant des jours pour être aux côtés de mon père, je le ferai.

— Je serai là, bien sûr.

Ma mère se tourne vers Jonah.

— Aurons-nous le plaisir de vous revoir pour les fêtes ? demande-t-elle à Jonah d'une voix douce.

Évidemment, elle s'attend à ce qu'il évite un tel engagement, prouvant ainsi combien il n'est pas digne de confiance tout en m'humiliant. Maman ne manque jamais l'occasion de faire d'une pierre deux coups.

De nouveau, Jonah reste impassible.

— Je l'espère bien.

— Bien sûr.

Ma mère prend appui contre le dossier de son fauteuil, satisfaite et même heureuse, mais je devine sa surprise de découvrir que j'ai trouvé un homme intéressant. Du genre : « regarde ce que le chat a ramené ».

Le défi est relevé. À présent, nous n'avons plus qu'à monter en voiture.

Lorsque nous sortons sur le perron, où Libby joue sous la supervision de son père, nous passons devant Anthony.

— Vous devriez avoir beau temps sur la route, lance-t-il en marchant vers nous avant de s'arrêter un peu trop près de moi.

Pas assez pour que cela semble étrange, mais suffisamment pour me faire frissonner.

Ma réponse est brève et sèche.

— Tant mieux.

Le sourire d'Anthony s'élargit.

— Est-ce qu'on te reverra pendant les vacances, Vivienne ?

— Absolument. Un peu plus que d'habitude, cette année.

Pour papa, je me rappelle dans ma tête.

Il hoche la tête, comme si j'avais besoin de son approbation.

— Gentille fille, lâche-t-il.

Je n'ai pas un autre flash-back, Dieu merci, mais le souvenir d'Anthony en train de prononcer ces mots alors que je suis étendue sur le canapé, en larmes, fait toujours naître la même peur et la même douleur en moi. Ces émotions me transpercent, assez violemment pour que je blêmisse.

Va-t'en, je me répète. *Il n'y a rien d'autre à faire.*

Mais quand je pivote pour me diriger vers la voiture, mon regard se pose sur Jonah. Il m'observe et tourne lentement la tête vers Anthony. L'horreur s'empare de moi tel un poing glacé qui se refermerait sur mon cœur.

Jonah sait. Il *sait.*

Le lourd silence qui enveloppe ce moment est rompu par le rire de Libby. Elle continue à se balancer gaiement, totalement innocente.

— Libby, dit Jonah. Va chercher ton livre de coloriage à la maison. J'aimerais emporter l'un de tes dessins avec moi.

Ses yeux s'illuminent et elle saute de la balançoire pour courir à l'intérieur. Anthony, conscient que quelque chose a changé sans trop savoir quoi, fronce les sourcils.

— Qu'est-ce que ça veut dire ?

Jonah n'a pas bougé. Il ne lève pas la voix, mais, en cet instant, je me rappelle pourquoi, lors de notre première rencontre, j'ai pensé qu'il était dangereux.

Parce qu'il l'est.

— Écoutez-moi, dit-il à Anthony. Si vous posez de nouveau la main sur Vivienne, si vous faites la moindre allusion à ce qui s'est passé auprès d'elle, si vous osez seulement l'approcher un peu trop, vous le regretterez. Profondément. Douloureusement. Et de façon permanente.

Anthony rit, mais il est nerveux. C'est la première fois que quelqu'un le met face à ce qu'il m'a fait et il ne sait pas comment se comporter.

— De quoi vous parlez ?

— Ne jouez pas l'idiot.

Chaque muscle du corps de Jonah est contracté.

— Pour une fois, assumez la vérité.

Je devrais parler, mais j'en suis incapable. Je suis bien trop choquée. La honte, la colère, l'émerveillement, la gratitude, l'amour enflent en moi, m'envahissent et me transportent dans un endroit où les mots n'ont plus aucun sens.

Finalement, Anthony recule d'un pas, hors de portée de Jonah.

— Je ne sais pas ce que Vivienne vous a raconté, mais il y a toujours deux versions d'une même histoire, mon vieux. Vous savez comment sont les femmes.

— Je sais les séquelles que peut laisser un viol, répond Jonah.

Anthony lève les mains.

— Oh ! Oh ! Oh ! C'est une sacrée accusation. Vivienne et moi étions adolescents. Nous avions les hormones en ébullition. Vous avez dû connaître ça aussi. Un soir, nous nous sommes envoyés en l'air et quand j'ai finalement décidé de rester avec Chloé, Viv n'a pas pu le supporter… Les femmes sont jalouses et le sexe les rend folles…

— Anthony ? dit une voix tremblante.

Ce n'est qu'à ce moment que nous nous rendons compte que Chloe est sortie. Je ne sais pas exactement ce qu'elle a entendu, mais cela lui a suffi.

Anthony est sur la défensive à présent, presque paniqué.

— Mon amour, tu sais que ça ne signifie rien.

— Tu as dit qu'elle avait flirté avec toi.

Chloe pose une main sur l'une des colonnes. Elle tremble si violemment que je peux le voir d'où je suis.

— Tu ne m'as jamais dit que tu avais couché avec elle.

Finalement, je retrouve ma voix.

— Il n'a pas couché avec moi, Chloe. Il m'a violée. Anthony t'a menti et je t'ai dit la vérité.

Je vois bien qu'elle ne me croit pas. Du moins, pas encore. Mais pour la première fois, Chloe doit accepter le fait qu'Anthony Whedon est un foutu menteur.

— Je pensais ce que j'ai dit, reprend Jonah en avançant vers Anthony, ce qui suffit à le faire reculer. Laissez Vivienne tranquille.

Voir Anthony dans cette position – exposé, ridicule, effrayé – est mille fois plus satisfaisant que tous les rêves que j'ai pu faire sur le sujet. Quelqu'un a fini par prendre ma défense. Quelqu'un a fini par me croire.

Je prends la main de Jonah.

— Allons-y.

Jonah m'étudie un moment, mais son regard sombre se reporte sur Anthony presque aussitôt.

— D'accord.

Dès que nous approchons de la voiture, nous entendons les pas de Libby sur le perron. Je me retourne pour la voir courir vers nous, une page de son livre de coloriage à la main.

— Tiens, Jonah ! Je t'ai choisi un dessin !

Il se baisse pour prendre la feuille. Aucun des adultes ne prononce un mot.

— C'est une princesse, tu vois ? J'ai colorié sa robe en jaune et rouge. C'est comme une robe volcan. Tu l'aimes ?

Jonah hoche la tête.

— Elle est fantastique.

Libby lui décoche un sourire radieux, plein de confiance et d'adoration, mais Jonah est incapable de le lui rendre. Je sais qu'il vient de voir ce qui me hante le plus au sujet de ma nièce.

Elle a les yeux de son père.

*

* *

Je ne me sens pas en état de parler avant d'avoir engagé la voiture sur l'autoroute.

— Jonah... merci.

— De quoi ?

Il semble épuisé.

— De t'en être pris à Anthony. D'avoir vu ce que personne d'autre n'a jamais vu.

Il pose le regard sur la fenêtre derrière laquelle défilent les magasins qui bordent la route.

— Pourquoi ne m'en as-tu jamais parlé ?

Cette conversation était inévitable – je le savais – mais je ne suis pas prête. Quand le serai-je ?

— Ce n'est pas simple à dire.

C'est vrai. Évident même. Dépourvu de sens. Jonah mérite plus que ça.

— Les seules personnes à qui j'en ai parlé sont ma mère et Chloe. Elles ne m'ont pas crue. Je voulais dire les seules personnes en dehors de ma psy. Parce que je suis une thérapie depuis un certain temps maintenant.

— Ça n'aide jamais, remarque Jonah sans se laisser distraire. Ta mère... ne t'a pas crue ?

— Anthony est riche. Il voulait épouser Chloe. Maman ne se serait jamais autorisée à croire en quelque chose qui pouvait gâcher ce plan. Même si sa fille devait en souffrir.

— Et ta sœur ? C'est ça que tu lui as dit la veille de son mariage, n'est-ce pas ?

J'ai du mal à me concentrer sur la route.

— Elle n'a entendu qu'une partie de l'histoire avant de me faire taire. Anthony l'avait persuadée que j'étais jalouse d'elle.

Jonah secoue la tête.

— Je t'aurais crue. Tu ne le sais pas encore ?

Je crois que je l'ai toujours su, mais je n'en prends conscience que maintenant. Jonah m'aurait crue et c'est pour ça que je ne lui en ai pas parlé.

— Cela aurait… compliqué les choses.

— Tu ne penses pas que je méritais de le savoir ?

— Quoi ? D'où venait mon obsession ? Tu veux t'entretenir avec ma psy avant chacun de nos rendez-vous ?

J'ai l'air hystérique, même à mes propres oreilles. Je prends donc plusieurs inspirations avant de continuer.

— Tu as tes secrets toi aussi, non ?

— Ce n'est pas de moi qu'il s'agit.

— Vraiment ?

Jonah tourne la tête vers moi.

— C'est le chemin de l'aéroport, n'est-ce pas ?

— Euh… oui.

— Laisse-moi là.

— Jonah ?

— Tu aurais dû m'en parler.

Il lâche ces mots sur un ton si furieux que je tressaille. Il s'en rend compte et adopte une voix plus posée, au prix d'un grand effort.

— J'avais besoin de savoir, Vivienne.

— Ce n'est pas facile à dire.

Cela semble tellement hors de propos.

— Tu n'as pas pensé que je devais savoir ça avant de te faire ces choses ?

L'humiliation s'abat sur moi, me déchirant le cœur.

— Nous avions tous les deux le même fantasme. C'était ton idée !

— Si j'avais su que tu avais vécu un viol, cela aurait tout changé.

Jonah refuse même de me regarder à présent.

Je m'effondre. Je me consume. Je tombe de bien plus haut qu'avant, car quelques minutes plus tôt je pensais que Jonah était vraiment de mon côté. Au cours des deux derniers mois, j'ai tenté de faire la paix avec mes désirs sexuels. À présent, la honte m'envahit de nouveau.

— Tu penses que je suis malade de continuer à désirer ça après ce qui m'est arrivé, n'est-ce pas ?

— Cela n'a rien à voir.

Bien sûr que si.

— Tu me détestes d'avoir cédé à ce fantasme, même si tu en avais envie aussi… même si c'était ton idée.

Finalement, Jonah plonge son regard dans le mien. J'aurais préféré qu'il ne le fasse pas. La fureur que j'y lis me soulève l'estomac.

— Tu m'as transformé en ce que je redoutais le plus de devenir. Tu as fait de moi un homme qui a abusé d'une victime.

— Ce n'était pas un abus. Pas si j'en avais envie.

— Tes poignets sont encore irrités ! crie-t-il.

Je frémis.

Quand Jonah reprend la parole, il est plus calme, mais je devine qu'il se force à se contrôler.

— Nous ne pouvons plus continuer.

Veut-il dire que nous ne pouvons plus jouer ensemble ? Non. Il veut dire que lui et moi, c'est terminé.

— Très bien.

Les mots sont automatiques, calmes et polis. On dirait ma mère. Dans ces moments, nous révélons souvent le pire de nous-mêmes.

— Allons à l'aéroport.

Jonah ne prononce pas une parole sur le chemin, mais je sens qu'il attend que je dise quelque chose.

Quoi ? Peu importe. L'homme à qui j'ai exposé les facettes les plus secrètes de ma personnalité a rejeté cette part de moi. La seule personne qui m'a sondée suffisamment pour découvrir la vérité se retourne contre moi parce que je ne lui ai pas révélé mon secret moi-même.

Et ce secret alimente les ténèbres en lui d'une façon que ni lui ni moi ne pouvons plus supporter.

Je m'arrête devant l'aéroport, près du panneau Oceanic Airlines. Nous sommes entourés de personnes venues déposer un ami ou des membres de leur famille. Les gens se serrent dans les bras, encombrés par leurs sacs à dos, échangeant des baisers et des éclats de rire au milieu des tas de bagages. Jonah ouvre la portière.

— Au revoir, Vivienne.

Cela semble si définitif, mais je peux faire pire.

— Sors, dis-je sans même le regarder.

32

— C'est le moment où vous me dites que vous m'aviez prévenue.

J'essuie mes yeux avec l'un des mouchoirs que Doreen tient toujours à ma disposition sur la table basse.

— Allez-y.

— Ce n'est pas ce que je pense, et vous ne devriez pas le penser non plus.

— Pourquoi pas ?

J'ai tellement pleuré que j'ai mal aux yeux. Je ne crois pas avoir arrêté de sangloter depuis que je me suis effondrée alors que je dépassais Shreveport hier après-midi.

— L'arrangement sexuel le plus tordu qui soit vient de m'exploser au visage. Pas comme une grenade, mais comme une bombe atomique. Vous l'aviez vu venir.

Doreen secoue la tête.

— Pas comme ça.

La veille, j'avais passé la soirée à regarder mon téléphone en espérant qu'il sonnerait pour m'annoncer un SMS de Jonah. Je ne m'attendais pas à des excuses et encore moins à une explication, mais je ne peux m'empêcher de me demander ce qu'il pense.

Jonah ne fait peut-être plus partie de ma vie, mais son ombre continue à planer au-dessus de moi.

— Quelqu'un a fini par découvrir la vérité, je murmure, et il me déteste pour ça.

— Vous ne savez pas s'il vous déteste. Vous savez seulement que Jonah a dû mettre un terme à votre relation.

— Quelle autre raison expliquerait cette décision ?

— À vous de me le dire.

Doreen me lance l'un de ses regards, ce qui signifie qu'il est temps de fouiller au plus profond de moi-même.

Je me souviens des paroles de Jonah : *tu m'as transformé en ce que je redoutais le plus de devenir.*

Je coince une mèche de cheveux derrière mon oreille.

— Quels que soient les démons de Jonah, quelles que soient les ténèbres qui alimentent son fantasme, il ne veut pas les retourner contre une femme qui en a vraiment souffert.

— Jonah a eu des paroles très dures. Il n'aurait pas dû, mais il a révélé qu'il avait des limites, lui aussi.

Elle a déjà tenu ce discours avec moi, mais au sujet de Geordie, quand il a refusé de mettre en scène mon fantasme. Ces deux hommes ont tracé leurs limites à des années-lumière l'un de l'autre, mais ils sont tous deux dans leur droit.

— Jonah était en colère. Il était *furieux*. Je me suis figée comme quand j'étais petite fille et que ma mère me hurlait dessus.

— Vous êtes-vous sentie menacée ?

— Pas physiquement. C'était trop... trop douloureux. Jonah avait pris ma défense et Chloe avait enfin découvert quel salaud était son mari. Cette journée aurait pu être la plus belle de ma vie. Au lieu de ça, mon monde s'est écroulé.

Doreen hoche la tête.

— Concentrons-nous sur le côté positif de la journée. Quelqu'un a fini par vous croire. La faute a enfin été attribuée à son auteur, Anthony. Qu'avez-vous ressenti à ce sujet ?

En dépit de mon chagrin et de ma colère, cette lueur continue à briller en moi.

— C'était incroyable. Comme si… comme si le monde entier avait été ébranlé.

— Dans le bon sens ?

— Oui.

Chaque fois que je pense à mon retour à la maison pour Thanksgiving ou Noël, l'appréhension s'empare de moi, mais ce n'est plus la peur qui m'a consumée pendant des années. Anthony n'aura plus jamais le même pouvoir sur moi, même si Jonah n'est pas à mes côtés. Je l'ai vu humilié. Ridiculisé. Je me nourrirai de ce souvenir pendant très longtemps.

— Et votre père ? demande Doreen.

Je ris.

— Apparemment, il a déjà réussi à convaincre l'un de ses amis du golf de lui rapporter un peu de jambalaya. Il n'a pas changé.

— Auriez-vous aimé que ce soit le cas ?

— Je m'efforce de ne pas souhaiter l'impossible.

Et pourtant, je ne peux m'empêcher d'imaginer que je remonte le temps et que je reviens à hier matin. Je ne pourrais peut-être rien changer, mais au moins, cette fois, je comprendrais exactement ce qui a dérapé.

Comprendre ne suffirait pas, malheureusement.

*

* *

Un peu plus tard dans la journée, alors que je suis installée à mon bureau, occupée à saisir des notes dans le système informatique, mon téléphone vibre pour me signaler un SMS. Un frisson me parcourt et je suis incapable de dire si l'adrénaline qui pulse dans mes veines est liée à la colère ou à l'espoir.

Quand je baisse les yeux sur l'écran, je constate que c'est seulement Shay qui m'invite à venir regarder des séries sur Netflix ce soir ou demain. *Comment s'est passé ton week-end romantique dans les bois ?*

Je n'ai même pas parlé à mes amis les plus proches de la crise cardiaque de papa. J'envoie quelques messages pour les prévenir et je passe le reste de l'après-midi à répondre aux questions affolées de Carmen, Arturo et Shay. Je mets Kip au courant également et, dans la minute, un macchiato au caramel apparaît sur mon bureau comme par magie.

— La caféine ne résout pas tout, lui dis-je en acceptant le breuvage avec un sourire.

Kip soupire.

— Le macchiato ne résoudra tes problèmes que si tu le décides, ma belle.

La seule personne qui ne me répond pas est Geordie. Il est terriblement occupé en ce moment – il y a beaucoup de travaux à rendre en fin de semestre –, mais je m'attendais au moins à un texto. Geordie est le seul type avec qui je suis sortie qui ait conquis ma mère. Il a lancé une offensive pour charmer mes parents et a remporté un tel succès qu'ils lui ont envoyé une carte d'anniversaire deux mois après notre rupture. Geordie aurait donc dû s'inquiéter pour moi, mais aussi pour mon père.

Parfois, le réseau est de mauvaise qualité à la bibliothèque. Si ça se trouve, il a éteint son téléphone pour être plus productif.

Ce qui ne serait pas une mauvaise idée. J'éteins mon téléphone. De cette façon, je ne passerai plus mon temps à attendre que Jonah m'écrive. Je devrais être fière de ma décision mais, à la place, une vague de tristesse m'envahit.

Le soir, je me rends à l'atelier. Certains artistes ont du mal à travailler lorsqu'ils sont bouleversés, mais cette énergie alimente parfois ma créativité. Ne rejetez pas la sublimation avant de l'avoir essayé.

Bettye LaVette joue à la radio. Je remonte les manches de ma blouse et je me prépare à encrer ma dernière plaque. Mais alors que je suis sur le point de commencer, j'aperçois une marque sur le métal. Au début, ce n'était qu'une éraflure, mais à présent, elle est si profonde que l'encre risque de s'y accumuler et de tacher mes tirages.

Quelques créations sont réussies – et même améliorées – grâce à ce type de défaut aléatoire. Pas celle-ci. Je jure tout bas et j'étudie la plaque de plus près. Parfois, il est possible de réparer ce genre de chose. D'autres fois, il faut simplement recommencer à zéro. La moindre erreur reste ancrée à jamais. Peu importe le nombre de reproductions que vous ferez, la marque sera toujours au même endroit, répétée des milliers de fois.

Il m'arrive de penser que ma vie est comme une plaque de métal. Anthony y a laissé des marques profondes. Ma relation toxique avec ma famille et à présent le rejet de Jonah sont l'acide qui mord l'acier.

Les mêmes taches, les mêmes erreurs se répètent indéfiniment.

Agitée, je m'écarte de mon travail. Une pause serait une bonne idée. Je me dirige vers la fontaine à eau et je me sers un verre dans un gobelet en carton avant de me souvenir que je n'ai pas rallumé mon portable depuis le début de l'après-midi. Je ferais peut-être mieux de vérifier que je n'ai pas eu d'appel.

Alors que l'appareil reprend vie, je me répète : *Ne t'attends pas à un message de Jonah. Il n'en enverra pas.*

Je ne me trompe pas. Il ne m'a pas écrit, mais Geordie l'a fait. Cinq fois.

Oh, non, Viv ! Je suis désolé. Est-ce que ton père va bien ?

Carmen vient de me dire qu'il allait bien, mais tu dois être bouleversée. Tu veux boire un verre ? Je parie que ça te ferait du bien.

Eh, je suis *Chez Freddy* si tu veux passer.

Que des connards ici, Viv. Qu'ils aillent se faire foutre.

Si vous connaissez le propriétaire de ce téléphone, pouvez-vous venir le chercher ? Il n'est plus autorisé à rester dans l'établissement. La Direction.

Ce dernier message n'a été envoyé que dix minutes plus tôt. J'attrape mon sac en grommelant.

La plupart des gens pensent à *Chez Freddy* comme au bar près du restaurant mexicain qui s'est avéré être le repaire de dealers de la ville. C'est un bar génial et je suis désolée pour la mauvaise pub, mais quand la police a fait une descente dans le restaurant mexicain, ça a fait la une des journaux. *Chez Freddy,* on mange plutôt bien, mais j'y vais généralement pour prendre un verre ou un dessert après un film, parfois les deux. J'adore leur terrasse ornée de guirlandes lumineuses, bercées par les rires. On y trouve toujours quelques chiens en train de somnoler aux pieds de leur maître.

La personne avec laquelle je suis venue le plus souvent est Geordie et quand je le découvre avachi sur le perron à l'entrée, je me demande s'ils nous laisseront de nouveau entrer un jour.

— Viv !

Geordie tend les bras en l'air, comme s'il venait de marquer un but.

— Je vous avais dit qu'elle viendrait !

Le responsable se tient près de lui, les bras croisés :

— Vous le connaissez ? aboie-t-il.

— Oui, bien sûr.

Oh, mon Dieu ! Geordie est tellement ivre. Ce n'est pas comme si je ne l'avais jamais vu bourré avant, mais c'est étrange de le trouver dans cet état aussi tôt, alors qu'il est seul.

— Je vais le ramener. Il a payé ses consommations ?

Geordie rit.

— Bien sûr que j'ai payé ! Tu me prends pour qui, bébé ?

Cet accent écossais à trancher au couteau n'augure rien de bon.

— Désolée, je marmonne à l'intention du responsable alors que je passe l'un des bras de mon ami autour de mon cou.

L'homme hausse les épaules.

— Il ne peut pas continuer ainsi. C'est tout ce que j'ai à dire.

— Comment ça, continuer ainsi ?

Cette remarque me vaut un ricanement incrédule.

— Il se pointe ici au moins une fois par semaine. Nous lui avons dit il y a un moment que nous ne le laisserions plus repartir en voiture. Alors, la plupart du temps, il prend un taxi. Pas aujourd'hui, et je ne peux pas le laisser conduire. Nous pourrions être poursuivis et condamnés à payer des millions de dollars s'il avait un accident. Franchement, ce n'est qu'une question de temps pour lui.

— Je n'avais pas l'intention de conduire ! proteste Geordie. Si vous m'aviez laissé commander un autre plat, j'irais très bien.

L'homme ne lui accorde même pas un regard.

— S'il revient ici tout seul, nous ne le servirons pas. Vous feriez peut-être bien de le lui rappeler demain. Comme ça, il pourra s'en souvenir.

Sur ces mots, le responsable du bar s'éloigne, me laissant seule avec Geordie sur les bras. Il prend appui sur moi. Son haleine sent le rhum.

— Merci, Viv, murmure-t-il en arborant son sourire le plus idiot et le plus adorable.

— Monte dans la voiture.

J'aperçois sa Fiat sur le parking. Demain matin, quelqu'un devra le reconduire ici pour la récupérer. Et ce quelqu'un sera probablement moi.

Alors que je prends la direction de son immeuble, Geordie déclare :

— Il exagère, tu le sais bien. Je suis venu ici deux fois. Peut-être trois.

— Mais tu étais sur le point de conduire dans cet état, Geordie. Tu ne peux pas faire ça.

— Je ne voulais pas conduire comme ça. Je voulais manger quelque chose et attendre une ou deux heures avant de prendre le volant ! Ça serait passé, tu sais que j'ai raison.

Peut-être. Peut-être que le responsable était de mauvaise humeur. Geordie a toujours aimé faire la fête sans que cela empiète sur sa vie.

Pourtant, je ne peux m'empêcher de penser aux dernières fois que je suis sortie avec lui. Chaque fois, il a beaucoup bu. À Halloween, il a pratiquement perdu connaissance chez Arturo et Shay. Nous ne sommes plus des gamins de dix-huit ans qui découvrent les effets de l'alcool pour la première fois. Geordie a trente ans. Il devrait avoir dépassé ce stade.

— Vous, les Américains…

Geordie se met à l'aise sur le siège passager. Les lumières de la ville scintillent derrière son profil séduisant.

— … vous êtes si puritains. En Écosse, ils me considéreraient comme un abstinent.

Je suis allée à Édimbourg une fois quand j'avais dix-huit ans au cours d'un road trip en Europe. Et puis, j'ai eu l'occasion d'observer ces pêcheurs dans l'auberge où Jonah et moi avons séjourné sur l'île de Skye. Geordie ne ment pas au sujet de leur penchant pour l'alcool. À dix-sept heures, tous les pubs se remplissent d'Écossais de tous bords et de toutes origines sociales. Là-bas, la journée ne peut pas se terminer sans une pinte ou deux de bière.

Tu exagères, je tente de me rassurer. *C'est une différence culturelle, rien de plus. Et puis, Geordie a travaillé dur pour son diplôme. Tu connais la pression qu'il subit. Pourquoi ne pourrait-il pas décompresser un peu en buvant un verre de temps à autre ? Il s'est laissé emporter une fois, ça arrive.*

Je me suis déjà répété ce genre de choses auparavant. Mais ce soir, c'est la première fois que je me fais penser à quelqu'un.

On dirait ma mère. On dirait Chloe.

Quelqu'un qui déploie beaucoup d'efforts pour nier la vérité.

Nous arrivons devant chez Geordie. Alors que je gare la voiture, il dit :

— Merci, bébé. Tu es sûre que tu ne veux pas monter ? Oh, non, j'oubliais. Tu es à fond sur Jonah maintenant, pas vrai ?

Le nom de Jonah est comme un coup de fouet sur ma peau, mais je reste concentrée.

— Geordie ?

— Ouais ?

Je prends une profonde inspiration.

— Tu bois trop.

Il rit.

— Je te l'ai dit...

— Je sais ce que tu m'as dit. Mais au cours des derniers mois, tu t'es mis à boire plus que tu ne l'as jamais fait auparavant. Tu bois seul... et je ne parle pas d'un verre de vin en mangeant. Tu te saoules carrément.

Geordie grommelle.

— Oh, non ! Épargne-moi la leçon de morale !

— Écoute-moi. Geordie, nous ne sommes plus amoureux l'un de l'autre, mais tu sais que je t'aime toujours en tant qu'amie. Je me fais du souci pour toi et je ne veux que ton bonheur. Il faut donc que je te le dise.

— Quoi donc ?

Dire la vérité a quelque chose de terrifiant. C'est comme sauter d'une falaise. Je suis sur le point d'entrer en contact avec le sol. Tout ce que je peux espérer, c'est qu'ensuite, Geordie repensera à ce que j'ai dit.

Je plonge mon regard dans le sien.

— Tu as un problème avec l'alcool.

Je m'attends à ce qu'il se mette à rire. À la place, il me dévisage. Il n'est pas habitué à ce que je sois aussi directe. Comme ça, nous sommes deux. Ce n'est que maintenant que j'apprends à être honnête, même quand la vérité est difficile à dire et à entendre.

— Je t'en prie, j'ajoute plus doucement. Tu es la personne la plus incroyable que je connaisse. Tu pourrais avoir une vie géniale et faire tant de bien autour de toi. Ne laisse pas l'alcool te dicter ta conduite. Fais une pause et réfléchis à ce qui est en train de se passer. Demande de l'aide. Et sache que je serai à tes côtés, quoi qu'il arrive.

Un long moment s'écoule, durant lequel je l'imagine se moquer de moi ou me maudire. Il ne fait ni l'un ni l'autre. Il soupire simplement et enfouit son visage dans ses mains.

— Bon sang, Viv.

— Je ne te le dirais pas si je ne t'aimais pas.

Ce n'est que lorsque ces mots sortent de ma bouche que je comprends que la vérité peut être un cadeau à ceux que l'on aime. Aucun autre présent ne peut tenir la comparaison.

Geordie sort de la voiture et claque la portière derrière lui. Il titube jusqu'à la porte de son immeuble sans même un regard en arrière.

Parfois, nos plus cadeaux arrivent trop tard.

33

Après avoir déposé Geordie, je décide de ne pas retourner à l'atelier. Je suis incapable de me concentrer, de toute façon. À la place, je rentre chez moi, où je prends une longue douche brûlante avant de me mettre au lit. Depuis vendredi soir, je suis en proie à un maelström d'émotions, du désir à la terreur en passant par la colère. À ce stade, je suis à deux doigts de m'effondrer.

Je me glisse sous les draps et j'éteins les lumières, mais j'ai du mal à trouver le sommeil. Je suis trop nerveuse. Alors, je reste étendue sur le flanc, dans mon tee-shirt trop grand que j'ai gagné lors d'une course pour une œuvre de charité deux ans plus tôt. Je suis épuisée, laide et toute seule.

La solitude n'est pas ce qu'il y a de pire. Ma sœur est probablement allongée dans le même lit qu'Anthony en cet instant. Je préfère mon sort au sien, et de loin. Et puis, ce soir, j'ai besoin du genre de silence que seule la solitude peut procurer.

Bientôt, je saurai quoi penser de tout ça. Je finirai par me faire à l'idée d'avoir perdu Jonah et je découvrirai que mon amitié avec Geordie survivra à notre discussion. J'arriverai à me défendre dans la nouvelle dynamique familiale. Doreen m'aidera. Tout ira bien.

Je me répète ces mots. J'y crois en majeure partie, mais je me souviens de la façon dont Jonah m'a serrée dans ses bras la veille de notre départ. J'ai l'impression que je n'éprouverai plus jamais ce sentiment de sécurité.

Au moment où je parle, il est sûrement dans son appartement luxueux, aussi seul que je le suis. Je me demande s'il a déjà décroché mon tableau du mur.

Probablement. Pourtant, j'espère qu'il ne l'a pas fait. De cette façon, il lui restera quelque chose de moi, un message de mon âme pour la sienne.

*

* *

Mon téléphone se met à sonner un peu après quatre heures du matin.

Merde ! Je suis d'humeur grincheuse. Je viens juste de réussir à m'endormir. *Si c'est un faux numéro, je jure devant Dieu que…*

Puis, je me souviens de l'opération de papa. La panique s'empare de moi alors que je tends le bras pour attraper mon téléphone sur la station d'accueil. Ce n'est pas forcément ça… C'est peut-être Geordie qui veut m'envoyer me faire voir… ou Jonah…

Aucune de ces hypothèses n'est la bonne.

Les sourcils froncés, je décroche.

— Arturo ?

— Tu dormais, n'est-ce pas ?

— À… quatre heures dix-sept du matin ? Assez bizarrement, oui. Qu'est-ce que…

Ma voix s'éteint quand je devine la réponse à ma propre question.

— Tu nous as dit que tu voulais être la première au courant quand le travail commencerait. Eh bien, nous prenons le chemin de l'hôpital.

— Oh, mon Dieu !

Je suis un peu inquiète, mais je ris malgré moi.

— Elle se sent comment ?

— Elle s'en sort bien pour le moment.

Derrière lui, j'entends Shay crier.

— Tu trouves que je m'en sors bien ? Un truc de la taille d'une pastèque essaie de sortir par ma… Ohhhhh !

— Il faut qu'on y aille, reprend Arturo en hâte. Viens à l'hôpital quand tu pourras !

Sur ces mots, il raccroche.

Un accouchement peut durer longtemps. Parfois des jours. J'ai feuilleté l'exemplaire corné de *Ce qui vous attend si vous attendez un enfant* que Shay possède. Aussi, je sais que la durée moyenne d'un premier accouchement est de huit heures. Je pourrais certainement me rendormir et récupérer les quelques heures de sommeil dont j'ai bien besoin tout en arrivant encore à l'hôpital avant que Shay ne donne naissance.

À la place, j'envoie un texto à Carmen.

Qui se charge du café ?

Immédiatement, elle répond.

Je m'en occupe. On se retrouve là-bas !

Seton Central est situé à l'autre bout de la ville, mais à cette heure de la nuit les routes sont désertes. J'arrive à l'hôpital en vingt minutes pour découvrir Carmen en train de faire les cent pas dans la salle d'attente. Sa tenue me fait glousser – un sweat de San Antonio noir et argenté et un jogging rose fluo –, mais je ne suis pas la mieux placée pour parler avec ma polaire trop large et mon jean délavé. Carmen sait pourquoi je me moque et me tire la langue.

— Vas-y, marre-toi !

— Désolée, désolée. Je suis fatiguée. Tout me semble hilarant.

Et c'est vrai. Quelques heures plus tôt, je me sentais vidée et désespérée, mais j'imagine que le bébé me rappelle toutes les choses positives qui m'attendent encore dans ce monde.

Nous buvons nos cafés en parcourant les couloirs et nous admirons le lever du soleil. Carmen me parle des discussions qu'elle a eues avec Arturo au cours des derniers jours.

— Quand il a fini par saisir à quel point j'angoissais au sujet de mon travail, il m'a dit que j'étais idiote. Ce qui ne m'a pas vraiment aidé, mais j'ai compris ce qu'il voulait dire. Arturo a affirmé qu'aucun de nous ne laisserait jamais tomber l'autre.

— Parce que vous êtes tous les deux intelligents, déterminés et probablement les personnes les plus proches que je connaisse.

Carmen secoue la tête.

— Il a dit ça parce que nous sommes les deux personnes les plus obstinées du monde. Si nous affirmons que nous ferons quelque chose, nous nous y tiendrons.

Elle marque une pause.

— À moins qu'une météorite ne heurte la Terre ou un truc du genre.

— Je crois que vous seriez pardonnés dans ce cas.

Le bébé de Shay a lancé l'alerte à l'aube, mais il ne semble plus du tout pressé de sortir à présent. Carmen et moi prenons un petit déjeuner composé de jus d'orange en poudre et de pâtisseries rassises à la cafétéria de l'hôpital. On pourrait croire qu'un endroit dédié à la santé ne servirait pas ce genre de cochonneries. (Peut-être essaient-ils d'augmenter leur activité en empoisonnant les visiteurs). Nous feuilletons des magazines féminins qui parlent tous de couture et de cuisine et qui semblent dater de l'année dernière. Nous déambulons dans la salle d'attente comme Ricky Ricardo dans *I love Lucy*. Rien de tout ça ne fait venir le bébé.

À un moment, juste pour faire la conversation, Carmen demande :

— Alors, comment ça se passe avec Jonah ?

La fatigue semble s'abattre sur moi dans la seconde. Je soupire en m'appuyant contre le dossier de mon siège.

— Je ne sais pas.
— Vous aviez l'air accro l'un à l'autre à Halloween.
Carmen bat des cils exagérément dans une tentative pour me faire rire.
— Que se passe-t-il ?
— Il est venu avec moi chez mes parents la semaine dernière.
Elle se redresse brusquement.
— Jonah Marks t'a accompagné à La Nouvelle-Orléans après la crise cardiaque de ton père ?
— Oui.
— Vivienne, c'est énorme !
— Je sais.
Je croise les bras sur ma poitrine, les doigts enfoncés dans les manches de mon pull rouge.
— Sa présence m'a beaucoup aidée... mais...
— Mais quoi ? Vous n'arrivez pas à vous mettre d'accord sur le choix de l'église pour le mariage ?
C'est une plaisanterie, bien sûr, mais Carmen est si loin de la vérité que c'en est blessant. Elle sait que je ne m'entends pas avec ma famille, même si elle ignore exactement pourquoi. Cela signifie qu'elle comprend ce que le soutien de Jonah représente à mes yeux. Comment pourrais-je lui expliquer que tout s'est effondré en moins d'une heure ?
— Peut-être que nous avons précipité les choses.
Carmen fronce les sourcils et je m'attends à me faire cuisiner comme il se doit quand Arturo apparaît enfin. Il porte une blouse bleue et arbore un grand sourire. Il est toujours le même, mais il est différent en quelque sorte. Un homme nouveau.
Nous nous levons ensemble en nous tenant les mains. Les larmes emplissent les yeux d'Arturo lorsqu'il déclare :
— C'est un garçon.
Nous laissons libre cours à nos émotions et nous nous serrons dans les bras l'un de l'autre. Ce monde cruel semble offrir toutes les possibilités à nouveau.

Nous devrons attendre un peu avant de rendre visite à Shay et de tenir le bébé dans nos bras. Carmen décide de rester à l'hôpital pendant que je pars faire quelques courses – acheter de la nourriture pour les jeunes parents, sortir leurs poubelles, etc. J'achète même des ballons bleu pâle que j'attache à la poignée de leur porte pour informer les voisins de la bonne nouvelle.

Ils sauront aussi qu'ils doivent acheter des boules Quiès à présent. Un nouveau-né est sur le point d'emménager.

Il est presque midi lorsque je rejoins l'hôpital. Alors que je cherche quelqu'un pour me renseigner sur les horaires des visites, j'entends une voix chaleureuse s'écrier :

— Eh ! Bonjour.

Je pivote pour découvrir le Dr Rosalind Campbell dans sa blouse blanche. Elle a l'air aussi épuisée que moi, mais son sourire est lumineux.

— Bonjour, je réponds. Tout le monde va bien ?

— Merveilleusement bien. C'était un accouchement facile.

Je parie que Shay ne le décrira pas ainsi. Un médecin a probablement un tout autre cadre de référence pour ce genre de choses.

— Quand pourrai-je leur rendre visite ?

— Dans l'heure, mais le bébé est à la nursery, si vous voulez le voir.

La simple idée de rencontrer cet enfant, une nouvelle personne qui est la moitié d'Arturo et la moitié de Shay, m'emplit d'une joie inexprimable.

— OK.

— C'est par là. J'ai une autre maman qui doit arriver, souffle Rosalind. Je ne sais pas comment font les bébés, mais ils naissent tous le même jour !

Elle me fait un signe de la main avant de s'éloigner. À en juger par sa sympathie, je devine que Rosalind ignore que Jonah et moi avons rompu. Il n'a pas encore dû prendre le temps de l'annoncer. J'ai du mal à me rappeler que Jonah et moi avons eu notre dernière dispute à peine quarante-huit heures plus tôt. La sécurité que j'éprouvais à ses côtés me semble déjà appartenir à une autre vie.

Non. Je refuse de me laisser abattre en cet instant. C'est un jour spécial, le jour de la naissance d'un petit être que j'aime déjà et ce bonheur devrait éclipser tout le reste.

Je me dirige vers la nursery, pleine de bébés emmaillotés dans leurs couvertures blanches qui ne laissent apparaître que leurs minuscules visages roses. Ils sont tous plus adorables les uns que les autres. Les nouveau-nés se ressemblent tous à mes yeux, jusqu'à ce que j'en repère un qui a l'air familier. Je le connais déjà, même s'il n'a que quelques heures. Il a le nez d'Arturo et le menton obstiné de Shay. Je le reconnaîtrais entre tous.

Lorsque je tape à la fenêtre, l'une des infirmières lève la tête, amusée, mais tolérante. Elles doivent y être habituées. Je pointe le petit du doigt.

— Je peux le voir ?

En réponse, elle prend le bébé dans ses bras et le tient près de la fenêtre. Il cligne des yeux, confus comme tous les nourrissons.

Nicolas Gillespie-Ortiz. Bienvenue dans ce monde.

L'infirmière le remet dans sa couveuse après quelques secondes, mais je ne bouge pas. Tant qu'il n'est pas reconduit dans la chambre de Shay et que je ne peux pas rendre visite à toute la petite famille, j'aime autant rester ici à contempler ces bébés épuisés par le long chemin qu'ils ont dû parcourir pour venir au monde. Ils dorment paisiblement et ce spectacle apaise la colère et la peur en moi, entre autres choses.

À un moment, un Chinois se tient près de moi, observant une petite fille minuscule dont le berceau est positionné tout près de la vitre. Je me rappelle avoir entendu les infirmières murmurer au sujet de lui et de sa femme plus tôt : *ce bébé est un citoyen américain. Cela signifie qu'ils peuvent rester dans le pays.* Ce qui est super pour eux, j'imagine, mais en cet instant, ce n'est pas à ça que pense cet homme. Il admire sa fille comme s'il était stupéfait de découvrir l'intensité de l'amour qu'il peut éprouver.

Quelqu'un d'autre approche un peu plus tard et se positionne à quelques pas de moi. Nicolas bâille pour la première fois et je ne veux pas en rater une miette. Alors, je n'accorde que peu d'attention au nouvel arrivant, jusqu'à ce que j'entende :

— C'est le portrait craché de ses parents.

Je tourne la tête pour découvrir Jonah. Il a les mains enfoncées dans les poches de son manteau bleu marine. Des cernes sombres encerclent ses yeux. Il se tient là, mal à l'aise. C'est probablement ce qu'il pense de moi également.

La différence, c'est que je n'ai jamais vu Jonah dans cet état. Son assurance est ce qui le définit le mieux. Son sang-froid est aussi saisissant que l'autorité qu'il exerce sur les autres. En cet instant, cependant, il ne cherche pas à dissimuler sa vulnérabilité.

J'ai toujours considéré Jonah comme un homme fort mais, pour la première fois, je prends conscience qu'il est aussi courageux.

— Ils sont si innocents, murmure-t-il.

— Oui.

Ma voix est plus calme que je ne m'y attendais.

— Le monde détruit beaucoup d'entre nous. Peut-être chacun d'entre nous, au final. Mais nous commençons tous de la même façon. Intacts, heureux. Parfaits. Nous mettons tous nos espoirs dans nos enfants, tous les espoirs que nous ne pouvons plus entretenir pour nous-mêmes.

— Pas tous, dis-je, même si je comprends ce qu'il essaie d'exprimer. Ce n'est pas tout à fait juste, tu ne trouves pas ? Nous attendons tellement d'eux, alors que de notre côté, nous abandonnons.

— Qui sait. Peut-être qu'ils feront mieux que nous. Il faut bien que quelqu'un finisse par y arriver.

Si seulement Nicolas pouvait avoir cette vie. Pour le moment, je refuse de penser aux déceptions et aux dangers qui se dressent sur son chemin. Aujourd'hui, son monde n'est que chaleur et amour. Laissons-le en profiter.

Jonah ne semble pas avoir autre chose à dire, alors je demande :

— Rosalind t'a appelé ?

Il secoue la tête.

— Lorsque je suis arrivé au bureau ce matin, une carte circulait pour Shay. Je l'ai signée, j'ai fait ce que j'avais à faire et je suis venu directement.

— Je suis certaine qu'elle appréciera.

— Tu sais que je ne suis pas ici pour Shay.

Je croise les bras sur ma poitrine.

— Es-tu venu pour… As-tu changé d'avis ?

— Non. Je suis là pour t'apporter une explication, si tu acceptes de l'écouter.

Que pourrait-il me dire qui arrangerait la situation ? Rien. Ce n'est pas pour cette raison qu'il est là. Nous ne pouvons pas résoudre ce problème. Nous étions anéantis bien avant de nous rencontrer. Jonah veut simplement me dire la vérité. Sa vérité.

Et je devrai lui raconter la mienne.

J'ai découvert récemment que la vérité pouvait être une preuve d'amour. L'écoute l'est aussi.

34

Seton Central est situé dans une zone fortement urbanisée, à proximité de l'autoroute, mais également tout près de Seider Spring Park, une longue étendue d'espace vert qui court le long d'une rivière. Quelques minutes après avoir quitté l'hôpital, Jonah et moi marchons entre les arbres, près de l'eau, comme coupés du reste du monde, même si le vrombissement des voitures au loin se mêle parfois au bruissement des feuilles.

La peau pâle, les yeux creusés, les joues recouvertes d'une barbe de trois jours, Jonah a une mine affreuse. Moi aussi, probablement. Nous avons passé le stade où nous nous inquiétions des apparences, mais je ne peux pas m'empêcher de le remarquer.

Les leçons de ma mère sont bien ancrées en moi.

— Je suis désolé d'avoir été aussi brutal dans la voiture, commence-t-il. C'était un moment difficile pour toi, de bien des façons. J'aurais dû me contenir pour ton bien.

— Tu n'as fait qu'exprimer ce que tu ressentais. Tu n'as pas à t'en excuser.

Nous continuons à marcher, côte à côte. Les feuilles mortes et l'herbe desséchée crissent sous nos pas. À Austin, nous n'avons pas de feuilles pourpres à l'automne ni de neige immaculée en hiver. L'été se dissipe pour céder la place à un froid dépourvu de couleurs.

— Tu veux me dire ce qui s'est passé avec Anthony ? demande Jonah finalement.

À une époque, je croyais ne jamais être capable d'en parler à quiconque, et encore moins à Jonah. À présent, Jonah est la seule personne à laquelle je peux me confier à ce sujet.

— J'avais quatorze ans. Lui et Chloe étaient à la fac. Ils sortaient ensemble. Une nuit, alors qu'il était venu rendre visite à Chloe, elle est partie se coucher plus tôt que d'habitude et mes parents aussi. Anthony m'a violée sur le canapé du salon.

Après un long moment, Jonah dit :

— Il était au-dessus de toi, n'est-ce pas ?

Bon sang, il veut des images ? J'accepte cependant de lui donner ce détail, parce qu'il correspond à la vérité et que je ne veux plus jamais lui mentir.

— Oui. Je déteste cette position depuis.

— Tu m'as dit que tu en avais parlé à Chloe et qu'elle ne t'avait pas crue.

Je secoue la tête.

— J'en ai parlé à ma mère et elle ne m'a pas crue. Anthony a raconté à Chloe que j'avais essayé de flirter avec lui et elle s'en est prise à moi en m'accusant d'avoir voulu lui voler son petit ami. La semaine qui a précédé leur mariage, j'ai essayé une dernière fois de lui ouvrir les yeux sur Anthony. J'ai tenté de lui raconter cette histoire, mais elle n'a pas voulu l'entendre. À présent, mon violeur est mon beau-frère et le père de ma nièce adorée. Cela signifie qu'il fera partie de ma vie à tout jamais.

Jonah a le regard vague, comme s'il étudiait mon histoire sous tous les angles.

— Je pensais que les victimes ne supportaient même pas l'évocation du viol. Sans parler de… ce que nous avons fait.

— Tu as raison. La plupart des victimes ont une réaction différente. Mais c'est l'effet que ça a eu sur moi. C'est ce que je suis à présent.

Il hoche la tête, toujours profondément absorbé par ses pensées.

— J'aurais dû m'en rendre compte, ajoute-t-il calmement. Quand tu refusais de faire l'amour autrement… Les limites que tu m'as imposées… J'aurais dû m'en douter.

— Tu as tes limites également, tout comme moi.

Je répète simplement la conversation que Doreen et moi avons eue sur le sujet.

Soudain, je me repasse la scène de cette première rencontre dans le bar à vin, quand Jonah et moi avons discuté des termes de notre arrangement. Il m'a demandé de le défendre en cas de problème, de ne pas le blesser pour de vrai… et de ne pas l'appeler papa.

Mon ventre se noue. La nausée s'empare de moi. Ma voix est étranglée quand je demande :

— Jonah, est-ce qu'il t'est arrivé la même chose ?

— Si je me suis fait violer ? Non.

Mais Jonah pèse ses mots avant de poursuivre :

— C'était… encore plus tordu que ça.

Qu'est-ce qui peut être plus tordu que ça ?

Je n'ai pas besoin de l'imaginer. Je suis là pour l'écouter.

— Tu veux bien m'en parler ?

Il ne répond pas avant un long moment, assez long pour que je commence à croire qu'il va refuser. Puis, il détourne les yeux pour les poser sur le ruisseau et se met à parler.

— J'avais quatre ans quand mon père est mort. Je n'en avais pas plus de six quand ma mère s'est mariée à Carter Hale. Élise avait cinq ans à l'époque, Rebecca et Maddox deux ans. Ils ont fait des photos officielles de la famille recomposée. Des costumes pour Maddox et moi, des robes en velours pour les filles, de grands sourires pour maman et Carter. L'argent, les enfants, la compagnie aérienne, les biens immobiliers. Ils voulaient que le monde entier sache qu'ils avaient tout.

Il secoue la tête.

— Personne n'a jamais deviné ce qui se passait réellement derrière les portes de *Redgrave House.*

— Que se passait-il ?

Jonah prend une profonde inspiration.

— La première fois… la toute première fois, il était très tard et j'ai entendu ma mère pleurer. Je l'avais déjà entendue, après la mort de mon père. Parfois, cela l'aidait que je vienne la voir pour lui faire un câlin et la réconforter. Alors, je me suis rendu dans sa chambre. Et Carter était…

— Ils faisaient l'amour ?

Cela traumatiserait n'importe quel enfant, mais ce n'est pas une expérience qui marque quelqu'un de manière indélébile à ce point.

— Carter était en train de violer ma mère.

— Oh, mon Dieu !

Je n'imagine pas assister à une telle scène, et encore moins alors que j'étais enfant.

— Je n'ai pas compris sur le coup.

La voix de Jonah se brise.

— J'avais une idée de ce qu'ils étaient en train de faire, mais ma mère pleurait. Elle saignait. Quand Carter m'a vu, il était hors de lui. J'ai cru qu'il allait me battre, mais il a fait pire que ça.

— Quoi ?

— Il m'a forcé à regarder.

La bile envahit ma bouche et je suis sur le point de vomir. Qui peut faire une chose pareille à un enfant ? Quel esprit peut fonctionner de cette manière ? Celui d'un monstre. Uniquement celui d'un monstre. Toutes ces années, j'ai cru qu'Anthony Whedon était la pire chose qui pouvait m'arriver, mais Carter Hale est diabolique à un autre niveau.

— Carter a pris son temps. Je crois que je suis resté là-dedans une heure avant qu'il n'en ait terminé.

Il m'a dit… que c'était ça, être un homme. Que c'était ce que les femmes désiraient. Ce qu'elles méritaient.

Tout ce temps, je pensais évacuer mes démons les plus sombres alors que Jonah se prêtait à nos jeux pour son plaisir. Je n'aurais jamais imaginé qu'il gardait un secret aussi lourd.

Même si j'avais passé des heures à l'analyser, à essayer de deviner ce qui se cachait sous ses propres désirs, je n'aurais jamais deviné ça.

— Je ne l'ai pas cru, reprend Jonah. Je savais que ce n'était pas bien, la façon dont il avait traité ma mère. Mais le jour suivant, alors que j'étais seul avec elle, je lui ai demandé si nous allions nous enfuir. Elle a dit… elle a dit que cela se passait parfois comme ça entre les hommes et les femmes. Elle a prétendu que tout allait bien. Je me suis convaincu que c'était la vérité.

Je me rappelle soudain qu'il a commencé son histoire par « la première fois ».

— Jonah… cela s'est reproduit ensuite ?

Son sourire est plus tranchant que jamais, aussi aiguisé que l'épée qu'il doit rêver de poser sur la gorge de son beau-père.

— Peut-être que ça excitait Carter. Il aimait humilier ma mère et qu'y avait-il de plus humiliant que forcer son fils à regarder la scène ? Alors, il s'est mis à pénétrer dans ma chambre quand j'essayais de trouver le sommeil. Il me tirait jusqu'à leur chambre et refusait de me laisser partir. Il me faisait décrire tout ce que papa faisait à maman.

J'imagine un petit garçon en pyjama forcé de prononcer ces horreurs. C'est comme si sa douleur traversait le temps et transperçait mon cœur.

— Oh, mon Dieu ! Jonah, je suis tellement désolée.

Il ne semble pas m'entendre. Maintenant que cette histoire sordide a commencé, il est incapable de s'arrêter avant d'en avoir terminé.

— Au début, Carter me disait de rester dans un coin. Après un moment, il a commencé à exiger que je m'assoie au pied du lit. Et plusieurs fois, il… Vivienne, Carter m'a forcé à monter sur son dos.

Seigneur ! La nausée a cédé la place au vertige. J'ai l'impression d'être sur le point de m'évanouir. S'il m'est aussi difficile de l'entendre, comment Jonah a-t-il pu grandir avec ça ?

— Finalement, il a forcé Élise à regarder aussi. Nous avons réussi à l'empêcher de faire la même chose avec Rebecca et Maddox. Nous les avons protégés. Parfois, je pense que c'est la seule chose bien que j'aie jamais faite. Au moins, ils ont eu une vie à peu près normale.

Il passe une main dans ses cheveux.

— Si tu me trouves tordu, tu devrais rencontrer Élise.

J'imagine Jonah et Élise se sacrifiant pour protéger les deux plus petits et leurs larmes de courage me serrent le cœur.

— Quand a-t-il arrêté ?

— Quand a-t-il arrêté de violer ma mère ? Jamais, d'après ce que je sais. Mais quand Élise et moi avons approché de la puberté, il n'a plus voulu de nous dans la chambre. Peut-être y avait-il un peu de pédophilie mêlée à toutes ses autres psychoses. Ou il redoutait que nous ne soyons assez grands pour l'affronter. À l'époque, je n'ai pas analysé les causes de ce répit. J'étais simplement heureux que ce soit terminé.

— Et ta mère ne l'a jamais quitté ?

Bien sûr que non. Ils vivent à des étages différents de *Redgrave House*. Je me souviens de cet article à présent… la folie de la mère de Jonah, sa violence.

Pas étonnant que ses enfants ne lui en veuillent pas. Ils savent qu'elle est folle à cause de Carter Hale.

— Je lui demandais souvent pourquoi elle ne le quittait pas, répond Jonah. Quand j'étais petit. Je lui disais qu'elle ne devait pas laisser Carter lui faire du mal. Mais elle me répétait, encore et encore, que c'était ainsi entre les hommes et les femmes. Elle affirmait qu'il n'y avait rien de mal. Alors, dans ma tête, ce genre de violence, ce genre d'humiliation... correspondait à une relation sexuelle normale.

Il revit ses pires souvenirs, laissant ses démons en liberté. Chacun de nous a imaginé que l'autre se laissait aller à un petit délire pervers quand, en fait, nous nous guidions à travers nos cauchemars.

— Évidemment, j'ai appris la différence entre le sexe et le viol.

Jonah se tourne vers moi. Lorsque nos yeux se croisent, j'ai l'impression que nous nous regardons pour la première fois.

— Je savais que je n'infligerais jamais ce que Carter a fait à ma mère à une femme. Que je défendrais les victimes d'agressions, pour compenser les fois où j'ai voulu défendre ma mère et où je ne l'ai pas fait. Pourtant, au plus profond de moi, inconsciemment, je désirais quelque chose que je ne pouvais m'autoriser à avoir.

— Jusqu'à ce que nous nous rencontrions.

— Non. Quand j'ai découvert ce qui t'est arrivé... Tout a changé.

— Pourquoi ?

J'ai envie de le secouer.

— Tu ne m'as pas fait de mal, Jonah. Tu m'as aidée, au contraire. Je ne sais pas l'expliquer, mais ce que nous faisons m'aide à progresser. J'ai eu honte de moi si longtemps. Je me sentais si sale. Avec toi, j'ai pu laisser une part de cette honte derrière moi.

Pourquoi est-ce que je me sens aussi libre lorsque je m'abandonne à Jonah de cette façon ? Je l'ignore. Nos jeux sont la seule échappatoire à la honte que j'ai toujours ressentie.

Jonah semble partagé entre la colère et les larmes.

— Je suis content que ça ait eu une signification pour toi. Un effet positif. Mais ce que je te fais… je ne peux pas recommencer en sachant ce que tu as vécu… Je ne peux pas.

Je refuse d'entendre qu'il fait ça pour mon bien encore une fois.

— Tu me quittes pour me protéger ?

— Non. C'est moi que je protège.

Il a sans doute ses limites, me rappelle la voix de Doreen. Je devrais peut-être me limiter moi aussi pour le bien-être de Jonah. Nous avons essayé de surmonter de terribles expériences, probablement pas de la façon la plus saine. Et pourtant, j'ai envie de hurler et de faire n'importe quoi pour l'empêcher de partir encore une fois.

— Ce qu'il y a entre nous va au-delà du sexe, dis-je. Au moins pour moi.

Jonah ne me regarde pas.

— Pour moi aussi.

— Alors, ne devrions-nous pas au moins essayer de nous aimer ?

Je fais un pas vers lui.

— Nous nous sommes trouvés… deux personnes brisées exactement de la même façon. C'est assez rare.

— Et tu crois que nous pourrions nous compléter pour former un tout ? demande-t-il.

Il semble si triste. Si perdu.

— Ça ne fonctionne pas de cette manière. J'aimerais que ce soit le cas, reprend-il.

Jonah a-t-il raison ? Peut-être, mais je refuse d'y croire.

Je ne peux pas non plus le forcer à rester.

— C'est un au revoir ?

Jonah ouvre la bouche pour dire oui. Je devine le mot sur le bout de ses lèvres, mais, à la place, il répond :

— Je ne sais pas.

L'espoir m'envahit. *Il veut que les choses changent. Il ignore comment les changer, et je n'en sais pas plus que lui, mais si nous le désirons tous les deux, il reste peut-être une chance.*

— Tu sais où me trouver. Même si ce n'est pas pour parler de nous.

Il me lance un regard. Je ne crois pas qu'il soit du genre à partager ses problèmes avec les autres, mais après un moment, il dit :

— Tu peux me parler toi aussi.

Jonah est à présent la seule personne en dehors de ma psy qui sache ce que je cache au plus profond de mon être. J'avais besoin de quelqu'un comme ça dans ma vie, mais je ne deviendrai jamais son amie aussi facilement que je l'ai fait avec Geordie… À condition que nous soyons encore amis après notre discussion d'hier soir.

Notre histoire est trop profonde. Notre connexion est trop puissante. Soit nous nous retrouverons, soit nous nous séparerons à tout jamais. Il n'y aura pas d'entre-deux entre Jonah et moi.

Dans les deux cas, notre avenir ne se décidera pas aujourd'hui. Il nous faudra un long moment pour digérer les vérités que nous avons découvertes sur l'autre et celles que nous avons révélées.

— Je ferais mieux de partir.

Ne pars pas. Non. Mais la tension est insupportable pour l'un comme pour l'autre. Il faut que nous abandonnions le poids de notre passé pour reprendre la vie que nous avons construite.

— Moi aussi. Je dois aller voir Shay et le bébé.

— Dis-leur félicitations de ma part.

Le pense-t-il ou est-ce simplement un moyen de combler le silence ? Les deux probablement.

— Je le ferai.

Nous faisons demi-tour, le silence uniquement rompu par le crissement de nos pieds sur l'herbe, le grondement des moteurs au loin et le clapotis du ruisseau près de nous. Nous n'accélérons pas le pas. Jonah veut faire durer ce moment autant que moi. La seule différence, c'est qu'il considère que cet instant est le dernier que nous passons ensemble.

Pas moi. Mais comment faire pour changer cela, si j'en suis capable ?

Ce n'est que lorsque nous atteignons l'extrémité du parc que Jonah se remet à parler.

— Je ne t'oublierai jamais.

Bon sang, il va me faire pleurer.

— Je ne t'oublierai pas non plus. Comme si c'était possible.

Il me sourit.

— Je penserai à toi chaque fois que je poserai les yeux sur ce dessin accroché au mur ; chez moi, l'homme qui capture la colombe.

— Il ne capture pas la colombe.

— Mais ses mains sont refermées sur elle.

— Il la protège. Il la garde en sécurité. La minute suivante, il ouvrira les mains pour la laisser s'envoler.

Jonah m'observe un long moment, ses yeux gris cherchant les miens. Puis, il hoche la tête et s'éloigne. Il ne dit pas au revoir, mais pour une fois, j'en suis heureuse. Parce que ce n'est pas un au revoir. Lorsque je lui ai parlé de l'envol de la colombe, j'ai vu quelque chose en lui que je n'avais encore jamais vu.

L'espoir.

C'est ainsi que je sais qu'un jour, Jonah trouvera le chemin qui le mènera jusqu'à moi.

AVENTURES & PASSIONS

6 juin

Kerrigan Byrne

Sans foi ni loi - Le Highlander

Inédit

Le redoutable lieutenant-colonel Liam Mackenzie a écrasé ses ennemis avec toute la rage et la fureur héritées de ses ancêtres. Toutefois, lorsqu'une gouvernante anglaise se présente pour éduquer ses enfants, le maître de guerre se retrouve face à son plus grand adversaire dans un affrontement auquel rien ne l'avait préparé… celui de l'amour.

✦

Sabrina Jarema

Le seigneur des monts

Inédit

On disait que l'homme qui pourrait regarder Silvi dans les yeux serait son promis. Magnus sait qu'il est cet homme-là. Cependant le rêve de la belle Silvi n'est pas de se marier mais de servir les dieux. Qui oserait contrarier une telle vocation ? La réponse se trouve en elle, dans le réveil de son corps au contact de Magnus ainsi que dans la vénération qu'elle lui inspire et dans les combats qu'elle va livrer en se rendant chez lui, dans son village montagnard de Thorsfjell.

✦

Tessa Dare

Un drôle de mariage

Inédit

Depuis que le duc d'Ashbury est rentré de la guerre, il se morfond. Soudain, une priorité s'impose à lui : il a besoin d'un héritier… donc d'une épouse. Quand Emma Gladstone, fille de vicaire et couturière, apparaît dans sa bibliothèque vêtue d'une robe de mariée, il décide qu'elle fera l'affaire et lui fait une proposition peu orthodoxe : un héritier contre la sécurité matérielle. À une condition : pas d'amour. Mais Emma ne se laisse pas faire et va lui imposer quelques règles…

Julia Quinn

Splendide

Entourée de nombreux prétendants, la jeune héritière américaine Emma Dunster n'a pourtant pas l'intention d'épouser l'un d'entre eux. Habituée des sorties nocturnes clandestines, elle aime se glisser hors de la maison, déguisée en femme de chambre, pour goûter à l'aventure avant de faire son entrée dans le monde. Un soir, elle rencontre le fier libertin Alexander Ridgely, duc d'Ashbourne, qui l'embrasse avec fougue. Le goût délicieux de ce baiser enflammé serait-il celui de la passion ?

27 juin

Suzanne Enoch

Les héros - Au cœur de la tourmente

Inédit

Lady Marjorie Forrester, sœur du duc de Lattimer, a été capturée par les jeunes frères de Graeme. Quelle sottise ! La guerre des clans va reprendre. Et Graeme sera projeté au cœur du conflit. Que faire ? Livrer la jeune femme à son chef de clan ? Elle risque d'être exécutée. S'il la libère, ses frères se retrouveront en prison. Une seule solution : garder la belle entêtée près de lui…

Anne Gracie

Mariages de convenance - Noces hâtives

Inédit

Lorsque le major Calbourne Rutherford revient en Angleterre, il découvre qu'il est devenu lord Ashendon, responsable de proches parentes et de vastes domaines. Le major peut commander aux hommes les plus rudes mais, avec ses demi-sœurs, il a affaire à trop forte partie. Lorsqu'il réalise que Mlle Emmaline Westwood, leur ancienne professeure, n'a pas de difficulté à se faire obéir d'elles, il lui offre un mariage de convenance. Mais la jeune femme n'est peut-être pas aussi docile et convenable qu'il s'y attendait.

Katharine Ashe

Le duc diabolique - À la recherche d'un souvenir

Inédit

Il y a six ans, lady Amarantha Vale, jeune femme innocente débarquée dans une contrée lointaine, et Gabriel Hume, séduisant officier de Marine, se sont rencontrés et ont joué avec le feu. Des années plus tard, Gabriel n'est autre que l'infâme aristocrate surnommé le Duc diabolique. Il vit en reclus dans son château des Highlands. Amarantha est la seule à connaître la vérité sur son compte. Quant à Gabriel, il est le seul à pouvoir lui apporter les réponses qu'elle recherche. Hélas, il ne peut lui confier son secret le plus sombre…

✦

Laura Kinsale

Des fleurs dans la tourmente

Inédit

Le duc de Jervaulx est un brillant scientifique... et un homme dangereux. Libertin excentrique et tête brûlée, il sait aussi faire preuve de tendresse, et ses attentions troublent intensément la modeste Maddy Timms. Puis, c'est le coup de tonnerre. Frappé par le destin, le duc perd tout. La jeune femme comprend alors qu'il est de son devoir de l'aider, mais jamais elle n'aurait cru que sa charitable mission bouleverserait leur vie et les entraînerait dans un tourbillon de passion et... d'amour.

✦

Nicole Jordan

Pris au jeu

Dans un club de Londres, Vanessa Wyndham observe l'homme qu'elle est venue implorer : Damien Sinclair, surnommé le Prince des libertins. On le dit « délicieusement pervers » et impitoyable. Pourquoi ferait-il preuve de clémence envers Aubrey, le jeune frère de Vanessa ? Contre toute attente, le débauché propose un marché à la belle : il annulera la dette si elle se soumet au moindre de ses caprices…

illicit'

6 juin

Elia Winters

Parties à deux - Duo de feu

Inédit

Côté professionnel, à bientôt trente ans, Iris Parker vient d'être nommée directrice des ressources humaines de PI Games. Côté cœur, cette célibataire arrive toujours à trouver quelqu'un pour la faire frissonner. D'ailleurs, en ce moment, elle convoite le séduisant chef pâtissier Owen Hobbs. Chaque fois qu'elle entre dans sa boulangerie, elle tente t'attirer ses regards par des sourires ravageurs, en vain. Pourtant, Owen devra bientôt se rendre à l'évidence : il ne peut lui résister plus longtemps…

LOVE *ADDICTION*

6 juin

HelenKay Dimon

Investigations - L'homme de main

Inédit

Seule survivante de la tuerie qui a coûté la vie à ses colocataires, Kayla a dû fuir. Sept ans plus tard, traquée par un mystérieux harceleur, elle n'est jamais parvenue à refaire sa vie, aussi décide-t-elle de faire appel à Matthias Clarke, patron d'une société de sécurité privée. À la première rencontre, elle sent une forte attirance pour cet homme sombre et énigmatique, qui semble à la fois protecteur et sûr de lui. Kayla commence à baisser la garde, mais la confiance que lui inspire Matthias ne la met-elle pas en danger ?

Sélection

6 juin

Erin McCarthy

Carrément Hot

C'est en tombant sur ce bouquin idiot, *Comment épouser un pilote de course en six étapes*, qu'Imogen a trouvé le sujet de sa thèse de sociologie. Pourquoi certaines femmes ciblent-elles une catégorie professionnelle plutôt que se laisser emporter par les hasards de la vie ? Bien entendu, avant de théoriser, il faut expérimenter…

Carrément Sexy

Veuve depuis deux ans, Tamara Briggs se sent très seule et fréquente sans conviction un professeur. Elle aspire à une relation plus pimentée, mais plus jamais elle ne sortira avec un pilote de course. Son mari a perdu la vie sur un circuit automobile, et même si elle adore ce sport, elle en a fini avec les têtes brûlées qui défient la mort au volant. Enfin ça, c'était avant de rencontrer Elec...

#exclusif

6 juin

Jamie Shaw

Passion en backstage - Hot decibels

Inédit

Entre Dee et Joel, le guitariste des *The Last Ones*, c'est hot sex et rock, point final. Pas question pour Dee de revivre un jour la rupture amoureuse qui a failli la briser autrefois. Mais, en dépit de sa cool attitude et de son indépendance affichée, elle vit de plus en mal les concerts où les filles tournent autour de Joel. Incapable de rester de marbre, elle décide de le rendre jaloux…

Lilah Pace

Nuits blanches 2e volet - Jeux à deux

Inédit

Vivienne et Jonah sont désormais officiellement en couple et très amoureux. Réunis par leurs jeux sexuels autant que par la profondeur de leurs sentiments, ils semblent partis pour un long chemin ensemble. A moins que, justement, ces jeux ne finissent par les éloigner sans qu'ils s'en aperçoivent…?

13 juin

Sarina Bowen & Elle Kennedy

Fierté 1er volet - En mâle de toi

Inédit

Jamie n'a jamais compris pourquoi Wes, son meilleur pote, a cessé de donner signe de vie l'année de leurs 17 ans, après cette soirée un peu limite, d'accord, mais trop arrosée pour être prise au sérieux… Cinq ans plus tard, leurs chemins se croisent de nouveau et Jamie reproche à Wes son long silence. Wes explique alors qu'il est gay. Un aveu qui fait basculer progressivement leurs existences…

27 juin

Rebecca Crowley

Secrets de vestiaires - Sous contrat

Inédit

Eva Torres est sous contrat comme interprète de l'équipe de foot d'Atlanta. Les joueurs, elle connaît… Arrogants, superficiels, coureurs. Alors devoir accompagner partout Rio Vidal, une étoile chilienne du ballon rond, ne l'enchante pas. Et, lorsqu'il l'invite à dîner, elle ne peut pas refuser. C'est son job. Seulement, dès ce premier tête-à-tête, elle ne peut s'empêcher d'être beaucoup trop troublée…

12198

Composition
FACOMPO

Achevé d'imprimer en Italie
par GRAFICA VENETA
le 2 avril 2018.

Dépôt légal : mai 2018.
EAN 9782290158197
OTP L21EPSN001898N001

ÉDITIONS J'AI LU
87, quai Panhard-et-Levassor, 75013 Paris

Diffusion France et étranger : Flammarion